A marca FSC® é a garantia de que a madeira utilizada na fabricação do papel deste livro provém de florestas que foram gerenciadas de maneira ambientalmente correta, socialmente justa e economicamente viável, além de outras fontes de origem controlada.

… são jorge dos ilhéus

COLEÇÃO JORGE AMADO
Conselho editorial
Alberto da Costa e Silva
Lilia Moritz Schwarcz

Coordenação Editorial
Thyago Nogueira

O país do Carnaval, 1931
Cacau, 1933
Suor, 1934
Jubiabá, 1935
Mar morto, 1936
Capitães da Areia, 1937
ABC de Castro Alves, 1941
O Cavaleiro da Esperança, 1942
Terras do sem-fim, 1943
São Jorge dos Ilhéus, 1944
Bahia de Todos-os-Santos, 1945
Seara vermelha, 1946
O amor do soldado, 1947
Os subterrâneos da liberdade
   Os ásperos tempos, 1954
   Agonia da noite, 1954
   A luz no túnel, 1954
Gabriela, cravo e canela, 1958
De como o mulato Porciúncula descarregou seu defunto, 1959
Os velhos marinheiros ou O capitão-de-longo-curso, 1961
A morte e a morte de Quincas Berro Dágua, 1961
O compadre de Ogum, 1964
Os pastores da noite, 1964
A ratinha branca de Pé-de-vento e A bagagem de Otália, 1964
As mortes e o triunfo de Rosalinda, 1965
Dona Flor e seus dois maridos, 1966
Tenda dos Milagres, 1969
Tereza Batista cansada de guerra, 1972
O gato malhado e a andorinha Sinhá, 1976
Tieta do Agreste, 1977
Farda, fardão, camisola de dormir, 1979
O milagre dos pássaros, 1979
O menino grapiúna, 1981
A bola e o goleiro, 1984
Tocaia Grande, 1984
O sumiço da santa, 1988
Navegação de cabotagem, 1992
A descoberta da América pelos turcos, 1992
Hora da Guerra, 2008
Toda a saudade do mundo, 2012

são jorge dos ilhéus

JORGE AMADO

Posfácio de
Antonio Sérgio Alfredo Guimarães

1ª *reimpressão*

Copyright © 2010 by Grapiúna Produções Artísticas Ltda.
1ª edição, Livraria Martins Editora, São Paulo, 1944

Grafia atualizada segundo o Acordo Ortográfico da Língua Portuguesa de 1990, que entrou em vigor no Brasil em 2009.

Consultoria da coleção Ilana Seltzer Goldstein

Projeto gráfico Kiko Farkas e Mateus Valadares/ Máquina Estúdio

Pesquisa iconográfica Bete Capinan

Imagens de capa © Paulo Fridman/ SambaPhoto (capa); © Luiza Chiodi/ Companhia Fabril Mascarenhas (chita); © Acervo Fundação Casa de Jorge Amado (orelha). Todos os esforços foram feitos para determinar a origem das imagens deste livro. Nem sempre isso foi possível. Teremos prazer em creditar as fontes, caso se manifestem.

Cronologia Ilana Seltzer Goldstein e Carla Delgado de Souza

Preparação Denise Pessoa

Revisão Ana Maria Barbosa e Isabel Jorge Cury

Texto estabelecido a partir dos originais revistos pelo autor. Os personagens e as situações desta obra são reais apenas no universo da ficção; não se referem a pessoas e fatos concretos, e não emitem opinião sobre eles.

Dados Internacionais de Catalogação na Publicação (CIP)
(Câmara Brasileira do Livro, SP, Brasil)

    Amado, Jorge, 1912-2001.
       São Jorge dos Ilhéus / Jorge Amado : posfácio de Antonio Sérgio Alfredo Guimarães. — 1ª ed. — São Paulo : Companhia das Letras, 2010.

    ISBN 978-85-359-1718-5

       1. Romance brasileiro I. Guimarães, Antonio Sérgio Alfredo.
    II. Título.

10-07302   CDD-869.93

Índice para catálogo sistemático:
1. Romances : Literatura brasileira   869.93

Diagramação Estúdio O.L.M.
Papel Pólen Soft, Suzano S.A.
Impressão e acabamento Lis Gráfica

[2021]
Todos os direitos desta edição reservados à
EDITORA SCHWARCZ LTDA.
Rua Bandeira Paulista 702 cj. 32
04532-002 — São Paulo — SP
Telefone (11) 3707 3500
www.companhiadasletras.com.br
www.blogdacompanhia.com.br
facebook.com/companhiadasletras
instagram.com/companhiadasletras
twitter.com/cialetras

A Matilde,
lembrança da Bahia

À memória de Bertinha

Para Jacinta Passos, David Wertman,
Diwaldo Miranda, Giovanni Guimarães e
Wilson Lins

EM VERDADE ESTE ROMANCE E O ANTERIOR, *TERRAS DO SEM-FIM*, formam uma única história: a das terras do cacau no sul da Bahia. Nesses dois livros tentei fixar, com imparcialidade e paixão, o drama da economia cacaueira, a conquista da terra pelos coronéis feudais no princípio do século, a passagem das terras para as mãos ávidas dos exportadores nos dias de ontem. E se o drama da conquista feudal é épico e o da conquista imperialista é apenas mesquinho, não cabe a culpa ao romancista. Diz Joaquim que a etapa que está por vir será plena de heroísmo, beleza e poesia, e eu o creio.

Por uma especial deferência de Sosígenes Costa, o grande poeta da terra do cacau, utilizei, como de Sérgio Moura, trechos de um poema seu sobre Ilhéus. Os demais versos são mesmo de Sérgio Moura como facilmente o leitor se dará conta. Como se dará conta também de que a última parte deste livro é o começo de um novo romance que os homens do cacau estão vivendo dramaticamente, e que eu não sei quem escreverá.

Este livro, esboçado em Montevidéu, em agosto de 1942, quando escrevi o *Terras do sem-fim*, foi terminado em janeiro de 1944, em Feripéri, subúrbio da Bahia, cidade de Castro Alves e da arte política.

*Terra de muita grandeza
de muita miséria também...*
(romanceiro popular)

A TERRA DÁ FRUTOS DE OURO

A RAINHA DO SUL

1

E, DE REPENTE, O AVIÃO SE DESVIOU DA ROTA PARA O SUL, E A CIDADE apareceu ante os olhos dos viajantes. Agora não voavam mais sobre o mar verde. Primeiro foram os coqueiros e logo depois o morro da Conquista. O piloto inclinava o avião e os passageiros que iam do lado esquerdo podiam ver, como num postal, a cidade de Ilhéus se movimentando. Descia em ruas pobres e ziguezagueantes pelo morro proletário, se estendia rica entre o rio e o mar em avenidas novas, cortadas na praia, continuava na ilha do Pontal, em casas de jardins alegres, subia mais uma vez proletária pelo morro do Unhão, casas de zinco e de madeira. Um passageiro contou os oito navios no porto, fora os grandes veleiros e as inúmeras pequenas embarcações. O porto parecia maior que a própria cidade. O passageiro gritou a observação a Carlos Zude, mas este olhava os banhistas na praia, minúsculos pontos negros que corriam sobre a alvura da areia para as ondas que se abriam em espuma. Julieta devia estar ali, tomando seu banho de mar, jogando peteca com os amigos. Carlos Zude notou que alguém, na praia, levantava o braço dando adeus ao avião. Quem sabe se não seria Julieta? Carlos Zude não distinguia se o ser que saudava era um homem ou uma mulher, ponto negro perdido na brancura da areia. Mas bem que podia ser Julieta, sabia que ele chegava naquele avião. Carlos Zude respondeu ao adeus, abanando a mão atrás do vidro. Mas o piloto fez outra manobra e a praia desapareceu, o gesto de Carlos se perdeu entre as árvores do morro, sobre as quais o avião parecia querer se precipitar num suicídio coletivo. Baixava velozmente. Em cima era o céu azul de nuvens brancas e fugidias. Deixando o morro para trás, o avião desceu suavemente sobre o rio, foi diminuindo as rotações das hélices, parou junto ao aeroporto da companhia americana, próximo à estrada de ferro. O da companhia alemã ficava mais longe, os passageiros tinham que ser transportados em canoas até o cais. O aeromoço abriu a portinhola, os trabalhadores do aeroporto colocaram a escada. Carlos Zude foi o primeiro passageiro a saltar. O rapaz, empregado no escritório, que viera recebê-lo, se precipitou ao seu encontro, um sorriso nos lábios:

— Boa viagem, senhor Carlos?

Apertava a mão do chefe.

— Magnífica. — Olhou o relógio de pulso. — Uma hora da Bahia aqui. Cinquenta e cinco minutos...

— Isso vale a pena... — comentou o rapaz.

Tomou a pasta que Carlos trazia, pesada de papéis. As maletas estavam sendo transportadas por um negro carregador. Os táxis buzinavam chamando os fregueses. Carlos andava pela ponte da estrada de ferro, o empregado ia um pouco atrás e admirava a elegância do patrão, um tipo de homem como ele desejaria ser. Os fios grisalhos do cabelo davam-lhe certo ar de nobreza, antes que de velhice. Vestia e calçava do melhor, o empregado admirava por cima de tudo os gestos tão naturais de grão-senhor, tão naturais que pareciam resultado de um longo estudo e um longo treinamento. Desde o caminhar até a maneira de rir. O avião voltava a roncar, passageiros haviam embarcado, o aeromoço fechou a portinhola e o aparelho correu sobre as águas do rio, para logo tomar altura e desaparecer em direção ao sul, rumo do Rio de Janeiro.

O chofer abriu a porta do Buick. O empregado admirou mais uma vez a displicência senhorial com que Carlos Zude apertava a mão do chofer e agradecia seus votos de boas-vindas. Um grão-senhor...

Carlos Zude entrou no automóvel. O empregado sentou-se ao lado do chofer, virou a cabeça, falou:

— Nós o esperamos na quinta-feira...

— Não consegui passagem no avião. Vivem cheios, não há lugar que chegue. Para vir hoje tive que comprar passagem há três dias.

O seu gesto parecia que ia resolver todo o assunto:

— Mas os americanos vão botar agora um avião exclusivamente para o serviço entre Ilhéus e a Bahia. Duas viagens diárias...

— Formidável! — exclamou o empregado.

Carlos Zude prosseguiu:

— Falei com o gerente. É um alto negócio para eles... É um americano inteligente, compreendeu e me garantiu que, com mais um mês, resolveria o problema. Um avião duas vezes por dia.

Dava detalhes, como se o negócio fosse dele:

— Podem baixar um pouco os preços e se os coronéis perderem o medo de viajar de avião...

O empregado riu:

— Ora, se perdem... Me lembro do coronel Maneca Dantas...

Quando se iniciou o primeiro serviço aéreo com escala aqui, o dos alemães, o coronel me disse que só morreria de desastre de avião se algum caísse em cima dele. Agora, depois que teve de viajar a pulso para ver o filho que estava doente, o que se formou agora — esclarecia —, não viaja mais de outra coisa...
O empregado nunca tinha falado tanto diante de Carlos Zude e sentiu certo receio. Mas o patrão sorria aprovativo e comentava:
— São como crianças tímidas...
O empregado achou a imagem perfeita e, como tinha veleidades literárias, pensou em repeti-la, à noite, como sendo sua, na reunião da Associação dos Empregados no Comércio. O automóvel atravessava as ruas da estrada de ferro, entrava no centro comercial da cidade, tomava o rumo do porto. O empregado se recordou do recado:
— Ah! senhor Carlos... dona Julieta telefonou pedindo que lhe avisasse que ela está na praia...
— Muito obrigado... — a voz displicente de grão-senhor.
Carlos Zude pensou novamente em Julieta. Estaria metida no pequeno maiô, jogando peteca ou cortando as ondas daquele mar perigoso com uma impávida coragem. Apalpou o bolso onde trazia o colar comprado na Bahia. Imaginou-o caindo sobre o colo moreno da esposa e sorriu. "Era a mulher mais linda do mundo..."
O automóvel parou, o chofer abriu a portinhola, Carlos desceu:
— Me espere, José, eu volto logo.
O chofer fez que sim com a cabeça, fechou a portinhola e transpôs também ele a larga porta central da casa exportadora Zude, Irmão & Cia., mas não se dirigiu ao elevador como Carlos e o empregado. Entrou por uma das enormes salas do andar térreo. A casa agora era um prédio de quatro andares, no mesmo local do sobradinho antigo, próximo ao porto. O andar térreo era depósito e ensacamento de cacau, dois salões imensos, cheios até o teto de caroços negros que emanavam um cheiro a chocolate. Subindo pela montanha de cacau, homens nus da cintura para cima ensacavam os caroços. Outros pesavam os sacos, ajustando-os ao peso de sessenta quilos exatos e, depois, as mulheres cosiam, numa rapidez surpreendente, as bocas dos sacos já pesados. Um meninote de uns doze anos imprimia sobre cada um deles um carimbo em tinta vermelha:

ZUDE, IRMÃO & CIA.
Exportadores

Os caminhões penetravam pelo fundo em marcha a ré, carregadores levavam os sacos às costas, iam dobrados com o peso. Os sacos caíam com um baque surdo nos caminhões, os choferes punham os motores em marcha, arrancavam pela rua, paravam no cais. Novamente vinham carregadores e novamente se curvavam suas costas sob o peso da carga. Corriam pela ponte, pareciam seres estranhos, negros de espantosas corcundas. O navio sueco, enorme e cinzento, engolia o cacau. Marinheiros atravessavam, bêbados, a ponte de desembarque e falavam uma língua estranha.

José se encostou numa parede, ficou olhando o trabalho, mirando Rosa que cosia sacos, os lábios apertados, os olhos atentos. O chofer tinha um sorriso de conquistador nos lábios que quase sorriam, mas Rosa não o enxergava, preocupada com a rapidez do trabalho. José passou ainda um minuto espiando, na esperança de trocar um sorriso com a mulata, mas terminou suspendendo os ombros num gesto de conformação e voltando para o automóvel:

— Esse cabrão está doido para ver a mulher, é capaz de descer já...

O 72, que ia passando, curvado sob o saco de cacau, riu, e José riu também do insulto murmurado entre dentes.

Realmente Carlos Zude estava doido para ver a esposa. Subira pelo elevador, atravessara rapidamente as salas, onde os empregados se levantavam à sua passagem, abriu uma porta sobre a qual uma placa de metal avisava:

DIRETOR
Privativo

Sentou-se na cadeira da escrivaninha. O empregado que fora recebê-lo depôs a pasta sobre a mesa, esperou que Carlos Zude falasse:

— Está bem, Reinaldo. Mande seu Martins aqui...

O empregado cumprimentou e saiu quase correndo. Carlos Zude deu volta na cadeira giratória, olhou pela larga janela o movimento da rua, onde passavam caminhões. Um ônibus partia para Itabuna. O gerente entrou no escritório, vinha arfando da corrida:

— Estava controlando um embarque...

Depois do aperto de mão e das perguntas protocolares sobre a viagem, ficou esperando também. Carlos abriu a pasta, distribuiu papéis sobre a mesa, indicou uma cadeira ao gerente:

— O negócio está feito... Cem mil arrobas vendidas a vinte mil-réis... Fechei ontem por *cable*.

O gerente se admirou:

— Conseguiu vinte mil-réis? E só vendeu cem mil? — Havia uma certa e medrosa reprovação na sua voz. — Temos ainda cento e oitenta mil em estoque...

Carlos Zude sorriu. Na parede em frente a ampliação de um retrato do velho Maximiliano Campos respondia ao seu sorriso. Aquele construíra, por assim dizer, a casa Zude, Irmão & Cia., exportadores de cacau. Falecera há dez anos e morrera aconselhando a Rômulo, o mais velho dos dois irmãos Zude, a dedicar as atividades da firma exclusivamente ao cacau. Carlos assim o fizera, e hoje a fortuna dos Zude triplicara. Maximiliano sorria na fotografia seu sorriso sabido, respondia ao sorriso bem-humorado de Carlos: o velho compreendia, aquele entendia de cacau, viera para Ilhéus quando o cacau aparecera. Carlos voltou-se para o gerente, explicou numa voz onde havia uma ponta de vaidade:

— Somente cem mil, seu Martins, e não sei se não vendi demais... Houve um tempo, Martins, que os compradores impunham os preços. Pagavam o que queriam. O cacau de Ilhéus era uma ninharia, não pesava no mercado. Ia a reboque dos outros. Nesse tempo, não sei se o senhor ouviu falar, nossa firma era pequena, em vez desse prédio era um sobradinho vagabundo que nem era da gente, era alugado. Faz isso vinte e cinco anos, seu Martins...

O gerente assentiu com a cabeça, não sabia onde o patrão queria chegar. Carlos Zude estendeu as pernas, continuou a falar:

— Cem mil somente, seu Martins, e talvez devesse vender apenas cinquenta mil. Vou lhe dizer uma coisa: o cacau vai subir como nunca subiu. Não se admire se for a trinta mil-réis ainda este ano...

— Trinta mil-réis? Pode ser...

Carlos Zude via dúvida no rosto e na voz do gerente. Abriu mais seu sorriso, era para Maximiliano Campos que ele sorria:

— Vendi cem mil arrobas mas não foi por isso que minha viagem foi proveitosa, seu Martins. E, sim, porque na Bahia conversei longamente com Karbanks e ele está de acordo comigo. Trago a palavra dele sobre uma série de assuntos. O cacau vai subir como nunca subiu, como nunca ninguém imaginou, Ilhéus vai nadar em ouro... O senhor sabe qual a proporção do cacau mundial que sai de Ilhéus?

O gerente sabia, disse números, olhava o chefe da firma com admiração. Martins se considerava um bom gerente, sem dúvida, cuidadoso nos negócios, meticuloso e trabalhador, mas não tinha aquele gênio comercial do patrão. Carlos levantou-se, meteu os dedos no colete, num gesto característico:

— Chegou o tempo, seu Martins, do americano pagar o que a gente pedir. O preço agora vai ser feito aqui, em Ilhéus, e não em Nova York...

— Maximiliano sorria na fotografia.

O gerente esperava. Carlos Zude olhou pela janela a gente que passava na rua. O cheiro do cacau entrava pelo escritório, era um cheiro bom.

— Quanto marca a tabela?

— Superior, dezoito mil e trezentos. Good, dezessete e novecentos, regular dezessete e quatrocentos...

— A entregar?

— A entregar. À vista, o cacau superior está a dezoito e novecentos. Bom preço...

— Mau preço, seu Martins. Preço de Nova York. O preço de Ilhéus vai ser melhor. O senhor corra a praça e ofereça negócio aos coronéis: quem quiser vender a safra a entregar nós pagamos a...

Parou um pouco, a boca torcida num gesto, pensando:

— ...a dezenove mil-réis...

— Dezenove a arroba? — Voltava o medo na voz de Martins.

Carlos Zude ajustou o vinco da calça:

— Dezenove, sim, seu Martins. E pode aceitar até a dezenove e quinhentos... E, em breve, não se admire, estaremos pagando vinte ou vinte e cinco mil-réis.

O gerente estava num mar de dúvidas. Carlos baixou a voz:

— E, no fim do ano, o fabricante de chocolate vai nos pagar trinta e trinta e tantos mil-réis por cada arroba.

Sua voz firme:

— Pagará o preço que pedirmos...

— É assombroso... — disse o gerente.

Carlos Zude dava as últimas ordens:

— O senhor telefone aos demais exportadores e os cite, em meu nome e no de Karbanks, para uma reunião hoje, à noite, na Associação Comercial. Marque para as nove horas e cuide que não falte nenhum. Diga que é importante, fale no meu nome e no de Karbanks...

— Pois não.

Carlos recolheu os papéis, entregou alguns ao gerente, apertou-lhe a mão, atravessou novamente as salas, onde os empregados se levantaram suarentos, tomou o elevador. Na porta olhou o movimento das ruas, os homens que passavam apressados. Num bar próximo muita gente conversava. O cartaz de um cinema exibia fotografias de um filme a estrear. José segurava a portinhola aberta do automóvel. Os carregadores passavam com sacos de cacau às costas. No Grande Hotel dos Viajantes entrava e saía gente. Um navio apitou no cais. Carlos Zude sorriu mais uma vez: estava satisfeito consigo mesmo, com a admiração que o cercava, o empregado que o fora buscar no cais, o gerente de boca aberta, os homens que lhe tiravam o chapéu ao passar. Gostaria que Julieta estivesse ao seu lado ali na porta central da firma, naquela manhã afarista da cidade. Ele lhe mostraria o intenso movimento em torno ao porto e então talvez ela compreendesse a necessidade de morar ali ainda alguns anos, em vez de viver nas praias do Rio de Janeiro. Se lembrava das histórias que Maximiliano gostava de contar, nas suas viagens à Bahia, sobre o passado dessa terra, sobre Ilhéus de trinta anos antes. Havia uma que agradava particularmente a Carlos. Uma que falava de um coronel barbado, revólver no cinto, rebenque na mão, olhar duro, voz calma, que atravessava as ruas, apontado a dedo pelos negociantes:

— É o dono da terra!

O dono da terra, um dia o apontariam assim também. A ele e a Julieta... Os donos daquela terra.

Entrou no automóvel:

— Para casa, José.

José apertou a buzina, o carregador se afastou para um lado, o automóvel arrancou. Carlos Zude meteu a mão no bolso, tirou o colar de pérolas. "Quero vê-la nua, inteiramente nua, só com o colar caindo do pescoço sobre os seios morenos." Fechou os olhos para imaginar melhor.

2

CARLOS VESTIU O CALÇÃO DE BANHO, NA SALA DE JANTAR serviu-se de um cálice de vermute, saiu para o asfalto quente da avenida, assoviando um samba em voga. Ia em passos rápidos, pulando sobre o asfalto que o sol fazia escaldante, uns pulinhos pequenos. Um moleque que se dedicava ao esporte de cuspir na praia, sentado num banco, parou seu trabalho que tanto o divertia, ao ver Carlos passar. E não se conteve, riu uma gargalhada cínica de gozo: achou engraçadíssimo o homem barrigudo, a barriga sobrando do calção de banho, as pernas finas em contraste, dando pulinhos sobre o asfalto. A gargalhada atravessou a alegria de Carlos Zude, pondo uma nota de desgosto na manhã tão feliz. Fez que não ouviu, porém deixou de pular, os pés queimando ao contato com o solo abrasador. Sem querer olhou a barriga: evidentemente não era o mesmo rapazinho belo que apaixonava as mulheres vinte e tantos anos atrás. Estava com quarenta e quatro, a gordura se impunha — gostava das comidas temperadas, as comidas baianas tão saborosas —, deformava-lhe o corpo, a barriga crescendo. "Estômago dilatado", dizia o médico. Vestido, era outra coisa. As roupas das melhores casimiras, cortadas pelo mais afamado alfaiate da Bahia, as belas gravatas, os sapatos feitos sob medida, e a cinta, principalmente a cinta, escondiam-lhe a barriga, remoçavam-no de mais de dez anos. Só restava o cabelo grisalho, mas aquilo até lhe dava um ar romântico, segundo Julieta. Estava um pouco gasto, não havia dúvida. Um pouco ou bastante? Resultado daqueles anos todos de farras enquanto Rômulo se preocupava com o futuro da firma. O irmão mais velho deixara-o viver na pândega até quase aos trinta anos, quando Carlos desistiu, em definitivo, de concluir o curso de medicina pelo processo novo que ele quisera introduzir na faculdade: as aulas substituídas pelas noites nos cabarés, as manhãs entre os cobertores e os braços das mulheres, as tardes nos cinemas, nos passeios, nos namoros bolinados. Tinha vinte e nove anos quando viera trabalhar na firma, e, sem deixar seus hábitos notívagos de bebedor e mulherengo, revelou uma extraordinária capacidade comercial, foi o primeiro a compreender e a apoiar calorosamente as ideias de Maximiliano Campos, no sentido de abandonarem por completo o fumo e o algodão, e se dedicarem exclusivamente ao cacau. Quando Maximiliano morreu, Carlos tomou a si a filial de Ilhéus, passava longos meses no sul do estado, comprando cacau, aumentando a firma, transformando-a numa das maiores exportadoras do produto. E passou a ser um grande admirador dessa zona, os amigos já o tratavam de "grapiúna". Quando Rômulo morreu, legando-lhe a casa e o cuidado da sua viúva e dos seus filhos, ele se decidiu a abandonar de uma vez por todas os demais produtos e se entregar ao cacau. Foi quando transportou a matriz da firma para Ilhéus, construiu o prédio novo e pensou em se casar. Esta era uma ideia mais da cunhada que dele. Ele apenas sentia falta das mulheres da Bahia, as francesas e polacas que lhe haviam ensinado requintes sexuais, que lhe tornavam difícil o amor tão primário das amantes que conseguia em Ilhéus. A cunhada lamentava que ele estivesse "ficando um solteirão incorrigível e melancólico". Com a falta de mulheres que valessem a pena, Carlos se entregava, em Ilhéus, à bebida, arrastado também pelos coronéis que bebiam uma tarde e uma noite inteiras sem que o álcool lhes fizesse efeito. A cunhada não o dizia, mas temia que a bebida terminasse por estragar Carlos, por incapacitá-lo para os negócios, prejudicando a firma e assim os seus filhos, de quem o tio era tutor. Iniciou a campanha do casamento, descobria noivas para Carlos. Mas possivelmente ele não teria se casado nunca se, numa festa na Bahia, não houvesse conhecido Julieta Sanchez Rocha, filha do velho Rocha, negociante em vinhos na Cidade Baixa. Já a mãe de Julieta deixara fama de beleza nas ruas da Bahia, na sua mocidade. De beleza e de assanhamento, não havia quem garantisse pela sua fidelidade ao marido, diziam que até de um governador do estado ela transtornava a cabeça... A filha herdara-lhe a beleza, trazia a seus pés os rapazes da capital. Tez morena de espanhola, os cabelos negros, os olhos fundos e langues. Tudo isso num corpo de moça desportiva, ágil e flexível, onde olhos românticos e misteriosos, doces como desfalecimentos, punham uma marca de visível sensualidade. Dos olhos súplices se derramava uma languidez sobre o corpo esportivo da moça.

Carlos Zude se apaixonou. Na noite em que a conhecera, ela namorava um oficial de marinha, jovem e elegante. Os amigos de Carlos, na mesa, comentavam a graça com que ela dançava, apertada contra o rapaz, a dança moderna importada dos Estados Unidos:

— Agarradinha, hein!

— É uma uva... — disse outro.

Um terceiro imaginou as coisas requintadas de amor que poderia ensinar a Julieta se deitasse com ela numa cama. Estalou a língua num som imoral, cheio de desejos e sugestões. Carlos Zude não disse nada, apenas a fitava, e não deixou de segui-la com os olhos quando ela sentou-se, rindo muito, os dentes pequenos e alvos como os de uma cadelinha de luxo (foi a imagem encontrada por um amigo de Carlos), a voz cálida e cheia. Um conhecido comum fez as apresentações e saíram dançando. O oficial de marinha foi esquecido, sete meses depois eles se casavam e viajavam para a Europa, Carlos Zude apaixonadíssimo pela esposa. Nessa paixão vinha até hoje, três anos passados. Três anos felizes, pensava Carlos. Lembrava-se de Vasco, seu amigo de tantos anos de cabaré, duvidando da possibilidade dele ser feliz com o casamento. E ainda mais com Julieta, carne irrequieta e pujante nos seus vinte anos, corpo pedindo homem, mas homem forte, capaz de matar a fome sexual que transparecia nos seus olhos de dengue. Vasco o disse com aquela brutal franqueza que o caracterizava, martelando na diferença de idade entre os dois noivos, os vinte anos de Julieta, sedentos de macho, os quarenta anos de Carlos, cansados de fêmeas. Carlos protestara contra o adjetivo: não estava cansado. E demais tinha a ciência do amor, completa de detalhes, que substituiria com vantagens o ímpeto da mocidade. Hoje pode rir, satisfeito. Vasco fracassara nas suas predições agoureiras. Julieta se acostumara com ele. Carlos soubera prendê-la na teia dos requintes sexuais, do amor demorado, se deleitando nos desvios elegantes, cada dia uma novidade. No começo da vida de casado ela era o puro ímpeto sexual, um minuto de agonia estrangulado na posse imediata e rápida. E queria mais como uma criança esfomeada. Nos primeiros dias, Carlos prodigou como se fosse milionário. Mas tinha seu plano e o cumpriu. Aos poucos foi dando menos, porém com mais ciência, foi acostumando o corpo dela às carícias sutis que as prostitutas experientes lhe haviam ensinado. E perdeu todo o temor do futuro quando notou que Julieta já não fitava, melancólica, jovens de vinte anos, convencida que nada era melhor que um homem com experiência da vida e do amor. Deixara até de falar constantemente — como antes — na ida para o Rio, na casa que ele lhe prometera na praia de Copacabana. Carlos a convencera da necessidade absoluta de morarem uns tempos em Ilhéus, onde a sua presença na firma era indispensável e insubstituível. Não só não havia uma pessoa bastante competente para dirigir a casa exportadora, como Carlos sabia que ainda não era chegado o momento de descansar. Muito ainda tinha que fazer para dar seus planos como terminados. Não era todavia o "dono da terra". Carlos Zude possuía amplas perspectivas comerciais em relação ao cacau e acalentava projetos grandiosos. Uns poucos anos mais — dizia a Julieta — e então poderiam viver no Rio ou na Europa, a firma se manejaria por si só. Mas esses poucos anos o exigiam e o exigiam muito, prendiam-no ali. Julieta pedira prazos, Carlos foi um pouco vago: quatro ou cinco anos, quem sabe?

Já se haviam passado três anos. E só nessa manhã ele tem certeza que estão encaminhados os seus projetos. Agora, sim, podia dizer a Julieta que não precisariam viver em Ilhéus mais que uns quatro ou cinco anos. Por ele, não desejava ir embora. Gostava da cidade, da gente, gostava do cacau. Era por Julieta, a quem as frequentes viagens à Bahia, as duas idas ao Rio — uma de avião na inauguração da linha aérea dos americanos — não contentavam. Vivia de olhos puxados para as cidades grandes, Rio e São Paulo, os cassinos, as praias, os teatros e cinemas. Carlos a compreendia: Ilhéus era uma cidade comercial, falta de diversões, trancada nos negócios de cacau, não era a moradia ideal para uma mulher criada na alta sociedade, acostumada com as capitais. Em compensação, que força comercial! Chamavam-na "Rainha do Sul", em honra à sua riqueza. Era o quinto porto exportador do país, por ele saía todo o cacau da Bahia, noventa e oito por cento de todo o cacau do Brasil, uma grande parcela do total de cacau produzido no mundo. E raras cidades no Brasil tinham um crescimento tão rápido, ruas e ruas novas que eram abertas, uma febre de construções, uma das cidades mais ricas também, dinheiro correndo no comércio tão próspero. Demais, era uma cidade bonita, cortada de praças e jardins, bem calçada, bem iluminada, bem servida de água e esgoto. Ainda assim, porém, Carlos o reconhecia, estava longe das grandes capitais, com os seus divertimentos, sua vida alegre e agradável. Ilhéus era uma cidade de negócios, de fazendeiros rudes, restavam-lhe muitos hábitos patriarcais, a vida das senhoras casadas se processando no interior das casas, no cuidado da cozinha e dos filhos. Esposas de coronéis, mulheres sem cultura e sem requintes, Julieta tinha razão em se sentir deslocada. Se não fossem os ingleses e os suecos dos consulados, da estrada de ferro e da companhia de navegação, ela não teria quem lhe fizesse companhia num coquetel quando Carlos viajava à Bahia, nas suas sucessivas viagens de negócios. Julieta pouco se relacionara com as senhoras da sociedade local. Suas maneiras as escandalizavam, os hábitos esportivos de Julieta apareciam diante das senhoras dos coronéis como hábitos suspeitos e pouco sérios. Carlos Zude ri, pensando na cara de dona Aurícídia, a esposa do coronel Maneca Dantas, quando, no jantar que lhes oferecera, vira Julieta fumar...

    Carlos Zude corre pela praia, suas pernas finas sustentando a barriga gorda. Ao longe garotos jogam futebol na areia. Carlos arfa na corrida. Está envelhecendo... Quarenta e quatro anos... Qualquer corridinha o cansa, a barriga pesa. Sob o grande guarda-sol vermelho da praia, ele distingue o vulto de Julieta. Seus cabelos negros sobressaem entre as cabeças loiras do casal Gerson, os suecos do consulado. O que está de pé, tomando um sorvete, é mr. Brown, o engenheiro-chefe da estrada de ferro. Um corpo de atleta. No entanto deve ter a mesma idade que Carlos, se não

tiver uns anos mais. Carlos pensa nas diferenças de educação. Ele nunca fez esporte, sua infância foi em cima dos livros, uns livros difíceis e sem atrativos, para aprender a ler. Aos quarenta e quatro anos está barrigudo, as pernas finas, o rosto balofo. Vestido parece muito bem, mas assim, de calção de banho, é que se pode ver... Acabado... O inglês é um atleta. Carlos pensa que, se tiverem um filho, ele será educado num colégio inglês. Carlos o mandará ou para a Inglaterra ou para os Estados Unidos.
Mr. Brown o avistou, Julieta levanta-se e acena com a mão. Carlos parou ao vê-la assim de pé, erguida na ponta dos dedos, a mão no alto acenando adeus. É como uma estátua erguida sob o sol tropical. Carlos Zude se comove ante a visão da esposa. E imagina que ela, esportiva como é, não envelhecerá, aquele corpo adorado nunca será um flácido corpo de velha... Carlos toma velocidade (ah! essas pernas finas...), corre ao encontro de Julieta. Os suecos e os ingleses podem achar ridículo, mas ele a segura nos braços e a beija na boca. Um beijo prolongado, os lábios de Julieta desaparecendo sob o bigode do marido. Um dos moleques que jogavam futebol vem em busca da bola desviada e para admirando a cena excitante. Carlos cerrara os olhos, Julieta também cerrara os seus mas via o inglês e os suecos, atléticos, via o corpo excitante de Guni, igual ao de um adolescente.

O moleque, antes de chutar a bola de pano e de reiniciar a corrida, gritou para Carlos Zude:

— Aproveita, velhote...

3

O HOMEM RECEBEU O VOLANTE DA MÃO DO MOLEQUE QUE O DISTRIBUÍA na rua e leu com indiferença:

AVISO AO PÚBLICO

Marinho Santos avisa ao público que adquirindo o ônibus de Pirangi, do sr. Zum-Zum, com o privilégio dos horários de segundas, quartas e sextas-feiras, resolveu fazer os seguintes preços:

ITABUNA..................4$000
PIRANGI..................5$000
GUARACI..................8$000
"   ida e volta............15$000

Faço isso para bem servir o público que vem sendo espancado com preços absurdos, pois há dez anos que tenho ônibus, em outras linhas cobrando mais ou menos assim e ainda não deixei de possuir os mesmos pagando meus compromissos em dia. E sempre prosperando. Digo mais que com este ônibus que adquiri completei uma frota de quinze ônibus, com a qual posso enfrentar qualquer matéria de serviço sem fazer receio aos passageiros.

O ÔNIBUS NOVO
por estes dias estará aí
2as, 4as e 6as feiras — preços 15$000
ida e volta para GUARACI

O homem terminou de ler, jogou o anúncio na rua, comentou para quem quisesse ouvir:
— Com esse negócio de concorrência eles acabam pagando aos passageiros para viajarem... Ora, se acabam...

4

O ÔNIBUS IA PARTIR PARA GUARACI, O MAIS NOVO DOS POVOADOS nascidos na zona do cacau. Ficava nos limites do município de Ilhéus com o sertão baiano, terras onde as fazendas de cacau e de gado se confundiam, na raiz da serra do Baforé.

Uma mulher, aos berros, de dentro do ônibus, apressava o marido, que conversava na porta de um botequim:
— Tá na hora, Filomeno... Ande depressa, preguiça!
Os passageiros riam. O ônibus estava cheio. Marinho Santos fiscalizava o serviço do cobrador que ia de banco em banco, vendendo os bilhetes de passagem. O chofer pôs o motor em marcha, o passageiro atrasado entrou, iniciou uma discussão com a mulher. O cobrador reclamava contra um homem que lhe dera uma nota de quinhentos mil-réis para que dela fosse cobrado o preço da passagem até Itabuna: quatro mil-réis. Marinho Santos terminou com o princípio de incidente puxando um maço de notas do bolso e fazendo o troco. Um passageiro reclamou:
— Essa joça sai ou não sai?
Outro apoiou:
— Horário é como se não existisse... Não vale nada...
— Nem parece uma terra civilizada... — disse um terceiro.

Um homem chegava correndo pela rua, a maleta na mão. Marinho Santos avisou:

— Tá lotado. Nem um lugar mais...

Os passageiros sorriam da cara de decepção do atrasado. Marinho consolava:

— Daqui a uma hora sai outro. Pode esperar na agência, se quiser.

O homem se encaminhou para a agência. Marinho Santos bateu a porta do ônibus, o chofer buzinou afastando os carregadores, arrancou para os lados da estrada de rodagem. Dentro do ônibus, homens de roupa de casimira, que viajavam para Itabuna ou para Pirangi, se misturavam com gente que se dirigia a fazendas, vestidos de culote e calçados de botas. Um sírio tentava, apesar dos solavancos do ônibus, vender ali mesmo uns colares e uns anéis a um lavrador que os apalpava com desconfiança:

— É da melhor qualidade, freguês... — dizia o sírio na sua língua atrapalhada, exibindo o vidro dos anéis, mostrando colares baratos e festivos.

O lavrador os estudava, anel tão falso nunca vira, falso no ouro, falso no brilhante, mas ainda assim bonito:

— Esse troço não dura dois dias...

— Garantido por dois anos...

O turco elevava as mãos em juramentos estranhos e impressionantes:

— Jura pra Deus, freguês. Presente mais linda freguês não encontra...

Dizia "bresente", sua língua sofrendo ao pronunciar as palavras para ele difíceis. O lavrador discutia preços, terminou por sacar do bolso um grande lenço vermelho com um nó na ponta. Desamarrou o nó, retirou umas notas pequenas e umas moedas. Contou devagar o preço acordado, reclamando ainda, pedindo reduções. O sírio jurava que não podia.

— Jura que não pode, freguês — dizia "breguês", punha uns olhos sinceros e humildes, estendia a mão recolhendo o dinheiro. No último momento o camponês resolveu trocar o anel por um colar, colar de contas azuis, mais duradoiro talvez, na sua fugidia beleza, que o anel tão falso. O sírio trocou, jurando que perdia na troca. Punha um ar de vítima, uma voz de vítima, os olhos quase chorando na cotidiana representação teatral que era seu negócio, às costas a mala de mascate, cheia de berliques e berloques, os pés caminheiros pelas estradas, de fazenda em fazenda, levando o único luxo das camponesas mais pobres: seus colares falsos, seus falsos anéis, as fazendas vistosas e baratas, os lenços coloridos, as imagens de santos milagrosos.

A conversa se estendia pelo ônibus. Homens e mulheres tomavam parte nela, os fazendeiros e os trabalhadores, os imigrantes que subiam contratados também:

— Esse ano o cacau tá dando bom preço...

— E ainda vai subir, se Deus quiser... — disse uma mulher e se persignou. Levava um lenço amarrado na cabeça e tinha um ar de cansaço nos olhos sem brilho.

— A mim tá parecendo que não sobe mais de dezenove... — disse o marido ao seu lado, velhote magro e curvado.

— Ora... — fez outro lavrador. — Se hoje mesmo seu Martins, na casa de Zude, tava pagando dezenove a entregar...

— A entregar?

— Pois era...

— Então é que vai subir...

— Não acredito. Cacau a vinte mil-réis é melhor que ouro na flor da terra para a gente catar com a mão. Nunca que vai a vinte...

O chofer se meteu, quase largando o volante:

— Não duvide, seu Clementino, que vai é passar. Vai vir uma alta aí, maior que a de 14, a da guerra...

Clementino resolveu pedir a opinião autorizada do capitão João Magalhães. Que restava daquele João Magalhães, que, trinta anos antes, desembarcara no porto de Ilhéus para ganhar dinheiro fácil, no pôquer, de coronéis pouco espertos em matéria de jogo? Envelhecera muito nesses anos e nem mesmo certa moça que ficara no Rio de Janeiro a fitá-lo com desprezo (descobrira que ele era apenas um jogador profissional e não o comerciante que então se intitulava), e que nunca casara já que não quis se casar com ele, talvez nem mesmo ela, que ainda o trazia no coração, o reconhecesse. Rugas inúmeras cortam o rosto do capitão. Suas mãos têm grandes calos, não recordam as mãos bem tratadas do elegante de há tantos anos. O cabelo queimado pelo sol, descuidado de pentes, a barba por fazer, um cigarro de palha no canto da boca. Veste um paletó de casimira e um colete cáqui. Um rebenque na mão. Tudo que lhe resta daqueles tempos perdidos no passado é o título de capitão, pelo qual é tratado, e um anel de engenheiro do qual nunca quisera se desfazer. Clementino pergunta a sua opinião:

— O que é que o senhor acha, seu capitão? O cacau vai aos vinte bagarotes esse ano?

João Magalhães puxa uma fumaça do cigarro:

— Vai mais longe, Clementino. A alta vai vir, sim...

31

Os outros, até o chofer, se interessam:
— O senhor tem alguma notícia?
— Só o que os jornais dizem...
— E o que é?
O capitão João Magalhães conta o que leu nos jornais sobre a praga nos cacauais do Equador. A safra do Equador se perdera inteirinha. Fala animado, gesticulando, explicando muito, inventando pedaços inteiros de notícias, aumentando as realmente lidas no jornal. Os outros ouvem de olhos e ouvidos abertos, ávidos daquelas palavras otimistas. O capitão João Magalhães também ouve satisfeito as próprias palavras. Neste momento lembra o rapaz de há trinta anos, quando contava histórias de mesas de pôquer, de espantosas jogadas, de blefes impressionantes. Só que agora é um homem de mais de cinquenta, dos quais cerca de trinta foram vividos naquelas terras de Ilhéus, plantando e colhendo cacau. Há muito que deixara o pôquer de lado, apenas uma vez ou outra ainda jogando em rodas familiares, ensinando os truques aos amigos assombrados. Agora só o cacau o interessa, é um jogo bem mais perigoso. Bem dizia Sinhô Badaró, seu sogro, que aquela terra agarrava as pessoas e não as soltava mais. Era o visgo de cacau mole... Pegara nos pés dele também, estava nos olhos de Don'Ana Badaró. Casara no ano terrível do fim dos barulhos do Sequeiro Grande, da morte de Juca, da intervenção no estado, do assalto à casa-grande dos Badarós. A fazenda ficara arrasada. Mais que do ferimento do qual nunca se restabelecera completamente, Sinhô Badaró morrera, anos depois, do desgosto, da vergonha de não ser o mesmo senhor de terras de antigamente. Já não o apontavam a dedo na cidade. Passava como um qualquer, coxeando da perna ferida, era fazendeiro endividado, tendo saído dos barulhos devendo muito e com as roças em petição de miséria. Sinhô ainda estava pagando as dívidas, reconstruindo o que podia da sua propriedade, plantando novamente as roças incendiadas, derrubando a pouca mata que lhes restara, o genro vivendo na fazenda, dia e noite no trabalho, quando morreu de repente. O médico disse que foi o coração, João Magalhães nunca acreditou. Para ele Sinhô Badaró tinha morrido de vergonha, de vergonha de ver um título seu, de dívida, ser protestado num cartório da cidade. De qualquer maneira, enquanto ele fora vivo, as coisas tinham corrido bem. Mas, mal ele morreu, Olga e o outro cunhado, o viúvo da irmã de Sinhô falecida na Bahia, pediram que fizessem o inventário e que dividissem as roças. Apareceram também velhas contas de médico e do dr.

Genaro. Este cobrava anos e anos de advocacia, esquecido de que devia sua propriedade aos Badarós, quando dominavam politicamente a zona. A fazenda foi dividida. Olga vendeu logo a parte dela, achou bom preço e se tocou para a Bahia, onde vivia metida com o rapaz moço que trabalhara na sucursal do Banco do Brasil em Ilhéus, e que se interessara por ela há algum tempo. Enquanto Sinhô viveu, Olga não deu trela, tinha um verdadeiro pavor do cunhado. Mas, apenas o enterrou, quis sua parte da fazenda, torrou por dinheiro e teve sorte porque os candidatos eram muitos e ela pôde conseguir um preço alto. Foi atrás do bancário que servia agora na agência da Bahia. Segundo diziam, vivia com ele como se fosse casada, num luxo que dava que falar. O marido da outra irmã vendeu também sua parte. João Magalhães quis entrar num acordo com ele para comprá-la. Mas o homem queria dinheiro à vista para enterrar na sua casa comercial da Bahia, João não conseguiu um empréstimo e a roça foi vendida a outro. João Magalhães e Don'Ana tinham ficado com roças de cacau que produziam cerca de mil e quinhentas arrobas, com terrenos para três mil se houvesse dinheiro para plantar. Suas terras agora eram pouco maiores que aquelas outras que os Badarós haviam dado de presente a Antônio Vítor, o capanga que casara no mesmo dia que ele. Da fortuna dos Badarós, da família dos Badarós, "os donos da terra", restavam apenas aquelas roças e ele e Don'Ana. As roças podiam valer seus duzentos contos de réis naquela época. Eram "remediados", como diziam ali, espécie de gente que vivia entre os pequenos lavradores, as roças de menos de mil arrobas, e os grandes fazendeiros, os que colhiam quatro ou cinco mil arrobas. Poderiam um dia chegar às três mil e comprar mais terras, reconstruir aos poucos a fortuna perdida. Nesses trinta anos João Magalhães o tentou muitas vezes. Quis aplicar naquele jogo os seus truques de jogos de pôquer. Mas não resultou, foi com dificuldade que ele conseguiu pagar o resto das dívidas. E a própria fazenda comia os lucros de cada safra, em melhoramentos necessários, a estufa elétrica para a secagem do cacau no inverno, a poda das roças velhas, o plantio de roças novas pelos métodos modernos, quando as mais velhas, plantadas quase ao acaso pelo avô de Don'Ana, começaram a baixar a produção. João Magalhães aos poucos foi se apossando dos segredos do cacau, de como viver em função da fazenda. Nos primeiros tempos — os mais difíceis — pensara em fugir, largar aquilo tudo, voltar à sua vida de antes, livre e boa. No dia em que assistiu à partida de Margot (ela acenava com o lenço desde a amurada do navio), que voltava para outras terras, deixando para trás tudo que significava a zona do cacau, João Magalhães teve ímpetos de penetrar na Bahiana e comprar uma passagem. Tinha suas mãos de jogador, sua habilidade para cartear um baralho. Mas estava definitivamente preso ao cacau, havia nele certa lealdade estranha que o fazia fiel aos Badarós, aos olhos de Don'Ana, às terras da fazenda. E Don'Ana nunca aceitaria sair das suas terras, ir viver de expedientes noutra parte. O capitão se entregou definitivamente ao cacau. Agora era sua única preocupação. Nasceram os quatro filhos, um homem e três mulheres. O menino morrera dias após o nascimento, as moças foram casando, uma atrás da outra, casamentos pobres, o melhor foi mesmo o da última que casara com um médico que clinicava em Pirangi. As outras duas eram esposas de pequenos lavradores, de gente de pouca terra e pouco dinheiro. Don'Ana tinha envelhecido na cozinha da casa-grande, junto aos tachos de doce e às panelas de comida. O capitão havia envelhecido também. O cabelo estava em grande parte esbranquiçado, o rosto coberto de rugas. Esquecera já os barulhos do Sequeiro Grande. Até mantinha relações pessoais com o coronel Horácio, que estava acabado, com mais de oitenta anos, rico e ainda temido. Era com ele que por vezes recordava aqueles tempos. O coronel falava sem ódio dos dias que haviam passado. E, certa vez que João Magalhães tivera um aperto grande de dinheiro, quando um princípio de seca estragou a safra de um ano, ele só não o pediu emprestado ao coronel Horácio para não desgostar Don'Ana, que chorou de humilhação ao saber do projeto. Tomou o empréstimo num pequeno banco, a juros altos, levou muito tempo a pagar, renegando o orgulho de Don'Ana:

— Pobre não tem orgulho...

Assim vivera esses trinta anos, sua vida fora o cacau, somente o cacau, o subir e o baixar dos preços, a espera das chuvas para as safras, a espera do sol para a secagem dos caroços. Tudo mais, o nascimento dos filhos, a morte do menino (chamava-se Juca), a de Sinhô, os casamentos das filhas, tinham sido incidentes mais ou menos importantes, porém apenas incidentes. O importante era o cacau e somente o cacau.

Hoje João Magalhães vai alegre para a fazenda: tudo indica que o cacau vai subir e subir muito! Ele veio a Ilhéus vender sua safra desse ano. Mas viu as coisas, as ofertas de Martins, o gerente de Zude, e desistiu de vender. Havia entusiasmo demais, era sinal que o cacau ia subir... Era melhor esperar. Além do que havia lido aquela notícia no jornal sobre o cacau da República do Equador...

Explica aos ouvintes no ônibus o que pensa da situação:

— Vai haver alta e das grandes... Vão comigo que vão bem. Só um tolo vende cacau agora... É o mesmo que botar fora...

— Mesmo a dezenove, capitão?

— Ora, dezenove... Esse ano hei de vender meu cacau pelo menos a vinte e dois... Não lhe disse que o jornal...

E se demorava em detalhes, novas explicações. Tinha mudado muito por fora, envelhecera, sua elegância de jogador havia, há muito, desaparecido. Mas restava-lhe aquele entusiasmo, aquele amor à aventura, ao imprevisto, que o fizera vir para estas terras há trinta anos passados. Amor à aventura que o prendera ali, nos barulhos do Sequeiro Grande, nos olhos de Don'Ana Badaró. Agora se lança todo na perspectiva da alta, com o mesmo sorriso de sempre, otimista, o sorriso com que atravessara os piores dias de dívidas e dificuldades. Ora, se há de vir a alta...

Todos já concordavam com ele. A mulher que falara primeiro faz de novo o pelo-sinal e diz:

— Que um anjo fale pela sua boca, capitão...

O ônibus roda pela estrada de rodagem, aberta no morro, por onde sobe em curvas perigosas. Um grupo de trabalhadores sai para um lado, dando passagem. Mas o ônibus para, o chofer salta, vai buscar água para o motor escaldante. O sírio aproveita a parada para abrir a mala de mascate e exibir cortes de seda vagabunda. Quer a pulso que João Magalhães compre um para levar de presente à esposa. João Magalhães examina a fazenda, na tentação do estampado vistoso. O chofer, ao arrancar com o ônibus, vira a cabeça, larga a pergunta que bole com todos aqueles corações, que faz com que o capitão João Magalhães esqueça o sírio e as sedas que ele exibe:

— E, se não chover, que adianta o preço alto? Cadê cacau pra vender? Se não chover, adeus safra...

A discussão recomeça, interessando o ônibus todo. O capitão João Magalhães acha que choverá e muito. Lembra outros anos anteriores quando, neste mês, as chuvas nem se anunciavam e depois caíam de repente. Ilhéus não era Ceará, terra de secas. Mas outro notou que a derruba das grandes matas diminuíra as chuvas. O capitão não concordava:

— Ainda assim seca por aqui é coisa rara...

O sírio aproveita o silêncio que se segue para entrar mais uma vez, a peça de seda na mão, a voz quase súplice:

— Compra, capitão... deixo a quatro mil-réis o metro. Juro que tou perdendo dinheiro... Juro pra Deus...
Mas João Magalhães nem o ouviu porque alguém mostrava o morro onde o capim amarelecia esturricado pelo sol:
— É capaz que não chova...
— Deus não seja permitido... — rogou a mulher.
E todos aqueles corações, mesmo o do sírio, acompanharam ardentemente o voto da mulher, os olhos indo do capim morrendo ao céu límpido, em busca de nuvens de chuva que não existiam. Céu azul onde um sol vermelho de cobre marcava a hora do meio-dia.

5

O RELÓGIO DO BAR BATEU AS DOZE HORAS. O DR. RUI DANTAS, ao ver o jogo de Pepe Espínola, os dados espalhados na mesa, gastou o trocadilho infame e clássico:
— Prima todo soldado de polícia tem...
Juntou os dados no copo de couro — o *bog* —, pôs a mão em cima, sacudiu, fez que cuspia sobre as costas da mão para dar sorte, lançou os dados:
— Vou sair para a segunda...
Derramou os dados sobre a mesa, ficou observando para cantar o jogo. Espínola observava também, o rosto pálido, mais pálido ainda do muito pó de arroz que ele usava, rosto de uma cor só, desde o queixo fino até a calva luzidia, onde raros fios de cabelo estavam muito bem assentados. O dado que ainda rolava se equilibrou, indeciso um instante entre o ás e o oito. Parou mostrando o ás, com este eram três.
— Trinca de ases, em uma... — cantou Espínola.
Mas o dr. Rui Dantas, que se havia formado há poucos anos e ostentava no dedo um grande rubi, símbolo da profissão de advogado, não estava satisfeito, queria mais:
— Vou fazer um *five* e é em duas...
Espínola sorriu entre irônico e generoso:
— *No hace nada...*
Rui Dantas voltou a agitar o *bog*, a derrubar sobre a mesa os dois dados restantes: uma dama e um oito. Espínola abriu o sorriso irônico. O advogado tomou mais uma vez dos dois dados e foi mais feliz: saiu um ás.
— *Four* de ases em mil...

— *No es juego...* — Espínola emendou em seguida sua pronúncia: —
Jogo, quero *decir*...
— Quero dizer... — era Rui quem emendava agora.
— *Sí*, quero dizer...
— E é *sim* e não *sí*. — Rui sorria, emendando.
Espínola juntava os dados. Jogou. Dois pares. Deixou o maior, de valetes. Na segunda completou a trinca. Trinca baixa. Repôs todos os cinco dados no *bog*, tentando a última. Não fez nada:
— Futebol...
Chegara o momento de Rui Dantas gozar:
— Não lhe disse que prima até soldado tem? Segunda minha, saia para a negra...
Espínola ganhou a terceira e decisiva jogada, a negra. Rui Dantas chamou o garçom para pagar. Espínola pediu charutos. Olhavam o movimento do Café Ponto Chic que regurgitava de gente. Era a hora do aperitivo que precedia o almoço, hábito que desde há muitos anos, quando haviam chegado para iniciar a construção da estrada de ferro, os ingleses haviam ensinado aos grapiúnas. Também os outros ingleses, que vieram com o correr dos tempos, conservavam esse hábito. Lá estavam eles, engenheiros da estrada e funcionários do consulado, numa mesa de canto, bebendo seu coquetel e jogando o pôquer de dados. Comerciantes e coronéis ocupavam as demais mesas. Do outro lado da rua, chegava o barulho que faziam, no Café Ilhéus, os empregados no comércio. Estes não frequentavam o Ponto Chic, o mais importante dos cafés da zona comercial, local de reunião dos exportadores, dos advogados, dos ingleses da estrada, dos agrônomos da Estação Experimental de Cacau, que o governo do estado fundara em Água Preta, dos fazendeiros e dos comerciantes fortes. Espínola acende o charuto de São Félix. O coronel Frederico Pinto entra no café, pequeno e nervoso, os olhinhos vivos, bate nas costas de Espínola:
— Fumando charuto antes do almoço... Isso é coisa mesmo de gringo.
Espínola se volta, o coronel Frederico está apertando a mão de Rui Dantas:
— Como vai, doutor? O coronel Maneca como está passando? E dona Auricídia?
Rui Dantas diz que vão todos bem. O "velho", era assim que chamava o pai, estivera em Ilhéus na semana passada. Andava pela fazenda esperando as chuvas... O coronel Frederico fez uns comentários sobre a demora das chuvas naquele ano:

— É capaz de botar o temporão a perder... Se não chover nesses quinze dias, não sei não... Gora o temporão. — Ficara subitamente sério. Depois, muito risonho, quis saber como "iam esses versos". Se referia aos sonetos que Rui Dantas, de vez em quando, publicava no *Diário de Ilhéus* ou no *Jornal da Tarde*, os dois diários que circulavam na cidade. Havia também *O Século* e *O Dia* em Itabuna, a cidade vizinha, mas nestes Rui Dantas pouco colaborava, existindo uma verdadeira luta entre os intelectuais das duas cidades. Frederico Pinto nem ouviu a resposta do moço advogado. Já se voltara para Espínola, batendo-lhe no ombro, rindo de novo daquele hábito do argentino: fumar charutos antes do almoço. Um charuto era bom após um almoço de verdade, regado com bom vinho, uma moqueca de peixe, por exemplo, como aquelas que se comiam na Fazenda dos Macacos — voltava a falar para Rui —, o peixe fresquinho pescado no rio pouco antes, o molho de leite de coco benfeito, isso sim. Depois acender o charuto e não pensar em nada...

— Só nas *mujeres*... — atalhou Espínola.

Frederico Pinto teve um leve sobressalto: será que o gringo desconfiava de alguma coisa? Se murmurava tanto nessa cidade de Ilhéus, nem parecia uma terra civilizada... Também o coronel Frederico Pinto, quando alguém lhe lançava uma indireta sobre aquele assunto, não dizia que não, sorria com certa vaidade. Quem na cidade não sabia que o coronel era amante da "gringa", aquela esplêndida figura de mulher que era Lola Espínola, a esposa de Pepe? A vinda dos Espínolas para Ilhéus, há uns dez meses atrás, incorporara uma palavra nova ao português tão mesclado que se falava no sul da Bahia, transformado já pelo contato com o negro, adoçado por este, misturado depois de termos ingleses trazidos pelos engenheiros da estrada e pelos americanos da Exportadora. A tudo isto se juntou a palavra *rubia*. Desembarcou impressa em caracteres enormes nos anúncios distribuídos de casa em casa, nos cartazes pregados nas paredes, quando Pepe e Lola chegaram em Ilhéus:

A RUBIA LOLA, ÍDOLO DAS PLATEIAS DO SUL

Dançavam tangos e dançavam bem. Alta, flexível e loira, Lola dobrava o corpo nos meneios da dança enfermiça. Espínola era um bom bailarino, e, no palco, vestido de casaca, até a sua calva desaparecia aos olhos das mulheres que seguiam o langue movimento do seu corpo que apenas começava a engordar, nos passos vagarosos dessa dança, onde os instintos sensuais se misturavam com todos os dramas da prostituição. Sentiam que Pepe estava tentando a mulher, como nas roças de cacau as cobras tentavam, com seus olhos hipnóticos, os passarinhos nas árvores. Como olhos de cobra eram os meneios daquela dança lenta, olhos nos olhos, o homem sem dinheiro e sem amor tirando o amor e o dinheiro da mesma mulher. As mulheres seguiam atentas os movimentos de Pepe Espínola, a casaca fazendo-o mais magro, o corpo ágil se dobrando em curvas. Mas os homens só tinham olhos para a *rubia* Lola. Não havia no teatro cheio, desde os tímidos adolescentes que trabalhavam no comércio até os gordos coronéis de muito dinheiro, quem não a desejasse naquela noite de espetáculo. Um trabalhador da fazenda do coronel Silvino, que estava em Ilhéus em tratamento e que viera ao teatro porque ganhara uma entrada, não mais a esqueceu e a *rubia* argentina foi, até ao fim da sua vida miserável de trabalhador do campo de cacau, a visão mais bela, o momento mais inesquecível.

Também o coronel Frederico Pinto, baixinho e feito uma pilha de nervos, não deixou por um momento de olhar as pernas bem torneadas, o busto elegante, as nádegas fornidas da argentina. Para ele, Lola era também uma visão de sonho, um acontecimento inesperado e novo. Ele a desejou com a força de um homem que passara trinta anos na mata, derrubando florestas e plantando cacau, todos os desejos reprimidos, dormindo essa existência inteira ou com a esposa dona Augusta, que a vida na roça envelhecera depressa e cujo corpo as comidas temperadas haviam engordado além de todos os limites, ou com as mulatas prostitutas das ruas sujas de mulheres, nos povoados. Lola era o nunca visto, era uma flor de requinte em meio àquela terra rude. O coronel Frederico Pinto suava na sua cadeira de primeira fila. O que não daria ele para ter, numa noite, aquela mulher ao seu lado na cama, a cabeça de cabelos loiros, as pernas, os seios, as nádegas, ah! as nádegas como ancas de égua gorda!

Era um sonho e foi realidade. Pepe Espínola só recorria ao palco quando chegava um dia negro em que as demais possibilidades haviam terminado. E os tangos dançados pelos dois, os tangos cantados por ela, essas letras trágicas de mesquinhas tragédias, histórias de amor de um triângulo novo: a mulher, o cáften e o gigolô, a beleza de Lola ainda mais realçada pelas luzes do palco, tudo isso era apenas como um anzol (anzol com a melhor isca do mundo, dissera alguém, certa vez, se referindo a Lola) para um peixe gordo. E Pepe Espínola costumava afirmar que aquele processo nunca falhara.

Um dia, na mocidade de Pepe Espínola, dia mais distante do que parecia a quem olhasse o argentino tentando adivinhar-lhe a idade, alguém, que possuía a experiência da vida, lhe afirmou num cabaré de arrabalde de Buenos Aires, numa noite de tangos e mulheres:

— *Ser gigoló es la más digna profesión del hombre...*

Ele não era calvo naquele tempo, tinha uma cabeleira negra que a gomalina mantinha lisa e bem penteada sobre a cabeça pálida, de olhos que forçavam parecer maus, as mãos nervosas e finas, a boca de lábios sempre assobiando. Já tivera as suas aventuras, mas aqueles dias eram dias decisivos para o *"pibe Pepe"*, como o chamavam os companheiros de bairro. Outros o chamavam também *"el poeta"*, porque ele tratava as mulheres do cabaré com uma tal delicadeza que lembrava um poeta romântico que certa noite divertira, com seus gestos estranhos e ridículos, os frequentadores assíduos. O pai de Pepe, que tinha um emprego público mal pago, achava que, decididamente, o filho devia tomar um caminho na vida. E o dizia acompanhando essa sua teoria com palavras duras sobre o caráter do jovem que *"no sirve para nada, pésimo estudiante y pésimo hijo"*. Pepe, com dezesseis anos apenas, já entrava em casa altas horas da noite, como se fosse um homem, vivendo nas piores companhias. Na hora difícil do jantar, ele ouvia em silêncio as amarguras do pai, e se safava para a rua logo que tinha uma oportunidade. A tempestade continuava em casa, o funcionário público esbravejava nomes feios, a pobre esposa procurava desculpas maternais que não convenciam. Um dia, a coisa tomou um aspecto mais perigoso, já que o pai de Pepe se declarou disposto a arranjar um emprego *"cualquiera, no importaba"*, para o filho, não se sentia mais disposto — afirmava decidido — a continuar sustentando vagabundos.

Exatamente quando vivia a possibilidade angustiosa de ter que se transformar num empregadinho de loja ou de armazéns, Pepe Espínola ouviu, no cabaré, do Elegantíssimo (nunca ninguém soube ao certo outro nome seu), aquela frase que lhe pareceu de uma profundidade bem maior que qualquer tratado, por mais grosso e difícil que fosse, de filosofia:

— *Ser gigoló es la más digna profesión del hombre...*

O Elegantíssimo lhe deu outros conselhos. Com seu olho de conhecedor, achou que Pepe tinha talhe para exercer a profissão. Sua delicadeza mesclada de súbitas brutalidades, seu jeito de desordeiro e a sua juventude o faziam o ideal imaginado por uma mulher de quarenta anos, que tivesse a bolsa cheia e o coração vazio. Havia uma loira assim no cabaré, argentina que se dizia francesa, e que pronunciava corretissimamente as oito únicas palavras francesas que conhecia. A verdade é que Pepe tentou uma primeira incursão contra a gorda Antônia, uma enorme prostituta muito celebrada pelos marinheiros. Mas a gorda Antônia não tinha o coração vazio e a atitude dela, numa noite em que, sozinha, surrou dois marinheiros alemães, amedrontou Pepe. Foi quando se voltou para a francesa e se dedicou a ela. Compete dizer toda a verdade: Pepe se apaixonou pela mulher e os elogios do Elegantíssimo à maneira como ele, um estreante apenas, representava seu papel de gigolô, não tinham razão de ser, pois os dezessete anos de Pepe ardiam como fogo pelos quarenta anos de Jacqueline (em realidade, na certidão de nascimento, Luísa). Esta o enchia de dinheiro, e seis meses levou Pepe de vida feliz, tendo inventado em casa a história de um emprego à noite, num bar. Mas Jacqueline se dedicou tanto ao amante que esqueceu os que pagavam e o dinheiro começou a faltar. O Elegantíssimo avisou a Pepe que chegara o momento dele procurar outra, uma que tivesse mais consciência dos seus deveres para com os gigolôs. Custou a Pepe a separação. O corpo da mulher em radiosa beleza, no último momento da sua plenitude, atraía o adolescente com a força da primeira paixão. Mas Pepe havia elegido uma profissão e sabia que esta exigia dele sacrifícios como aquele. "*Es necesario tener carácter*", lhe disse o Elegantíssimo, quando percebeu o drama, e Pepe "teve caráter".

Agiu como um gigolô completo: uma noite fez uma crise de ciúmes, limpou a bolsa de Jacqueline do pouco dinheiro que ainda havia, pôs no pulso um relógio dela, de ouro, lançou-lhe em rosto a comédia da nacionalidade francesa e partiu sorrindo. Jacqueline bebeu veneno naquela mesma noite e essa recordação, de quando em vez, põe uma nuvem de tristeza na tranquila alegria de Pepe Espínola.

Assim começou sua carreira, que, em determinado momento, era conhecida nos cabarés, e entre os matões de Buenos Aires, como uma bela e rápida carreira. Chegou a ser tratado por "*el gran Pepe*", sendo visto diariamente em companhia de mulheres belíssimas, gigolô das mais disputadas mundanas da cidade. Viveu às custas de uma russa branca magra e infernalmente sensual, que cobrava uma fortuna por uma noite de amor cedida a qualquer milionário vicioso. Suas mulheres foram as mais famosas que passaram pelos grandes cabarés do centro da cidade de Buenos Aires. Mulheres de várias raças e de várias cores. Desde a cantora mulata do Brasil que fizera tanto sucesso, até uma holande-

sa morena, de rosto quadrado, que vivia às expensas de um exportador de carne. Não havia gigolô mais conhecido nem que vivesse melhor. Foram anos de muito dinheiro e de vida boa. Os talhos de navalha que tinha numa das mãos, resultantes de uma briga num cabaré, algumas noites dormidas num comissariado de polícia, e um princípio de afecção pulmonar (uma infiltração de pus iniciada no pulmão esquerdo), tratada no melhor sanatório de Córdoba com o dinheiro de miss Kate, americana que fazia turismo pelos cabarés pitorescos e que se apaixonara da maneira mais torpe e mais romântica por Pepe, foram incidentes que não chegaram a abalar a sua felicidade. Só nos dias de grande bebedeira ele se lembrava de Jacqueline, o rosto verde no caixão de defuntos, que bebera veneno numa distante noite. Então ficava repentinamente cruel, costumava espancar a mulher que o sustentava no momento, falava mal da vida, jurava que no dia seguinte iria visitar os pais. Mas, no dia seguinte, já havia passado tudo, Pepe não ia ver os pais, no que aliás agia bem, pois o funcionário público, então aposentado, o proibira terminantemente de aparecer em casa, dizendo que Pepe desmoralizava a família com a sua indigna profissão. Indigna profissão... Pepe lembrava a frase do Elegantíssimo:
— *La más digna profesión del hombre.*
O Elegantíssimo fora vencido pelo discípulo. Realmente, não seria possível comparar um decadente gigolô de cabaré de arrabalde com "*el gran Pepe*", que as mulheres disputavam, a bolsa e o coração abertos para ele. Pepe tinha sido grato ao Elegantíssimo. Quando este desistiu da profissão, envelhecido e cada vez mais decadente, achando que, com a dentadura postiça, já não a podia exercer "*con la necesaria dignidad*", Pepe arranjou para ele um emprego de porteiro num cabaré central, cujo proprietário lhe devia favores. Assim o Elegantíssimo não teve que trocar o smoking por outro traje menos elegante. E, em muitas noites, ele abriu a porta dando passagem a Pepe e à mulher que o amava e sustentava na ocasião, recebendo a gorjeta gorda com um comentário para a rua inteira:
— *Este lo hice yo...*
Mas também para Pepe começaram a passar os anos de glória. Essa "digna" profissão de gigolô tem seu limite de idade. Como imaginar um gigolô que não seja jovem e de romântica aparência? E contra a romântica aparência de Pepe Espínola conspirou, quando ele andava pelos trinta anos, a queda dos seus cabelos, que se processou com uma rapidez

surpreendente. Pepe ficou calvo e, como tal, impedido de continuar a viver à custa de *"mi bello cuerpo"*, como dizia. Mas não de continuar a viver à custa de mulheres. Havia outra profissão, menos romântica sem dúvida, mas que não exigia tantos atributos físicos: a de cáften. Esta repugnava ao Elegantíssimo que a achava indigna de um homem que se considerasse honrado. Quanto a ele, preferia ser porteiro a ter que exercê-la... Pepe pensou diferente. Lembrava-se de outra frase do Elegantíssimo: *"Es necesario tener carácter"*. E se fez cáften. A polícia, alguns anos depois, se meteu de tal maneira na sua vida que ele saiu da Argentina, levando Lola em sua companhia, apresentada sempre como sua esposa. Vieram para o Rio de Janeiro.

Parece indiscutível que foi Pepe Espínola quem introduziu no Brasil o "pulo dos nove". O "pulo dos nove" deu bastante dinheiro a Pepe e muitas emoções a Lola. Alugavam um apartamento num arranha-céu de moradia, onde já tinham localizado um "cliente" rico. Lola começava a encontrá-lo por casualidade no elevador, saudavam-se, com a repetição dos encontros se faziam conhecidos. Um dia, quando Lola sentia a existência de interesse por parte da vítima, aparecia de lágrimas nos olhos, triste como a própria tristeza. O ricaço se interessava em saber o que se tinha passado com ela. Lola punha uma cara de drama, as confidências não tardavam: era infeliz no casamento, o monstro do marido a maltratava, era um brutamontes que não a compreendia, ciumento e material, sem nenhum sentimentalismo. Que homem não quereria consolar a *"rubia"* Lola, tão linda e tão desgraçada no casamento? Demais o ricaço, desde antes, estava interessado. As coisas se precipitavam e, com mais algumas conversas, Lola abria a porta do apartamento para o vizinho que desceria ou subira de um andar próximo, onde vivia com toda a família, mulher e filhos. O homem vinha com precauções, aquela aventura no mesmo prédio em que residia a sua família não deixava de ter seu perigo, apesar disso lhe dar também um sabor especial. Lola fazia-se mais amedrontada ainda. Dizia que era medo do marido, o terrível marido ciumento, capaz de fazer escândalos, de matar, pintar o diabo. Depois, prendia o ricaço no seu corpo e as tardes de amor duravam mais ou menos uma semana, até que um dia, inesperadamente, quando já o ricaço se sentia em segurança, Pepe irrompia no quarto, no momento supremo dos amantes, o revólver numa das mãos, os olhos incendiados, a voz aos gritos:

— *Perra!*

Lola não podia deixar de admirar a representação de Pepe, a voz com que ele gritava o insulto, os olhos incendiados. Era um artista. Ela o amava, cada vez o amava mais. Na cama, o ricaço tremia. Em geral se tratava de um pacato negociante a quem um escândalo prejudicaria enormemente, ainda mais um escândalo no mesmo prédio onde residia a sua família. O homem se sentia morto, Pepe gritava insultos e ameaças. Ao ver que o "amante" estava perfeitamente amedrontado, modificava um pouco o tom da voz e, quando o ricaço propunha uma possibilidade de acerto para aquele negócio todo, Pepe tinha uma rápida crise de dignidade, para logo depois se mostrar disposto a estudar a possibilidade de limpar a sua honra com outra coisa que não fosse sangue. Falava muito em honra manchada e cobrava caro, muito caro. Vinha o cheque, o ricaço recebia suas roupas e escapulia, jurando que nunca mais haveria de se meter com mulheres casadas... E como Lola ganhara, no decorrer da comédia, alguns presentes valiosos do apaixonado, o casal tinha sempre um bom lucro no negócio.

O que estragou o "pulo dos nove", no Rio de Janeiro, foi a repetição. Não só Pepe Espínola o utilizava. Logo outros passaram a usar os mesmos métodos do argentino, e um brasileiro até o ampliou, aumentando o número de mulheres para duas, uma aparecendo como irmã virgem do marido, donzela ingênua que um dia se deixava deflorar por um milionário. Pepe não teve tempo de adotar a inovação porque certa manhã acordou na polícia, onde ele e Lola passaram três meses. Veio para a Bahia e aí viveu algum tempo em calma, porque um aviso da polícia carioca para a polícia baiana o impedia de tornar conhecido na capital do estado o gracioso "pulo dos nove". Demoraram-se, ele e Lola, dançando no cabaré mais chique, terminaram por vir para Ilhéus, contratados para dar uns espetáculos no Teatro São Jorge. Mal saltou de bordo, Pepe Espínola viu as enormes possibilidades oferecidas por aquela cidade rica, de coronéis loucos por mulheres bonitas, tão raras ali. Se deixou ficar, ganhando dinheiro no jogo. Seu primeiro negócio, que ainda durava, foi alugar uma casa onde tinha bebidas caras e na qual os coronéis iam jogar pôquer. Pepe não jogava, apenas cobrava um "barato" para as "despesas". Cobrava também as bebidas e os sanduíches. Foi moda ir jogar em casa de Pepe Espínola. Na sala de jogo (pequena e chique, só poucas pessoas eram admitidas) Lola passeava seu corpo flexível. Pepe estudava a possibilidade de montar uma roleta em casa.

Um dos primeiros frequentadores da casa foi o coronel Frederico Pinto. Quando Pepe compreendeu que o coronel estava irremediavelmente caído por Lola, decidiu aplicar o "pulo dos nove". Avisou a mulher e ela começou a representação. Mas o coronel era demasiado tímido e levou meses para compreender que era possível deitar numa mesma cama com aquela mulher. Lola estava ganhando fama de "esposa modelo", já que, para melhor trabalhar, se mostrava inteiramente indiferente aos galanteios, não só dos coronéis, como dos advogados, e até de Karbanks, o exportador. A comédia com Frederico demorou mais do que Pepe esperava. E continuava demorando, porque se bem que o coronel já fosse amante de Lola, a cumulava de tal maneira de presentes que Pepe resolvera adiar o desfecho, dando tempo para que enchesse a pequena caixa onde Lola guardava as joias. Então o coronel pagaria pela honra manchada de Pepe Espínola...

No Ponto Chic, conversavam os dois diante do dr. Rui Dantas. O dr. Rui, olhando o coronel e Pepe que discutem sobre marcas de charutos, reflete no mau gosto das mulheres. Enquanto ele, jovem e forte, lhe dedicava sonetos melosos, ela se deixava levar por um coronel barrigudo e velhote. Só mesmo pelo dinheiro...

Rui Dantas, advogado sem cliente, filho de papai rico, poeta de maus versos, jogador sem sorte, não pode entender o gosto de Lola. Ele também daria tudo para apertar nos braços a *"rubia"*. Se daria... Não sabe que, enquanto conversa com o coronel, Pepe pensa que já é tempo de representar o último ato da comédia com Frederico e começar outra. E que, para esta outra, ele escolheu como primeiro ator ao dr. Rui Dantas, filho do coronel Maneca Dantas, o dono da Fazenda dos Macacos, homem rico da terra. Rui se sente melancólico. Lola está tão longe dele, não poderá jamais possuí-la. O que não pagaria ele para tomar dela e acarinhar seu corpo... Como se adivinhasse seus pensamentos, ao partir o coronel, Pepe o convida para almoçar em sua casa:

— *La invitación es de Lola. Ella* lhe gosta muito... — procurava falar português.

Os olhos de Rui Dantas se iluminam. Escreveria um soneto para ela. Nesse mesmo dia. Bem romântico e com rimas ricas. Pagou os charutos de Pepe.

6

A COMPANHIA EXPORTADORA DE CACAU DE ILHÉUS OCUPAVA, com os seus armazéns, quase um quarteirão. No entanto, a placa com o nome da casa era pequena, muito maiores eram as placas de algumas das firmas que a Exportadora (como a chamavam todos) representava: a companhia americana de aviação, a companhia sueca de navegação, uma companhia americana de seguros marítimos, outra de máquinas de escrever. A Exportadora representava muitas outras firmas, mas todo esse trabalho de representação ocupava uma parte mínima dos enormes escritórios e uma parte também pequena dos livros de balanço. É verdade que ali se vendiam passagens para viagens nos aviões, se faziam contratos para fretes de cacau nos barcos suecos, seguravam-se casas contra incêndio, e eram vendidas máquinas de escrever. Porém uns poucos empregados bastavam para dar conta desses serviços. Os mais, um grande número, trabalhavam nos negócios de cacau. Os caroços de cacau enchiam os armazéns que iam quase de ponta a ponta do quarteirão. Nesse trecho de rua o cheiro a chocolate era mais forte, chegava a entontecer. A Companhia Exportadora de Cacau de Ilhéus era a maior firma exportadora de cacau, em todo o país.

Na porta do escritório que Karbanks ocupava quando se encontrava em Ilhéus figura uma placa avisando ser aquela sala do diretor-gerente. Karbanks gostava do cabaré e da bebida, andava na rua abraçado com os coronéis, conversava com todo mundo, era jovial e atencioso. Ainda assim, aquele americano gordo e grande, vermelho e suado, de braços muito compridos, que lhe haviam valido o apelido de "gorila", de voz gritona, era um mistério para Ilhéus. Dizem muitas coisas: que ele representa grandes interesses americanos nessa zona, que a Exportadora não lhe pertence coisa alguma, que ele apenas a dirige como um empregado de alta categoria. Durante algum tempo Ilhéus quebrou a cabeça querendo descobrir detalhes do mistério criado em torno ao gigantesco americano. Acabou por desistir e por se acostumar a ele, ao seu jeito de ser. Na verdade, Karbanks era possivelmente o estrangeiro mais simpatizado entre os que residiam na zona do cacau, se excetuarmos o sírio Asfora, que se fez fazendeiro e cujas filhas haviam casado com brasileiros. Asfora já não era considerado estrangeiro. Voltara à Síria com a esposa e a filha mais jovem, a única solteira, para passar uma cômoda velhice na terra natal. No fim de um ano regressara, as saudades o trouxeram de volta. Mais uma vez calçou as botas de montaria e se tocou para a fazenda, a plantar e colher cacau.

Karbanks também ia todos os anos aos Estados Unidos, desde que começaram as viagens de avião. Antes ia de navio, de dois em dois anos.

Voltava sempre com alguns presentes mecânicos, navalhas elétricas de barba, pequenos rádios, lapiseiras, para os coronéis mais amigos. Mas não eram essas idas e vindas que o faziam popular. A sua popularidade provinha da pouca importância que ele dava à sua posição. Vivia nos bares, conversando, tomando *drinks*, contando anedotas na sua meia-língua. De quando em vez, dava um espetáculo no cabaré, dançando bêbado com uma rapariga qualquer, o enorme corpo de "gorila" precipitado sobre o da mulher, os braços imensos se agitando, as pernas sem acertarem com os compassos do samba. Suas bebedeiras eram clássicas. Nessas noites ele se punha a cantar foxes em inglês. Iria ser Karbanks quem, pouco tempo depois, mais apoiaria o Terno do Ipicilone, quando ele foi fundado em Ilhéus, durante a alta do cacau.

Gosta de usar termos da gíria nascida do cacau, as palavras saindo aos pedaços, com dificuldade, a sua pronúncia pesada. Consta que foi ele quem conseguiu o contrato da companhia de navegação sueca para a vinda dos grandes cargueiros, que permitiram a exportação direta do cacau, desde o porto de Ilhéus para os Estados Unidos, a Alemanha e o norte da Europa. E que fora ele, ajudado por Carlos Zude e os demais exportadores, quem forçara o governo federal a fazer os melhoramentos na barra, possibilitando a entrada de navios de grande calado. Talvez o termo "forçar" não fosse muito bem empregado em relação a Karbanks, pois ele parecia a pessoa menos capaz de forçar alguém a alguma coisa. Existia até em Ilhéus uma piada chula sobre esse assunto: contavam, os mais descarados, que Karbanks não casara com uma ilheense porque, como no Brasil as moças se casam virgens, ele teria que forçar o hímen da esposa. Esta anedota foi contada a Karbanks e o exportador riu muito, sua voz gritando seu termo favorito:

— Espantoso! Espantoso!

Mas o negócio da barra era uma realidade. Os entendidos diziam que a Exportadora tinha a maior parte das ações das docas do porto, compradas aos herdeiros do coronel Misael. E a renda do porto era enorme... Diziam também que por detrás da direção do Banco de Auxílio à Lavoura se encontrava a Exportadora, ou seja Karbanks. Ele e Carlos Zude estavam em toda parte, só não se haviam metido ainda nas fazendas. Ninguém ainda se dava perfeita conta de que a luta entre os coronéis, conquistadores e plantadores da terra, e os exportadores se aproximava. Por ora se davam conta apenas da aproximação da alta do cacau, uma alta como nunca se havia visto antes... Mas já se falava muito em Karbanks, em Zude, em Ribeiro & Cia., nos Rauschning, os alemães de outra casa exportadora, em Reicher, um judeu seguro, no nazista Schwartz. Falava-se também de Correia, que fundara uma pequena fábrica de chocolate e pagava artigos nos jornais para provar que estava fazendo uma obra patriótica produzindo o chocolate no próprio Brasil. Porém, mais que tudo isso, eram comentadas em Ilhéus as bebedeiras de Karbanks. As senhoras preconceituosas achavam que o americano era um homem rico que não se dava ao respeito. Apesar dessa opinião, Karbanks era muito estimado. Os ingleses que faziam uma vida à parte, cerrados num círculo, os alemães que tratavam os nacionais desde o alto, com certo desprezo e certo receio, não eram bem-vistos. Viviam como que à margem da cidade, sem ter com ela um contato real. Karbanks residia em Ilhéus há muitos anos. Viera quando o cacau começara a ser uma força econômica e fundara a casa exportadora. Primeiro era uma coisa pequenina: a menor talvez das firmas exportadoras. Mas, no fim da safra, Karbanks foi aos Estados Unidos e, quando voltou, a razão social da firma, que era Frank Karbanks, Exportador, se transformou em Companhia Exportadora de Cacau de Ilhéus. E com a mudança da razão social o capital aumentou de maneira incrível. Já nesse ano, Karbanks comprou mais cacau que qualquer outro exportador. No ano seguinte continuou a ampliar os negócios e, hoje, apenas Zude, Irmão & Cia. e Schwartz podem se lhe aproximar em volume de negócios. Os Rauschning só exportavam para a Europa, e Reicher e Ribeiro, que exportavam para os Estados Unidos e a Argentina, eram compradores muito menores. Karbanks comprava quase trinta por cento de todo o cacau do sul do estado da Bahia.

Certa vez, no correr desses anos, uma notícia circulou insistentemente em Ilhéus, durante uma das estadas de Karbanks nos Estados Unidos: o ianque não voltaria, ficaria nos escritórios em Nova York. A cidade lamentou o acontecimento, Karbanks deixava saudades entre os coronéis e os frequentadores dos cabarés. Realmente apareceu outro americano para ocupar o escritório de Karbanks na Exportadora. Era magro, calado e brusco, os negócios da casa sofreram um abalo considerável, aproveitado por Maximiliano Campos para conseguir alguns dos melhores fregueses da Exportadora, alguns dos maiores fazendeiros que, desde então, passaram a lhe vender o seu cacau. Os coronéis não sabiam tratar com aquele americano de poucas palavras, que não oferecia uma cachaça, que não aceitava convite para um café no bar próximo, que não falava em mulheres. O resultado é que Karbanks voltou e o americano magro e brusco desapareceu de Ilhéus. Com a volta de Karbanks voltou a prosperidade aos negócios da Exportadora. Veio o assunto das docas (algumas pessoas diziam que era uma negociata terrível, na qual estavam envolvidos políticos da capital), a fundação do banco, o contrato dos navios suecos, a exportação direta desde o porto de Ilhéus. Hoje a Companhia Exportadora de Cacau de Ilhéus ocupava quase uma quadra na mais importante rua comercial da cidade, representava uma série de companhias, estava interessada numa infinidade de negócios. Nas estradas de rodagem que estavam fazendo uma tremenda concorrência à estrada de ferro, por exemplo, as ações da Exportadora eram maioria absoluta. E ela tinha preferência nos caminhões para conduzir o cacau das cidades e povoados ligados a Ilhéus pela estrada de rodagem: Itabuna, Ferradas, Pirangi, Palestina, Banco da Vitória e Guaraci.

Os americanos (eram poucos) que trabalhavam na Exportadora professavam, na sua totalidade, a religião protestante e frequentavam o templo dos ingleses, improvisado numa casa que antes fora depósito de cacau. Karbanks, apesar de também ser protestante, não frequentava igreja nenhuma. Nunca deixou, no entanto, de patrocinar as festas católicas de São Jorge ou São Sebastião, de Nossa Senhora da Vitória ou de São João. Nas listas que o bispo e os padres faziam circular com o fim de arranjar dinheiro para estas e outras festas de igreja, listas que eram levadas por alunas, escolhidas a dedo entre as mais lindas do colégio das freiras, o nome de Karbanks figurava sempre num dos primeiros lugares, ao lado de uma das maiores quantias doadas.

Também na grande placa de mármore, na qual gravaram os nomes dos que haviam contribuído com grandes quantias para o levantamento da nova igreja de Nossa Senhora da Vitória, uma linda capela branca que as freiras fizeram construir na frente do colégio e que dominava a cidade desde o morro, nessa placa colocada no átrio, também ali se lia o nome de Karbanks, logo abaixo do nome do prefeito. O americano dera vinte contos de réis para as obras. E essa placa era um dos raros lugares onde se podia ler o seu nome por inteiro: mr. Frank Morgan X. Karbanks.

7

O POETA SÉRGIO MOURA SE LEVANTOU DA CADEIRA DE ONDE ouvia o sabiá cantar e atendeu de má vontade ao telefone. De longe chegava a voz amável de Martins, o gerente de Zude, Irmão & Cia.:

— Seu Moura?

— Ele mesmo...

Era no prédio novo da Associação Comercial de Ilhéus, ao lado do maior jardim da cidade, quase em frente à prefeitura. Aquele prédio atestava a força do progresso da cidade, a força das chamadas "classes conservadoras", enorme, imponente, o grande vestíbulo de mármore, as escadarias suntuosas, os tapetes caros. Possuía uma biblioteca, cujos livros não estavam virgens de leitores unicamente porque o poeta Sérgio Moura vivia dos rendimentos de chefe de secretaria da Associação. Por isso também é que as orquídeas (que cresciam braviamente nos terrenos próximos à praia sem que ninguém lhes desse valor) embelezavam o jardim dos fundos, onde cerca de duas dezenas de passarinhos de mavioso canto distraíam o poeta dos números que marcavam, na sua frente, a altura da exportação do cacau e do movimento comercial da zona, números frios como senhores de colarinho duro. O sabiá trinava na primeira hora da tarde. O poeta Sérgio Moura morava no próprio prédio da Associação, a comida lhe vinha ali, durante dias e dias ele não saía. No entanto alguém, que era dado a psicólogo, já dissera que a única pessoa que enxergava tudo o que se passava em Ilhéus, e sobre tudo tirava conclusões verdadeiras, era o poeta Sérgio Moura. Talvez fosse um exagero, mas havia razões para esse exagero.

A voz de Martins no telefone:

— É Martins...

— Bem.

— Há uma reunião convocada para hoje, aí, dos exportadores...

— A que horas?

— Às nove...

— Bem.

— O senhor pode providenciar...

— Uísque? Pode deixar... Onde já se viu reunião de exportadores sem uísque?

Martins não sabia mesmo se gostava ou se tinha medo de Sérgio Moura. A verdade é que resolveu adiantar a notícia:

— Sabe, seu Moura? Parece que vamos ter alta e das grandes...

O poeta enrugou a testa:

— Alta?

— A reunião é para isso... Não entendo direito...
— E quem entende? — perguntou o poeta.
— É...
— Bem, até à noite...
— Até logo, seu Moura. Olhe que eu não lhe disse nada de alta, hein...
— Fique descansado.

O sabiá continuava a cantar, meigas melodias da floresta perdida. O poeta Sérgio Moura andou para perto da gaiola, onde o pássaro de um amarelo-claro se despedaçava na dor do canto. O poeta era magro e alto, vestia casimira azul, tinha um ar de pássaro irônico, um sorriso fugidio que ia da boca para os olhos. Antes fora muito magro e muito fraco. Um dia, ao ter um incidente de rua, o único incidente de rua de toda a sua vida, resolveu fazer ginástica até ficar forte. Houve quem risse dele. Sérgio contratou um professor, comprou instrumentos, levou um ano. Ficou outro. Não se vingou do sujeito que lhe insultara porque este já tinha viajado, mas restavam-lhe esperanças de um dia voltar a encontrá-lo. A verdade é que ninguém se meteu mais com o poeta e se já o respeitavam por outros motivos ("aquilo é mais venenoso que cobra", dissera o dr. Rui Dantas quando, ainda estudante de direito, publicara seus primeiros sonetos que fizeram o poeta se deliciar de riso), ainda o respeitaram mais.

O sabiá canta e o poeta Sérgio Moura pensa. A alta... Por que diabo os exportadores podiam querer a alta? À primeira vista os preços como estavam eram o ideal para os exportadores. Os preços impostos pelos compradores de Nova York... Há muito que os exportadores de Ilhéus poderiam, se quisessem, impor os preços... Onde iriam os Estados Unidos comprar todo o cacau de que necessitavam para seu consumo interno? O poeta se recorda do telegrama do jornal que ele cortara, noticiando a perda de toda a safra da República do Equador. A praga comera as flores e comera os cocos pequenos. No Equador os fazendeiros não criavam sobre as folhas dos cacaueiros, como em Ilhéus, a formiga pixixica que, sem fazer mal à árvore, extermina a praga. Uma formiga era a base da fortuna em Ilhéus... O poeta pensou que essa formiga bem merecia um poema seu, um daqueles modernos poemas que tanto escândalo causavam na cidade (já não se riam dele como antigamente, porque dois ou três grandes críticos do Rio e de São Paulo escreveram artigos pondo o poeta Sérgio Moura nas nuvens, e não era possível, sem passar por ignorantes, discordar da opinião daqueles críticos). A formiga pixixica... A verdade, meu caro sabiá de tão doce canto, é que os exportadores podiam ter forçado a alta há já algum tempo... O poeta sempre pensara que não era negócio para os exportadores. Para que a alta? Nas suas conversas com os sabiás, os canários e os pintassilgos, o poeta já lhes dissera algo da luta que antevia entre os grandes exportadores e os donos da terra, os grandes fazendeiros, aqueles conquistadores de matas que haviam passado, trinta anos antes, sobre tantos cadáveres para plantar a árvore do cacau, luta que arrastaria também os pequenos lavradores, que cultivavam suas rocinhas com a sua própria família, trabalhando mulheres, homens e crianças. Os exportadores eram apenas intermediários, mas realmente estavam se tornando os donos do cacau, os que mais ganhavam com a lavoura. Os pequenos lavradores, coitados, viviam numa luta constante para não serem engolidos pelos grandes fazendeiros. Por detrás, o exportador sustentava a luta, ajudando com empréstimo aos pequenos lavradores, subdividindo as fazendas para que assim as safras não estivessem em pequeno número de mãos que pudessem impor preços. Agora vinha essa história da alta... Por quê? A alta iria dar força aos coronéis, aos grandes fazendeiros, o poeta não via a vantagem dos exportadores.

Um canário se chamava Karl Marx, o que era sem dúvida um escândalo na Associação Comercial de Ilhéus. O poeta era lido em Marx e nos economistas revolucionários. Em que era mesmo que Sérgio Moura não era lido?

Viera para Ilhéus de uma cidade ainda menor, onde exercia um miserável posto público. Viera para trabalhar no *Diário de Ilhéus*, o primeiro dos jornais diários fundados na cidade. Mas pouco demorara o jornal, não era ambiente para ele. O lugar de chefe da secretaria da Associação Comercial lhe dava não só um ordenado suficiente para suas ambições de elegância, como lhe possibilitava ler em paz e em paz escrever. Foi assim que o poeta Sérgio Moura se fez um dos mais profundos conhecedores de marxismo de todo o estado. De certa maneira era um conhecimento inútil, já que o poeta o guardava para si, não o utilizava. Nunca aparecera, por exemplo, nas reuniões realizadas em casa de Edison, um sapateiro que residia na ilha das Cobras. Porém essas leituras tiveram efeito sobre a poesia de Sérgio, que abandonou os sonetos de ricas rimas, de alexandrinos bem medidos, pelos poemas de ritmo largo e sonoro, de conteúdo profundo. Era curioso como sua ação revolucionária não tinha nenhuma importância propriamente sobre Ilhéus e como tinha uma certa importância sobre os meios de intelectuais jovens das grandes cidades do país. Um poema de sua autoria, "Duas festas no mar", fizera sucesso no Rio, em São Paulo e no Recife. Narrava que no mar, certa vez, caíra um livro de Freud e por esse motivo "houve uma festa no mar". As sereias arrancaram as caudas de peixe, se deram ao amor sem complexos. Depois, noutro dia, foi um livro de Marx que caiu no mar e no mar houve outra festa. Os peixes todos se reuniram e foram juntos ao palácio do rei do mar, que era o tubarão, e o mataram e depois foram livres sob as águas. Era assim a poesia atual de Sérgio Moura.

Nos seus primeiros tempos de Ilhéus muito se comentou sobre ele. Nunca ia a cafés, nunca entrou no cabaré, vivia afastado de todos. Mas Ilhéus se acostumou aos poucos com o poeta Sérgio Moura. Para isso tiveram primordial importância aquelas crônicas elogiosas da sua obra (inédita em livro), publicadas por críticos do Rio e de São Paulo. Admitiram então a sua ironia e os seus mordazes comentários sobre os escândalos locais, a sua recusa de tomar parte na academia literária dos moços empregados no comércio, o seu "ar de absurda superioridade", como dizia o dr. Rui Dantas. O poeta pagou esse sossego com um poema sobre Ilhéus, que agora era declamado nas festas.

Por vezes, Joaquim, o chofer, vinha à Associação Comercial conversar com o poeta. Dizia-lhe dos problemas econômicos e discutiam os dois entre os trinados dos pássaros e os números da exportação do cacau.

Um redator do *Diário de Ilhéus* costumava afirmar que a seguinte frase, ouvida de Sérgio Moura, explicava toda sua complexa personalidade:

— Eu desejava ser bispo...

Era apenas chefe da secretaria da Associação Comercial de Ilhéus, ganhando seu ordenado com a obrigação de ouvir as discussões dos fazendeiros, dos comerciantes e dos exportadores nos dias de reunião semanal. Mas se distraía escrevendo seus poemas (ultimamente se dedicara ao folclore e fazia longos poemas sobre motivos populares da terra do cacau), em ouvir os pássaros, em colher as orquídeas, em ler Marx e outros revolucionários. Naquela cidade de tantos conflitos por dinheiro, de tantas lutas por terra e por plantações, de caxixes, com uma tradição de mortes violentas, ele passeava seu sorriso irônico pelas avenidas nos crepúsculos sobre os coqueiros, admirando o acender das luzes de Ilhéus desde o alto do morro da Conquista, em frente ao cemitério da Vitória. Sobre a sua tranquilidade pesavam apenas as ameaças dos chefes locais do partido fascista, que o consideravam — o poeta ainda não descobrira por quê — um elemento tremendamente perigoso. Constava, nos meios fascistas,

53

que a lista, organizada pelo supremo chefe local, dos elementos que, após a vitória, deviam ser fuzilados, era encabeçada pelo nome do poeta. Diante do sabiá melodioso o poeta pensa. A alta... Por que a alta? Era estranho, não via vantagem dos exportadores... Que diabo eles queriam? Enfim... O poeta sacudiu os ombros, meteu um dedo pela gaiola, o passarinho manso deixou que ele coçasse sua cabeça. Depois voltou ao poema para crianças que estava escrevendo, a história de um sabiá que um dia acaudilhou todos os sabiás engaiolados e organizou uma greve de pássaros, cessando na mesma hora o canto de todos. O poema ia saindo em versos fáceis, era uma fábula nova. Mas, agora, o poeta não encontrava mais a palavra precisa, o termo exato. A alta... Era bom conversar com Joaquim. E, pensando em Joaquim, pensou nos trabalhadores das fazendas. A alta para estes não adiantava nada. Era sempre a mesma vida miserável, que nenhum acontecimento conseguia mudar, nem o progresso da zona, nem a riqueza crescente dos coronéis. Um amigo de Joaquim trabalhara seis meses numa fazenda de cacau só para ver como era... Coragem... A alta não adiantaria nada aos trabalhadores. Ia era aumentar os latifúndios, que diabo ganhariam os exportadores com ela, para a forçarem assim?

O sabiá para seu canto. As orquídeas abrem, num colorido voluptuoso, as flores carnosas. O poeta vai até a janela aberta sobre a rua calma. No jardim, elegante e linda, se aproxima Julieta Zude. Cumprimenta levemente com a cabeça. Sérgio Moura responde, seus olhos pousam nas ancas da mulher, ancas desejadas há muito. Desejadas e impossíveis... A mulher de um exportador... Nem mesmo com a alta... Mas Julieta anda para a Associação, que quererá ela? O poeta vai recebê-la na porta.

Ela deseja livros da biblioteca, a sueca quer ler algo da literatura brasileira, Julieta vem em busca também da opinião do poeta:

— Que devo recomendar?

Dela chega um perfume caro, sobre o pescoço alvo um colar de pérolas. Se dissessem ao poeta Sérgio Moura que ele sentia um desejo igual a um do exportador Carlos Zude, talvez ele se ofendesse e retrucasse com uma ironia violenta. Mas nesse instante o poeta pensa em ver Julieta nua, o colar rolando sobre os seios que eram duros sob o vestido. Ela gritava gritos miúdos, batia as mãos:

— Que lindos os passarinhos... E as orquídeas, que maravilha!

A mais linda das orquídeas agora está sobre o peito dela. Ouviu os nomes, pediu que ele fizesse uma lista:

— Por que não leva lá em casa? Nunca aparece para conversar, é um monge... Amanhã damos uma festinha íntima, é meu aniversário... Por que não vai? Nunca o convidei porque já me disseram que o senhor não frequenta ninguém, que é muito orgulhoso... Não aceita? O perfume dela ficou na sala. Para ela seria importante a alta? Será que os trabalhadores das fazendas, base de toda essa pirâmide de grãos de cacau, suspeitam sequer da existência de uma mulher tão bela, tão elegante e tão tratada? Decididamente, o melhor é mandar um recado a Joaquim. O poeta chama o porteiro, manda comprar o uísque, o gelo, os sanduíches para a reunião da noite.

— Na passagem diga a Joaquim que venha aqui...

E agora só quer pensar num poema de amor, um poema para Julieta:

Vieste sem dúvida de terras distantes,
Fugitiva da Nau Catarineta...

Havia um mistério sob aquela coisa da alta? Que diabo seria? O poeta Sérgio Moura não pôde nesse dia escrever seu poema. Até sobre ele pesa o cacau nessa cidade de Ilhéus, nesses dias de hoje.

8

PARA EXPLICAR MELHOR OS SEUS PENSAMENTOS AINDA CONFUSOS, o poeta Sérgio Moura traduziu com certa dificuldade (não falava bem inglês), para Joaquim, que ouvia, atento e sério, o seguinte trecho de um artigo publicado num anuário recebido dos Estados Unidos pela Associação Comercial:

The cocoa tree is found in its native state in the Amazon region. It is grown in the States of Bahia, Pará, Amazonas and Espírito Santo. Pará was the first State to start cocoa planting. It planted the first tree in 1677 and in 1836 the first sprout was taken to the State of Bahia, where it gave origin to vast plantations. After the Gold Coast, Brazil is the greatest producer of cocoa in the world, and, in this country, Bahia is the State which grows the largest quantity, i. e., 98%. The Bahian cocoa zone comprehends a strip of 500 kilometers along the coast, the width varying up to the maximum of 150 kilometers. Almost all of the cocoa crop comes from a continuous area of 20 000 km^2, which begins at Belmonte, in the South, and termi-

nates in at Santarém in the North of the State. This splendid of the great worldwide increase in the demand for cocoa, and thanks to the very fruitful soil in the South of the State, which created for the cocoa tree conditions more appropriate to its growth than it had encountered in its native land: the Amazonian region.

Cocoa is shipped from Brazil through the ports of Ilhéus and Bahia in the State of Bahia; Belém in the State of Pará; Victoria in the State of Espírito Santo; Itacoatiara and Manaus in the State of Amazonas. The product is mainly exported to the United States, Brazil's largest market for cocoa. In 19... the United States purchased 88 202 metric tons from Brazil, Germany 19 228 metric tons and Italy 6 541 metric tons: smaller amounts were exported to Argentina, Sweden, Holland, Colombia, Denmark, Norway, Uruguay, Belgium, France and other countries. Brazil's domestic use of cocoa is small as it is a product primarily used in cold countries. For this reason, Brazil's production is mostly exported.

Cocoa occupies a place high up on Brazil's exportations list. After coffee and cotton, it is the major item on same. The U.S.A. market which consumes more than 40% of the World's cocoa supply for making chocolates, sweets, powder, butter and pharmaceutical products, has, of late years, given preference to Brazilian cocoa.

Depois vinham cifras, cifras de muitos números dando os totais das safras nos últimos dez anos, o constante crescer da produção. O chofer abriu os braços num gesto imenso, que mostrava não só o interior da sala da secretaria da Associação Comercial, como toda a cidade de Ilhéus, o município inteiro, toda a zona do cacau, com suas fazendas à espera de chuva para carregarem de frutos cor de ouro:

— É o imperialismo, companheiro Sérgio, é o imperialismo. Quer engolir isso tudo...

Na louca fantasia do poeta, aparecia, criado pelo gesto trágico do mecânico, um monstro milenar, de cem bocas famintas, engolindo tudo: o porto de Ilhéus, a fábrica de chocolate, os operários, as fazendas com os coronéis e os trabalhadores, as pequenas roças dos pequenos lavradores, os estivadores do porto, os ônibus e os passageiros, Julieta e os passarinhos, as orquídeas como sexos.

A voz do chofer, de dentro do gesto ampliador, soava com a força de uma profecia:

— É o imperialismo! Vai engolir tudo...

A tarde morria num crepúsculo doce sobre a Associação Comercial de Ilhéus, em meio aos jardins bem tratados de rosas, cravos e violetas. Na porta da prefeitura, o senhor prefeito, gordo e sorridente, entrava no auto oficial. O vento do fim da tarde, brisa suave e branda, balançava no tope do mastro, sobre o alto edifício da prefeitura, a bandeira verde e amarela do Brasil. O poeta Sérgio Moura via o monstro saindo do gesto dramático de Joaquim, fugindo pela janela sobre o jardim, dragão imenso e insaciável, virando nuvem negra no céu tão azul da cidade do cacau. Ia crescendo lentamente, ia cobrindo tudo devagar, o prédio solene da prefeitura, as rosas rubras do jardim, as casas ricas dos coronéis, o morro pobre dos operários, os passarinhos nas árvores, ia andando para o lado das fazendas, cobria a bandeira também. O poeta via, seus olhos de alucinação, seus olhos divinatórios. Um dragão espantoso, nuvem negra no céu azul tranquilo.

Um homem cortou a rua quase correndo, gritou para outro que ia no fim da praça, a voz ressoava alegre no crepúsculo:
— Compadre! Vai chover essa noite! Graças a Deus tá tudo salvo!
Um passarinho cantou, se despedindo do dia.

9

NO CREPÚSCULO ILHEENSE, DE ÚLTIMOS NEGÓCIOS REALIZADOS às pressas, as portas de ferro baixando sobre os armazéns de cacau, os sinos repicando nas igrejas para a bênção, a voz triste de Lola Espínola cantou o tango de bebedeiras, traições e sofrimentos de amor. De olhos semicerrados, Pepe ouvia e dentro do seu peito as imagens dos cabarés portenhos, dos arrabaldes de Buenos Aires, das mulheres na madrugada fria, dos homens de cínico sorriso surgiam mais uma vez. As noites de outros tempos voltavam na letra do tango, na traição sempre renovada, nas bebedeiras para esquecer, dramas miseráveis de gente desclassificada, dramas tristes e pungentes na sua miséria. Amor sujo de caftens e gigolôs, amor misturado com dinheiro ganho na cama, tragédias passadas nas salas tantas vezes fúnebres desses cabarés que anunciavam vender alegria a preços ao alcance de todos. A voz de Lola se arrastava, parecia molhada de bebidas baratas, molhada de dor também:

Esa noche me emborracho bien,
me mamo bien mama'o
p'a no pensar...

O coronel Frederico Pinto, que se movia na cadeira, sorria para a mulher. Escolhera aquela cadeira de propósito. Dali podia sorrir à vontade, pinicar o olho, atirar beijinhos com os lábios, sem que os demais o notassem, já que ele dava as costas tanto a Pepe como a Rui Dantas, sentado no sofá, atrás. Para o coronel essa letra de tango não diz nada, ele nem entende direito esse castelhano arrevesado, de palavras cortadas, língua dos bordéis do Prata. Só a música lenta e viciosa lhe lembra as noites na cama, noites de carícias como o coronel Frederico nunca imaginara que existissem. Nas suas relações sexuais com a esposa sempre primara certa gravidade cheia de pudor. Dormiam juntos, faziam filhos. Era bem isso: faziam filhos. Mas realmente Frederico nem conhecia os detalhes do corpo da mulher, corpo que fora crescendo de ano para ano até se transformar naquela coisa informe, uma massa escandalosa de carnes. Dos seus contatos sexuais com a esposa, Frederico só guardava como recordação lamentável os gritinhos fracos que ela soltava no fim do ato. Aliás ele, em geral, terminava antes dela e aqueles gritinhos, saindo de um corpo tão volumoso, lhe causavam asco. E esses contatos iam rareando dia a dia, o coronel procurando, cada vez que ia à cidade ou aos povoados, as prostitutas de corpo melhor proporcionado que o da esposa. Com elas é que o coronel aprendeu algumas dessas carícias que prolongam o amor. Mas, ainda assim, eram feitas com aquele ar profissional que chocava até mesmo a um homem como o coronel Frederico Pinto. Lola foi o descobrir de tudo, do amor, das carícias, da vida. Para este homenzinho nervoso e rico, lavrador que passara a maior parte da sua vida metido entre árvores e animais da floresta, Lola era o maior bem do mundo, formosura nunca vista antes, delírio inesperado e definitivo. Frederico Pinto tinha mulher, filhos e fazendas de cacau. Era respeitado em toda a zona, era um dos homens da terra. Mas de bom grado deixaria isso tudo, a terra, as fazendas, a mulher e os filhos, para seguir com Lola pelos caminhos do mundo. A posse da loira argentina lhe trouxe uma enormidade de sentimentos novos, ele se sentia como um jovem que iniciasse a vida. Com certeza muitos o julgariam ridículo, mas o coronel nunca se deu conta disso. Vivia como que fora da terra, num mundo de sonho. Aquelas carícias, de incríveis sutilezas, com que Lola mesclava a posse, não fizeram com que o coronel a julgasse uma prostituta mais refinada que as outras. Ao contrário, elas fizeram com que Frederico julgasse Lola ainda mais digna e mais pura. Para ele aquelas carícias, lábios que percorriam o corpo em beijos prolongados, mãos sábias como sexos, boca corrompida, tudo lhe parecia amor, extremado amor, nada lhe falava de vício. Para ele também esse tango que ela canta nada tem de vicioso, é apenas triste, versos de amor que ela lhe diz com sua voz melodiosa. E o coronel abre e cerra os lábios, atirando ridículos beijinhos à mulher que canta.

Rui Dantas afeta uma madurez que não possui. Tomou uma pose muito romântica, em pé ao lado do sofá, os olhos na mulher, os olhos apaixonados e graves. Lola é mais velha que ele e Rui sente a necessidade de aparecer não como um jovem recém-saído da faculdade, mas como um homem capaz de possuí-la e de dominá-la. Fita-a altivo e sentimental ao mesmo tempo, mas seu coração está aos pulos dentro do peito. Aos poucos foi imaginando um soneto em que ele próprio era comparado a uma borboleta que revolteava em torno a uma rosa de esplendorosa beleza. Mas, ai!, a rosa tinha espinhos, os espinhos da indiferença, e feria as asas da borboleta. A imagem final era realmente muito banal: as asas da borboleta eram o coração de Rui Dantas. Mas o rapaz estava satisfeito e certo de que esses versos conquistariam em definitivo o difícil amor de Lola. E ele a fita entre grave e romântico. A uma pessoa que chegasse da rua daria a impressão que ele estava tentando hipnotizar a mulher que cantava.

A voz de Lola enche a sala, seus olhos vão pelos três homens, de um a um. Sua voz cai sobre cada um, desperta um sentimento diverso em cada peito. Pepe sabe que ela canta para ele, essas melodias portenhas e infelizes, Rui Dantas pensa que ela canta para ele esses versos tristes de amor, o coronel sabe que ela o está convidando para o amor, esse convite numa língua estrangeira.

Mas Lola canta é para ela mesma, aquela é a sua vontade nessa tarde, seu desejo para essa noite:

Esa noche me emborracho bien,
me mamo bien mama'o
p'a no pensar...

Essa vida é uma coisa triste e porca, só mesmo a pessoa bebendo até cair de bêbada, só mesmo mamando garrafas e garrafas até não pensar mais, até esquecer tudo, tudo, tudo. Pepe lhe daria uma surra se imaginasse o que ela está pensando, Frederico lhe daria um anel, um colar, uma pulseira, ou outra joia cara, Rui a convidaria para casar com ele.

Qualquer das três coisas era uma coisa sem sentido, vã e melancólica. Lola não quer nada disso. Apenas quer beber, beber para não pensar. Beber até cair com sono, até esquecer. Sua voz vai de homem para homem, seu olhar de um para outro. É como um soluço, mas ninguém se dá conta:

p'a no pensar...

Lola está infinitamente cansada.

10

TAMBÉM JULIETA ZUDE ESTÁ TERRIVELMENTE CANSADA. PARECE que o crepúsculo que cai sobre o mar em laivos de sangue aumenta seu desespero. É como uma doença... Como se todos os músculos, todos os nervos, a carne toda do corpo, estivessem apodrecendo. Cansaço. Cansaço de tudo e de todos. Acomoda-se na janela, sentada sobre o peitoril. Na avenida em frente o curioso para, assim poderá espiar melhor o pedaço de coxa da mulher que se exibe. Julieta não sorri divertida como faria em outra qualquer ocasião. Retira a perna, compõe o vestido, o curioso parte. Manchas de sangue cortam o verde-escuro do mar. Há um silêncio na avenida deserta. Ao longe, moleques jogam futebol. São os "biribanos", os meninos abandonados, e Julieta se preocupa com eles durante um rápido minuto. Pensa que eles não se cansam de jogar futebol. Pela manhã já estavam na praia, a bola de pano, os gritos alegres, o olhar malicioso. Agora é o crepúsculo e eles voltaram mais uma vez ao seu jogo preferido. E gritam e riem e correm. "São felizes", pensa Julieta.

Por que diabo está hoje de olhos puxados para esse mar sujo de sangue? Parece um quadro... Recorda os quadros que viu na exposição, no Rio de Janeiro. Mas eram coisas paradas, não lhe davam aquela angústia que sente agora ante o crepúsculo verdadeiro. Enquanto as outras — as mulheres dos amigos, senhoras lidas do Rio — gritavam admirações excitadas em frente aos quadros ("Veja esse crepúsculo! Está soberbo!"), ela ficara calada, nenhuma emoção a perturbara. Pensava era no cassino onde à noite iria ver Otávio. Mas, agora, o sol morrendo, espalhando seu sangue pelo mar, o silêncio da avenida ao escurecer, aumentam o cansaço de Julieta dolorosamente. Estende os braços num bocejo:

— Estou com a neura...

Fora Otávio quem lhe dissera aquilo, nos últimos dias de amor no Rio. Quando ela se queixava desse cansaço, dessa misteriosa enfermidade, ele ria, tomava-a nos braços e explicava:

— Isso é neura, menina. Neurastenia... Doença de milionária como tu... De gente que não tem o que fazer...

Fosse o que fosse, era terrível. Chegava lentamente, ia tomando conta do corpo devagar, uma tristeza em tudo, uma falta de interesse, um desejo de morrer. "De gente que não tem o que fazer..." Julieta gostaria de culpar a cidade de Ilhéus, onde tem de viver, dessa sua neurastenia. Houve um tempo em que o fazia, atanazando Carlos, reclamando, pedindo viagens, passeios ao Rio. Mas aqui ou ali, na cidade pequena ou na grande capital, a "neura" voltava, tomava conta dela, do seu peito, pesando no seu coração. Por vezes era no mais divertido de uma festa. Estavam todos alegres, e ela ficava séria, distante e cansada de tudo, sem graça para nada. Experimentara beber. Era pior. Vinha-lhe uma vontade de chorar, uma agonia, um desespero sem fim. Madame Lisboa, tão bela e meiga!, a quem ela se abrira na primeira viagem ao Rio, tomou-lhe a cabeça entre as mãos, beijou-lhe maternalmente a testa (era pouco mais velha que Julieta mas sabia ser maternal e dar conselhos), e disse:

— É falta de amor, minha filha. Também já fui assim. Cansada de tudo, inquieta e triste. Depois descobri que estava apenas cansada de Jerônimo. Foi então que comecei a ter amantes... Dei-me bem...

Fora madame Lisboa quem lhe apresentara a Otávio. A pretexto de uma consulta médica. O consultório parecia mais um *boudoir*. E foi mesmo no consultório, na outra visita, quando fora sozinha, que ele a possuiu. Era o primeiro amante de Julieta e a verdade é que — se bem Otávio tivesse apenas trinta anos — o amante era espantosamente parecido com o marido, as mesmas conversas, as mesmas palavras, as mesmas ambições, o mesmo egoísmo desmesurado. Até na maneira de amar se pareciam. E Julieta mergulhou de novo na tristeza da vida, sem encontrar atrativo em coisa alguma.

Sua mãe, que era formosa e lida, lhe transmitira o hábito de ler. E foi nos livros que Julieta se trancou. Leitura fácil e misturada, romances franceses de adultério, romances mais densos, livros policiais. Depois veio Jack, o engenheiro da estrada de ferro. Ele desembarcara da Inglaterra quando Carlos começava a reunir no palacete de Ilhéus os membros da colônia estrangeira, especialmente os ingleses e os suecos. Julieta bocejava ante a fria convivência de Guni e de mr. Brown, quando um dia levaram-lhe Jack, que acabara de chegar. Era quase uma criança, alegre e louca, vazia de tudo, risonha e cheia de ímpeto animal. Julieta passara uma semana deliciosa na ânsia de amá-lo. Também nos primeiros dias de amor, quando se enchia de precauções para recebê-lo em casa ou para ir visitá-lo na sua pequena moradia por detrás da estrada de ferro, foi feliz. Jack não recordava, como Otávio, o marido. Era um menino ávido de amor, um animalzinho cheio de desejo, e Julieta se divertiu ensinando-lhe as perversões em que era sábia. Não durou muito, porém. Cansou-se numa rapidez surpreendente. Jack nada tinha para lhe dar. Fora da posse furiosa, ficava sem o que dizer. Fazia piruetas para ela apreciar, pequenas loucuras infantis, mas Julieta se sentia velha ao seu lado, aquilo não lhe bastava. E rompeu. Jack só faltou enlouquecer, fizera-lhe ameaças, quisera lhe dar pancada na última entrevista. Terminou por ir embora, sombrio e desiludido. Julieta não teve pena, tinha pena era de si mesma. Cansada...

Agora vinha Sérgio Moura... Por que o fora procurar? Por que fora se oferecer como uma vagabunda qualquer? Já o vira muitas vezes, muitas vezes o cumprimentara e jamais ligara para aquele homem de olhar irônico e sorriso de pássaro. Mas tanto ouvira falar nele, e sempre com desconfianças e restrições, que, ao chegar naquela manhã a crise de neurastenia, após a prolongada posse com que pagara a Carlos o colar maravilhoso, se atirara para a Associação Comercial. Voltara melhor, o poeta lhe parecera ao mesmo tempo tímido e vagamente sarcástico, como a temesse, e, contudo, se divertisse com ela.

Na cama, estirada, Julieta Zude fazia planos. Assim acontecera antes com Otávio, com Jack também. Mas o cansaço foi chegando novamente, foi tomando conta do seu corpo, afogando seu coração. Vontade de chorar presa na garganta. Veio para a janela. Uma agonia sem explicação:

— Um dia eu me mato...

O crepúsculo doía-lhe no corpo. Agora, até os moleques abandonam a praia, cansados do jogo. Dormirão sob as pontes, nos bancos de jardim, no vão das casas abandonadas. "Ah! se pudesse ir com eles..." Doença de gente rica, dissera Otávio. Era complicado. Julieta por mais que deseje não consegue analisar seus sentimentos. Gosta furiosamente de amar. Seu sangue pede homem e no momento do amor, no momento de se entregar, perde toda a compostura, todo o recato e se degrada até à máxima baixeza. Demais deseja ardentemente muitos dos homens que passam à sua frente e se não toma deles é que não é possível. Mas, quando sai do delírio do ato sexual, já o homem — Carlos, Otávio ou Jack — não a interessa. Ou será ela que já não interessa ao homem? Só têm a posse para prender seu coração e isso não é bastante. Carlos ainda se preocupa com ela, mas apenas com seu conforto. Nunca pensou que Julieta pudesse se entristecer, sentir vontade de se matar, desejos de morrer...

Está cansada de tudo: de Carlos, dos coquetéis, das festas, das viagens, dos colares e da vida. Está como um náufrago que abana as mãos no último pedido de socorro, quando já os olhos se cerram para não mais se abrirem. O crepúsculo aumenta a tristeza de Julieta Zude:

— Que neura terrível...

Sérgio valerá a pena? Nada vale a pena no mundo... Será que todos são assim? Se pudesse morrer sem dor, mansamente... Deve ser bom morrer... Julieta Zude está cansada.

Acendem-se as luzes da avenida. O auto de Carlos penetra na rua, buzinando. "Chegou a hora de representar", pensa Julieta.

Está cansada de representar.

11

ATÉ NO RIO DE JANEIRO ERA COMENTADO O RÁPIDO PROGRESSO da cidade de Ilhéus. Os jornais da capital do estado tinham arranjado um outro nome para ela: a Rainha do Sul. Entre as cidades habitualmente pobres do interior do país, nos estados onde as capitais eram o único centro importante, Ilhéus se distinguia como uma cidade progressista e rica. Os cento e cinquenta mil habitantes do município tinham uma elevada proporção de homens ricos em relação aos demais municípios do interior. A cidade era bonita, cheia de jardins abertos em flores, de boas casas onde residiam as famílias dos coronéis. Toda a parte junto ao oceano era residencial, cortada de avenidas largas, uma das quais acompanhava a curva do mar numa imitação da praia de Copacabana, do Rio de Janeiro. Ali se elevavam os palacetes dos coronéis mais ricos, sobrados faustosos e mobiliados com luxo, geralmente muito feios, sólidos e pesados, como que representando a solidez das fortunas desses homens que haviam conquistado a terra. Desses palacetes saíam os automóveis caros, quase todos norte-americanos, um ou outro europeu.

Do lado do rio estava a parte comercial da cidade, que começava a se tornar imponente, com os prédios altos das casas exportadoras, dos bancos, dos grandes hotéis, com os armazéns imensos das docas do porto. Agora existiam quatro pontes, entrando pela baía, e junto a elas descansavam os navios, os pequenos da Companhia de Navegação Bahiana, os maiores do Lloyd Brasileiro e da Costeira, os enormes cargueiros negros da companhia sueca, os frágeis iates de Ribeiro & Cia. Era intenso o movimento do porto e qualquer ilheense repetia com orgulho a verdade proclamada pelos anuários comerciais: Ilhéus era o quinto porto exportador do país. Para ali vinha, através das estradas de ferro e de rodagem, todo o cacau colhido no interior do município e dos municípios limítrofes de Itabuna e Itapira. Pelos navios da Bahiana chegava o cacau dos municípios mais ao sul: de Belmonte, de Canavieiras e do Rio de Contas, do norte também, de Una, de Porto Seguro. Esse cacau todo se juntava no porto de Ilhéus, nos armazéns das docas, e dali saía para os Estados Unidos ou para a Europa, nos grandes barcos suecos, onde loiros marinheiros cantavam melodias estranhas que deixavam doloridos de saudade os corações das mulatas de Ilhéus. Por vezes deixavam também no pequeno ventre formoso de uma delas um mestiço de escura pele e loiros cabelos.

Na rabada do progresso de Ilhéus cresceram as cidades de Itabuna e de Itapira, a primeira se transformando numa importante cidade comercial, centro de toda uma enorme rede de estradas, coração da zona do cacau; Itapira era um pouco menor mas aumentava cada dia. E cresciam não só essas cidades como os muitos povoados que nasceram no caminho do cacau: Pirangi e Água Preta, Palestina e Guaraci, Água Branca e Rio do Braço. Principalmente Pirangi e Água Preta, que eram verdadeiras cidades e que reclamavam sua independência, bem merecida, já que poucas cidades do interior do estado possuíam o movimento comercial e o progresso dessas subprefeituras.

Mas Ilhéus era a cabeça disso tudo, no seu porto desembocavam todas as riquezas dessa zona, riquezas que eram uma só: o cacau. Cidade rica e orgulhosa, a Rainha do Sul. Esse orgulho se refletia em cada gesto de cada habitante. Não se diziam baianos e, sim ilheenses. Falavam que um dia o sul da Bahia seria um estado e Ilhéus seria a capital. Era comum se ouvir dizer que a cidade da Bahia não possuía nenhum teatro como o Cine-Teatro Ilhéus, de construção recente; que os ônibus de Ilhéus eram melhores que os da capital; que a cidade tinha muito mais vida que a Bahia. Citavam-se cinco cinemas de Ilhéus, dois muito bons, o Ilhéus e o São Jorge, os outros três menos importantes, um deles no morro da Vitória, outro em Pontal. Citavam-se também os cabarés, que então eram três mas logo depois seriam cinco. Citava-se a Biblioteca da Associação dos Empregados no Comércio dizendo-se que só a Biblioteca Pública da capital era superior. No aceso das discussões citava-se até o poeta Sérgio Moura: na Bahia não havia poeta melhor! Já não existiam os dois semanários da oposição e do governo de há trinta anos atrás. Agora eram dois jornais diários, um, o *Jornal da Tarde*, respondendo à política governista, outro, o *Diário de Ilhéus*, se afirmando independente, mas respondendo, em verdade, à oposição. Ambos publicavam, de quando em vez, páginas inteiras de anúncios da Exportadora e de outras firmas e eram unânimes em noticiar, em primeira página, a data natalícia de Karbanks e dos grandes fazendeiros e exportadores. Não possuíam tampouco aquela violência de linguagem dos semanários de há trinta anos. Quando, por acaso, se referiam um ao outro era se tratando de "estimado confrade", do "noticioso colega". Quando havia polêmicas eram com os jornais de Itabuna, polêmicas nascidas da rivalidade existente entre as duas cidades. Ainda assim se gastavam poucas palavras fortes.

No lugar onde fora a pequena igreja de São Sebastião se iniciavam as obras da nova catedral, feia e majestosa, digna de uma grande capital, apesar de que a gente de Ilhéus continuava tão irreligiosa quanto antes. Também na frente do colégio das freiras se elevava uma linda igreja, debruçada sobre a cidade. Próximo estava o palácio do bispo, mais rico, garantiam os grapiúnas, que o do arcebispo da Bahia. Era um palácio pintado de uma cor de barro, quadrado e deselegante na sua falta de arquitetura. Por ali passavam as alunas externas do colégio das freiras nas tardes alegres de fim de aula. E ali, próximo ao palácio do bispo, vinham os namorados esperá-las e desciam aos pares, mão na mão.

Se o colégio das freiras, reconhecido pela Secretaria de Instrução Pública do Estado como Escola Normal de Professoras, trazia para Ilhéus as filhas dos proprietários ricos das demais cidades do sul, o Ginásio Municipal de Ilhéus, audaciosa realização de um prefeito, o melhor do norte do país, como dizia a imprensa, fazia com que toda uma geração de meninos do sul da Bahia não fosse mais à capital, viesse fazer seu curso secundário em Ilhéus. Havia ademais uma academia de comércio e os ilheenses acalentavam o sonho de possuir uma faculdade de direito. Os padres falavam também na esperança da fundação de um seminário que possibilitasse a existência do maior número de vocações sacerdotais nessa zona tão nobre de sentimentos religiosos. Os colégios particulares de ensino primário eram vários, além do grupo escolar, mantido pela prefeitura, próximo à praia. Em Pontal funcionava outro grupo, e uma professora, que se educara na Suíça, iniciava um jardim de infância, com relativo êxito.

Há muito que os médicos haviam descoberto que aquela febre que matava até macacos era o tifo. E, se bem não o houvessem extinguido de todo no interior da zona, na cidade ele havia desaparecido quase completamente. Além da antiga Santa Casa, existiam agora dois grandes hospitais e um ambulatório. É verdade (os ilheenses o confessavam na intimidade) que a Casa de Saúde de Itabuna era melhor que qualquer dos hospitais de Ilhéus. Mas era a única da cidade vizinha, enquanto em Ilhéus um doente podia escolher onde se internar.

Cabeça de um município e de uma zona de monocultores, Ilhéus era uma cidade de vida cara, talvez a cidade de vida mais cara do Brasil. Qualquer legume custava um dinheirão, a carne andava por um preço absurdo, todos os produtos, mesmo os mais necessários, vinham de fora, exceto o vinagre, produzido do visgo do cacau mole, e o chocolate fabricado ali. As casas eram também de elevados aluguéis: por mais rápido que andasse o crescimento das ruas da cidade, ainda assim o número de casas era insuficiente para os moradores. A vida era cara, mas o dinheiro corria fácil.

A fábrica de chocolate era pequena, e nela e nos alambiques de destilação do mel do cacau para fazer vinagre consistiam as únicas indústrias de Ilhéus. O número real de operários não era grande, apenas os da fábrica de chocolate, os estivadores dos cais e os artesãos que remendavam sapatos ou cosiam sacos nas casas exportadoras. Mesmo nos alambiques eram empregados geralmente lavradores que entremeavam a tarefa de colher cacau com a de fabricar vinagre. A região do Partido Comunista, de que Ilhéus era cabeça, reunia no seu seio, além de um agrônomo, de choferes, de um empregado no comércio, de um sapateiro e um professor, a operários da fábrica de chocolate, do porto e das estradas de ferro e de rodagem. Eram células fortes, capazes, valentes e combativas, mas não tinham ainda conseguido conquistar os trabalhadores das fazendas, cuja ignorância era tamanha que muitos deles não sabiam sequer se estavam na república ou na monarquia. Alguns pensavam que Pedro II reinava ainda no Brasil. Nunca chegara a funcionar nenhuma célula de campesinos, como era o ardente desejo dos dirigentes. Um deles, certa vez, passara seis meses numa fazenda como trabalhador de enxada e reunira com dificuldade quatro ou cinco elementos. Mas, apenas voltou, a célula deixou de trabalhar. Aqueles homens que não sabiam ler nem escrever, que vinham das lutas pela conquista da terra, muitos deles um misto de camponeses e assassinos, tinham certa apatia diante da miséria que os dobrava como escravos. Só uma palavra chegava a interessá-los vivamente: terra.

Além do Partido Comunista (que nunca era contado entre os partidos existentes, já que era rigorosamente ilegal) existiam o partido do governo e o da oposição, iguais os dois, com a única diferença que um estava no governo e o outro desejava o governo, e a Ação Integralista, que era o partido fascista, sustentado, segundo diziam, pelas casas exportadoras. A Ação Integralista tinha em Ilhéus um dos núcleos mais fortes do país.

Há muito que as mortes violentas se tinham tornado raras. Uma que outra vez se sabia de um homem assassinado. Nos discursos, os intelectuais da terra se referiam àqueles tempos de mortes e barulhos como uma coisa perdida no passado, distante e um pouco lendária. É verdade que alguns dos coronéis que haviam tomado parte naquelas lutas ainda andavam pelas ruas de Ilhéus, relembrando os "bons tempos". Mas já não se viam os tiroteios no meio da cidade, já não cresciam cruzes ao lado das estradas, por onde hoje passavam os rápidos automóveis. Ficara apenas uma tradição de coragem que os ilheenses cultivavam, sentindo um certo desprezo hereditário por todo sujeito covarde.

Os ilheenses acreditavam sinceramente que a época das mortes pela posse da terra não havia de voltar jamais.

O velho mercado desaparecera dando lugar a um novo, um prédio moderno e higiênico, onde a população vinha comprar seus alimentos. Só uma coisa não mudara nas proximidades do mercado: as barracas que, à chegada dos navios carregados de emigrantes, se levantavam no porto. Eram as mesmas barracas miseráveis, era a mesma gente magra e triste que descia das terras pobres do norte em busca de trabalho nas terras ricas do cacau. Aquela expressão antiga do recordado dr. Rui (morrera bêbado no meio da rua, num dia de Carnaval, fazendo um discurso para um grupo de máscaras) ficara clássica e toda a gente a empregava para designar essa parte do cais onde os emigrantes armavam suas barracas, à espera de contratos de trabalho: o "mercado de escravos". Subiam depois nas segundas classes dos trens para Itapira, Itabuna,

Pirangi e Água Preta, no rosto magro e melancólico uma tênue esperança nessa nova vida. Iam, em geral, pensando em voltar pelo mesmo caminho um ou dois anos depois, com dinheiro junto, voltar para a terra que ficara atrás para plantá-la nos tempos melhores de chuva. Nunca mais voltavam, viviam o resto da vida com a foice ao ombro, o facão ao cinto, derrubando os cocos de cacau, podando as roças, secando os grãos nas barcaças e nas estufas, sem nunca conseguir saldo, devendo sempre ao armazém da fazenda. De quando em vez um fugia e era preso e entregue às autoridades em Ilhéus ou em Itabuna. Nunca houve caso de um só ser absolvido, apesar da agitação que, em torno de alguns casos recentes, fizeram os comunistas. Eram condenados a dois anos de prisão e depois voltavam para outra fazenda, abandonada por completo a ideia de fuga, desmoralizados e já sem esperanças. Houve casos também de trabalhadores que liquidaram coronéis. Esses foram condenados a trinta anos e cumpriam a pena na penitenciária da Bahia.

    A vida intelectual de Ilhéus não era, que se dissesse, das mais poderosas. Ali estava o poeta e, apesar dele haver nascido em Belmonte, o consideravam ilheense. O mais eram sonetistas incorrigíveis, queimando as pestanas nos dicionários de rimas, como Rui Dantas. Funcionava uma sociedade literária, na Associação dos Empregados no Comércio, onde comerciários liam-se mutuamente composições e poemas de amor. Os filhos dos coronéis, a primeira geração de ilheenses, aquela que os pais destinavam a grandes destinos, andava, formada em advocacia, em medicina, ou em engenharia, inútil pelos cafés e pelos cabarés, advogados sem clientes, médicos nos quais ninguém acreditava. Um ou outro conseguia alguns clientes. Mas o trabalho não os tentava, tinham dinheiro, fazendas de léguas e léguas que os pais haviam construído. Malandreavam pela cidade, nas casas de prostitutas, namoravam as moças mais ricas, juntando pelo casamento duas fortunas. A Revolução de 30 rebentara os velhos quadros políticos e a luta que se desenvolvia no país entre as esquerdas e as direitas punha os coronéis tontos.

    Eles estavam acostumados àquela rotina de partidos de governo e de oposição, os coronéis os sustentando, os jovens fazendo carreira. Agora viam que esses partidos estavam valendo pouco, as grandes massas estavam ou com as esquerdas ou com as direitas. Diante dessas transformações, os coronéis não sabiam o que pensar e se metiam nas fazendas, dia e noite no trabalho, homens que envelheciam gritando ordens para os trabalhadores.

Sentiam um terror pânico quando um operário politizado lhes dizia um desaforo nas ruas de Ilhéus. Para eles era como se o fim do mundo se aproximasse. Esse fim do mundo que o bispo já anunciara desde o púlpito da catedral de Ilhéus, numa festa de São Jorge. Os filhos dos coronéis malandreavam nos cafés e o dr. Rui Dantas, em certa noite de porre, os definira com uma frase, que o poeta Sérgio Moura dizia ser a sua única frase inteligente e justa:
— Somos uma geração fracassada...
O poeta não concordava no entanto com a segunda parte da frase:
— Em compensação sabemos beber, o que pouca gente sabe...
Sérgio Moura dizia que beber cachaça em companhia de mulheres da vida não era evidentemente saber beber. Mas a verdade é que o poeta tinha má vontade com esses jovens doutores, filhos dos coronéis, e sobre eles havia escrito alguns epigramas virulentos.

Além da Associação dos Empregados no Comércio (que dava bailes mensais de muito sucesso), a Associação Comercial de Ilhéus reunia de quando em vez a "alta sociedade" nos seus salões. Na Sociedade de Artes e Ofícios os operários e artesãos discutiam política. Era um prédio perto do morro do Unhão e durante anos a sociedade fora dominada por elementos anarquistas. Depois os comunistas e os socialistas disputaram o predomínio político sobre a Artes e Ofícios, como era conhecida. A Associação dos Empregados no Comércio, sem ser, como organismo, integralista, fornecera, realmente, uma grande parte da massa desse partido fascista. Havia festas nessas três associações, mas os bailes mais chiques eram realizados no Clube Social de Ilhéus, clube fechado, onde só podiam entrar os homens ricos da terra. Era um edifício moderno e lindo, no fim da praia, cercado de coqueiros, com canchas de tênis, com uma excelente pista de baile. Segundo as más-línguas, aí os coronéis realizavam bacanais nas noites em que não havia festa.

O comércio era intenso, grandes armazéns, grandes lojas, uma multidão de caixeiros-viajantes espalhados pelos hotéis caríssimos, vários bancos, o grande prédio do Banco do Brasil, inúmeros agiotas. A cidade de Ilhéus vivia uma vida de trabalho, de lutas políticas e de lutas por dinheiro, nas suas ruas estreitas formigava uma multidão onde se viam diariamente caras novas. Houve um tempo em que todos se conheciam nessa cidade. Mas esse tempo vai distante, hoje só as pessoas mais importantes são conhecidas de todos. Os navios que chegam trazem gente nova, homens e mulheres que vêm em busca do ouro fácil que nasce na árvore do cacau. Porque por todo o Brasil corre a fama da Rainha do Sul, fama que está mesclada com as antigas histórias de mortes e tiroteios e com as histórias modernas do cacau sendo a melhor lavoura do país. No bojo dos navios, nas asas rápidas dos aviões, nos trens de ferro que se dirigem para o sertão, viaja a fama de Ilhéus, cidade do dinheiro e dos cabarés, da impávida coragem e dos negócios sujos. Não só nas grandes capitais, no Rio, em São Paulo, na Bahia, no Recife, em Porto Alegre, homens de negócios se interessavam e falavam naquela terra do cacau. Também os cegos violeiros, nas feiras nordestinas, cantavam grandezas desta cidade que dominava com seu luxo o sul do estado da Bahia:

É a Rainha do Sul,
se veste de pedrarias...
....
Tem automóvel, tem bancos,
tem cacau e tem dinheiro,
terra de muita grandeza!

OS LAVRADORES

1

ANTÔNIO VÍTOR VEIO ANDANDO EM GRANDES PASSADAS E MESMO antes de atingir o pequeno terreiro, onde, em frente à casa, ciscavam algumas galinhas, gritou chamando a mulher:
— Munda! Ó Munda!

Parou ao lado da porta da casa de barro batido, mais alta do lado direito que do esquerdo, uma construção apressada e baixa, aumentada depois para os fundos, e olhou o céu, a alegria estampada no rosto caboclo:
— Munda! Munda, vem cá!
A voz de Raimunda chegava dos fundos da casa:
— Que é, homem de Deus?
— Vem cá, depressa! Correndo!

A casa nunca fora caiada e se viam alguns buracos no barro, aparecendo entre a armação de varas. O telhado antes fora coberto de palhas, folhas de coqueiros que não deixavam passar a chuva. Mas como certa vez João Grosso, que possuía uma olaria na sua roça, pagara uma dívida a Antônio Vítor com um carregamento de telhas, estas haviam substituído a palha na cobertura da casa. Passara a ser uma "casa de telhas" e Antônio Vítor falava sempre em levantar outra, que fosse de tijolos e assoalhada. Chegara a fazer economias para a construção mas, como encontrara pouca vontade de parte de Raimunda, desistiu e empregou o dinheiro na compra de um pedaço de terra que era hoje uma rocinha de cacau.

Antônio Vítor tira os olhos do céu azul e volta-se para a casa: por que diabo Raimunda demora tanto?
— Munda! Depressa!

Seus olhos demoraram na casa. Bem ruinzinha... Por um buraco no barro espia para dentro, não enxerga a mulher. Casa esburacada, desgraçada... O primeiro lucro será para uma casa. O primeiro não pode ser, senão como irá botar a estufa elétrica para a secagem de cacau quando, nos anos de grandes chuvas, os aguaceiros impeçam o funcionamento da barcaça? Chuva... Olhou de novo o céu, gritou mais uma vez:
— Munda! Onde diabo se meteu? Munda!

Raimunda foi chegando na porta da casa, limpando as mãos no vestido de chita. Estava muito envelhecida, os cabelos mulatos embranquecidos, um pouco gorda:

— Que é, homem? Que foi que lhe deu?

Antônio Vítor puxou a mulher pelo braço e a trouxe para junto de si. Apontou o céu com o dedo grosso:

— Espia...

Raimunda olhou, pôs a mão sobre os olhos. Primeiro procurou o que o marido mostrava e, quando o encontrou, seu rosto se abriu num sorriso, e certa beleza apareceu naquele rosto feio e velho, naquela fisionomia zangada que ela não perdera. Seus olhos estavam quase úmidos e sua voz foi quente quando ela falou:

— Vai chover, Antonho! — Nunca soube dizer Antônio, trocando o *i* por um *h*. — Vai chover hoje mesmo.

Antônio Vítor riu, bateu no ombro dela com a mão calosa, Raimunda riu também, evidentemente eles queriam dar maiores sinais de alegria mas não sabiam como. Ficaram mesmo parados, rindo um para o outro aquele riso desconfiado e tímido:

— É, vai chover...

— Vai, sim...

— E hoje mesmo...

E voltavam a olhar o céu. Céu azul, só mesmo um conhecedor poderia enxergar na fímbria do horizonte a ponta negra de nuvem que vinha dos lados de Ilhéus. Aquela nuvem tão ansiosamente esperada no início dessa nova safra. Se ela tardasse alguns dias mais o temporão estaria perdido e o temporão era um terço, mais ou menos, do total da safra. Pareciam não ter forças para tirar os olhos do começo de nuvem que avançava lentamente sobre as roças. E riam para o céu.

Os cacaueiros em frente se balançavam ao sabor da brisa. Quem os visse assim, frondosos e verdes, pensaria que a falta de chuva daquele princípio de ano em nada poderia alterar o curso da sua produção. As árvores lindas e pujantes estavam abertas em flores, pareciam não sentir o sol, não tinham nem uma folha queimada. Só o capim no chão estava esturricado, com grandes claros de terra onde as galinhas ciscavam. Mas Antônio Vítor e Raimunda sabiam que, se não chovesse, os cacaueiros perderiam as flores, todas morreriam antes de se transformarem em frutos. E aquelas poucas que chegassem a ser frutos pecariam antes de crescerem. Os cacaueiros não deixariam de ser lindos, frondosos e verdes, mas não dariam um fruto nesse ano, se as chuvas não chegassem naquela mesma semana. Já uma que outra flor caíra no chão jogada pelo sol. É por isso que Antônio Vítor tem vontade de dizer alguma coisa, de falar em frases mais largas, de, se isso fosse possível!, levar a mão até Raimunda e fazer-lhe uma carícia. Ela também, apesar do seu rosto zangado, tem vontade de externar sua alegria com algo mais que o sorriso com que saudou a nuvem. Mas não sabem fazer, como não o souberam quando nasceram os dois filhos, primeiro Joaquim, depois Rosa. Também naquelas ocasiões haviam ficado assim calados, próximos um do outro, sem palavras, sem gestos, tímidos e incapazes.

Assim haviam ficado também quando comemoraram os vinte e cinco anos de casados. Haviam ido comer em casa de Don'Ana Badaró (eles nunca se acostumaram a dizer "a casa do capitão João Magalhães", para eles era sempre a casa-grande dos Badarós) que, naquele dia, também, celebrava suas bodas de prata. Fora um almoço grande, lembrava aqueles tempos em que a fortuna dos Badarós era comentada em terras distantes. Almoço de muitos pratos, vinho na mesa, haviam aparecido até uns restos de cristal. Raimunda foi ajudar na cozinha e quis a pulso servir a mesa. Mas Don'Ana não deixou e, apesar de que havia muitos convidados, apesar de que estava o médico que era noivo da menina mais moça de Don'Ana, apesar de tudo isso, Don'Ana fez com que Raimunda e Antônio Vítor sentassem na mesa com eles e com eles almoçassem. O capitão e Don'Ana tinham, naquele dia, atenções especiais um para o outro, se beijaram durante o almoço na vista de todos e, quando o médico fez o brinde, Don'Ana encostou a cabeça no ombro do capitão e ele lhe alisou os cabelos. Ela tinha uma expressão doce de felicidade.

Antônio Vítor e Raimunda sentiam que possuíam os mesmos motivos para idêntico gesto de alegria, mas não os sabiam fazer e voltaram pela estrada, à noite, calados e sérios, apartado um do outro, sem palavras. É verdade que ele a possuiu nessa noite, mas foi igual a muitas outras noites de antes, os corpos rolando na cama de segunda mão (comprada a um sírio), o sono pesado depois.

Agora também, fitando o céu onde cresce e se aproxima a nuvem negra de chuva, eles sentem essa necessidade de se dizerem palavras que não sabem, de se fazerem carícias que desconhecem, e essa impotência, tantas vezes revelada, os faz tímidos, encabulados um perante o outro. O rosto de Raimunda voltou a ficar fechado, aquele mesmo rosto zangado de tantos anos antes, agora um rosto de velha que o sol de trinta safras

gastara, a boca mulata perdendo o sorriso que a enfeitara quando Antônio Vítor apontou a nuvem. Mas é tanta a alegria que vai pelo seu coração que ela abre de novo os lábios grossos de mulata, prende neles o sorriso difícil, tira os olhos do céu, volta-se para o caboclo:
— Antonho!
— Munda!
Ele a está olhando e espera. Também Raimunda sente esse desejo de palavras e carícias, de comentar e festejar a chuva que vem. Se olham os dois, não sabem palavras, não sabem carícias, não sabem comentar, nem festejar. Se olham um segundo somente. Ela repete:
— Antonho!
— Que é, Munda?
Por um ínfimo espaço de tempo certa angústia, nascida da impotência de falar, transparece no rosto dela. Mas logo volta a sorrir:
— Vai chover, Antonho!
— Vai sim, Munda!
— Vai ser uma safra grande!
— Bem grande, Munda!
E mais nada porque mais nada sabem dizer. Voltam a olhar o céu. A nuvem aumenta, em breve cobrirá a roça deles. Talvez esse ano eles colham novecentas arrobas de cacau. Talvez até passe, quem sabe? Talvez...

2

ESSAS NOVECENTAS ARROBAS DE CACAU QUE ESPERAVAM COLHER nessa safra eram o resultado de vinte e sete anos de trabalho diário. Trabalho de Antônio Vítor e de Raimunda. O pedaço de terra que os Badarós haviam dado de dote a Raimunda ainda estava plantado de mata. Até que terminaram os barulhos do Sequeiro Grande, onde tivera uma atuação tão eficiente, Antônio Vítor não cuidou da terra. Raimunda continuava no serviço da casa-grande até aquela noite do incêndio. Só quando os barulhos haviam terminado e Sinhô, que estava baleado, dera ordens para despedir os capangas, é que Antônio Vítor pensou no pedaço de terra que possuía. Ali improvisou um rancho e começou a derruba do trecho da mata. Antes fora a grande mata do Repartimento, próximo à do Sequeiro Grande, e sobre os seus terrenos haviam nascido as melhores roças dos Badarós. Sem derrubar só restava mesmo aquele pequeno trecho que a afilhada recebera de presente de noivado. Sinhô Badaró tinha feito passar escritura no cartório, o pedaço de terra estava em nome de Antônio Vítor e de Raimunda.

O primeiro ano foi terrível, Antônio Vítor não se lembra de outro igual. Armaram um rancho na mata infestada de cobras, um rancho levantado às pressas, onde mal cabiam o jirau feito de varas e o forno improvisado sobre as pedras, onde ferviam o feijão e a carne para o almoço e o jantar. Começaram, ele e Raimunda, a derrubar as grandes árvores. Metade da semana trabalhavam nas roças dos Badarós para conseguir dinheiro com que comer e vestir. A outra metade era dedicada à terra deles, à derruba de árvores. Não marchava rápido porque eram apenas dois a trabalhar, e Raimunda, apesar de forte, era mulher e em breve a gravidez começou a pesar. Abortou no quarto mês, quando ajudava Antônio Vítor a serrar um tronco. Quase morreu e Antônio teve que tomar um dinheiro emprestado a João Magalhães para pagar ao médico que veio até ali.

Aquele dia fora angustioso. Raimunda andava com a barriga crescida, Antônio Vítor a espiava pelo canto dos olhos quando ela se movimentava em sua frente, esperando que ele acabasse o serviço com o machado que tirava lascas do tronco a derrubar, para então ajudá-lo com o grande serrote que terminaria a tarefa. Antônio Vítor estava exatamente pensando que em breve chegaria o momento em que a prenhez impediria que Raimunda continuasse a ajudá-lo. Não sabia como iria se arranjar quando ela não aguentasse mais o trabalho. Aquele trabalho na mata era pesado demais para uma mulher... Pesado até para um homem, quanto mais para uma mulher com um filho no bucho... Ainda o trabalho na fazenda dos Badarós (como a família andava em Ilhéus, não havia trabalho na casa-grande, e Raimunda teve mesmo que ir trabalhar nas roças, junto com as demais mulheres e filhas de trabalhadores) era relativamente suportável. Sua tarefa era partir, com um pedaço de facão velho, durante doze horas, os cocos de cacau que os homens iam derrubando das árvores. Os meninos e meninas juntavam os cocos, as mulheres e as moças os partiam. Era perigoso, isso sim. Um golpe mal dado, aplicado com um pouco mais de força, era o suficiente para que o facão atravessasse a casca da fruta e cortasse a mão sobre a qual ela descansava. Qual era a mulher de trabalhador que não tinha profundos talhos nas mãos, resultantes daquele trabalho? Algumas perdiam dedos, levados pelo facão afiado. Os grãos de cacau iam se juntando numa pilha enorme que a tropa de burros de cacau mole conduzia, em caçuás apropriados, para os cochos.

Ainda assim esse era um trabalho leve se o fossem comparar com o trabalho na mata, a derruba das árvores para abrir clareiras sobre as quais soltar o fogo das queimadas. Naquele dia Antônio Vítor estava imaginando sobre isso, pensando por quanto tempo Raimunda suportaria aquele estafante trabalho de derruba. Ia ser o diabo quando ela não pudesse continuar... Ele mal conseguia dinheiro, com o trabalho na roça, para passarem os dois e poderem dedicar o fim de semana à mata. Onde iria arranjar com que pagar a um trabalhador que o ajudasse?

Mal ele começou a serrar do outro lado, cada um na sua ponta de serrote, veio o aborto. Foi ali mesmo na mata, o sangue empapou a terra. Como houve uma ameaça de hemorragia, foi necessário mandar buscar um médico em Tabocas. O capitão João Magalhães, que estava na fazenda, emprestou um cavalo e algum dinheiro. Ainda não se havia completado um mês e já Raimunda voltava ao trabalho na mata e na roça. No fim do ano o pedaço de mata estava derrubado e pelo Natal eles fizeram a queimada.

No outro ano Raimunda não voltou às roças dos Badarós. Em compensação Antônio Vítor trabalhava lá todos os dias, juntando algum dinheiro para comprar as mudas de cacaueiro de que necessitava para plantar seu pedaço de terra. Nesse trabalhava Raimunda, plantando mandioca e milho, criando galinhas e perus. Nesse ano plantaram uma rocinha de cacau, no ano seguinte já eram uns gravetos com folhas, em meio ao milharal.

Quando a mandioca estava de bom tamanho eles a arrancaram da terra e daí dataram as boas relações de Antônio Vítor com Firmo. Não se davam desde os tempos, ainda próximos, dos barulhos do Sequeiro Grande. Antônio Vítor fizera parte de um grupo de homens que invadira as roças de Firmo, cometendo estropelias. Mas Firmo era o único pequeno lavrador das redondezas que possuía uma casa de farinha nas suas roças. A grande casa de farinha dos Badarós havia sido incendiada nos barulhos e não fora reconstruída. A de Firmo era pequena mas a mandioca arrancada por Antônio Vítor não passava de uma ninharia, coisa para poucos sacos de farinha. Antônio Vítor mandou sondar Firmo e este pôs a casa de farinha à sua disposição. Fizeram um contrato: um terço da farinha produzida seria para Firmo, mas este daria dois homens e uma mulher para ajudarem Raimunda no forno, na prensa e na raspagem da mandioca. Era trabalho para dois dias apenas. Assim foi feito e Antônio Vítor vendeu sua farinha na feira de Itabuna. Com o dinheiro comprou mudas de cacau. Plantaram mais um pequeno pedaço da mata, depois foi o milho que lhes deu o dinheiro para o resto.

Nos quatro anos que se seguiram, ele continuou trabalhando para os Badarós, Raimunda debruçada sobre a terra plantando mandioca e milho entre os cacaueiros jovens, colhendo as loiras espigas, fazendo farinha, levando milho, galinhas e perus, cachos de banana também (haviam plantado uma touceira próximo ao rancho) para a feira de Itabuna onde já tinha a sua freguesia. Agora Antônio Vítor ajudava Firmo nas colheitas para que esse o ajudasse também quando seu cacau enflorasse e produzisse.

Aos domingos ele se dedicou a levantar uma casa de barro batido. Fez a armação de varas, plantou-a no chão, colocou a cobertura de palhas de coqueiro. Depois preparou o barro com terra, bosta de boi, um pouco de areia e água. Ficava que nem cimento. Outros domingos foram empregados no trabalho, que era quase diversão, de jogar o barro contra a armação de varas, os "sopapos". Tinha uma janela e uma porta, ficava bem no meio da roça, se mudaram para ela. No lugar onde estivera o rancho, ele iniciou a construção de uma pequena barcaça. Mas aí não só era muito mais difícil como custava bastante dinheiro. Aplainou as tábuas para o assoalho da barcaça, conseguiu comprar o zinco para a cobertura, mas parou o trabalho porque lhe faltava dinheiro para os trilhos. Quando o conseguiu, contratou um carpinteiro para o ajudar. E, de barcaça pronta, esperou que sua roça enflorasse.

Uma manhã, após os longos meses de paradeiro durante os quais nascera Joaquim, o filho mais velho, quando Antônio Vítor substituiu Raimunda nas idas à feira de Itabuna para vender farinha, milho e banana, eles despertaram para a festa dos cacaueiros enflorados. Antônio gritou pela mulher, ela chegou e ficaram os dois de olhos úmidos diante das primeiras flores dos seus cacaueiros. Colheram naquela safra vinte e cinco arrobas de cacau.

Se recorda ainda do dia em que entrou na casa Zude, Irmão & Cia. para vender essas vinte e cinco arrobas de cacau. Tinha tido que ir a Ilhéus e aproveitou para vender as primícias da sua roça a Zude, que pagava os melhores preços. Maximiliano Campos fez questão de recebê-lo no seu escritório, tratou-o muito amavelmente, Antônio Vítor se sentia como um coronel. Aquela amabilidade toda bulia com ele, o emocionava. Um homem como Maximiliano Campos, gerente de uma casa exportadora, lhe oferecendo bebida no seu escritório. Antônio Vítor bebeu seu cálice de licor de um gole, não tinha a mínima ideia que aquilo era um licor caro que se devia beber vagarosamente, em pequenos tragos saboreados com estalidos de língua. Achava engraçada aquela maneira do velho Maximiliano beber, e o imaginava bebendo cachaça com aqueles refinamentos, se engasgando com o álcool forte, queimando a língua. Antônio Vítor sorriu timidamente no escritório, olhou Maximiliano com medo que o gerente de Zude descobrisse seus pensamentos. Mas o velho estava amável, conversando com ele.

Quando Antônio Vítor chegara para efetuar aquela venda, vinte e cinco miseráveis arrobas de cacau, vinha quase tremendo. Era capaz que uma casa importante como Zude, Irmão & Cia. nem se interessasse por uma compra tão minúscula como aquela. Entrou pelos escritórios sem jeito nenhum, as mãos abanando, o chapéu na cabeça. Quando disse ao que vinha, o empregado que o atendera no balcão abandonou-o sem uma palavra e Antônio Vítor ficou sem saber o que fazer. Tomou o gesto do empregado como uma prova de que a compra não interessava à casa, e de tal maneira não a interessava que os empregados não se preocupavam sequer de lhe dar uma resposta negativa, largavam-no no balcão. Só teve mesmo tempo e ideia de dizer com a voz tremendo:

— É porque é meu primeiro cacau...

O empregado voltou a cabeça, sorrindo, e Antônio Vítor pensou que o rapaz estava troçando dele. Já ia saindo, muito encabulado, quando o rapaz chegou acompanhado de Maximiliano Campos. Antônio Vítor o conhecia de vista, mais de uma vez o vira, anos atrás, em companhia de Sinhô Badaró. Maximiliano Campos apertou-lhe a mão, tratando-o de senhor, mandou que ele entrasse. Só no meio do escritório se lembrou que estava com o chapéu na cabeça e o tirou em meio à maior confusão. Uma moça que trabalhava numa carteira sorriu e Antônio Vítor não soube fazer outra coisa senão sorrir também, o chapéu rolando na mão.

Entraram no escritório de Maximiliano Campos, este abriu um armário, tirou uma garrafa de licor e dois cálices. Serviu:

— Pela sua prosperidade!

Antônio Vítor engoliu o licor, Maximiliano quis saber coisas dele, quem era, onde estava a sua fazenda.

— É uma rocinha de nada, seu Maximiliano... Um pedacinho de terra que Sinhô Badaró me deu quando eu casei...

— O senhor trabalhou para Sinhô?

Contou sua vida toda. As lutas ao lado de Juca, ao lado de Sinhô e até do capitão nos fins dos barulhos do Sequeiro Grande. Quando terminou a narração, Maximiliano comentou a decadência atual dos Badarós:

— Um caso triste, seu Antônio... Um caso triste...

Afirmou depois que Antônio Vítor ia prosperar com certeza, um dia seria um coronel rico, quantos não haviam começado como ele? Antônio Vítor se sentia alagado de felicidade. Maximiliano teve um grande gesto. O cacau marcava 12$900 naquele dia e Maximiliano mandou pagar a treze mil-réis cada arroba, já que eram as primeiras arrobas de uma nova roça:

— Para ficar nosso freguês, seu Antônio. Para não vender seu cacau a outra casa...

Recebeu o dinheiro com um tremor nas mãos. Saiu para a rua e não via nada, nem o céu azul nem a gente que passava e se ria dele, tamanho homem andando aos esbarrões, algumas notas numa mão, o chapéu na outra, um riso de idiota no rosto.

Quando deu conta de si, Antônio Vítor estava numa loja comprando presentes para Raimunda, cortes de seda, um par de sapatos.

Voltou para a roça com aquela alegria a encher-lhe ainda o peito. Pela primeira vez viajou de primeira classe, esperando conversar no trem com os coronéis. Alguns, que o conheciam, realmente o cumprimentaram, perguntaram-lhe notícias sobre coisas indiferentes, mas nenhum manteve conversa com ele. Eram coronéis ricos que vestiam culotes e paletós de casimira, calçados com botas de couro. Antônio Vítor ia metido na sua roupa vagabunda de zuarte, calçado com uns sapatões baratos, o chapéu furado na cabeça. Na rede sobre o banco descansavam os embrulhos com os presentes para Raimunda. No seu abandono no trem, três horas entre a indiferença dos coronéis, Antônio Vítor pensou na alegria que Raimunda ia ter ao receber aqueles presentes. Um sapato bonito, um corte de seda, um cueiro para o menino...

Em Itabuna, Antônio Vítor, também pela primeira vez, sentiu a falta que lhe fazia um bom burro de montaria. Qual era o fazendeiro ou dono de pequena roça que não possuía um burro arreado que o trazia e levava da roça até Itabuna? Precisava comprar um, ele agora era também dono de roça, um dia seria fazendeiro. Foi pensando nessas coisas que tirou os sapatões para caminhar as seis léguas de lama que o separavam da roça.

Chegaria pela noite quando já o fifó iluminasse com sua luz vermelha a casa de sopapo.

Raimunda não só não demonstrou nenhuma alegria pelos presentes, como resmungou quase uma semana contra aqueles gastos, quando eles ainda precisavam de tanta coisa para a roça. Precisavam de foices para colher o cacau que devia ser no outro ano umas setenta arrobas. Precisavam de construir um cocho para o cacau mole, não poderiam mais, no outro ano, secar-lhe o visgo em caixões de querosene... Resmungava contra aquelas despesas inúteis. Para que seda? O sapato nem lhe cabia no pé aberto de dedos separados. Só não reclamou contra o cueiro do filho. Foi a única coisa que a alegrou, a única que ela verdadeiramente agradeceu.

Mas Raimunda era assim mesmo, de poucas palavras, resmungona e zangada, inimiga de festas, de ir aos bailes de harmônica e violão que se realizavam por vezes nas casas de trabalhadores e pequenos lavradores da vizinhança. Quando ia não dançava, ficava metida num canto, se queixava dos sapatos que magoavam seus pés, terminava por arrancá-los na própria sala de baile. Aliás esses bailes, onde as raras mulheres chegavam calçadas, de rosto pintado com papel vermelho e de fita amarrada nos cabelos mulatos, terminavam sempre com a gente toda de pé no chão, aqueles pés que não podiam suportar sapato. Nisso Raimunda não era uma exceção. Mas o era na raiva que tinha à dança, recusando os cavalheiros, o que a fazia antipatizada, já que o número de mulheres era ínfimo em relação ao de homens doidos para dançar. As mulheres comentavam:

— Sempre foi besta... Desde que morava com os Badarós...

Mas não era por besteira. Não gostava daquilo e estava acabado. Gostava era da terra, de lavrá-la, de plantá-la, de colher os frutos produzidos pela terra. Ali era mesmo que um homem, de rendimento igual. Fosse para colher e partir os cocos de cacau, fosse para dançar sobre eles na barcaça nos dias de sol, fosse para sacar o visgo do cocho, tudo ela sabia fazer como o melhor trabalhador das fazendas. E ali se sentia feliz, em meio aos cacaueiros, trabalhando dia e noite, acordando com a madrugada, se deitando, mal a noite chegava, para o sono profundo de cansaço. O capitão João Magalhães costumava dizer, quando falavam de Antônio Vítor, que este devia sua prosperidade atual a Raimunda. O próprio Antônio Vítor concordava e tinha muito respeito à mulher, ouvia sempre a opinião dela. Foi assim naquela vez que pensou em construir uma casa melhor e Raimunda se opôs. A opinião dela prevaleceu e eles compraram mais um pequeno pedaço de terra, onde plantaram mais cacau. Nesse tempo havia nascido Rosa, a filha, mulata de cara risonha como Antônio Vítor.

O filho saíra à mãe. Desde pequeno que Joaquim revelava a sua parecença com Raimunda. Era igual a ela. O mesmo rosto fechado e enérgico, a mesma bondade escondida sob uma capa de resmungos e palavras murmuradas, a mesma obstinação. Aos treze anos fugiu de casa, foi trabalhar numa roça distante. Mas durou pouco, desceu para Ilhéus, se empregou num armazém para coser sacos, deixou por um lugar de ajudante de chofer, aprendeu a dirigir automóveis e a consertá-los, um dia embarcou como marinheiro, levou dois anos sem dar notícias para aparecer depois novamente nas ruas de Ilhéus (diziam que estivera preso) e aceitar um lugar de chofer num ônibus, onde estava até hoje. Antônio Vítor não se dava muito bem com ele, sempre que se viam tinham atritos, o lavrador pensava que o filho queria mandar nele. Joaquim aprendera muita coisa que Antônio Vítor não sabia o que queria dizer, vivia metido com uma gente suspeita, certa vez Carlos Zude lhe falara nisso. Antônio Vítor não podia entender aquele filho bem-falante, que queria que ele pagasse melhor aos poucos trabalhadores que lhe ajudavam na colheita das roças, que dizia que ele os estava roubando. No dia que Joaquim lhe disse isso, na hora do jantar, numa visita que fizera à roça, Antônio Vítor deu-lhe uma bofetada na boca que tirou sangue do rapaz:

— Tá me chamando de ladrão, cachorro...

Joaquim se levantara para partir, Raimunda limpou-lhe o sangue que escorria do lábio, levou-o pela estrada. Não dissera nada depois mas foi esta a primeira noite que Antônio Vítor viu a mulher não dormir. Ela era doida por Joaquim, se entendiam bem sem se falar, gostavam de ficar os dois calados, próximos um ao outro. Antônio Vítor falava muito, gostava era da filha, conversadeira como ele, cheia de relações pelas roças e fazendas vizinhas, não perdendo bailes, gostando de se enfeitar, uma rosa no cabelo, uma fita no vestido de chita, um anel falso no dedo. Essa filha que já tinha freguesia com os sírios mascates, aos quais comprava bugigangas.

Em verdade o que criava um conflito real entre Antônio Vítor e Joaquim era que o pai não perdoava o rapaz não ter ficado na roça a ajudá-lo. Antônio Vítor não compreendia como Joaquim pudera partir, ir para a cidade, viajar nos navios como marinheiro, dirigir caminhões e ônibus como chofer, quando o pai possuía um pedaço de terra que precisava de braços que a lavrassem. Se Joaquim estivesse na roça era um trabalhador a menos que pagar, e Antônio Vítor vivia lamentando esse desinteresse do filho pela terra que era sua. Como podia ter coragem de partir se tinham aquela terra? Que diabo ia fazer? Coisa boa não podia ser e não era, com certeza, até Carlos Zude já lhe falara uma vez que Joaquim andava metido com gente suspeita, que ele tomasse cuidado. E o descaro do rapaz de lhe dizer que ele, Antônio Vítor, seu pai, a quem Joaquim devia respeitar, pagava mal aos trabalhadores, que os explorava, que os roubava... Só mesmo uma bofetada para tanto atrevimento e foi o que Antônio Vítor fez. Antônio Vítor pagava, como toda gente, cinco mil-réis aos poucos trabalhadores que contratava por ocasião das safras. Firmo lhe dava também uma mão no trabalho e ele lhe pagava ajudando a colheita do outro. Os grandes fazendeiros não precisavam disso. Tinham muitos trabalhadores, não só durante as safras como até durante o paradeiro, quando só empregavam na podagem das roças, na limpa, na construção de novas barcaças. Antônio Vítor despedia seus trabalhadores no paradeiro. Pagava-lhes o saldo quando eles tinham saldo e mandava-os embora até a nova safra. E Joaquim dizia que ele os roubava... Ele não tinha sequer armazém na fazenda como os grandes coronéis. O armazém, sim, que roubava, vendendo por preços absurdos. Bem que Antônio Vítor gostaria de poder montar uma despensa na roça, para vender aos oito trabalhadores que alugava durante a safra. Assim não sairia cada um por cinco mil-réis o dia... Sairia muito mais barato... Mas ele não tinha capital para isso, o que possuía mal dava para pagar os homens. A poda das roças, a compra de mantimentos levavam o lucro do ano. Além de que, durante muito tempo, ele ia aumentando a roça com cacaueiros novos à proporção que ia ganhando dinheiro com as primeiras árvores plantadas. Tudo o que ganhara estava enterrado naquele pedaço de terra. Seu dinheiro tão difícil estava transformado em pés de cacau. Sua roça... Com que orgulho o dizia!

E Joaquim a resmungar que ele roubava os trabalhadores... Só mesmo uma bofetada para o rapaz aprender a respeitar o pai! Afinal Antônio Vítor também fora trabalhador, assim começara quando viera há trinta anos para essas terras do sul. Nunca mais voltara a Estância, esse é um sonho que ele pensa em realizar um dia. Lá deve existir um filho dele, filho de Ivone, talvez seja melhor sujeito que Joaquim... Joaquim saiu à mãe... Não que Raimunda não preste, Antônio Vítor bate com a mão na boca para afastar esse pensamento. Raimunda é boa e é trabalhadora. Joaquim herdou dela foi aquela obstinação, aqueles modos bruscos que o faziam um pouco parecido também com os Badarós. Aliás, talvez nas veias de Joaquim corresse algum sangue dos Badarós, já que falavam que Raimunda era filha do velho Marcelino Badaró. De qualquer maneira Joaquim era o grande desgosto da vida de Antônio Vítor e desde aquele dia da bofetada ele não voltara à roça. E, como se houvesse estabelecido um compromisso tácito, Antônio Vítor e Raimunda não falavam no filho.

Em compensação falavam muito na filha, em Rosa, que havia casado com o capataz da fazenda do coronel Frederico Pinto. A verdade é que se não fosse Raimunda talvez ela não tivesse casado. Rosa nascera no mesmo ano da morte do Sinhô Badaró, ano de muitas chuvas, quando a Fazenda Sant'Ana foi dividida. Antônio Vítor e Raimunda sofreram com a divisão da fazenda dos antigos patrões como se eles fossem também donos dela. Por aquelas terras Antônio Vítor havia derramado seu sangue, por elas havia matado homens. Agora via gente que não era dos Badarós tomar conta das roças, levantar outras casas-grandes. Nos povoados murmuravam sobre Olga, a viúva de Juca, diziam que ela havia fugido para a Bahia onde gastava o dinheiro como uma louca. Raimunda ficara ainda mais calada, a barriga estava grande mas ainda assim ela não queria abandonar o trabalho da terra. Rosa nasceu em meio a esses desgostos e alegrou a casa de barro batido. Menina ainda, já ajudava no trabalho na roça e, quando Joaquim fugiu, foi ela que ficou tocando os dois burros que levavam cacau mole para o cocho. Desde cedo que gostava de se enfeitar, de pintar a cara mulata com papel vermelho. Se perdeu com Tibúrcio, numa noite de festa. Se entregou nos matos, ficou prenha. Antônio Vítor a espancou quando soube, Raimunda arrancou o nome do responsável, foi lá, armou barulho. Talvez, mais que tudo, a fama de Antônio Vítor, que havia matado tantos homens nos barulhos do Sequeiro Grande, concorresse para convencer Tibúrcio da necessidade de casar. O casamento se realizou em Itabuna, no padre, os dois viviam na fazenda do coronel Frederico, onde Tibúrcio era capataz, ganhando duzentos e cinquenta mil-réis por mês. Por vezes Rosa vinha visitar os pais, Tibúrcio vinha também, contava coisas da fazenda. A esposa do coronel gostava de Rosa e o filho dela estava sendo criado na casa-grande.

Este ano Antônio Vítor esperava colher novecentas arrobas. Se o cacau der vinte mil-réis são dezoito contos. Há de sobrar algum dinheiro para ir a Estância, a passeio. Novecentas arrobas já é alguma coisa, sua roça vale bem quarenta contos. Talvez valha até mais, apesar de não ter grandes benfeitorias, da barcaça e do cocho serem pequenos, apesar de não ter estufa elétrica, apesar da casa de moradia não se diferenciar em nada da casa de um trabalhador.

Apesar de tudo, agora que vai chover, esse é um ano bom. Outros foram maus, foram anos difíceis, em alguns tudo parecera perdido. Certa vez ele tivera que tomar cinco contos de réis emprestados a juros altos, quando uma seca matou a produção de uma safra e matou os cacaueiros recém-plantados. Só não se afundou porque logo depois veio a alta de 14 e ele conseguiu pagar a dívida e ainda ganhar algum dinheiro. Lembra-se também da enchente que levou plantações novas, que derrubou um pedaço da casa.

Mas tudo isso era coisa passada, tudo isso estava para trás, ele agora ia colher novecentas arrobas de cacau. Podia levantar uma casa melhor, contratar mais trabalhadores, podia fazer com que Raimunda descansasse do trabalho na roça. Ela bem precisava. Estava velha e acabada, os cabelos brancos, à noite gemia com dores reumáticas. Agora ela podia descansar, com mais um ano talvez, numa casa nova, assoalhada, caiada de barro. Bem merecia descansar, trabalhara que nem burro de carga. Parecia mais uma árvore daquela terra, plantada ali com profundas raízes, seus pés abertos e negros, do que mesmo uma mulher que já fora jovem noutros tempos. Era como uma velha árvore daquelas terras.

Também ela necessitava dessa chuva, que parecera não vir neste ano, para florir em alguns sorrisos raros. Desde que a seca começara a ameaçar, Raimunda vivia irritada, ágria, pessimista, dizendo que iam perder tudo. Como as árvores do cacau, ela necessitava da chuva. Agora, sobre o morro, as nuvens carregadas de água se aproximam. Vai chover, as árvores vão florir desde os troncos até os galhos, os trabalhadores afundarão os pés na lama, os cocos de cacau ficarão amarelos, cor de ouro. Para Antônio Vítor não há nada mais bonito no mundo que uma roça de cacau quando os cocos estão de vez, amarelos, iluminando a sombra das árvores. Para Raimunda também não existe visão mais linda. Também ela renascerá com a chuva, seu rosto será menos fechado, seus pés afundarão na lama gostosa, os dedos abertos, penetrados na terra, uma árvore da terra mais que uma mulher. Árvore daquela terra deles, terra plantada por eles, vinte e sete anos misturados com ela, dormindo em cima dela, comendo em cima dela, parindo e amando em cima dela. Plantados na terra, árvores que começam a envelhecer.

3

O CORONEL HORÁCIO DA SILVEIRA ANDOU COM DIFICULDADE, apoiado na bengala de castão de ouro, até a varanda da casa-grande. Em frente se estendiam, num suceder infinito, as roças de cacau. O coronel parou na soleira da porta que abria para a varanda, a luz do sol doía-lhe nos olhos quebrados pelos anos. O negro velho, quando o viu aparecer, tirou o chapéu respeitosamente. Não foi ajudá-lo porque todos os trabalhadores sabiam que o coronel não suportava que o ajudassem. Andava meio se arrastando, apoiado naquela bengala antiga, o rosto por vezes contraído de dor, os olhos apertados, mas não tolerava que lhe tomassem do braço para auxiliá-lo a andar. Gritava nomes contra os que o faziam, e, mesmo que se desculpasse depois, não podia reprimir aquele primeiro arranque de cólera, que o punha fora de si. Estava quase cego também, mas o negava, dizia que enxergava perfeitamente. Quando alguém o vinha visitar, deixava que o forasteiro falasse até que o reconhecia pela voz. Então conversava muito, relembrava coisas, discutia os tempos presentes, o preço do cacau, as possibilidades de alta, a política.

A política continuava a ser a sua grande paixão. Conservava a chefia de um dos partidos tradicionais da zona, agora novamente no governo. E metido na casa-grande da sua imensa fazenda, meio paralítico de reumatismo, quase cego, era o dono da terra do cacau, fazendo e desfazendo autoridades, senhor de milhares de votos, rico de incalculável riqueza, rico de fazer medo, como diziam em toda a extensão daqueles municípios. Quase ninguém o via ultimamente, e, nas ruas de Ilhéus, para os forasteiros, o coronel Horácio era uma figura quase lendária, ao mesmo tempo próxima e distante, cantada nos abcs das feiras, como pessoa do passado, presente, no entanto, em todas as decisões importantes.

Quando o coronel Horácio completou oitenta anos, dos quais sessenta foram passados naquelas terras de Ilhéus, lhe ofereceram grandes festas. Em Ilhéus e em Itabuna. Isso, apesar de naquele ano ele ainda estar na oposição, combatendo o governo. Em oposição se mantivera desde a vitória da Revolução de 30. Conservou-se alguns anos fiel ao regime deposto, foi mesmo dos que mais demoraram a se entrosar na nova máquina governamental. Guardara durante tempos certa raiva contra os que haviam derrubado aquele sistema de governo estabelecido e que tanto lhe agradava, no qual construíra sua fortuna e do qual era um dos baluartes mais poderosos no sul da Bahia. Sua oposição aos interventores que se sucediam no governo do estado pareceu, em determinado momento, um desses caprichos de velho rico e os seus correligionários políticos pensaram seriamente em alijá-lo da chefia do partido, já que ele travava toda negociação, toda a possibilidade de acordo com o governo, numa fidelidade obstinada a Washington Luís e Vital Soares.

— Tá maluco... — diziam.

Comentavam, como prova disso, a resposta que o coronel dera a alguns rapazes integralistas que o haviam procurado, na esperança de arrastá-lo para o movimento fascista, namorando o seu prestígio e a sua fortuna. Já haviam conquistado o filho de Horácio, esperavam agora o apoio do coronel.

Os rapazes fizeram confiantes a viagem para a fazenda Bom Nome. Perderam mais de uma hora explicando ao coronel o que era o fascismo, quem era Mussolini, o gênio de Hitler, o progresso da Itália e de Portugal, o perigo do bolchevismo, o que os integralistas pensavam realizar no Brasil, os porquês da necessidade de Horácio prestigiar o novo movimento político, de ser um dos chefes. Na entrada haviam-no saudado com dois "anauês", como se ele fosse um grande líder integralista. O coronel Horácio ouviu a história toda, estava sem dúvida algo vaidoso com a atitude e o elogio dos rapazes, e terminou perguntando se eles tinham como fim fazer oposição ao governo até repor o dr. Washington Luís na presidência da República e o dr. Vital Soares no governo do estado:

— Se é para repor o doutor Washington no governo 'tou às ordens...

O líder do grupo visitante explicou que não se tratava disso, propriamente. Que o chefe era outro, fez o elogio: "Um gênio, um homem iluminado por Deus", falou no nome, os integralistas se levantaram, saudaram com quatro "anauês". Horácio então disse que não podia, ele era do dr. Washington, "era um homem de palavra, não era um vira-casaca".

Nas festas que lhe ofereceram, por ocasião do seu octogésimo aniversário, falaram muito na "sua obra", no progresso que ele possibilitara àquela zona, chamaram-no de "construtor de civilização". Mas Horácio se sentiu terrivelmente ferido quando, a pretexto de fazê-lo descansar, quiseram entregar a chefia do partido a um homem jovem, um advogado, novo na zona, rapaz de grande habilidade e de maior ambição. Horácio, no retiro da sua fazenda, vinha sendo informado de todas as manobras e sabia que elas explodiriam nas festas do seu aniversário. Explodiram no grande banquete, em Ilhéus, que encerrava as festividades. Horácio ouviu em silêncio os discursos que disseram maravilhas a seu respeito, que o chamaram de quanta coisa elogiosa se podia chamar um homem, num esbanjamento de palavras bonitas, e só deu sinal de maior atenção quando um jornalista (rapaz que viera da Bahia, onde vivia passando miséria, trabalhar no seu jornal de Ilhéus) propôs que fosse dado ao coronel, como presente de aniversário, o direito de repousar das lides políticas, deixando aos mais moços o trabalho de continuar fielmente a sua "grande obra". Falaram ainda outros e alguém lembrou o nome do advogado — dr. Josué Santos — para novo chefe do partido. Maneca Dantas olhava para Horácio, estudava-lhe a fisionomia que tão bem conhecia e a encontrava igual àquela com que o coronel lhe aparecera, muitos anos antes, no dia em que descobrira a traição de Ester. Igual. Os mesmos olhos apertados, a boca um pouco torta, a testa franzida.

Maneca Dantas tinha sido convidado para a conspiração contra Horácio. Josué fizera-lhe ver todas as propostas do governo que ansiava pelo apoio dos correligionários de Horácio. Maneca poderia voltar a ser prefeito de Ilhéus se o coronel não tivesse a cabeça dura, mantendo-se no propósito estúpido — "estúpido", repetia com ênfase o advogado — de apoiar uma coisa que já não existia: a República Velha. Estavam eles ali gramando um ostracismo sem razão de ser, já que era o próprio governo quem os convidara com tanta insistência. No país inteiro não havia mais quem se mantivesse naquela posição violenta contra a revolução vitoriosa. Nem um só dos amigos mais íntimos do governo decaído continuava sem querer colaborar com o novo governo. Possibilidades de revolução, nem que falar. O coronel Maneca não vira a de São Paulo, em 32? Fora a última. E, mesmo os que a tinham feito, não estavam hoje lado a lado com o governo? O que é que Horácio pensava? Josué concluía, definitivo:

— É caduquice, seu coronel, é caduquice... E a gente não pode estar se guiando por um velho *détraqué*.

Maneca Dantas não sabia o que era *détraqué* e não perguntou a Josué. Só em casa é que o filho — então estudante de direito — lhe explicou, em palavras também difíceis, a significação exata do vocábulo. Ao dr. Josué Santos, Maneca Dantas contentou-se com dizer num aviso:

— Vosmicê não conhece o compadre Horácio, seu doutor. Se conhecesse não se metia nisso...

Josué deu de ombros e continuou sua pequena conspiração. Maneca Dantas, na mesa do banquete, ouviu os discursos, estudava a fisionomia de Horácio, passeava os olhos pela gente em torno. Horácio estava a par de tudo, muitos tinham subido para a sua fazenda numa fuxicaria danada, o próprio Maneca Dantas tinha lhe contado as propostas de Josué e tinha lhe explicado a significação da palavra *détraqué*.

— É francês, seu compadre...
— Nunca me dei bem com gente metida a falar língua de gringo...
— disse Horácio e Maneca sabia que ele estava se referindo ao finado dr. Virgílio.

Depois, na hora da despedida, Horácio avisou ao amigo:
— Deixe o moço se mexer... Eu ensino ele. Deixe estar por minha conta...

E agora estavam ali, no principal hotel de Ilhéus, quase duzentas pessoas na mesa do banquete. A gente melhor da terra, gente da oposição e do governo, comerciantes e fazendeiros, exportadores, médicos, engenheiros e agrônomos. Todos festejando o octogésimo aniversário do coronel. Comidas e bebidas, bebidas caras, champanhe e chope de barril, que era uma novidade em Ilhéus, tinham vindo especialmente para o banquete. Lá fora uma pequena multidão se apertava pelas janelas para ver o coronel Horácio da Silveira, ao qual a maioria só conhecia de tradição. Era raro o coronel descer de sua fazenda, vivendo cada vez mais nos limites das suas terras.

Estavam ali e Maneca Dantas se inquietava. Nenhum dos presentes conhecia Horácio da Silveira tão bem quanto ele, que fora seu sócio nos barulhos do Sequeiro Grande, onde os dois acabaram de enricar queimando mata, plantando cacau, matando gente. Iam trinta anos passados e agora uns mocinhos queriam derrubar Horácio da chefia do partido, afastá-lo da política, achavam que ele já estava velho demais, caduco, *détraqué*... Olhava para Horácio que ouvia a proposta do nome de Josué Santos, "o brilhante causídico" — dizia o orador —, para novo chefe do partido. Maneca Dantas, enquanto o rapaz fazia o seu discurso, recordava os tempos em que Horácio fora senador estadual. Dormia durante as sessões, nunca abria a boca senão para grunhir um apoiado, nunca deixou de levar para o Senado o seu revólver, como se fosse para um barulho. Esbanjou dinheiro nos cabarés com as mulheres da vida. Quando voltou, encontrou as fazendas um pouco abandonadas e desistiu do lugar no Senado. Fez eleger em sua vaga o dr. Rui, que brilhou muito, em grandes discursos. E nunca mais aceitou investiduras parlamentares, nem cargos políticos. Contentava-se em ser o chefe do partido, o mandachuva. Fazia os prefeitos, o de Ilhéus e o de Itabuna, os juízes eram homens seus, esperava que o filho, quando formasse, pudesse desfrutar dos cargos, fazer rápida carreira. Realmente o rapaz fora eleito deputado estadual mal se formara, mas veio a revolução e ele perdeu a cadeira. Agora as eleições se aproximavam novamente e o dr. Josué Santos queria o direito de apoiar o governo enquanto era tempo, fazer os candidatos, ser ele mesmo deputado estadual, ou federal, quem sabe? O rapaz terminou seu discurso, agora o banquete parecia dedicado mais a Josué que mesmo ao aniversariante. Talvez, entre todos os presentes, só Maneca Dantas esperasse uma reação de Horácio. Os mais estavam certos que ele ia agradecer as homenagens e passar a chefia do partido ao "brilhante causídico" que estava sentado na outra extremidade da mesa, sorrindo modestamente ante os elogios.

Estava na hora de Horácio agradecer. Mandara o filho de Maneca Dantas escrever um discurso e depois o fizera copiar em letras muito grandes para poder enxergá-las e ler sem dificuldade. Mas quando se levantou, entre aplausos, não puxou nenhum papel do bolso. Abriu um pouco os olhos cansados, espiou aquela gente toda, o jornalista que discursara, o dr. Josué, sorriu para Maneca Dantas e para Braz. Sua voz era forte, apesar de já tremer um pouco. No entanto sua voz não tremia, parecia a de um jovem, ao dizer:

— Isso não parece banquete de aniversário. Parece mais enterro de homem rico com os parentes brigando pela herança... É mesmo o que parece...

E sentou-se ante o espanto mesclado de medo dos presentes. Ficaram todos em silêncio, sem saber o que dizer, sem saber o que fazer, os olhares indo de Horácio, que novamente parecia dormir, para Josué, que tentava sorrir sob a palidez que o invadira. E assim, nessa atmosfera, terminara o banquete que era o "fecho de ouro" (como escrevera o *Jornal da Tarde*) das comemorações do octogésimo aniversário do coronel Horácio da Silveira.

Seis dias depois o dr. Josué Santos foi assassinado em Itabuna. Saía de uma sessão da maçonaria quando recebeu o tiro. O assassino sumiu e logo correu pela cidade, por Ilhéus também, que tinha sido a mando de Horácio. A um grupo de jovens elementos do partido, entre os quais estava o jornalista discursador, Maneca Dantas explicou:

— Vosmicês não conhecem compadre Horácio. Conhecem só de nome, de ouvir dizer. Eu é que conheço pessoalmente, conheço de intimidade...

O crime causou grande sensação, há muito que se perdera a lembrança de assassinatos nas ruas civilizadas de Ilhéus e Itabuna. Eram coisas do passado, que viviam apenas na memória dos cegos violeiros nas feiras livres, histórias que as mães contavam aos filhos em substituição aos contos da carochinha. E, de repente, esse passado voltava, um advogado caía baleado em frente ao edifício da maçonaria. Os jornais, a raiz desse caso, lembraram os barulhos antigos, os tempos da luta pela posse da terra, a mata do Sequeiro Grande. Houve abertura de inquérito mas nada foi para adiante porque Horácio resolveu finalmente apoiar o governo. Nunca mais ninguém falou em afastá-lo da chefia do partido.

A verdade, porém, é que Horácio, apesar da sua paixão pela política, já não a entendia bem, nesses tempos atrapalhados de após-vitória da Revolução de 30. Fazia uma enorme confusão com essa "política moderna", como ele dizia, de comunistas e integralistas. Seu filho estava metido com os integralistas, vestia uma camisa verde. O compadre Braz, um homem já velho, andara novamente, há poucos anos passados, de revólver em punho, garantindo comícios dos esquerdistas, falando que os estrangeiros queriam tomar as terras dele e que ele não entregava. Braz formava ainda com Horácio mas usava palavras que o coronel nunca ouvira antes e não faltava quem o tachasse de comunista. Fora Braz quem dera uma corrida no filho de Horácio, nas ruas de Ilhéus, quando de um comício integralista que os da esquerda dissolveram. Horácio repetia para si mesmo:

— Ora, já se viu... Que atrapalhação!

Não, decididamente não entendia aquela política, tão diversa de antigamente, quando os homens votavam em vez de discutir na rua. Horácio olhava com desconfiança tanto os comunistas como os integralistas. Pois se falavam até em "direito dos trabalhadores...!", coisa para ele inconcebível. Achava que o filho estava fazendo besteira metido naquela camisa verde, levantando o braço, gritando "anauê". Mas não se envolvia, deixava, procurava pensar o menos possível no filho, para assim não pensar em Ester. Ela fora a culpada daquilo tudo, uma mulher medrosa, sem vontade, que só não tivera medo na hora de lhe botar os chifres. Sua velhice era amargada por estas coisas, principalmente por aquele filho com o qual não sentia nenhuma solidariedade, ao qual não dedicava quase nenhuma afeição. Silveirinha, advogado e ex-deputado, não fazia nada além de gastar dinheiro em Ilhéus. Saíra medroso, herdara aquele medo de Ester, não podia ouvir um tiro sem ficar pálido. Odiava as roças de cacau, demorava nelas o menos que podia. Haviam contado a Horácio que o rapaz correra durante um atrito político, tempos antes, nas ruas de Ilhéus, e esse fato desgostou o coronel durante dias. Horácio prezava a coragem sobre todas as virtudes e tinha dó daquele filho que puxara à mãe, que tinha medo de tudo. Por vezes Horácio conversava com Maneca Dantas e se lastimavam os dois da malandrice e da incapacidade dos filhos, que se formavam e depois ficavam nas ruas de Ilhéus trocando pernas e gastando dinheiro com as prostitutas. Para os filhos eles haviam trabalhado, entrado pela mata adentro, matado gente, plantado cacau. Para que os filhos fossem grandes homens um dia e não vagabundos que eram, incapazes, inúteis. Horácio deitava a culpa em Ester, no medo que vivia dentro dela e que passara para Silveirinha. Sua velhice era amargada por essas coisas e ele se voltava cada vez mais para sua fazenda. Por último não ia mais a Ilhéus, vivia na casa-grande, dirigindo as colheitas, brigando com os trabalhadores, cuidado somente pela mulata Felícia, que nunca o deixara e que substituíra Ester no leito do coronel enquanto este tivera forças para o amor.

Horácio era uma das maiores fortunas da zona do cacau. Suas fazendas se estendiam de Ferradas até muito longe, incluíam a maior parte das terras do Sequeiro Grande, as divisas entre os municípios de Ilhéus e Itabuna passavam por roças suas. Colhia mais de quarenta mil arrobas de cacau, tinha inúmeras casas de aluguel em Itabuna, em Pirangi, em Ilhéus, tinha muito dinheiro depositado no banco. Levava, no entanto, a mesma vida frugal dos tempos de antes, nenhum luxo na casa-grande, fazia economia de tostão como se fosse pobre, reclamava contra o dinheirão que o filho gastava. Fiscalizava o trabalho nas roças, mandara surrar um capataz que o tentara roubar.

Naquele dia, após o almoço, ele se arrastou até a varanda. Ia tomar sol, esquentar o corpo gigantesco que agora se dobrava em dois, ouvir o que os negros conversavam. O terreiro estava vazio, alguns homens passavam para as roças. Estavam terminando uns restos de poda. Horácio sentiu o calor do sol sobre sua pele enrugada. O negro velho desejou boas-tardes. Horácio virou os olhos para ele:

— É tu, Roque?

— Inhô, sim...

— Tá muito sol, hein?
— Tá brabo, inhô...
Horácio pensava na seca. Se viesse a seca, a safra estaria perdida, não haveria lucros esse ano, ele não poderia comprar mais terras, não poderia adquirir roças novas:
— Talvez não chova...
O negro olhou para o céu, já antes tinha visto a nuvem de chuva que se aproximava:
— Chove, sim, patrão. Vosmicê não está vendo a nuvem?
Horácio se sobressaltou, olhou o céu, não distinguia nada:
— Tu pensa que eu sou cego?
— Inhô, não... — fez o negro com medo. — Só que vosmicê não houvera dito...
Horácio olhou de novo, não enxergava:
— É de chuva mesmo...
— E tá crescendo, patrão... Chove inda hoje, pela noitinha...
Horácio se levantou, andou até o balaústre da varanda:
— Vá chamar Chico Branco... Depressa!
O negro saiu atrás do capataz. Encontrou-o ainda em casa, almoçando. Horácio, na varanda, sentiu que eles chegavam pelo ruído das pisadas. Conhecia os passos pesados de Chico Branco, um mulato gordo, violento com os alugados, que sabia fazer um homem render no trabalho.
— Boa tarde, coronel.
— Tu já viu que vai chover?
— Já coronel. Tava mesmo pra vir falar com o senhor...
— Tu não viu nada, ninguém vê nada se eu não vejo. Ninguém liga, é preciso eu tá em cima. Desde ontem eu tava sabendo que ia chover, hoje de manhã já tinha visto a nuvem...
— Mas, coronel...
— Não tem mais nem menos... É isso mesmo! Vi antes de todo mundo...
O capataz ficou calado, que adiantava discutir? Horácio pensou, deu ordens:
— Mande parar a poda, não precisa mais. Mande trabalhar nas barcaças. Limpar os cochos, aperte a gente do Ribeirão Seco. Contrate trabalhadores...
O capataz foi embora. Horácio ficou em silêncio uns minutos, depois não resistiu e perguntou ao negro:

— Roque...
— Inhô?
— A nuvem está crescendo, Roque?
— Tá, inhô, sim.
Horácio sorriu. Ia ver mais uma safra, os cacaueiros cheios de frutos. Devia ir a Ilhéus, fechar negócio com Schwartz. No fim da safra compraria mais roças. E um dia, pensou com certa tristeza, tudo aquilo seria do filho... Era uma pena ter que morrer... Gostava tanto de ver o cacau florir e carregar. Gostava tanto de comprar terras, de gritar com os homens, de fazer negócios... Felizmente só tinha um filho e isso lhe dava certeza de que suas fazendas não seriam divididas, como tantas outras, como a dos Badarós... As fazendas do coronel Horácio da Silveira nunca seriam divididas. Haviam de ser sempre as suas fazendas...
— A nuvem tá crescendo, negro?
— Já tá grande, inhô.
— Chove hoje?
— Chove, inhô, sim. De noitinha...
O sol esquenta o corpo do coronel Horácio da Silveira. Mas o que ele sente sobre a pele ressequida é a carícia imaginada e desejada da chuva caindo, lavando a terra, penetrando até as raízes das árvores, dando força aos cacaueiros:
— Vai ser uma safra grande, negro.
— Vai ser, inhô.
A nuvem cobre o sol, cai uma sombra sobre o coronel.

4

O PAPAGAIO CORTAVA O SILÊNCIO DO TERREIRO COM seu grito estridente, na repetição da frase decorada há anos:
— Cuidado com esse cacau, negro desgraçado!
Ouvira aquilo durante anos de Teodoro das Baraúnas. Quando este fugira no tempo dos barulhos do Sequeiro Grande, o louro ficara abandonado na casa-grande das Baraúnas e os Badarós o haviam recolhido Primeiro levaram-no para Ilhéus, mas quando tiveram que vender a casa da cidade e Don'Ana veio com o capitão João Magalhães para as roças que lhes haviam restado, trouxeram-no de novo para o meio do cacau. Era um papagaio dos pequenos, da raça dos mais faladores. Chamava-se Chico e ele mesmo repetia seu nome o dia todo:

— Don'Ana — dizia —, Chico está com fome...
Não estava com fome nenhuma, queria era falar. Segundo os cálculos de Don'Ana o papagaio tinha mais de quarenta anos. Os trabalhadores diziam que o papagaio é a ave que mais vive, que vive mais de cem anos. Chico, quando veio para a companhia dos Badarós, era perito em palavrões, que Teodoro lhe ensinava pacientemente. Da varanda da casa-grande ele insultava indiferentemente trabalhadores e visitas. Teodoro ria, divertido. No novo lar Chico não abandonou esse hábito e adquiriu outros, como o de rir a gargalhada sonora do capitão João Magalhães, desbordante, gargalhada que se perdia nas roças, levada pelo vento. Aprendeu também, com Don'Ana, a chamar as galinhas, os patos e os perus para virem comer milho seco.

E essa era uma das suas diversões prediletas. Quando escapava da gaiola da cozinha, onde morava, vinha andando no seu passo de marinheiro até a varanda. Aí insultava os negros que via trabalhando na barcaça. Quando se cansava de dizer nomes feios, de incentivar com gritos o trabalho dos alugados, começava a chamar as aves do terreiro, imitando o ruído que Don'Ana fazia com os lábios, imitando admiravelmente o ruído do milho na lata. As aves, galinhas, perus, patos e gansos, vinham numa corrida de todos os cantos do terreiro, se reuniam em frente à varanda, esperando a ração de milho. Chico chamava até vê-los todos. E então ria aquela gargalhada do capitão João Magalhães. Isso fazia com que o capitão dissesse que Chico herdara de Teodoro das Baraúnas não só os palavrões e as ordens gritadas aos trabalhadores, como também algo do seu caráter perverso.

A última aquisição de Chico em matéria de frases, aquisição que o orgulhava muito já que a vivia repetindo, era aquele grito que João Magalhães soltara quando, ao chegar de Ilhéus, saltou do cavalo na porta da roça, no início da alta:

— Don'Ana, vamos enriquecer de novo!

O capitão naquele dia parecia não saber outras palavras e as repetia em todos os tons, desde aquele grito inicial que atravessara a casa-grande, fora buscar Don'Ana no terreiro, arrepiara as penas de Chico na cozinha, até o murmúrio terno, quase ao ouvido de Don'Ana, sentados os dois na rede da varanda. Chico andando em frente, no balaústre. Também a Chico ele disse, o papagaio no dedo, muito atento:

— Chico, vamos enriquecer de novo!

Depois coçou a cabeça de Chico, o papagaio cerrava um olho, parecia

um gesto irônico. E tantas vezes ouviu a frase, não só no correr do dia, como nos dias que se sucederam enquanto o cacau escalava preços absurdos, que a decorou e gritava para toda gente, para os trabalhadores na barcaça, para a cozinheira na cozinha, para as galinhas no terreiro, para o capitão João Magalhães, para Don'Ana, para ele mesmo quando estava só:
— Don'Ana, vamos enriquecer de novo!
Depois ria a gargalhada gostosa de João Magalhães. Ria até não poder mais, repetia a frase inúmeras vezes:
— Don'Ana, vamos enriquecer de novo!
E sacudia as asas, e se arrepiava todo, abria as penas do rabo num grande leque verde.

5

DON'ANA BADARÓ (APESAR DE TUDO QUE SE PASSARA, DA POBREZA e da decadência, ninguém se lembrava de chamá-la Don'Ana Magalhães) ouviu o grito estridente do papagaio e a gargalhada que se seguiu, gostosa e redobrada. Tudo aquilo parecia uma caricatura, o artificial da voz do pássaro deformava as palavras, eram quase metálicas, não tinham o calor da voz do capitão. Mas ainda assim Don'Ana sorriu ao ouvir a frase, o rosto se abrindo em esperança:
— Don'Ana, vamos enriquecer de novo...
Agora já não era por ela, nem mesmo pelo capitão, que desejava enriquecer, voltar aos tempos de antigamente quando os Badarós eram senhores de terras que todos saudavam na rua, num respeito que inclinava as cabeças dos comerciantes nas portas das suas lojas. Era pelos filhos, as meninas que haviam casado modestamente, os maridos precisando de ajuda. O genro médico falava em partir de Pirangi, imaginava clinicar na capital, fazer concurso para professor da faculdade. Se enriquecesse novamente, se novamente aquelas terras se enchessem de cacau, o resto de mata que ainda havia para plantar, ficada dos tempos de opulência, então os sonhos das filhas talvez se realizassem. Será mesmo que as filhas acalentam sonhos ou é apenas Don'Ana Badaró que sonha por elas? Ainda possuíam um pedaço de mata, trinta anos aquelas árvores esperaram um dinheiro maior que permitisse os gastos da derruba, da queimada, do plantio das mudas novas de cacaueiro. Don'Ana nunca permitira que o capitão negociasse aquela mata, visão estranha nas terras do sul da Bahia intensamente plantadas de cacau. Tiveram boas

ofertas, mais de uma vez o capitão se sentiu inclinado a vender, nos seus consecutivos apertos de dinheiro. Mas, encontrou sempre pela frente a inabalável decisão de Don'Ana:

— Naquela mata está o futuro das nossas filhas...

Agora já falava nos netos, para eles pensava em plantar as terras, em fazer crescer mais uma vez a fortuna dos Badarós. E sonhava, no silêncio do seu quarto, em que alguns dos netos usasse o seu nome que desaparecia. Não restara homem na família e, com a decadência, o capitão não cumprira a promessa feita a Juca de adotar o nome dos Badarós. A promessa morrera com o incêndio da casa-grande, no fim dos barulhos, quando Horácio dominou por completo a situação. E o apelido dos Badarós desaparecera com a morte de Sinhô, restava apenas em Don'Ana, os netos levavam outros sobrenomes, de gente recém-chegada às terras do cacau. Gente que não possuía raízes ali, não era como ela, Don'Ana Badaró... Gente nova na terra, que ninguém conhecia, que chegava diariamente, atraída pelo ouro dos cacaueiros. Daqueles antigos, que haviam desbravado a terra, que haviam plantado as roças, poucos restavam ainda, velhos e acabados. No entanto — pensava Don'Ana — aquela terra era deles de direito, um direito de conquista, que fora selado com sangue, muito sangue que se derramara sobre as matas, sobre a mata do Sequeiro Grande principalmente.

Entre os sonhos de um futuro melhor para filhas, genros e netos, e a lembrança daquele passado esplendoroso, vive Don'Ana Badaró. Onde está aquela morena tímida de antigamente, tímida ante os olhos namorados de João Magalhães, afoita e decidida, no entanto, como o mais corajoso dos homens, num momento de barulho, de luta e sangue? Trinta anos tinham rolado sobre ela e hoje seu cabelo negro embranqueceu, seus olhos tão belos murcharam, suas carnes duras amoleceram. Trinta anos de vida pobre quebram uma pessoa. Em Don'Ana, porém, residia um orgulho que a sustentava por dentro, que impediu o ruir dos seus sonhos juntamente com o envelhecimento do seu corpo. Numa arca que jamais era aberta estavam as lembranças mais queridas dos tempos da fortuna dos Badarós. O seu véu de noiva, a Bíblia que Sinhô fazia ler antes de iniciar qualquer empresa, dois revólveres: um que Teodoro das Baraúnas oferecera a João no dia do casamento e um de Juca, o tio inesquecível, "o mais galante e perfeito conquistador de terras, que atravessara sobre cadáveres para plantar cacau". Quem escrevera isso? Don'Ana conserva também o recorte do jornal. Um moço que andara remexendo nos acontecimentos de há trinta anos escrevera umas crônicas para os jornais e de Juca dissera aquilo. Don'Ana juntara o recorte às relíquias que a arca escondia, num recato orgulhoso, que era quebrado, entretanto, pelos abcs que os cegos cantavam nas feiras, recordando os barulhos do Sequeiro Grande. Às vezes, quando Don'Ana aparecia numa feira de Itabuna ou Pirangi, ouvia o violeiro esmolar cantando sua história de espantar para os curiosos recém-chegados às terras do cacau. Dentro dela havia então um choque de sentimentos, uma vontade de chegar perto, de se embeber no relato das valentias do seu pai e do seu tio (ela mesma figura num abc), uma vontade de fugir para longe, envergonhada da sua pobreza atual. A voz do cego, esganiçada e no entanto perfeita para aquele canto primitivo e simples, levava ao conhecimento de todos as ferozes lutas dos Badarós e Horácio. Não tardava que alguém a reconhecesse e apontasse, às escondidas, para os demais:

— Aquela é Don'Ana Badaró. A filha de Sinhô...

— Dizque atirava que nem homem...

E ela fugia numa súbita revolta contra aquela gente que levantava seus mortos, que os fazia de tolos. Mas era pouco duradoiro aquele sentimento. Em verdade ela gostava que o pai e o tio, ela mesma também, andassem na boca dos cegos violeiros nas estradas do cacau e nas estradas do sertão. Há trinta anos que era assim, desde que o negro Damião enlouquecera, errara o tiro em Firmo, e andara pelas roças repetindo a profecia de Jeremias, o feiticeiro da mata.

Porém nunca falava naqueles tempos. O genro médico por vezes puxava por ela, querendo saber detalhes, pedindo, numa ânsia de histórias heroicas, relatos dos acontecimentos. Ela se trancava, respondia com a voz subitamente áspera:

— Isso é coisa do passado, menino, coisa de gente que já morreu, é pecado bulir nelas...

João Magalhães é que contava ao genro, aumentando tudo, inventando o que não sabia, dando a todas aquelas histórias um sabor de anedotas de mesa de pôquer, e aparecendo em todas elas como o herói principal, ele que só brigara porque fora obrigado, no fim dos barulhos.

Mas não passa dia que Don'Ana não recorde aqueles tempos. São recordações que lhe dão ânimo para sonhar um futuro menos medíocre. E, se bem não fale no passado, é Don'Ana quem zela por toda essa tradição, é ela quem guarda viva a história dos Badarós, quem impede que tudo apodreça nesses tempos novos. Se não fosse por ela, João Magalhães não teria tomado dinheiro emprestado ao próprio Horácio, o inimigo mortal, o que vencera a luta, queimara a casa-grande, saqueara as roças, mandara matar Juca e tantos outros homens dos Badarós? Fora ela, sim, e o capitão muito resmungara contra aquele orgulho besta, de pobre. Não era tanto orgulho, o capitão João Magalhães não entendia. Era a conservação intacta da realidade de há trinta anos, que Don'Ana tentava fazer, mantendo inclusive as inimizades. Tivera um desgosto grande quando Antônio Vítor fez as pazes com Firmo, apesar de um e outro haverem sido figuras secundárias nos acontecimentos. Reclamara com Raimunda, como se ainda fosse a sinhazinha de antigamente e a outra a cria da casa. Hoje eram quase iguais, colhendo uma e outra quase a mesma quantidade de cacau. Mas é que a realidade daqueles tempos estava tão presente em Don'Ana que seguiu, num enorme interesse, toda a mesquinha luta do dr. Josué Santos querendo afastar Horácio da Silveira da chefia do partido. E quando Horácio mandou liquidar Josué, ela respirou aliviada e satisfeita. Na mesa onde almoçavam, ao ouvir a notícia, disse para o capitão, para a filha e o médico que ainda era noivo:

— Aquilo é um homem de verdade...

O capitão abriu a boca num espanto ante aquele louvor da esposa ao inimigo imperdoável. Don'Ana explicou:

— Não gosto dele, mas não tava certo tirarem o que ele tinha conquistado. Era dele de direito, esses mocinhos d'agora que é que valem junto de um homem como Horácio? Não gosto dele, mas o desgraçado fez bem...

Era assim Don'Ana Badaró, se bem não fosse hoje nem a lembrança daquela formosa jovem morena que levava o andor da Virgem nas procissões de Ilhéus e empunhava um revólver nas lutas do Sequeiro Grande. Don'Ana Badaró mocinha, cujo nome e fortuna eram lendários nas matas do cacau, desejada e temida de quanto jovem chegava àquelas terras em busca de ganhar a vida. A que um jogador conquistara, para inveja de todos os demais aventureiros do tempo. Hoje está velha e quebrada, porém seu coração é moço, vive num outro mundo que é bem mais formoso que o atual, um mundo onde os negócios de cacau se resolviam a bala nas estradas, e não, como agora, nos escritórios comerciais, entre telefonemas e telegramas.

O papagaio incansável grita a sua frase. Don'Ana sorri, espia o céu que se fecha em nuvens de chuva. Quando o capitão chegara, fora com aquelas duas notícias: a alta e a chuva. Ele se conservara assim, vibrante e alegre, otimista e cheio de planos. Quase sempre se contentava com fazer os planos, com imaginar. Mas desta vez Don'Ana Badaró está disposta a obrigá-lo. Desta vez não ficará de braços cruzados, recordando o passado. Desta vez a mata será derrubada, o cacau plantado, a fortuna dos Badarós refeita. E Don'Ana passeará novamente nas ruas de Ilhéus ante os olhares respeitosos de todos. E o nome Badaró não quererá dizer apenas passado, será também futuro.

Grita o papagaio, Don'Ana fita as nuvens de chuva:
— É verdade, Chico, vamos enriquecer de novo...
Seu sorriso recorda o brando e decidido sorriso de Sinhô Badaró.

6

FOI NUM DIA DE SOL INTENSO, NO DURO TRABALHO DO FIM da colheita nas roças, que a ideia se meteu na cabeça do Varapau. Os últimos cocos de cacau estavam sendo derrubados, amarelos de oiro, já ameaçados pelo sol violento que anunciava o paradeiro. O Varapau era magríssimo e alto, daí o apelido que substituíra definitivamente seu nome num passado remoto. Não se sabia de onde ele tinha vindo. Fora homem de muitas profissões anteriores: engraxate, vendedor de bilhete de loteria, doqueiro em Ilhéus, quem sabe o que mais? É possível que tivesse sido ladrão algum dia, como se murmurava à boca pequena nas fazendas vizinhas. A verdade é que atualmente Varapau devia um dinheirão ao armazém. Andara mais sifilítico que mulher-dama, quase três meses arriado em cima do jirau, sem trabalhar, e sua conta subira tanto que Capi, seu companheiro de casa, experiente nas fazendas, dissera:
— Tu morre trabalhando e não paga nunca, desgraçado...
Mas Varapau não queria morrer trabalhando. Muito menos morrer nesse trabalho das roças de cacau, pesado, sem futuro. Por que viera dar com os magros costados por ali nem mesmo ele sabia. Subira um dia de trem para Itabuna. Deu-lhe na cabeça espiar as fazendas. Contrataram-no numa crise de trabalhadores (chovera no Ceará) e ele foi ficando, amarrado à dívida do armazém. O coronel Frederico Pinto dizia que nunca tivera trabalhador tão ruim quanto Varapau. Preguiçoso e sem-vergonha, matava o trabalho o quanto podia. Mas quem podia matar o trabalho quando Tibúrcio, o capataz, estava em cima, gritando:

— Mais depressa... Mais depressa...

Sempre mais depressa, essa é a lei dos alugados nas fazendas de cacau. "Mais depressa", grita Tibúrcio do alto do seu cavalo, o relho na mão, o relho que por vezes se desvia das ancas do animal para as costas de um homem que protesta. "Mais depressa", grita, acrescentando:

— São uns molengas, não sabem trabalhar, roubam o dinheiro que ganham, são uns ladrões...

Quando a voz de Tibúrcio atravessa as roças sobre os homens, Varapau contrai o rosto com raiva. Varapau não se recorda de ter odiado ninguém durante sua vida. Nem mesmo Rosa que o abandonou nas ruas de Ilhéus, levando-o a tomar o trem para Itabuna. Mas, ah!, se ele pudesse pegar Tibúrcio numa noite na estrada, os dois sozinhos... Varapau, quando pensa nisso, até sorri. Foi nos últimos dias da colheita, antes que entrasse o trabalho das podas, que ele pensou no terno. Um terno de reis, para as festas do fim e do começo do ano...

Primeiro a ideia veio em função da festa simplesmente. Alguém falou que estava próximo o Natal e o Varapau lembrou-se do terno. Por que não fazer um terno? Mas a voz de Tibúrcio continuava sobre eles, nos xingamentos e nas ameaças:

— Não roubem o dinheiro do patrão que custa a ganhar...

E Varapau ligou então a ideia do terno à ideia de fuga. Quantas vezes não planejara fugir, largar aquelas terras, arribar pelo mundo afora, para longe desse trabalho nos cacaueiros? Mas recordava sempre, como todos os trabalhadores da fazenda, a surra que Ranulfo levara quando tentara fugir. Fora alcançado em Ferradas e apanhou na vista de todos os trabalhadores, reunidos especialmente para assistir. O coronel Frederico também estava, o rebenque de Tibúrcio trabalhou nas costas do homem. Depois o coronel disse:

— Isso é pra vocês aprenderem a não querer roubar os outros... Trabalhador que deve tem que pagar a dívida antes de poder ir embora...

Quem não devia? Ranulfo vivia tremendo de maleita, tinha seu salário sempre reduzido que a febre não o deixava produzir como os outros. Sua conta ia subindo, foi na alucinação da doença que ele fugiu. Desde que apanhou vive para um canto, sem conversar com ninguém, a cabeça baixa, remoendo coisas. Capi já disse que aquele é capaz de fazer uma besteira e se desgraçar para a vida toda. Varapau também, que é alegre e cínico, por vezes sente uma coisa estranha na cabeça, os olhos turvos, a boca amarga, e a espingarda o tenta, seria belo ver Tibúrcio estendido na estrada. Todos eles têm mais ódio ao capataz que ao coronel. O coronel é intocável, é sagrado, mas o capataz já foi trabalhador algum dia, é igual a eles, só que subiu e agora é pior que o próprio patrão. Varapau ligou as duas ideias. Bem que, com o terno indo de roça em roça, de fazenda em fazenda, nas noites de festa, ele podia escapulir sem ser notado. Conhecia as estradas que levavam ao sertão, ninguém ia pegar o mulato Varapau que era bom caminheiro. Ninguém ia dar de relho nas suas costas. Naquele trabalho é que ele não ficava. No armazém a conta crescia. Estava enorme, passava do conto de réis. Pagar como? Era impossível. A voz de Tibúrcio cortava as reflexões do Varapau:

— Mais depressa... Mais depressa... Não roube o dinheiro do patrão!

Varapau corria os olhos do capataz montado aos homens amarelos de impaludismo que se curvavam nas roças, o facão cortando abaixo, colhendo os cocos do tronco, as foices nas longas varas colhendo os cocos dos galhos mais altos. Durante a poda eles arrancarão todos os rebentos que sugam a força do tronco, força necessária para o crescimento do fruto. Tirarão os galhos verdes que destoam do colorido doirado das roças, galhos que nascem no alto das árvores e partem em direção ao céu. Isso tudo é inútil ao cacaueiro, é "vaidade" da árvore, como dizem os trabalhadores. É preciso tirar todos esses ornamentos de um verde tênue para que o cacaueiro dedique toda a sua força aos cocos, dentro dos quais os caroços de cacau estarão cobertos de mel, mel que se derramará pela abertura dos cochos, sob os pés dos homens.

Essas roças de cacau são o trabalho, a casa, o jardim, o cinema, tantas vezes o cemitério desses homens. Os pés enormes dos alugados só parecem mesmo com raízes, não parecem com nenhuma outra coisa. O visgo de cacau, esse mel que se gruda aos pés e nunca mais larga, lhes dá uma casca de tronco, o impaludismo lhes dá a cor amarela dos cocos de vez, bons de colheita. Assim diz essa canção que o negro Florindo canta, enquanto colhe cacau:

Minha cor é do cacau,
mulato de querer bem,
mas ai! mulata, mas ai!
sou amarelo empapuça'o,
cor da maleita também!

O negro Florindo tem vinte anos apenas e nasceu nessas terras, nunca saiu das fazendas. É amigo de Varapau e o mulato pensa em levá-lo na sua fuga. O negro Florindo é forte como um elefante e bom como um menino. Só sabe rir e cantar, não sabe mesmo fazer outra coisa. No dia em que surraram Ranulfo foi preciso que Varapau e Capi o segurassem, com toda a força, para ele não se atirar em cima de Tibúrcio com um toco de faca na mão.

Durante o trabalho nas roças ele canta, sua voz poderosa e triste atravessa os cacaueiros, foge, arrastada pelo vento, dizendo da vida desses homens do cacau. Há muita gente vivendo em torno das árvores do cacau. Tem os exportadores, alguns dos quais nunca viram sequer uma fazenda. Tem os fazendeiros, donos da terra, valentes e ricos. Tem os advogados, os médicos, os agrônomos, os fiscais. Tem os capatazes, a gente mais ruim do mundo. E tem os trabalhadores, os que colhem cacau, que secam os caroços, que podam as roças. São os mais pobres de todos, os alugados, os que nunca têm saldo. A voz do negro Florindo relata a vida desses negros, mulatos e brancos curvados na roça. É uma canção anônima, ninguém sabe quem a escreveu, como ela nasceu. Desde que a terra foi toda conquistada e os trabalhadores perderam qualquer esperança de poder ganhar e plantar um pedaço de terra, essa canção apareceu e se popularizou pelas fazendas:

Quem planta cacau sou eu,
sou eu que colhe ligeiro,
mas ai! mulata, mas ai!
só eu não vejo dinheiro
do cacau que se vendeu...

Triste sina é minha vida,
sina de trabaiador...
mas ai! mulata, mas ai!
só tu sabe minha lida...
só tu sabe minha lida...

Varapau suspende por um momento o trabalho para ouvir a canção de Florindo. Que canções cantarão no terno? Varapau nunca ouviu dizer que saísse terno de reis em fazenda de cacau. É capaz de ninguém saber inteira uma só das partes das personagens do baile pastoril. Ele mesmo não sabe. As canções dessa terra do cacau são canções novas, nascidas ali, relatando desgraças, mortes por terra, canções de trabalho, canções como a que Florindo canta e que ajuda na colheita. O capataz o arranca do descanso com sua voz mandona:

— Mais depressa... mais depressa...

O facão derruba os cocos que as crianças apanham. O sol sobe no céu, vermelho de cobre, queimando as costas nuas dos homens. Estavam ali desde as seis da manhã. Ainda é madrugada, ainda trinam os pássaros, o sol ainda é leve e já o Varapau está de foice e facão em punho, derrubando cocos de cacau se é época de colheita, podando as árvores se é época do paradeiro. Tibúrcio surge montado, grita com eles: "Mais depressa, mais depressa, esses homens roubam o dinheiro do patrão". O sol vai subindo pelo céu, vai subindo pelas costas do Varapau também. E vai queimando, não é mais aquele sol brando da madrugada, quando o orvalho molha os pés, agora a terra queima, as costas nuas brilham sob os raios quando é verão, por elas escorre a chuva quando é inverno. É preciso cuidado com as cobras, são muitas e de diversas espécies, cada qual mais venenosa. A cascavel se conhece de longe, porque chocalha seus guizos, mas quem adivinha a vinda de uma jaracuçu-apaga-fogo ou de uma pico-de-jaca, ou a presença, num cacaueiro, de uma coral que parece um cipó entre dois galhos? O suor escorre pelo rosto de Varapau, no rosto de Florindo, que é negro, brilham as gotas como diamantes. Varapau derruba cocos de cacau e pensa no terno. Convidará Florindo, convidará Capi, Ranulfo, convidará Astério que é casado e tem duas filhas. São duas meninas ainda, a mais velha tem doze anos, mas que importa? Elas e a mãe formam três mulheres e três mulheres são muita coisa numa festa de trabalhadores. O maior problema vai ser mesmo o de mulher. Quem tem companheira, quem é casado ou amigado nessas terras, não facilita com sua mulher, que outro pode levar. Nas fazendas de cacau mulher é coisa rara e preciosa. São poucas, e essas poucas estão nas roças trabalhando para ajudar os maridos. Partem os cocos colhidos que os meninos — tão pequenos ainda! — juntam em grandes montes. Os meninos ganham quinhentos réis por dia de trabalho, estão nus, as barrigas enormes, parecendo de mulher grávida, meninos empapuçados. É da terra que comem, terra gostosa, que supre o alimento que falta. Ficam todos — negros, brancos e mulatos — de uma mesma cor amarela, ficam parecidos com as folhas dos cacaueiros. Daqui a uns anos serão trabalhadores iguais a Varapau ou a Florindo, sem diferença nenhuma. Ao amarelo da terra comida terá se juntado o amarelo do impaludismo. Se não morrerem antes, de disenteria ou de tifo. Morrem muitos meninos nessas fazendas, anjinhos de Deus, como diz dona Auricídia, a esposa do coronel Maneca Dantas, que é uma senhora piedosa. Ela diz que todos viram anjinhos no céu, de asas de beija-flor. Os que não viram anjos viram trabalhadores, comem o sol do meio-dia nas costas nuas, é como um chicote. A voz do capataz pede pressa, mais pressa, não roubem o dinheiro do patrão que lhe custa a ganhar. Varapau ouve a ordem e trabalha mais depressa, caem os frutos das árvores, os meninos levam, correndo, as mulheres partem com um golpe seco de facão. Às vezes uma corta a mão, um golpe mal calculado, cobre o talho de terra, derrama visgo de cacau em cima. O talho fecha, parar o trabalho é que não pode, não roube o dinheiro do patrão, mulher, que lhe custa a ganhar.

A voz de Florindo alivia o trabalho com sua canção onde também flutua longínqua e vaga esperança:

Um dia terra vou ter,
cacaueiro possuir...
mas ai! mulata, mas ai!
esse dia que vai vir,
esse dia quando vai ser?

Ao meio-dia, quando suspenderam o trabalho para comer, Varapau comunicou a Capi e a Florindo a ideia do terno:

— Vai ser porreta!

Conversaram sobre o assunto, fazendo planos. O negro Florindo ria satisfeito: um terno de reis... Capi quis saber se seria um bumba meu boi ou de pastorinhas. Recordava um reisado distante, numa distante cidade, quando ele, rapazinho, saíra de Herodes ("Ó Rei Heródia", como diziam as pastorinhas no seu canto) num baile pastoril. Foram dias alegres, dias dos quais há muito Capi não se recordava. Mas onde ir buscar mulheres, moças solteiras e belas, para formar um terno de pastorinhas?

O tempo não dava para muita conversa. Tinham que voltar para o trabalho, o mais depressa possível. O capataz grita os seus nomes: para o trabalho! E nele ficam até que o sol baixa de todo. À boquinha da noite eles suspendem a colheita e voltam para suas casas. Os meninos voltam correndo, como ainda têm forças para correr? As mulheres é que vêm cansadas, vagarosas e caladas. Parece até absurdo chamar essa gente de mulher. Alguém que já viu uma mulher numa cidade, como Varapau já viu, pintada, perfumada, bem-vestida, bela, feita para o amor, não poderá nunca crer que sejam mulheres esses molambos negros e mulatos que vêm das roças arfando de cansaço. São uns restos de gente e ainda assim dormem com seus homens, e se beijam e parem meninos que comerão terra.

Mas, nessa tarde de trabalho, Varapau, Florindo e Capi estavam com a cabeça cheia de pensamentos. Um terno... Um terno de reis para as festas de janeiro. O negro Florindo ria de tão contente...

Vieram pela estrada discutindo. A ideia do terno encherá os seus dias até a nova safra. São planos, são conversas, são tarefas a realizar. Capi prefere um baile pastoril, Ranulfo é por um bumba meu boi. Só Florindo não tem opinião, para ele tudo é igual, tudo é bom e alegre. E o negro ri sua gargalhada clara.

Depois chega a noite e é uma noite cansada, noite de poucas horas. Comem charque e pirão de farinha, um gole de café. Alguns, são muito poucos, têm mulheres. São molambos, sim, molambos negros, molambos mulatos, de seios flácidos, a pele batendo no umbigo, de rostos feios, de pernas sujas e feridas, de sexo malcheiroso. Mas, ah! são mulheres! E são tão poucas e é uma felicidade tão grande ter alguma com quem dormir! São raros os suspiros de amor nessas casas de barro batido dos trabalhadores. E são muitos os crimes por amor, as mortes por mulher, cada trapo destes é mais valioso que a mais cara mulher da maior cidade do mundo. Nunca nenhuma mulher foi jamais tão ardentemente desejada, e por tantos homens, como qualquer dessas negras e mulatas campesinas, rosto cansado, de pernas cobertas de visgo de cacau, de mãos calosas, de seios lassos! Um homem que possui uma mulher tem que ser um homem valente para defendê-la com o punhal e a repetição contra o desejo de todos os outros, dos que rolam nos jiraus, se estremecendo ao contato com a própria mão. Noite cansada, curta e triste, noite dos trabalhadores nas fazendas de cacau.

Mas para Varapau, Capi e Florindo, para Ranulfo também, essa não foi uma noite triste. Quando Capi guardou a viola e Florindo deixou de cantar no terreiro em frente à casa, quando apagaram o fifó de fumacenta luz vermelha, cada um deles ficou com seus pensamentos, imaginando o terno de reis. Sairia no Ano-Bom e visitaria as casas-grandes das fazendas. Voltaria a sair nas festas de reis, na véspera e no dia. Iluminaria com as luzes das lanternas ingênuas as roças de cacau, as vidas dos trabalhadores também. Do jirau, Capi ainda perguntou a Varapau:

— E o nome como vai ser?

7

E O NOME? A PERGUNTA DE CAPI ATRAPALHOU OS PENSAMENTOS de Varapau. Era preciso um nome, nunca se viu um terno sem nome. Varapau recordou pastoris vistos em outras terras, reisados realizados em cidades do norte. Lembrava nomes: o Terno do Balão Santos Dumont, o nome esquisito, que saía em Aracaju, o bumba meu boi de Sinhazinha, que era feito em Juazeiro, por uma velha. Um nome... Não era tão fácil assim... Só se levasse o nome da fazenda: Terno de Tararanga. Até ficava bonito. Porém agora lembrou-se do Terno do Amor Perfeito, que vira nas ruas de Maroim. Terno do Amor Perfeito, um nome batuta... É verdade que se pusesse o nome da fazenda havia de levar algumas vantagens. Podia ser que o coronel Frederico desse um dinheirinho para ajudar. Dez ou vinte mil-réis, ia servindo. O nome da fazenda facilitaria:

— Com o nome da fazenda, coronel... Terno de Tararanga...

Terno do Amor Perfeito era tão bonito... Rosa se soubesse gostaria. A lembrança de Rosa perturbava as noites solitárias do mulato Varapau. Cínico e debochado, ele fora *donjuán* entre as empregadas, amas e cozinheiras de várias cidades. Sabia ciciar um chicote como ninguém, sabia cativar os ternos corações das amas e se tornara senhor absoluto do mundo das cabrochas do serviço doméstico da cidade de Ilhéus. Até que Rosa apareceu. Apareceu ninguém sabe de onde, com aqueles vestidos estampados. Parecia uma cigana, seus olhos oblíquos, suas maçãs salientes, seu longo cabelo desatado. Foram meses de amor nas pontes do cais, nas canoas desertas, nas estradas de ferro. Rosa morava na Conquista, Varapau nunca conseguiu descobrir o lugar certo. Rosa mentia muito, ora era casada, ora filha de pais violentos, ora empregada nas casas mais ricas. Nunca era possível tomar pé no que ela dizia, a Rosa mais mentirosa do mundo. De vez em quando sumia, três e quatro dias sem aparecer, Varapau ficava como doido, corria a cidade de Ilhéus de ponta a ponta. Batia nas portas das casas onde ela dizia trabalhar:

— É aqui que trabalha uma moça chamada Rosa?...
— Aqui não senhor...
Uma vez numa casa havia uma criada de nome Rosa, mas era velha desdentada e quando Rosa soube do caso quase morreu de rir. Noutros dias ficava triste: sem falar, sem cantar, sem mentir. Na hora do amor, nesses dias que Varapau odiava, ela estava fria e desinteressada, parecia perdida num mundo distante. Mas quase sempre era alegre, conversadeira, mulher tão faladeira nunca ele tinha visto. Era a coisa mais linda daquelas terras e muita gente tinha os olhos nela! Quantas brigas eles não haviam tido porque Rosa distribuía sorrisos pelos que passavam e a olhavam com admiração e desejo. Varapau queria que ela ficasse séria, não desse ousadia. Mas Rosa sorria, Rosa não sabia ficar séria, era mesmo louca, louca de jogar pedra.

Mas, ah, quando nas noites de amor sua voz subia das canoas abandonadas para o céu de estrelas, então Varapau esquecia tudo e se entregava por completo à contemplação de Rosa, seu rosto maravilhoso, seus dentes alvos e pequenos, seus doces olhos oblíquos.

Um dia ela foi e não voltou. Naquele dia estava séria e sua voz era diferente. Na madrugada, quando levantou da canoa, avisou:
— Vou embora, Varapau. Foi bom, foi muito bom mesmo... Nunca vou lhe esquecer... Mas tenho que ir embora...

Ele pediu, brigou, se humilhou, suplicou. Ela não disse mais nada. Deu-lhe um último beijo e partiu. Mais uma vez Varapau varou de ponta a ponta a cidade de Ilhéus, em busca de Rosa. Não houve casa do morro da Conquista onde ele não a fosse procurar. Nunca mais a viu. Só em Itabuna, para onde aquela dor sem sentido o arrastara, conseguira saber que ela estava amigada com Martins, o gerente da Casa Zude, com um emprego no ensacamento de cacau. Foi uma dor de matar, Varapau entrou pelas fazendas de cacau, caiu naquela vida desgraçada, mas Rosa não lhe sai do pensamento. Dia e noite Varapau pensa nela, nos seus olhos, nos seus seios como frutos novos de cacau, nos seus cabelos soltos. Quantas vezes já não falou para os companheiros de casa e de trabalho nos seus dias com Rosa? Tanto Capi, como Florindo e Ranulfo conhecem detalhe por detalhe aquela história. E quando a sífilis o agarrou de fato, derrubando-o no jirau durante semanas, ele gastava o tempo a contar para o negro Florindo, numa repetição da qual o negro não se cansava, cada palavra de Rosa, cada gesto, cada suspiro de amor.

Terno do Amor Perfeito, Rosa gostaria. Mas que importa o nome, Amor Perfeito ou Tararanga, se Varapau quer é fugir, alcançar o rumo do sertão e depois voltar pelos caminhos de Ilhéus, evitar encontros com o coronel Frederico, buscar Rosa onde ela esteja? Quem é esse Martins que deu emprego a ela? Varapau tem um punhal, nunca se serviu dele senão para picar fumo pro cigarro de palha, mas bem pode enterrá-lo na garganta de Martins se ele não deixar Rosa em paz. Não que Varapau o odeie como odeia Tibúrcio. Mas se Martins não abandonar a mulher que é dele, ah!, então...

O importante é fugir... Largar dali, tomar pelas picadas mais difíceis, dormir no mato, atingir a serra do Baforé, varar para o sertão. Depois descer pela estrada de Conquista, se esconder em Itabuna, arranjar ponga num caminhão para Ilhéus. Em Ilhéus Varapau é senhor absoluto... E outro problema surge então na sua cabeça que não consegue conciliar o sono: deve ou não levar Florindo?

Florindo dorme num jirau embaixo do seu. Mesmo no sono o negro sorri. Pensará no terno, sonhará com ele? Sim, o negro Florindo sonha com o terno de reis, coisa que nunca viu. Imagina a figura do boi, se amedronta com a caapora. Mas o que ele vê de olhos ávidos são as pastorinhas, tão belas, e todas elas são a Rosa, a Rosa de Varapau que mora também no coração do negro. Talvez até Florindo a ame mais que o próprio Varapau. Se acostumou com ela, com a sua lembrança, através das narrações que o amigo fazia. Já a imaginou de mil maneiras. Primeiro ela foi parecida com uma rapariga loira que ele viu em Palestina, na rua de mulheres da vida, uma que tomava porres incríveis e depois fazia escândalos nas ruas de famílias. Parecia de porcelana, a polícia a expulsou do vilarejo, e Florindo muitas vezes imaginou Rosa parecida com ela, os olhos azuis, a boca pequena, os cabelos cor de ouro. Depois, quando Ranulfo conseguiu de uma velha revista abandonada na varanda da casa-grande uma página que trazia a foto de uma atriz de cinema quase nua — apenas um porta-seios e uma calcinha —, morena de corpo perfeito, Rosa foi igual a ela nas noites de Florindo. Mas foi também, mais modestamente, parecida com a filha de Jesuíno, o capataz da fazenda de Maneca Dantas, mulatinha espevitada e namoradeira. Foi como uma negra prostituta com que Florindo dormira em Pirangi e que lhe pegara moléstia feia. Nos sonhos de Florindo, Rosa era várias, mas fosse qual fosse, na hora dolorosa do gozo ele repetia, no seu amor solitário, as palavras que Varapau atribuía a ela. Rosa vive no coração de Varapau mas vive também na mão calosa do negro Florindo, nas noites sem mulher da Fazenda Tararanga.

Agora ele sonha com Rosa, vestida de pastorinha no terno de reis que vai sair. São muitas e todas são Rosa, a Rosa de Varapau. Vai Rosa loira, a boca pequena, os olhos azuis, dizendo palavrões para as mulheres casadas, bêbada de cair. Vai Rosa semidespida, de calcinha e porta-seios, morena bonita, atriz de cinema. Vai Rosa mulata, de olhos irrequietos, a face pintada de papel vermelho, os cabelos espichados com banha de porco. Vai Rosa negra, de coxas grossas marcadas de feridas, de riso grosso e grossas cusparadas. E o negro Florindo ri no sonho, vai dançando no terno, vai dançando com Rosa, como o terno é bonito!

Levará Florindo ou irá sozinho? Varapau não resolve o problema. É melhor consultar Capi, homem experiente, com muitos anos nestas fazendas. Capi nunca tentou fugir apesar de que uma saudade funda vive no seu coração. Capi é do Ceará, veio num ano de seca, a fama das terras do sul da Bahia corria pelo nordeste ensolarado. Nunca mais pôde sair. Veio sozinho, a mulher e os filhos tinham ficado na terra abrasada, ele embarcou por pouco tempo, o suficiente para arranjar dinheiro. Devia no armazém. No Ceará, a mulher cuidava do pedaço de terra, da vaca e da cabra, quando pudesse mandaria dinheiro. Capi pagaria a conta do armazém e partiria. Há anos que ele espera. Uma vez por outra chega uma carta da mulher, escrita pela professora da escola próxima ao pedaço de terra de Capi e nela a mulher diz que está juntando dinheiro para mandar. Mas é um dinheiro juntado de tostão a tostão, leva tempo. Capi espera com paciência, enquanto usa de todos os meios para não aumentar a sua dívida.

Nessa noite também ele sonha. Recorda, no sonho inquieto, um terno de reis, um baile pastoril onde saíra — há tantos anos! — vestido de Herodes. Representavam, numa mistura de trechos de Bíblia e de autos antigos, a história do nascimento de Jesus. Ele era Herodes e para ele cantavam as pastorinhas aqueles versos inesquecíveis. Na cama de tábuas nuas Capi se agita num esforço desesperado. É que as pastorinhas acabaram de cantar e é chegada a vez dele responder. Como eram mesmo os versos? Faz tantos anos, Capi ainda era solteiro, nem sabia que existiam essas terras de Ilhéus, nem sabia da árvore do cacau, mas sabia os versos do terno das pastorinhas, os passos de dança do baile pastoril. Foi nesse terno, nessas noites maravilhosas, que ele conhecera Susana, sua mulher. Era uma pastorinha, cantava:

Ó rei Heródia
respeita o menino
que é nosso Deus...

E ele, o rei Herodes, respondia. Capi faz um desesperado esforço para recordar. Em sua frente está Susana, mocinha, vestida de pastora, cantando. Capi tem bagas de suor na testa, se move no jirau, o sonho se transforma em pesadelo. O Varapau cerra os olhos. Levará Florindo ou não? Quem vai resolver é Capi, ninguém mais experiente que ele. Agora o terno vai saindo, Varapau está na frente, a estrada conduz ao sertão. Ele vai correndo, o terno atrás, as lanternas balançando, cantam uma música conhecida:

Sou eu quem corre ligeiro,
mas ai! mulata, mas ai!...

O terno fica cada vez mais atrás. Na picada aberta no mato Rosa avança para o Varapau. Vem rindo, vem falando, vem mentindo. Por detrás dela, saídos das roças de cacau, estão Martins e Tibúrcio. O Varapau procura o punhal. Rosa está rindo, quem pode fugir de uma fazenda de cacau? Ranulfo não pôde, agora ele está apanhando, o relho sobe nas mãos de Tibúrcio, baixa nas costas de Ranulfo. E Varapau foge mas tudo se reúne agora em frente à casa-grande, Rosa que ri, Martins que a persegue, o coronel Frederico gritando, Tibúrcio com o relho na mão, Ranulfo apanhando...

Ranulfo abre os olhos e espia. Seus olhos estão acostumados à escuridão. Quase Varapau não dorme essa noite... Há muito que Ranulfo espera. Levanta um pouco a cabeça, ouve o ressonar do Varapau. Levanta-se aos poucos, evitando qualquer ruído. Se alguém acordar ele dirá que vai lá fora urinar.

Abre a porta que uma tramela cerra, encosta-se devagarinho. Agora está em frente à estrada, pode partir em busca do amor.

O céu se derrama em estrelas, a noite é morna, o desejo sobe da terra em ondas de calor. Quem pode dormir numa noite de luar? Por mais cansado que Ranulfo esteja do dia inteiro passado na colheita das roças, como poderá dormir quando a noite é tão bela, o calor é como uma cortina, o desejo sobe pelo peito adentro? Os vaga-lumes voam, acendem e apagam, um violão geme canções numa casa distante. Alguém que também não pode dormir na noite morna. Nessas noites assim os jiraus estalam e ninguém se espanta nem se escandaliza. Nessas noites com desejo e sem mulher, só resta aos trabalhadores as carícias da mão sobre o sexo, imaginando os corpos no amor. É um trágico arremedo do amor, como uma caricatura. São poucos os que têm mulher, os outros só têm a mão direita para o amor. Mas Ranulfo, o amarelo Ranulfo, o que a maleita derrubou, o que apanhou de relho na vista de todos, o fujão, o mais desgraçado trabalhador das fazendas de cacau, esse tem um amor. E é por isso que ele espera que os homens se acomodem e durmam nos jiraus para sair na noite estrelada. Ele tem um amor, amor que cresceu devagar, que ele conquistou aos poucos, que é, apesar de tudo, a única coisa boa da sua vida de alugado.

Quando, caminhando pela estrada ao seu encontro, Ranulfo pensa no seu amor, um sorriso corta seu rosto empapuçado. Que importa que outros riam dele, que murmurem pelos cantos num pouco-caso? Ele passará a mão sobre seu pescoço, numa carícia. E a amará na noite de desejo. O amor é tudo na vida dos homens: quando ele aparece é como se o mundo se transformasse, como se tudo se cobrisse de rosas, como se a atmosfera se perfumasse, como se os homens ficassem melhores. Todos pensam na sua amada durante o dia, nas horas de trabalho. Seja o milionário que ganha rios de dinheiro com um simples telefonema, seja o datilógrafo que bate à máquina no escritório medíocre, seja o revolucionário que espera a morte num campo de concentração, seja o inútil que dorme até o meio-dia e que não tem o que fazer durante a tarde, seja o mestre de saveiro atravessando as águas com seu barco. Todos pensam um momento em seu amor, pensam com alegria, aquilo os descansa dos milhões, da sua máquina de escrever, da morte próxima, da inutilidade que igualmente pesa. Ranulfo também por vezes pensa em sua amada, com um misto de carinho e de desprezo, jurando que não irá mais vê-la, nunca mais. E então parte ao seu encontro. Antes eram só os meninos, os que estavam começando a perceber os segredos do amor, que a possuíam na sua ânsia sexual. Mas Ranulfo a descobriu e a conquistou. Agora ela o espera todas as noites ao lado da cerca do pasto.

A noite se derrama em estrelas e em desejo. Ranulfo cantarola baixinho pela estrada, vai com cuidado para que ninguém o veja, leva uma desculpa arranjada para se topar com alguém. Essa noite é linda, nessa noite de tantas estrelas os homens sonham com o terno de reis e com as chuvas que devem vir para florir os cacaueiros. Esse calor que vem da terra, essa nuvem que cobre um pedaço de céu, é sinal de que em breve

111

o aguaceiro cairá e amanhã as estradas estarão cobertas de lama. Ranulfo cantarola baixinho, o desejo o domina por completo, um desejo de fêmea a quem derrubar.

Chega. Ah! esse mulato Ranulfo, quebrado pela maleita, de costas marcadas pelo relho, não sabe palavras bonitas como os namorados da cidade, essas doces palavras de amor que são ditas às amadas sob a luz da lua. Mas a lua que brilha sobre Ranulfo é a mesma lua romântica dos namorados e dos amantes. Pula a cerca, o capim meio seco do pasto arranha suas pernas:

— Negra boa!

É tudo que ele sabe dizer, mas vai um mundo nessas palavras. Um mundo de ternura, de amor agradecido, vão todas as palavras que os poetas inventaram, as mais belas, as mais românticas, as mais maviosas. Que importa que seja apenas a mula negra, um animal de quatro patas, e que esse amor seja anormal, seja degradante e sujo? Para Ranulfo, trabalhador perdido nas fazendas de cacau, nada disso importa, ele não conhece código de moral nem outra lei exceto aquela que proíbe fugir da fazenda quando se deve ao armazém. Para ele a mula preta é como uma linda mulher e o momento de amor que ela lhe dá é realmente maravilhoso. Na posse do homem e do animal, à beira das roças de cacau, há o mesmo desejo intenso que nos amores mais refinados das cidades nunca vistas. É assim o amor nas fazendas de cacau.

Trêmulo e subitamente enojado, Ranulfo toma o caminho de volta. Mas a chuva começa a cair em grandes bátegas e lava a terra, as roças de cacau, os animais e os homens. Amanhã haverá lama nas estradas.

8

AS BARCAÇAS PARA A SECAGEM DOS CAROÇOS DE CACAU LEMBRAM navios que fossem partir através do mar das árvores de oiro. Próximas à casa-grande estão elas, uma ao lado da outra, são cinco, ali dançam os trabalhadores sobre os caroços que vão secando ao sol. Mais adiante estão os cochos, para onde as tropas de burro trazem o cacau mole. Pelas frestas das tábuas escorre o mel que cobre os grãos e que os coronéis aproveitam para a fabricação familiar do vinagre.

Talvez porque as barcaças pareçam navios, há canções, na terra do cacau, que falam em mar e em viagens. Um desejo de fuga, quem sabe?, naqueles homens, muitos dos quais chegaram pelo mar, em busca de riqueza:

*Eu quero ser marinheiro,
quero ir pra outra terra.*

O telhado de zinco das barcaças queima ao sol. Se a chuva cair extemporaneamente é só correr o telhado sobre os trilhos da barcaça e o cacau estará salvo. Não ficará bolorento, cacau apenas "regular", diferença de preço descontada no salário dos trabalhadores. Sobre o assoalho, que parece encerado, o cacau, que veio dos cochos, seca, revirado pelos pés dos homens que dançam sobre ele uma dança inventada, que cantam uma canção ali igualmente inventada. A dança lembra outro baile que outros negros, noutros tempos, bailaram sobre a coberta dos navios negreiros e a música fala do desejo que eles abrigam de vir a ser marinheiros um dia, de partir no bojo dos navios para outras terras. Mas essas barcaças que recordam cargueiros prontos para varar mar alto, estão ancoradas ao lado das roças de cacau e, por mais forte que seja o vento sul, elas não partem nunca:

*Barcaça que não navega,
barcaça presa na terra.*

Por mais forte que seja o vento sul dobrando o capinzal, enchendo de folhas amarelas o chão das roças de cacau, jamais elas partem. Tampouco esses negros e esses mulatos que cantam canções que falam em mar e em viagens, tampouco eles partirão, marinheiros das barcaças de cacau presas na terra negra e rica!

Sob o sol, os grãos de cacau que secam viram brasas acesas e sobre estas brasas dançam os homens, revolvendo-as para que o cacau seja cacau "superior", não vá sair "good" nem "regular". Porque a diferença de preço irá para a conta do trabalhador e nem com dez anos ele terá saldo. O capataz grita "Cuidado, não vão estragar o cacau, não vão roubar o coronel". Eles dançam e cantam, os caroços de cacau queimando. Primeiro deixam marcas nos dedos, depois os pés se acostumam.

Quanto mais quente seja o sol melhor será, melhor sairá o cacau. Ficará mulato como o rosto dos homens, dele virá um cheiro de chocolate. De chocolate tudo que esses alugados conhecem é esse cheiro parecido que o cacau tem.

O Varapau dança rápido, os pés se movimentando no bailado estranho. O negro Florindo se ri, dança melhor que ninguém, Capi está nos cochos socando o cacau mole para largar o mel. Os pés saem cheios de visgo, não há água que lave, fica para o resto da vida. O negro Florindo puxa a canção de marinheiros, sua voz é acompanhada pelo coro dos alugados:

Minha barcaça vai partir,
o vento já tá soprando...
barcaça que não tem vela,
nem leme para o comando...

Lá adiante, branca da caiação recente, está a estufa. Parece a mais inocente das casas. No entanto os trabalhadores a olham com terror. A estufa elétrica, casa alva e pequena, com uma só entrada que parece mais um buraco que uma porta, por onde os homens escorregam para entrar no inferno. Quando acontecem os dias tristes de chuva durante o inverno, ou quando, como no fim da safra, as barcaças não dão conta do cacau colhido, então os caroços vão para a secagem artificial ao calor da eletricidade. No inverno, ao cair das chuvas de junho, as barcaças ficam inúteis, não se vê o sol e os telhados de zinco são corridos, os caroços levados para a estufa. Ligam a eletricidade, metem lenha nos fornos quando elas não são elétricas. Lá dentro é o calor do inferno, e é preciso resistir seis horas virando os grãos, pois a estufa é perigosa e pode, com uma facilidade de espantar, pôr a perder arrobas e arrobas de cacau. E se elas se perdem são os trabalhadores que pagam. O capataz avisa quando os homens vão entrar: "Cuidado, cuidado, não vão pôr o cacau a perder". Muitos já morreram de congestão ao sair das estufas e ao tomar chuva cá fora. Certo dia um morreu porque ao sair tinha a garganta seca e se atirou sequioso em cima de um pedaço de melancia. Morreu feio, de olhos esbugalhados, a boca torcida, bem na porta da estufa branca e linda.

— Estuporou... — disseram.

Muitos já estuporaram e os trabalhadores têm medo da estufa, um medo mortal, eles a olham como a uma inimiga. Ela mata os homens, ela queima o cacau do coronel. Quando o cacau se queima os trabalhadores pagam o prejuízo, é descontado nos salários, a dívida aumenta nos livros ilegíveis do armazém. Mas se um homem morre ao sair da estufa ninguém paga nada, enterram mesmo pelas roças, já se sabe que é bom estrume. Quando um homem morre é porque o seu dia tinha chegado, e é até melhor morrer de repente, estuporado, que levar meses na cama, magro e amarelo, morrendo devagarinho. Assim comentam as mulheres quando algum recebe uma carga-d'água ao sair da estufa e estupora.

Também para a estufa que é inimiga, que queima o cacau e mata os homens, também para ela os músicos anônimos das fazendas compuseram canções, canções infinitamente tristes, como acompanhamentos de defunto:

Maneca morreu na estufa
na hora do sol se pôr...

Na fazenda do coronel Frederico Pinto só havia uma estufa elétrica, a que estava perto das barcaças e da casa-grande. O motor era de pouca força, só dava mesmo para a estufa e para a iluminação na casa do coronel e mais duas lâmpadas em casa de Tibúrcio, o capataz. As outras duas estufas, nos limites da fazenda, eram a lenha. Naquele fim de ano que precedeu o grande paradeiro de antes da alta, quando tardaram as chuvas, a estufa elétrica estava funcionando porque as barcaças não davam conta da secagem do cacau. Foi no dia seguinte ao fim das colheitas, quando Varapau só pensava no terno de reis, que Ranulfo morreu, estuporado. Os outros estavam nas barcaças e nos cochos, ele entrara para a estufa, para revirar o cacau nas gavetas, para impedir que ele se queimasse. As nuvens de chuva vinham se acumulando desde a véspera e, de quando em vez, pequenos aguaceiros caíam, apesar do sol. "Casamento da raposa", diziam as mulheres, sol e chuva.

Quando Ranulfo, cumprido seu tempo de trabalho no inferno da estufa, foi saindo, o aguaceiro caiu e ele não teve tempo de dizer "Aí, meu Deus!". A boca entortou, o corpo estremeceu, caiu mesmo na porta. Do cocho, Capi viu a cena:

— Ranulfo estuporou...

Os homens largaram o trabalho, vieram correndo. O capataz gritou para Varapau:

— Vá chamar o coronel...

Quando chegaram, Ranulfo já estava morto. Dentro da estufa o cacau chiava, eles rodearam o morto.

— Tá feio... — disse a filha de Irineu que tinha dezoito anos e era desejada por todos os homens.

O coronel Frederico Pinto apareceu. Na porta da casa-grande surgiu a mulher, gordíssima, a rencada de filhos. O coronel foi dando ordens:

— Fecha o motor, o cacau já está chiando. Depressa, seu Tibúrcio...
— De dentro da estufa vinha o chiado do cacau queimando e o coronel ficou ouvindo, o rosto fechado de contrariedade. — Essas arrobas tão perdidas...
E só quando ouviu silenciar o ruído do motor é que se voltou para o homem morto. Os trabalhadores se afastaram, apenas a filha de Irineu ficou onde estava, sorrindo para o coronel. Dona Augusta, a mulher de Frederico, vinha vindo, perguntando:
— O que foi?
— Ranulfo estuporou...
O coronel Frederico Pinto olhou o morto, a boca aberta, as mãos crispadas:
— Por que diabo não esperou que a chuva passasse...
Agora o aguaceiro tinha cessado e ninguém respondeu ao coronel. Dona Augusta se benzeu, meteu-se entre o marido e a filha de Irineu que se afastou, o rosto baixo:
— Negrinha espevitada... — murmurou.
Olhou o morto com pena mas seu pensamento estava era na mulata de seios empinados, Rita, a filha de Irineu. O que a mulatinha queria ela estava vendo: era se jogar em cima de Frederico, deitar com ele, arranjar casa em Pirangi:
— Coisa-ruim... — murmurou de novo.
O cadáver de Ranulfo continuava no mesmo lugar. Tibúrcio voltava correndo, o coronel despregou os olhos do morto:
— Veja logo esse cacau. Pode ser que salve...
Tibúrcio e dois trabalhadores entraram para a estufa. O coronel Frederico falou para os trabalhadores:
— Voltem para as barcaças... Isso aqui não é hora de sentinela...
Os homens foram se retirando vagarosamente. Capi olhava para trás, via Ranulfo de olhos esbugalhados. Tibúrcio e os dois trabalhadores saíam da estufa:
— Ainda se salva o cacau... Queimou pouco...
Enquanto os dois homens, ajudados pela filha de Irineu, levavam o cadáver, o capataz foi ligar o motor elétrico. Gritou para Varapau:
— Para a estufa... Cuidado com o cacau...
O coronel Frederico reforçou a recomendação:
— Cuidado com o cacau...
O morto ia longe, seguro pelas pernas e pelos braços. E de repente,

tudo ficou em silêncio durante um largo minuto. Foi então que a voz de Florindo cortou as roças do alto das barcaças no lamento da canção da estufa:

A estufa matou um,
estufa mais assassina...
Maneca morreu na estufa
foi cumprindo sua sina...

O coronel Frederico Pinto voltou-se, ágil e nervoso, passou o lenço na testa, disse à esposa:
— Felizmente salvou-se o cacau...
A voz de Florindo se perdia nos cacaueiros:

Maneca morreu na estufa
foi de repente, coitado!

9

NA CASA-GRANDE SERVIRAM O ALMOÇO. DONA AUGUSTA TINHA REUNIDO A FILHARADA — eram quatro à mesa, faltavam os três rapazes e a moça que estudavam na Bahia —, as negras trouxeram as travessas da cozinha. O coronel Frederico Pinto olhava a esposa, pensava em Lola Espínola. Houve um tempo — vai muito distante — em que dona Augusta fora uma rapariga bonita e elegante. Há mais de vinte anos. Frederico começava a enriquecer quando casou com ela. Augusta era órfã de pai e trouxera umas roças para aumentar o cabedal de Frederico. Mas logo o primeiro parto a quebrou e dona Augusta começou a engordar, ficou aquela monstruosidade que contrastava com o marido, pequeno e magro. À gordura dona Augusta juntava o ciúme, um ciúme que a arrastara para a roça. Quando ainda morava em Ilhéus, numa das melhores casas da avenida, vivia pensando no marido solto nas fazendas, se aproveitando de quanta cabrocha estava em idade de se perder. Acabou vindo morar nas roças para fiscalizar Frederico, evitar que ele se debochasse com as filhas de trabalhadores. O coronel Frederico Pinto pouco ligava aos acessos de ciúme da esposa. Dona Augusta na fazenda, dormindo as tardes nas redes penduradas na varanda, comendo de quanta comida gostosa as negras sabiam fazer, engordava ainda mais, era uma montanha de carnes, repugnava aos olhos do coronel.

À mesa, enquanto come o cozido, Frederico se diverte pensando no barulho que Augusta faria se soubesse que ele estava dormindo com Lola. Mas a esposa não desconfiava de nada, vagamente sabia da existência de Pepe, para ela aquilo tudo não passava de um negócio de jogo, sabia que Frederico era doido por uma mesinha de pôquer e não se importava:

— Enquanto está jogando não está com mulheres...

Mas se ela viesse a saber, que escândalo! Seria um horror, falaria a vida toda, abrindo-se com as criadas, se queixando a Tibúrcio, choramingando de noite. Foi mesmo bom que ela tivesse vindo para a fazenda, assim estava distante daquelas línguas de Ilhéus, daquelas velhas que não têm outro trabalho a fazer, senão tecer mexericos, infernar a vida dos outros. Também o coronel Frederico Pinto bem pouco se importava. Augusta que se danasse, no caso de saber, ele não ia deixar Lola. Imagine-se... Abandonar Lola só para satisfazer aquele elefante...

Desde que vira um elefante num circo jamais Frederico conseguiu pensar na esposa sem se lembrar do animal estranho. O que ainda continha o coronel, o que o impedia de tomar Lola só para si, montar casa para ela, viver em sua companhia, eram os filhos, os que estavam estudando na Bahia, os pequenos em casa. Eram oito filhos, tinham sido doze, quatro haviam morrido pequenos ainda, exceto Carlos que falecera de tifo numas férias. Carlos tinha catorze anos quando morreu, era o mais velho de todos. Se não fosse pelos filhos Frederico faria uma loucura, pouco estava se importando com o que dissessem... Também bastava dormir uma noite com a esposa para fazer um filho... Augusta não se precavia, não queria mesmo evitar as crianças que chegavam todos os anos... Agora eram elas que prendiam ainda o coronel à casa, à esposa, que impediam que ele rompesse com tudo e arrancasse Lola dos braços de Pepe.

Dona Augusta come em silêncio. Também ela remói pensamentos. Pensa em Frederico, nos filhos, nas fazendas. Pensa em Rita, a filha de Irineu. A burrinha estava se atirando em cima do coronel, quem não via logo... E ele, naturalmente, dava corda... Irineu, com certeza, ajudava, doido por ver a filha na cama com o coronel, o dinheiro escorrendo, a família se mudando para Pirangi, saldo todas as semanas na conta do tropeiro... Estava se jogando, quem não via logo... Os seios empinados,

os cabelos esticados, aquele sorriso de sirigaita... Dona Augusta está com raiva, a comida não desce. Os meninos brigam na mesa, cada qual quer um pedaço melhor de carne, dona Augusta reclama raivosa. Por que será que Frederico ri?
Por fim não se contém e diz:
— Pensa que eu não me dou conta?
Um ligeiro sobressalto perturba os pensamentos do coronel. Será que ela sabe de alguma coisa?
— O que é?
— Todo o mundo já tá falando... Essa filha de Irineu...
— Deixe disso, mulher...
— Pode ser que você não notasse ainda, mas...
— Mas, o quê?
— Ela só falta se esfregar em você... Naturalmente tu dá corda...
Frederico ri:
— Deixe disso... Tu vive com esse ciúme danado... Eu nem reparo na cabrocha... Deixe disso...
Na porta da sala surge Rita, a filha de Irineu. O rosto de dona Augusta se contrai com raiva:
— Que é que deseja?
A moça ri timidamente:
— Queria saber se a senhora podia emprestar duas velas pra acender nos pés do defunto...
Pela primeira vez Frederico repara na cabrocha. Se não fosse por Lola valia a pena perder tempo com Rita. Não era tão feia assim. Mas ele tinha uma mulher fina e bela, não precisava voltar às mulatinhas das roças. A voz de dona Augusta é áspera.
— Não tem vela nenhuma... Negro não precisa de vela nem de caixão... Ora, já se viu que novidade...
— Era para a sentinela... — fez Rita admirada. Nunca ninguém negava vela para um defunto.
Só então dona Augusta lembrou do morto, os olhos esbugalhados. Um súbito estremecimento percorre seu gordo corpo:
— Vá embora... Daqui a pouco eu mando as velas por Esmeralda...
Rita sorriu:
— Deus lhe pague...
Dona Augusta voltou-se para Frederico:
— Não estou dizendo... Inventou isso das velas só pra vir aqui...

O coronel riu novamente:

— Deixe disso... Veio pelas velas mesmo e tu quase não faz a caridade...

Pensou um momento, confusos pensamentos:

— A caridade nunca faz mal a ninguém... A gente deve mesmo fazer bem aos pobres...

Dona Augusta se desculpava:

— Vou mandar as velas... Só que não quis entregar àquela sirigaita.

Tibúrcio chegava na porta da sala, pedia licença:

— O cacau tá todo salvo, coronel...

Frederico voltou-se para a esposa:

— Mande também uma garrafa de cachaça para a sentinela. São capazes de não ter dinheiro para comprar...

10

A SOMBRA DAS ROÇAS É MACIA E DOCE, É COMO UMA CARÍCIA. Os cacaueiros se fecham em folhas grandes que o sol amarelece. Os galhos se procuram e se abraçam no ar, parecem uma única árvore subindo e descendo o morro, a sombra de topázio se sucedendo por centenas e centenas de metros. Tudo nas roças de cacau é em tonalidades amarelas, onde, por vezes, o verde rebenta violento. De um amarelo aloirado são as minúsculas formigas pixixicas que cobrem as folhas dos cacaueiros e destroem a praga que ameaça o fruto. De um amarelo desmaiado se vestem as flores e as folhas novas que o sol pontilha de amarelo queimado. Amarelos são os frutos precoces que pecaram ao calor demasiado. Os frutos maduros lembram lâmpadas de oiro de catedrais antigas, fulgem com um brilho resplandecente aos raios do sol, que penetram a sombra das roças. Uma cobra amarela — uma papa-pinto — acalenta o sol na picada aberta pelos pés dos lavradores. E até a terra, barro que o verão transformou em poeira, tem um vago tom amarelo, que se prende e colore as pernas nuas dos negros e dos mulatos que trabalham na poda dos cacaueiros.

Dos cocos maduros se derrama uma luz doirada e incerta que ilumina suavemente pequenos ângulos das roças. O sol que se filtra através das folhas desenha no ar colunas amareladas de poeira, que sobem para os galhos e se perdem além, por cima das folhas mais altas. Os juparás, macacos plantadores de cacau, pulam de galho em galho, numa algazarra, sujando o oiro dos cacaueiros com o seu amarelo fosco e sujo. A papa-pinto desperta, estira seu dorso cor de gema de ovo, parece uma vara de metal que fosse flexível. Seus olhos amarelos de cobiça fitam os macacos que passam, bando buliçoso e alegre. Caem gotas de sol através dos cacaueiros. Vão rebentar em raios no chão, quando batem nas poças de água lhe dão um colorido de rosa-chá. Como se houvesse uma chuva de topázio caindo do céu, virando pétalas de rosa-chá no chão de poeira ardente. Há todos os tons amarelos na tranquilidade da manhã nas roças de cacau.

E, quando corre uma leve brisa, todo aquele mar de amarelo se balança, as tonalidades se confundem, criam um amarelo novo, o amarelo das roças de cacau, ah! o mais belo do mundo!, um amarelo como só os grapiúnas veem nos dias de verão do paradeiro. Não há palavras para descrevê-lo, não há imagem para compará-lo, um amarelo sem comparação, o amarelo das roças de cacau!

A CHUVA

1

CARLOS ZUDE PAROU DIANTE DO POETA QUE ESTAVA SOZINHO na sala de reuniões da Associação Comercial de Ilhéus. Estendeu a mão, sorrindo seu sorriso tão simpático:
— Boa noite, seu Sérgio.
— Boa noite.
Carlos Zude sentia o orgulho do poeta como uma coisa palpável. Estava ali quase visível no ar da sala, doía como uma alfinetada. Era curioso como aquilo incomodava Carlos Zude, apesar do desprezo absoluto que ele sentia por Sérgio Moura. Sérgio era, sem dúvida, um bom chefe de secretaria, trazia o trabalho sempre em ordem, mas, como ele, existiam dezenas de rapazes, capazes de fazer, por um bom ordenado, o mesmo serviço. Que esse orgulho proviesse dos versos foi uma coisa em que Carlos Zude nem pensou, para ele versos eram coisas desprezíveis. Carlos Zude considerava toda manifestação de arte como uma invenção inútil de malandros. Desconfiava de toda gente que escrevia, pintava ou esculpia. Não era aquela ignorância dos coronéis tão fácil de se transformar em respeito. Os coronéis desprezavam os artistas até que estes eram consagrados. Depois passavam a respeitá-los, a admirá-los de longe. Carlos Zude estava por cima das consagrações. Tinha uma ideia formada sobre a arte: "vagabundagem". Apenas os últimos acontecimentos revolucionários, em que estavam envolvidos tantos escritores, o levaram a considerar que talvez essa vagabundagem fosse perigosa. Mas afastava os poetas desse conceito de perigo. Estes eram apenas vagabundos, desprezíveis vagabundos. E como Sérgio Moura era trabalhador, tinha sempre em ordem o serviço da secretaria (Carlos Zude era presidente da Associação Comercial de Ilhéus), Carlos nunca se lembrava de que ele escrevia versos que eram publicados nos jornais do Rio. Acreditava mais num diletantismo. Uma fraqueza do chefe da secretaria. Desprezava Sérgio com aquele natural desprezo que sentia por toda a gente empregada, que vivia de um ordenado. Desprezo que não impedia que Carlos Zude fosse a pessoa mais amável do mundo para com os empregados. Incapaz de levantar a voz, de um grito, de uma reclamação violenta. Só que os des-

prezava, eram seres de outro mundo. O seu mundo era o dos grandes comerciantes, dos exportadores, dos grandes fazendeiros, no qual penetravam apenas os gerentes que tinham participação nos lucros das casas. Por que então sentia esse orgulho do poeta que batia no seu rosto como uma bofetada? Ele o sentia, era tudo. Estava ali enchendo a sala, na atitude hierática de Sérgio, parado, o rosto sereno, esperando as ordens do exportador. Era de tal maneira uma coisa concreta, que Carlos ficou sem saber o que dizer, incomodado, com certa raiva. No entanto não havia nada de censurável na atitude de Sérgio. Estava em frente a Carlos, olhando-o, os papéis para a reunião em cima da mesa. Só se fosse a flor, um botão de rosa que o poeta sustentava na mão direita. Aquilo parecia até um insulto. Por que um insulto? E Carlos não sabe que fazer das mãos, está atrapalhado. Julieta ainda por cima convidou esse tipo para a festa que eles dão amanhã. Uma festa fechada, para um pequeno grupo, apenas os amigos íntimos, e ela convidou Sérgio... Que diabo teria visto nele? As mulheres são mesmo incompreensíveis, não há no mundo quem as entenda... O poeta roda na mão o botão de rosa, é francamente insuportável. Carlos Zude chega a abrir a boca para falar, sua vontade era dizer uma ironia cortante, mas a frase não sai, ele não diz nada, Carlos é a negação da ironia. Por que diabo Julieta convidou esse sujeito?

A entrada de Schwartz, que geria os interesses de uma casa exportadora cujos capitais eram alemães, foi saudada por Carlos com uma alegria tão exagerada que espantou o próprio Schwartz:

— Oh! querido Schwartz, como vai? Há quanto tempo... — E o abraçou com força.

Schwartz cumprimentava Sérgio:

— E o poeta, como vai? E esses versos? — falava arrevesado, ademais nunca havia lido nenhum verso de Sérgio. Schwartz não lia nada que se publicava no país, se bem lesse muito em alemão, poetas e nebulosos filósofos. Seu autor preferido era Nietzsche e o alemão costumava dizer que Nietzsche lhe ajudava a suportar a vida em Ilhéus. Era um homem ainda moço e bem-posto. Estava relativamente há pouco tempo na cidade, viera diretamente da Alemanha substituir um judeu que antes administrava a firma.

Só então Carlos Zude pôde perguntar:

— Tudo está pronto para a reunião, seu Sérgio?

O poeta — insuportável — suspendeu o botão de rosa:

— Tudo, até o uísque.

— Muito bem, muito bem... — alegrou-se Schwartz. — Uísque é mais necessário que tudo...
Carlos queria saber era dos relatórios que ele tinha mandado dos seus escritórios. Estavam ali, em cima da mesa, no lugar que Carlos ia ocupar, na cabeceira. O poeta apontava com a rosa. Era de se bater, Carlos Zude fez um esforço para controlar os nervos, pois precisava de toda a sua calma para a reunião dessa noite. Chegaram os dois Rauschning, logo depois Reicher. Antônio Ribeiro foi o último a chegar. Schwartz servia uísque nos copos azulados.
Sentaram-se em torno da grande mesa. Era um grupo sólido, de homens que davam antes de tudo uma impressão de limpeza. As casimiras que eles vestiam eram pesadas, os sapatos eram caros, as camisas de seda. Davam uma impressão de força. Sérgio Moura com o lápis na mão, o botão de rosa descansando sobre os papéis, estava sentado no outro extremo da mesa, em frente a Carlos Zude. Este olhava o botão de rosa que coloria de sangue a brancura do papel sobre o qual o poeta ia rabiscar suas notas. Após um breve silêncio, Carlos desviou os olhos, fitou Reicher, o menos poderoso dos exportadores, e falou:

— Eu os fiz reunir, senhores, para um assunto da maior importância...

— Devo tomar nota? — atalhou o poeta.

Carlos teve que voltar a fitá-lo e o botão de rosa o perseguiu mais uma vez. Estava ali uma coisa em que ele não havia pensado: o discurso devia ser taquigrafado? Não, não devia:

— Não, senhor...

Olhava Reicher novamente:

— Antes porém quero avisar que represento aqui não só o meu pensamento como o de Karbanks...

Os exportadores se olharam. Um dos Rauschning bateu com o joelho no irmão, para chamar-lhe a atenção. Sérgio também se curvou mais, num gesto de interesse. Carlos estirou as pernas sob a cadeira, agora a sensação de mal-estar, que o orgulho do poeta lhe causava, começava a desaparecer.

— Creio que podemos falar francamente... — disse, e toda a sensação de incômodo desapareceu do seu peito. O poeta voltou para seu lugar de empregadinho sem importância. Carlos antes pensara em pedir que ele se retirasse, não necessitavam dele naquela reunião. Mas agora preferia que Sérgio ficasse, que se desse conta da força de Carlos, do que ele representava e do que era capaz. Apenas avisou:

— Não tome notas, seu Sérgio...
— Bem. — E o poeta segurou novamente o botão de rosa e o revolteava na mão descamada e branca.
Carlos Zude falou marcando as sílabas. Sua impressão era que estava massacrando Sérgio Moura:
— Eu e Karbanks chegamos à conclusão que devemos levantar os preços do cacau.
Parou, esperando a reação que as suas palavras deviam produzir. Mas todos ficaram em silêncio, só que um dos Rauschning bateu com o cotovelo na barriga do outro. Por fim Antônio Ribeiro pediu, em nome de todos, maiores explicações. Ele, francamente, não compreendia bem o porquê dessa alta de preços.

Carlos Zude primeiro estirou-se mais na cadeira, depois tomou uma posição ereta, um ar de quem ia dizer coisas definitivas ou dar uma lição. Sem saber mesmo por quê, olhou foi para o poeta, falou para ele:
— Os senhores sabem que a safra da República do Equador foi destruída pela praga... E sabem, com certeza, que depois da Costa do Ouro e do Brasil...
— É o Equador quem mais exporta cacau... — interrompeu Reicher.
Carlos desviou os olhos de Sérgio, fitou com certa reprovação a Reicher:
— Não é só isso... Nessa safra perdida no Equador há um fato mais importante a notar...
— Qual é? — perguntou Antônio Ribeiro.
Os Rauschning seguiam atentos, Schwartz fazia força para penetrar o sentido oculto das palavras de Carlos Zude. O que estaria por detrás daquilo? Seria que esse brasileiro, com francos vestígios de sangue negro nos beiços grossos e nas maçãs do rosto, os queria enganar, envolvê-los num negócio onde só ele e o americano saíssem com lucros? Carlos Zude recusou o charuto de São Félix que um dos Rauschning ofereceu, não fumava. Pigarreou, começou a falar:
— Nós todos estamos enterrados no cacau até à cabeça. Esse é nosso negócio, sobre ele assentam os nossos interesses. Não é assim?
Os Rauschning apoiaram com a cabeça. Schwartz não fez gesto nenhum, estava intrigado e em guarda, Reicher apoiou com um "hum", só Antônio Ribeiro disse:
— Tá aí uma verdade.

O poeta cheirou o botão de rosa. Também ele estava intrigado e recordava nesse momento o gesto dramático de Joaquim e nos seus ouvidos ressoava, como um verso trágico, aquela palavra solta na sala pelo chofer:

— Imperialismo!

As mãos de Carlos começavam a virar (quem pode controlar a fantasia de um poeta?) as garras de um dragão. Se multiplicavam sobre os relatórios e os dados, cifras, cifras e cifras, na frente do exportador. Carlos Zude se alçou mais na cadeira. Agora já não tinha as pernas estiradas. Ao contrário, seu busto se dobrava sobre a mesa e sobre ela as palavras pareciam andar, assim pelo menos as via o poeta. Carlos continuou:

— Como isso está estabelecido como uma verdade, eu perguntarei agora: que segurança temos nós?

Carlos parecia um professor, um jovem professor, pois aquela atitude o remoçava, e os outros todos estavam um pouco confusos. O poeta (o único a quem Carlos queria esmagar) pensava que Zude explicava mal. Sérgio já começara a penetrar no pensamento de Carlos mas sentia que os demais ainda não o percebiam. O exportador, apesar da sua atitude, não sabia explicar, era confuso. Carlos repetiu a pergunta, com força na voz:

— Que segurança temos nós?

— Mas, segurança como? — quis saber Reicher.

Schwartz fechou os olhos, também ele começava a compreender e estava mais descansado. Ele também vinha pensando essas coisas mas ainda não tivera coragem de realizá-las.

— Sim — disse Carlos. — Que espécie de segurança? Nós compramos o cacau e o vendemos no estrangeiro. Algumas das nossas firmas são mesmo estrangeiras, os capitais estão lá. E sobre o que repousam esses capitais? Onde está a nossa segurança? — Retirou os olhos do poeta, olhou em torno. O poeta cheirava o botão de rosa, Carlos Zude gostaria de chamá-lo de efeminado, se bem ele não o fosse, só para insultá-lo, rebentar aquele ar de superioridade:

— Acontece, senhores, que nossa segurança, nossos capitais, nosso dinheiro — repetia —, nosso dinheiro, dependem exclusivamente de uns quantos coronéis e de uns quantos tabaréus, que têm umas roças... De que eles cuidem dessas roças e dessas fazendas como devem cuidar. Se os senhores não sabem, eu lhes informo...

Retirou de entre os papéis uns recortes de jornais:

— São jornais de Buenos Aires. Um pouco atrasados, mas não importa. O que vale é a informação... — Ficou um minuto indeciso, sem

saber se devia ou não pedir ao poeta que traduzisse os dois recortes. Por fim resolveu não dar o braço a torcer. — Não preciso mandar traduzi-los, pois sei o que dizem. — Esse primeiro — mostrava o recorte de jornal colado numa folha de papel — dá conta da falência do maior exportador do Equador. — Soltou o papel na mesa, fitou os presentes. — A perda da safra, a falta de negócios, ter que aguentar as perdas dos fazendeiros, falência...
Sustentou o outro recorte na mão, procurava ler um nome:
— Senhor Júlio Remigez... Outro exportador, se suicidou. No princípio da safra havia comprado muito cacau a entregar, milhares de arrobas. Não recebeu o cacau. Deu um tiro na cabeça...
Antônio Ribeiro assobiou, estava amedrontado. Reicher também se sentia ligeiramente assustado. Os Rauschning se entreolhavam, começavam a compreender, eles também. Esse Carlos Zude era um gênio... Schwartz agora estava tranquilo, nem reparava nos lábios grossos de Carlos, nas maçãs salientes, os traços que lembravam o sangue negro que devia correr nas suas veias. O poeta via o dragão crescendo, mais uma vez enchendo a sala. Agora os homens em torno à mesa começavam a ser um único corpo, corpo monstruoso de animal fantástico.
— Meus senhores, eu penso, e Karbanks pensa comigo, que devemos aumentar os preços... Pelo que sei a safra da Costa do Ouro tampouco será grande este ano. A seca fez mal aos cacaueiros de lá, vai haver falta de cacau. É um ótimo ano para se começar a subir os preços...
— Mas... — disse Antônio Ribeiro que não compreendia.
— Fale — a voz de Carlos Zude ordenava.
— Mas... a alta de pouco nos serve. A proporção guardada entre os preços a pagar aos fazendeiros e os que nos são pagos em Nova York ou em Berlim é quase a mesma, a diferença de lucro é pequena... Em compensação vamos empregar muito mais capital... Não vejo a vantagem, nem vejo o que tem que ver com a questão de segurança...
Carlos Zude olhou o exportador com olhar de piedade. Depois olhou Schwartz e os Rauschning, aqueles estrangeiros certamente compreendiam, não eram tão burros quanto Antônio Ribeiro. Notou que os alemães compreendiam e aprovavam, sorriu satisfeito. O poeta viu o dragão sorrindo, um sorriso mortal. Carlos falou com a voz muito calma:
— No entanto é evidente... A alta trará sem dúvida grandes empregos de capital...
— Os fazendeiros vão enriquecer, ficar ainda mais fortes...

— É verdade. As fazendas vão se valorizar e muito. E isso é que devemos desejar. Porque depois...

Fez um silêncio para pronunciar as palavras:

— Virá a baixa...

O mais velho dos Rauschning não resistiu, bateu as mãos uma na outra. Antônio Ribeiro ainda não compreendia direito. Era um homem que tivera sorte nos negócios e montara uma casa exportadora, apenas começava a vida comercial:

— Não entendo direito...

Então o mais velho dos Rauschning, de cabelos brancos e suaves olhos azuis, tomou a palavra e começou a explicar devagarinho, mansamente, exemplificando: uma fazenda de mil arrobas vale hoje tantos contos, com a alta valerá quatro vezes mais, com a baixa depois valerá oito vezes menos. Dava números, tão claro que entrava pelos olhos. Antônio Ribeiro sentiu uma alegria descomunal:

— Subiremos até quanto?

— Até quanto for necessário — disse Carlos. — E abaixaremos também o quanto for necessário...

Perguntou depois:

— Todos de acordo?

Todos estavam de acordo e o cumprimentavam com entusiasmo. Carlos Zude olhava o poeta Sérgio Moura, a flor estava abandonada, murchara com o passar das horas. Carlos não resistiu, esboçou um sorriso de vitória. Foi só então que o poeta sentiu dentro de si aquela onda imensa de ódio. Mas apenas enrubesceu ligeiramente e mordeu o lábio inferior. Não via mais um dragão, via um homem rindo, era mais odioso ainda. Carlos aceitou o uísque que Schwartz punha no seu copo:

— E quando os exportadores forem fazendeiros também, não dependeremos de que os coronéis se resolvam ou não a podar as suas roças e de que os pequenos lavradores tenham ou não dinheiro para o fazer...

Schwartz confirmou com um gesto seco e duro:

— Poremos ordem nisso — levantou o copo de uísque, saudando. O poeta via os rostos através dos vidros azuis dos copos, pareciam seres estranhos e terríveis. Carlos Zude, triunfante, se despediu de Sérgio, desejando-lhe com a mais amável das vozes:

— Boa noite, seu Sérgio. Durma bem e não se esqueça de aparecer amanhã.

Saíram todos, mas na sala ainda perdurava aquela atmosfera de charutos caros, de extratos sóbrios e finos, de limpeza e de dinheiro. O poeta a sentia tão violenta, entrando-lhe pelo nariz, que tomou do botão de rosa e voltou a aspirar o perfume que ainda restava na flor, perfume de jardim agreste.

2

QUANDO O ÚLTIMO ÔNIBUS PARTIU, ÀS NOVE HORAS DA NOITE, para Itabuna, Marinho Santos abandonou a agência e se dirigiu ao Café Ilhéus, onde já o esperava a roda costumeira. Dali iriam ao cabaré ou às casas de mulheres. Exceto Martins, o gerente de Zude, que ultimamente arranjara um xodó com uma ensacadeira de cacau, de nome Rosa, beleza de mulher. Lá estavam Reinaldo Bastos, jovem empregado do escritório dos Zude, Zito Ferreira, de longas melenas, poeta nas horas vagas e diretor de um semanário humorístico, facadista crônico. Estava também Gumercindo Bessa, um dos diretores da Associação dos Empregados no Comércio (Martins era presidente), antigo frequentador da roda que agora raramente aparecia, desde que se fizera integralista. Mudara de meio, vivia às voltas com Silveirinha, e quando aparecia era por pouco tempo, querendo arrastar os demais para o integralismo, em prédicas que redundavam quase sempre em discussão. Zito que, no meio da sua decadência física e intelectual, nas suas bebedeiras e no seu cinismo, conservava certa independência, debochava dele, do fascismo, dos discursos e das passeatas. Certa vez Gumercindo ia se aborrecendo, quis brigar, foi preciso que Marinho Santos e Martins se metessem. Desde então rarearam as suas vindas no café. Na cidade diziam que ele não tardaria a ser gerente de Schwartz, onde trabalhava.

Marinho Santos sentou-se:

— Uma loira bem geladinha...

Os outros já estavam bebendo cerveja. O dono da companhia de ônibus saudou especialmente Gumercindo:

— Muito bem, seu Gumé... Prazer em vê-lo... O senhor agora se vende caro...

Gumercindo abriu a boca para responder, mas Reinaldo Bastos estava doido para repetir a frase que ouvira de Carlos Zude naquela manhã e que estava gastando como sua:

— São como crianças tímidas...

— Boa imagem — repetiu também Zito Ferreira (era a terceira vez

que repetia o elogio e já havia aumentado mentalmente a facada que ia dar em Reinaldo de cinco para vinte mil-réis).
— Quem? — quis saber Marinho Santos. — Quem é ingênuo nessa terra de sabidos?
— Conversávamos sobre os coronéis, os fazendeiros... — esclareceu Martins. E, conspirativo e receoso, revelou mais uma vez o segredo: — Os exportadores estão reunidos... Vai haver alta e das grandes...
Marinho Santos soltou o copo de cerveja, abriu os olhos:
— Bem me parecia...
— Hoje estamos fechando a dezenove e quinhentos a entregar. Amanhã fecharemos a vinte... Depois, quem sabe? Não duvido que vá a vinte e cinco...
Marinho Santos queria detalhes:
— Explique isso direito...
— Pois é... Seu Carlos chegou hoje da Bahia. Veio no avião. Andava conversando com Karbanks. Chegou alegre que nem banda de música. Foi chegando, foi aumentando os preços. Depois marcou uma reunião dos exportadores para hoje, na Associação Comercial...
— Quem deve estar a par é o Sérgio Moura... — disse Zito.
Ante o nome odiado, Gumercindo fez uma careta de reprovação:
— Não falem no nome desse pústula na minha vista...
Zito riu:
— Que raiva, hein!
Reinaldo Bastos não via oportunidade de repetir novamente a "sua" grande frase. Estava ligeiramente desgostoso, bebia a cerveja sem alegria.
— Então os preços vão subir? — Marinho Santos repetia a pergunta, mas agora falava para si mesmo, estava fazendo planos para compra de novos ônibus, talvez de caminhões. — Vai ser dinheiro a rodo...
Reinaldo Bastos procurava uma oportunidade para repetir a frase. Não era sua, é verdade, era de Carlos Zude, mas ninguém o sabia. Nem mesmo o próprio Reinaldo Bastos se lembrava, no momento, que a imagem não lhe pertencia. Passara o dia todo com ela na cabeça, dera-lhe voltas, mudara a ordem das palavras: "Como crianças tímidas é que eles são", chegara a substituir a palavra "tímida", por "inocente", mas não gostou e terminou largando a frase tal qual a ouvira pela manhã da boca do patrão. Escolheu bem o momento, quando estava um grupo grande. Foi um sucesso. Zito Ferreira se entusiasmara:
— Sim, senhor... Que imagem!

Agora Reinaldo espera, impaciente, uma nova oportunidade.
— E a safra vai ser grande... — disse Martins. — Vem muita chuva por aí... — Marinho Santos espiou o céu, esticando o pescoço para a porta do bar. As nuvens se acumulavam. Pediram cerveja.
— Os coronéis vão rasgar dinheiro... — fez Zito.
Reinaldo ia soltar a frase mas Gumercindo o interrompeu:
— Eles não têm nada de crianças tímidas. São uns tubarões...
— Tubarões? — Reinaldo Bastos abria a boca num espanto.
Zito Ferreira engoliu a cerveja, falou:
— Tubarões ou crianças tímidas, a eles é que se deve o progresso dessa zona. Conquistaram a terra, plantaram cacau, mataram gente, construíram as cidades... São os nossos heróis...
Gumercindo esbravejou:
— Heróis... Progresso... Diga que eles são responsáveis pelo atraso de Ilhéus e eu concordo. Isso, sim.
— Pelo atraso, como? — perguntou Zito.
Os outros estavam interessados, até o próprio Reinaldo Bastos. Uma discussão entre Zito e Gumercindo ("dois crânios", dizia Reinaldo) era coisa que valia a pena.
— São homens sem nenhuma cultura, mesmo em matéria de cacau — começou a explicar Gumercindo, a voz ainda ligeiramente alterada. — Atrasados em política, demo-liberais (pronunciou a palavra dando-lhe força), não sabem nem tratar das próprias fazendas. Vocês querem saber de uma coisa? O coronel Horácio colhe suas cinquenta mil arrobas de cacau, não é? Eu sei bem porque ele é nosso freguês. — Dizia "nosso" como se fosse sócio da firma de Schwartz. — Cinquenta mil arrobas...
— Cacau como o diabo... — interrompeu Marinho Santos.
Gumercindo Bessa tomou um ar triunfante:
— E sabe quantas arrobas ele poderia colher se tratasse das roças direito, tecnicamente, com os métodos modernos?
Os demais esperavam:
— Pelo menos oitenta mil...
— Conversa... — disse Zito.
— Pura verdade. Ainda outro dia seu Schwartz explicava a Silveirinha. Tintim por tintim... Oitenta mil arrobas, o duplo...
— De qualquer maneira — replicou Zito — não seria nem Schwartz nem Silveirinha, um medroso, você há de reconhecer, que iriam desbra-

var as matas e plantar cacau nos tempos brabos de antigamente. Foram eles, os Horácios, meu filho, que tiveram coragem... Uns heróis... O que você disse da produção atual das roças pode ser verdade ou não, eu não sei. Mas vamos dar de vantagem...
— De vantagem, não, é verdade...
— Está bem. Vamos que seja verdade... Mas, quem conquistou a terra, quem foi que verteu seu sangue para o progresso de Ilhéus?
Não esperou resposta, continuou:
— Se houvesse gratidão nessa terra, já se teria levantado uma estátua aos coronéis, aos grandes coronéis, a Horácio, meu amigo, a Horácio...
Zito sentia a admiração que o rodeava. Começava a ficar bêbado, ficava terno também, terminava sempre declamando seus versos. Marinho Santos estava preocupado com a alta:
— Então o cacau vai subir, hein? Sim, senhor, vai ser um caso sério...
Na rua passava o coronel Maneca Dantas que havia chegado naquela tarde da sua fazenda. Ainda levava as botinas de montaria, sujas de lama, e passeava na cidade, sozinho, um ar alheado, olhando o céu ameaçador. Ia meio rindo, o chapéu na mão, os cabelos brancos enchendo-lhe quase totalmente a cabeça. Arrastava ligeiramente os pés, murmurava palavras para si mesmo, estava fazendo cálculos sobre a safra. Gumercindo apontou:
— Tá aí um dos seus heróis... Parece mais um maluco...
Reinaldo Bastos achou que era a ocasião:
— São como crianças tímidas...
— Boa imagem... — "Tomo-lhe pelo menos vinte mil-réis", pensou Zito.
Marinho Santos propôs:
— Vamos pro cabaré? Comemorar a notícia da alta...
No fim da rua o coronel Maneca Dantas espiava para ver se enxergava o filho, o dr. Rui. Não o encontrara desde que chegara, queria falar com ele. O grupo passou pelo coronel:
— Boa noite coronel...
— Boa noite...
E olhando para o céu:
— Vai chover, hein? A safra...
Mas os outros já iam longe e ele resmungou o resto para si mesmo.

3

NA PORTA DO CABARÉ O GRUPO DISSOLVEU-
-SE. GUMERCINDO saiu em busca de Silveirinha, tinha umas coisas de política para conversar. Martins foi atrás de Rosa, que o devia estar esperando. Possuía mulher sua, não tinha por que estar ali. Ao demais, Carlos Zude não havia de gostar que seu gerente frequentasse casa de jogo:

— Gerente tem responsabilidade... Não é um empregado qualquer.

Reinaldo Bastos entrou com Marinho Santos e Zito mas saiu logo, não encontrava ali oportunidade para largar sua grande frase. Preferia ir à avenida, lá podia encontrar a namorada passeando com outras moças, público para o qual a imagem ainda era inédita. Voltaria depois, prometeu. Mas Zito, por via das dúvidas, tomou-lhe logo os vinte mil-réis.

— Vou multiplicar na roleta...

Na avenida, onde as moças e os rapazes elegantes passeavam, casais de namorados, amigos em grupos conversando, Reinaldo Bastos não encontrou a jovem que procurava. Andou a avenida toda, precisava dizer sua frase fosse a quem fosse. E, por um acaso que lhe transtornou toda a vida, Reinaldo Bastos foi dizê-la a Julieta Zude.

Vinha meio desanimado pela avenida quando encontrou Julieta, que conversava com Guni, sentada num dos bancos de mármore do passeio. Bocejavam as duas, já haviam esgotado a conversa, Julieta ainda estava cheia de neurastenia e de cansaço. Viera à avenida na esperança de encontrar Sérgio passeando, era hábito do poeta atravessar sozinho pelo lado da praia, distribuindo raros cumprimentos, gozando a viração que vinha do mar. Só depois de estar no passeio é que Julieta lembrou-se da reunião dos exportadores. Sérgio estaria lá, secretariando. Estaria em frente a Carlos e esse pensamento a divertiu. Foi assim que Guni a encontrou. Ficaram as duas sentadas, conversando, mas o assunto logo acabou. Guni, magra e numa constante excitação, classificava os homens que passavam. Falavam muito dela na cidade, diziam que até com trabalhadores (numa visita que fizera com o marido a uma fazenda) havia deitado. Em verdade os olhos fundos da sueca revelavam uma fome sexual que criava os boatos. Julieta estava cansada, um peso no corpo.

Quando avistaram Reinaldo Bastos, jovem e atlético, Guni quis saber quem era. Mordia os lábios num gesto de desejo.

— É empregado da firma... — explicou Julieta.

— Bonito rapaz...

Foi por isso que, quando Reinaldo passou e cumprimentou num sonoro "boa noite", Julieta o chamou. Ele ficou em pé, ante o banco, primeiro muito sem jeito, depois mais à vontade. Julieta o animava, ria, qualquer coisa lhe parecia útil para distraí-la. Guni namorava avidamente Reinaldo, mas o rapaz só tinha olhos para a mulher do patrão e dava a cada sorriso seu, a cada frase inocente, uma significação especial. Reinaldo fazia uma péssima ideia de todas essas mulheres ricas e estava certo, se bem um pouco amedrontado, que Julieta se interessava por ele. Arrastando os pés, apareceu na avenida o coronel Maneca Dantas. Vinha vindo, o sorriso inextinguível, os olhos para o céu que escurecia de nuvens. Do mar chegava um vento frio, anunciando chuvas. Quando o coronel desejou "boa noite, dona Julieta", Reinaldo brilhou com a frase:

— São como crianças tímidas...

— Quem? — perguntou Guni.

— Os coronéis... — E Reinaldo misturou o que ouvira de Zito e Gumercindo numa explicação que as mulheres escutaram sorridentes.

Passou depois um vendedor de sorvetes, ele ofereceu, atrapalhando-se ao procurar os níqueis para pagar. Tudo era diversão para Julieta: a timidez mesclada de desejo do empregado de Carlos, as frases cheias de intenção, o desejo de brilhar, a escolha propositada das palavras difíceis, Guni não via nada disso, enxergava apenas um atleta na sua frente, corpo jovem, bom para o amor. Mas os olhos de Reinaldo não despregavam de Julieta.

Houve um momento em que esta terminou por se incomodar. Em frente ao grupo passavam moças e rapazes, coronéis e comerciantes. Iam todos pela avenida, aproveitando a viração que vinha do mar. Olhavam para o rapaz parado em frente ao banco, orgulhoso de ser visto com Julieta Zude e Guni Gerson. Um que outro comentário malicioso cortava o diálogo dos passantes. Reinaldo sorria aos conhecidos, amanhã teria muito o que contar no baile da Associação dos Empregados no Comércio. Porém passou um grupo de moças e entre elas ia a namorada de Reinaldo (quase noiva, só faltava o pedido oficial). Chamava-se Zuleika e pensara a princípio que o namorado estava ali dando uma explicação qualquer, a pedido de Julieta. Passou ao seu lado exatamente no momento em que Reinaldo explicava a teoria sobre os coronéis e nem a viu. Zuleika mordeu os beiços quando Caçula, amiga que ia com ela, constatou:

— Nem te viu... Tá mesmo interessado na conversa...

Voltaram do meio da avenida, na passagem Zuleika falou em voz alta:

— Boa noite...

Reinaldo levou um susto e Julieta deu-se imediata conta da situação. Divertiu-se. O grupo parou um pouco mais adiante, evidentemente Zuleika esperava que Reinaldo fosse ter com ela. O rapaz estava inquieto, perdia o fio da conversa. Foi quando o sorveteiro se aproximou:

— Não nos oferece um sorvete? — perguntou Julieta.

— Oh! — E chamou pelo sorveteiro aos gritos, no receio que ele não ouvisse.

As moças do grupo cochicharam e riram. Continuavam paradas, esperando. Reinaldo conseguiu encontrar os níqueis, pagou. Do grupo de moças alguém chamou:

— Sorveteiro, aqui!

Ficaram um minuto sem nada dizer. Julieta e Guni esticavam as línguas finas sobre o pequeno pote de sorvete, a sueca estalando os lábios. O sorveteiro voltou, falou para Reinaldo.

— As moças mandaram dizer que o senhor pagasse...

Julieta riu, Reinaldo enrubesceu, novamente procurou níqueis, não encontrou, tentou uma explicação, também não achou. As moças no grupo riam, num vago começo de escândalo. Julieta já não se divertia, estava ligeiramente incomodada, voltava-lhe a neurastenia, a impressão de que tudo aquilo era ridículo e tolo. Guni não se dava conta de nada.

— Sua namorada está aborrecida... — disse Julieta.

"Está com ciúmes", pensou Reinaldo e se alegrou à ideia de que Julieta ciumava dele. Começou a explicar que não havia nada entre ele e Zuleika, coisa sem importância, mas Julieta o interrompeu:

— Nós vamos indo... Não queremos ser responsáveis pela sua briga com a pequena.

Levantaram-se, cumprimentaram e partiram. Reinaldo as olhou a ir, elegantes e superiores, mulheres de um outro mundo. Estava feliz, a última frase de Julieta parecia-lhe quase uma declaração de amor. "Ela olhará para trás", pensava enquanto esperava que seu vulto sumisse na porta do palacete. Não olhou, mas ele encontrou explicação para o gesto no fato de que de tudo se murmurava em Ilhéus. Só então se dirigiu para o grupo onde estava Zuleika. Ia disposto a fazer uma cena:

— Então não se pode conversar com uma senhora? Terra de gente atrasada...

Mas, quando se aproximava, o grupo partiu, em passadas largas, virando-lhe as costas. Reinaldo ficou parado, sem jeito. O sorveteiro reclamou:

— E meus mil e quatrocentos, moço?
Depois Reinaldo ficou só, com sua frase brilhante e a imagem de Julieta. "Só indo ao cabaré", resmungou para si mesmo. O coronel Maneca Dantas voltava pela avenida, no seu passo arrastado de velho:
— Vai chover, moço, safra grande...

4

AS LUZES DA CIDADE BRILHAVAM, FOCOS ELÉTRICOS QUE RASGAVAM a água que agora caía numa chuva pesada, de bátegas grandes. A chuva começara a cair às dez e meia, anunciada por trovões que roncaram por detrás dos morros. As últimas estrelas sumiram do céu de Ilhéus e começaram os pingos como pequenas pedras, espaçados. Os homens que estavam na rua, conversando, correram para suas casas, para os botequins ou para os cabarés, a chuva aumentava, era uma chorreada violenta que lavava os detritos de um dia de trabalho na cidade do cacau. Nas enxurradas formadas ao lado dos passeios corriam sobre a água as coisas mais diversas: pedaços de recibos, caixas de fósforos vazias, pontas de cigarro, um pequeno lenço de mulher com as pontas para cima, como um barco branco.

No centro da cidade, nas avenidas junto ao mar, nas ruas de botequins próximos ao porto, a iluminação era farta, os focos de luz iluminavam o caminho daqueles que se recolhiam. Mas à proporção que a cidade caminhava para os morros, as luzes diminuíam, os postes, mais distantes uns dos outros, não eram mais os postes de ferro torneados de três globos elétricos, elegantes e poderosos das avenidas, eram uns postes altos de madeira, com uma lâmpada minúscula em cima. Apenas iluminavam um metro em redor, manchas de luz na escuridão que a chuva aumentava. Do morro desciam regatos recém-formados de água suja, vermelha, que empapava as ladeiras que levavam ao cimo do morro da Conquista, onde se equilibravam as casas dos operários. Regatos idênticos desciam do morro do Unhão, morro de lavadeiras e marítimos. E, mais ao longe de tudo isso, como um bairro escondido da sua miséria, ficava a Ilha das Cobras, onde os mais pobres moravam, aqueles que não podiam pagar sequer uma cabana, nem na Conquista, nem no Unhão. A Ilha das Cobras, mocambos de palha, as paredes de barro batido, lugar onde os ilheenses nunca levavam os turistas que saltavam dos aviões no interesse de conhecer a civilização do cacau. Era a zona mais baixa de toda a cidade, a mais pobre também. E como haviam derrubado uma parte do morro próximo para rasgar as ruas novas do moderno bairro junto à estrada de ferro, a Ilha das Cobras ficara sem nenhuma defesa contra os temporais. Diziam os habitantes que, na estação das chuvas, o bairro ficava totalmente isolado da cidade. Daí o nome de Ilha que lhe haviam dado. Não só ficava cercado de água, como ficava inundado, a água por dentro das casas, ilha e lago ao mesmo tempo. Toda a água que corria pela cidade terminava por vir dar ali, por inundar a Ilha das Cobras. E trazia no arrastão o barro vermelho que sobrara do morro posto abaixo, as ruas tortuosas viravam um lamaçal visgoso, terrível de atravessar. Uns poucos postes iluminavam essa orgia de vermelho sujo, colorido estranho que muitos habitantes da cidade limpa não sabiam sequer que existia. Uma que outra lâmpada elétrica brilhava no interior de algumas cabanas. Na maioria porém bruxuleava a luz vermelha dos candeeiros, pondo mais sombra que claridade nos interiores. Aqui, na Ilha das Cobras, viviam os operários da estrada de rodagem, muitos ferroviários, alguns da fábrica de chocolate, carregadores do porto, estivadores das docas. Alguém, num discurso, certa vez chamou a Ilha das Cobras de "bairro vermelho" e não queria se referir à cor de barro das casas e do chão, mas sim aos sentimentos dos seus habitantes. Um integralista não se aventurava a ir, nem mesmo de dia, à Ilha das Cobras. Existia uma história célebre: certa vez, no início do movimento integralista, os camisas-verdes resolveram fazer, num domingo pela tarde, um comício para os operários residentes na Ilha das Cobras. Tinha vindo um orador da Bahia, um jornalista, e os integralistas entraram no bairro marchando em fila de quatro e cantando seus hinos. Vestiam a camisa verde com o sigma, pararam na pracinha que existia no centro da Ilha, levantaram os braços, gritando os "anauês". Os operários vieram chegando, rodearam a tribuna improvisada. O comício começou, apenas começou. Narram as crônicas que voltaram em marcha forçada ("corrida desabalada", dizia o poeta Sérgio Moura), minutos depois, a maioria sem camisa verde, os que ainda as levavam arrancando-as nervosamente, sujos de barro, alguns vestidos somente de cuecas. A verdade é que os operários haviam tomado as entradas das ruas que levavam à Ilha das Cobras, após terem passado os integralistas. E quando estes começaram a apanhar no comício e tentaram escapar para a cidade, encontraram-se com a surpresa dos operários guardando as entradas das ruas, armados de vassouras ("a arma com que se tange galinhas", dissera Joaquim).

Contam que o negro Roberto, um estivador que já fora marinheiro, a cada vassourada que baixava sobre a cabeça de um integralista, abalava a Ilha das Cobras com um grito: "Abaixo o integralismo!".

O poeta Sérgio Moura contava também que, nesse dia que marcou em Ilhéus o início das lutas de rua entre esquerdistas e fascistas, ele encontrara com um rapaz integralista, seu conhecido, de nome Nestor, dado a leituras, ainda correndo como um louco em pleno centro da cidade. O rapaz ia sem camisa, as calças sujas de barro vermelho, a marca da vassoura no rosto, um ar enorme de espanto. O poeta conseguiu, com certa dificuldade, pará-lo, e lhe perguntou, doido como era pelas novidades:

— O que sucede?

O integralista respirou largamente antes de explicar:

— Estão matando a mocidade ilheense...

Sérgio achou que era pouco e arrancou detalhes. O rapaz lhe contou o sucedido (os integralistas diziam depois que Nestor era um ingênuo já que, segundo eles, fora Sérgio Moura um dos que haviam planejado e preparado aquela recepção, o que, aliás, não era verdade).

Nestor, naqueles trajes pela metade, narrou pormenores dramáticos, as vassouras transformadas em fuzis, as dezenas de operários virando milhares de assassinos. Sérgio se cobriu de desconsolo e de reprovação, para depois se admirar:

— E por que você não ficou lá, lutando por seus ideais?

O integralista, segundo Sérgio, respondera:

— Eu não posso morrer. Sei muita história do Brasil!

Pode ser que essa anedota, que circulou em toda a zona do cacau, não passe de uma invenção do poeta Sérgio Moura, é muito possível que assim o seja. Mas a verdade é que os integralistas, tangidos a vassoura, não voltaram nunca mais, nem em grupos, muito menos isolados, à Ilha das Cobras. Nem mesmo nos dias em que a polícia penetrou nesse bairro para efetuar prisões. Nem mesmo quando Joaquim e mais dezesseis foram levados num caminhão transformado em "tintureiro" e a polícia considerou que a Ilha das Cobras estava limpa de extremistas. Nem mesmo nesses dias de terror para o bairro os integralistas se aventuraram por aquelas ruas. Nos seus comícios, no centro da cidade, eles recordavam sempre aquela "data heroica", na qual, segundo eles, "um pequeno grupo de patriotas tinha sido agredido por centenas de assassinos". O próprio Nestor, certa vez, fez um discurso muito bonito sobre o assunto onde, como bom conhecedor da história do Brasil, comparava aquela data com as mais gloriosas do país. Na Ilha das Cobras ficara, como recordação da data e do acontecimento, uma camisa verde lambuzada de barro vermelho, que fora içada num poste de São João, onde estava até hoje, transformada num trapo sem cor que o vento balançava.

Alguns daqueles dezessete que foram levados pela polícia ainda cumpriam pena na penitenciária da Bahia. Joaquim fora mandado para o Rio. A maioria porém voltou para a Ilha das Cobras, traziam nas costas marcas de cano de borracha. Os habitantes da Ilha das Cobras, como bons ilheenses, se orgulhavam de que os presos dali não haviam soltado nem uma só palavra, a polícia nunca conseguira descobrir os verdadeiros responsáveis por aquelas duas bombas que explodiram uma noite na sede integralista. Diziam que os presos ilheenses apanhavam sorrindo.

Essas tradições cercavam a Ilha das Cobras de certo mistério vivo e excitante. Mas a sua tradição mais real, que se conservava através dos tempos, era a da lama das ruas. Chovia tanto no inverno, se juntava ali tanta água, que nem os verões mais violentos conseguiam secar a lama por completo. Sempre restavam poças onde atolar os pés. Certa ocasião um repórter do *Jornal da Tarde*, a instâncias de Sérgio Moura, publicou uma sensacional reportagem fotográfica das ruas da Ilha das Cobras. Pedia providências ao prefeito, mas o *Diário de Ilhéus* argumentou em contra, provando que o município precisava muito mais de estradas de rodagem que de "calçamentos em ruas citadinas". Lançou também certas suspeitas sobre a moral dos habitantes da Ilha das Cobras, dizendo que aquele bairro sórdido era um covil de ladrões, de malandros, de vigaristas, de desordeiros e de extremistas. Uma comissão de operários foi ao *Jornal da Tarde* protestar contra essas acusações. Saiu o clichê no jornal, com uma notícia embaixo. Em primeiro plano se via muito bem o negro Roberto e esse recorte de jornal está pregado na parede de sua cabana, com um alfinete. O *Diário de Ilhéus* voltou ao assunto, citando estatísticas fornecidas pela polícia: muitos ladrões e alguns extremistas tinham sido realmente presos na Ilha das Cobras. O próprio negro Roberto figurava entre os extremistas presos. O assunto não prosperou porque Joaquim, sem dúvida a pessoa mais prestigiada do bairro, temeu que daquilo tudo resultasse uma provocação em grande escala. E as ruas não foram calçadas, a lama continuou sobrando por todos os lados, inclusive dentro das casas. Através daquela lama, através da chuva que não parava todo o inverno, saíam os homens pela madrugada para a fábrica de chocolate, para o trabalho no porto, para a estrada de rodagem. As mulheres saíam também, algumas iam para o mercado vender a pimenta que cultivavam nos quintais, os limões, as tangerinas. Assim ajudavam a aumentar o soldo minguado. Outras trabalhavam na fábrica de chocolate, a maioria, porém, passava o dia nos armazéns de cacau, cosendo a boca dos sacos que os homens enchiam de grãos. Então a Ilha das Cobras ficava entregue às crianças. Eram muitas, negrinhos e mulatinhos, à primeira vista parecidos com os meninos das fazendas. À primeira vista, somente, porque, em verdade, eram duas misérias diferentes. Os meninos das fazendas tinham a cor da terra, as barrigas enormes, os sexos, cedo acostumados ao contato com os animais, precocemente desenvolvidos. Estes da Ilha das Cobras eram também amarelos mas de um amarelo diferente, mais verdoso, não tinham barriga, o sexo era sempre pequeno. A pele sobre os ossos, escaveirados, sabidos de fazer medo. O seu grande ponto de contato com os meninos das fazendas, filhos de trabalhadores, era a facilidade com que morriam. Enquanto eram pequenininhos chafurdavam na lama da Ilha das Cobras e, como se achassem pouco, dedicavam parte do dia a pescar siris nos pântanos próximos. Voltavam com os pés negros da lama do mar, alguns siris dependurados em uma corda improvisada com cipós. Por vezes esses siris eram o jantar de uma família. Quando cresciam um pouco mais passavam o dia na cidade, jogando futebol na praia, entravam todos para o grupo dos "biribanos", que se dedicava ao roubo de postas de bacalhau e pedaços de carne-seca nas casas de comércio. Por vezes levavam a caixa de dinheiro também, mas isso era raro. Alguns continuavam na profissão, daí aquela afirmação do *Diário de Ilhéus* sobre os ladrões presos na Ilha das Cobras. A maior parte, porém, mal chegava aos dezesseis anos ia trabalhar de operário na construção de estradas de rodagem, ou no porto.

No verão, quando o sol é dono de tudo, ainda é suportável a caminhada até a Ilha das Cobras. Inclusive corre sobre o bairro a brisa fresca que vem do mar e se vai perder sobre o morro. Mas no inverno, quando as chuvas dominam dia e noite, nesses invernos de Ilhéus durante os quais nunca se vê o sol, só mesmo os que vivem ali suportam atravessar esses atoleiros que cercam as estradas da Ilha das Cobras. É sempre ali que começa a epidemia de tifo que ameaça todos os anos a cidade de Ilhéus. Dali saem os enfermos para os hospitais, saem os caixões miseráveis para a vala comum do cemitério da Vitória. E então os habitantes da cidade evitam se aproximar da Ilha das Cobras, alguns acham até que as casas daquele baixio, tão propício às enfermidades, deviam ser destruídas. Um conselheiro municipal, de uma feita, apresentou um projeto nesse sentido, ao qual o Partido Comunista respondeu com um volante perguntando por que, em vez de destruir as casas dos operários, a prefeitura não saneava o bairro? Os jornais discutiram o assunto e tudo ficou na mesma. Os médicos iam lá de má vontade, em muitos dias os automóveis não conseguiam atravessar os atoleiros e os médicos tinham que gramar a pé o resto do caminho. Chegavam imundos, resmungando, em realidade seu humor importava pouco porque os doentes, em geral, não tinham dinheiro para os remédios caros.

No entanto, igual que nas fazendas, igual que nas casas ricas dos coronéis e dos exportadores, também nas cabanas miseráveis dos moradores da Ilha das Cobras, a alegria se reflete em cada rosto, nesta noite em que as primeiras chuvas caem.

Porque elas garantem a safra desse ano, e assim não faltará trabalho no porto, navios e navios a carregar, não faltará trabalho nos armazéns de cacau, não faltará trabalho na fábrica de chocolate, não pararão os serviços das estradas de rodagem. Porque também a Ilha das Cobras, rebotalho da Rainha do Sul, "latrina da cidade", como disse Nestor no seu discurso, vive em função, ela também, do cacau. Também a Ilha das Cobras está amarrada nas cadeias do cacau.

5

HAVIA POUCO MAIS DE UMA HORA QUE A CHUVA COMEÇARA a cair e já os caminhos para a Ilha das Cobras estavam intransitáveis. Joaquim imagina que neste momento a água já terá penetrado na maioria das casas, fazendo lama, lá dentro. Joaquim tem uma capa de borracha e se cobre com ela. Nessas noites de reunião ele sempre toma precauções, nunca se dirige para a casa pelas ruas mais frequentadas. Quando se reúnem, como hoje, ele costuma ir pelo morro da Conquista, como se fosse visitar algum amigo, ou procurar alguma cabrocha com quem dormir. Dá a volta em todo o morro, vai sair nos terrenos desabitados do outro lado da Ilha das Cobras. Por ali vem e entra na casa pelos fundos do quintal plantado de pimenteiras e goiabeiras. Mas hoje, com essa chuva, as precauções se tornam inúteis. As ruas da cidade estão desertas, apenas os bares ficaram apinhados de gente. A orquestra do El-Dorado, um dos cabarés da cidade, acompanha Joaquim durante um pedaço de caminho, jazz estridente, bom para dançar.

Joaquim caminha com cuidado, seus sapatos são feitos com solas de pneu velho e escorregam com grande facilidade. As notas estridentes do clarinete do jazz vêm morrer na chuva, Joaquim atravessa a rua do Sebo, onde moram rameiras baratas. Uma o chama através da janela, ele apressa o passo. Quase escorrega na esquina, volta a andar devagar. A estas horas, próximas à meia-noite, alguns homens como ele estarão atravessando as ruas molhadas, os atoleiros, para atingir a casa de Edison, para chegar na hora exata da reunião da célula. Joaquim pensa que em muitas cidades do mundo, naquela hora possivelmente, outros homens estarão andando, sob a chuva ou sob as estrelas de um céu lindo, para as suas células, para ajudar a mudar o destino do mundo. Uma emoção feliz enche o peito de Joaquim toda a vez que ele pensa no seu partido. Joaquim ama várias coisas no mundo: ama aquela velha Raimunda, que parece uma árvore e vive curvada sobre a terra, plantando e colhendo cacau. Ama também, apesar de tudo, o caboclo Antônio Vítor, que o expulsou de casa e não compreende nada. Ama Jandira, uma mulatinha copeira na casa do gringo Asfora, que passeia com ele pela praia nas noites de lua. Ama o mar de Ilhéus nas noites do cais, de conversas nas pontes com os estivadores. Ama os motores dos ônibus e dos caminhões, ama as árvores do cacau que foram a visão da sua infância. Mas ama de um modo diferente o seu partido. O partido é o seu lar, sua escola, sua razão de vida. Muito pouca gente sabe que Joaquim um dia pensou em se suicidar. Talvez que aquela aguda sensibilidade lhe viesse do velho Badaró que dormira, segundo contavam em Ilhéus, com sua avó. Talvez viesse de um avô mais remoto, um daqueles holandeses que emigraram para Sergipe após a derrota em Pernambuco e que mesclaram seu sangue com os dos negros e mestiços do estado, fazendo com que alguns homens fossem altos como o mulato Antônio Vítor. Talvez viesse de algum negro fazedor de música, algum negro saudoso da África.

Cedo Joaquim fugiu da fazenda. Aquela ânsia de mundo novo que arrancara Antônio Vítor dos braços de Ivone, nas pontes de Estância, e o jogara para as fazendas de cacau, de repetição em punho, aquela mesma ânsia arrancara Joaquim dessas fazendas para o cais de Ilhéus. Aprendeu a dirigir automóveis, a consertar caminhões, fez amizade na Ilha das Cobras. Um dia embarcou de marinheiro e viajou outras terras. Quando voltou sabia de coisas que jamais pensara possíveis, aprendera mistérios que resolviam o destino do mundo. Não se envaideceu.

Antes de embarcar, certo dia, seu coração estava cheio de tristeza e de amargura. Como que toda a miséria da Ilha das Cobras pesava sobre ele. Era uma angústia sem solução, não sabia de onde vinha nem como resolvê-la. Resolveu se matar, do mar vinha um convite insistente. Foi então que, no bar Flor da Onda, encontrou aquele marinheiro sueco que sabia falar o português. Quando, pela manhã, saiu da mesa do bar, já não queria se matar. Foi como se um homem de coração ressequido pelo sofrimento tivesse se encontrado, de repente, com o amor. Como se após o mais terrível inverno a primavera tivesse chegado de súbito, numa manhã. Embarcou de marinheiro e quando encontrou quem lhe quisesse ensinar, com paciência e bondade, sua alegria não teve limites. Mas a sua educação só se ampliou realmente nos meses de prisão, no Rio. Fora preso na Ilha das Cobras, na sua ficha ia um adendo: "perigoso". Mandaram-no então para o Rio, onde as prisões estavam cheias. Ali estudou, estudou não apenas política e economia, numa ânsia terrível de saber, mas estudou as coisas mais primárias também, gramática, geografia, rudimentos de francês. Tinha uma inteligência clara e viva, uma facilidade assombrosa de aprender. Os outros souberam ver o quanto aquele jovem poderia ser útil e não perderam o tempo com ele. Quando voltou para a Ilha das Cobras era o mesmo Joaquim calado e terno, amigueiro e modesto, mas era também um homem, um homem que sabia o que queria e o que deveria fazer.

Agora já é o caminho que vai da estrada de ferro para a Ilha das Cobras. Aqui antes era o morro, agora são as ruas de boas casas. O palacete do coronel Ramiro se destaca entre elas, próximo da ponte que avança para o mar. Por detrás destas casas começa o verdadeiro lamaçal. Já não existem os paralelepípedos, é o barro frouxo que, com qualquer chuva, vira rio de lama. Joaquim vai com cuidado, o vento o empurra, a lama escorrega.

Um homem aparece ao longe. Elegante, vem com cuidado, evitando as poças de água. Joaquim para, quem será? Mas a luz de um poste ilumina o rosto conhecido de Martins. Vem da casa de Rosa, pensa Joaquim. Se afasta para que ele passe:

— Boa noite...

Martins não deseja ser visto, quer manter aquela ligação o mais secreta que possa. Joaquim ri e continua sua viagem. Mas agora a lembrança da conversa da tarde com Sérgio Moura o perturba. Martins recordou-lhe Carlos Zude e Carlos Zude recordou-lhe a alta. Como explicar aos companheiros que o esperam toda a máquina do imperialis-

143

mo trabalhando? Joaquim pensa nos companheiros com carinho. São uns poucos homens pobres e fracos, incultos muitos deles, alguns mal sabem ler, mas se propõem mudar o destino do mundo, "virar pelo avesso" a terra toda, como dizia Canhoto na prisão. É uma tarefa descomunal e nova, exige a vida inteira de cada um. Joaquim sente um certo orgulho a lhe fazer o coração bater mais rápido. Mas, de súbito, para, enxerga o homem que vai na sua frente. Vai uns dez metros adiante, Joaquim estaca, seu coração quase para também. É um tira, com certeza. Quem, senão um tira na pista de um ladrão ou de um revolucionário, se aventuraria por esses atoleiros na noite de chuva torrencial? Que outro homem bem-vestido (exceto Martins que já passou de volta) se dirigiria para a Ilha das Cobras nesta noite? Só um tira. Irá em busca de algum gatuno ou irá na pista da reunião? Joaquim procura se controlar, readquirir a calma necessária.

 Observa, de longe, o homem que passa sob o poste. Não pode distinguir o rosto. Mas nota que o homem leva boa roupa, capa de gabardine, coisa que um morador da Ilha das Cobras não possui. Em nenhum momento Joaquim pensou em voltar ou em fugir. Ele pensa é em chegar em casa de Edison antes do tira, avisar aos companheiros, evitar que algum seja encanado. Voltar para subir pelo morro da Conquista e chegar pelos fundos é impossível. Chegará fatalmente depois. O único jeito que lhe resta é arriscar, andar depressa por aqui mesmo, passar em frente ao tira e, ao entrar nas primeiras ruas do bairro, ganhar velocidade. A sua sorte é que o tira também vai devagar, também ele tem medo de escorregar. Joaquim arranca os sapatos, suspende as calças, fecha a capa no peito. Parece um operário que volta para casa. Deixa os sapatos próximo aos trilhos da estrada de ferro, assim poderá vir buscá-los amanhã. Mas, se o tira o reconhecer? E se quiser usá-lo como pista?

 Então Joaquim embolará com ele, e, a não ser que o polícia lhe dê um tiro, Joaquim sairá vencedor pois é um touro, acostumado a suspender sacos de sessenta quilos de cacau. O investigador se distancia, Joaquim apressa o passo. Vai pelo meio do caminho, os pés se afundam na lama, a água vermelha espadana num ruído baixo. A chuva é violenta, as abas do chapéu de Joaquim já se dobraram. Quem teria denunciado? Pensamentos vários cruzam sua cabeça, enquanto caminha rápido, decidido e quase totalmente calmo.

 O homem vai devagar, com medo de escorregar na lama. Também suspendeu as calças para não as sujar. E, quando ele passa sob o outro poste, Joaquim repara que os seus sapatos estão empapados de lama. O ruído dos charcos de água sob os pés descalços de Joaquim parece o grasnar de um pato. A parecença desviou por um momento a atenção de Joaquim e o sacudiu nas roças de cacau. A esta hora Raimunda estaria dormindo, pela manhãzinha partiria para o trabalho nas plantações. Nem podia imaginar que seu filho estava seguindo um tira, talvez embolasse com ele, talvez fosse preso, quem sabe?

Mais depressa. Se o tira o reconhecer embolará com ele, não lhe dará tempo de puxar o revólver. Não deve e não pode matar o investigador, daria margem a uma provocação brutal. O terrorismo não resolve. Recorda-se de coisas aprendidas na prisão, das cenas violentas que assistiu. Os homens espancados, as marcas de cigarros apagados nas suas costas, as unhas arrancadas. É melhor embolar com o homem, ser preso, mas evitar que a célula caia, que a reunião seja descoberta e o organismo liquidado. Joaquim vai cada vez mais rápido, cada vez mais próximo ao homem. De qualquer maneira esse tira tem coragem ao se aventurar na Ilha das Cobras numa noite dessas. Em Ilhéus nunca houve polícia especializada. Eram delegados dali mesmo, soldados de polícia, gente toda conhecida. Para a polícia política mandaram buscar gente da capital. Joaquim se jogará em cima dele... É o melhor...

Os passos rebentam a água dos pequenos charcos: plaff, plaff. O tira vai com um cuidado enorme, com as mãos segurando as calças que já estão respingadas de barro. O chapéu desabado sobre os olhos, a capa suspensa no pescoço. Joaquim imagina seu plano. Primeiro dará um puxão no chapéu do policial, cobrindo-lhe a cara, impedindo-o de ver. Depois o deixará mais rebentado que uma jaca mole. Se adianta, o pé rebenta o charco mais profundo num ruído alto. O homem se volta assustado. Por sorte estão quase sob um poste e Joaquim reconhece Sérgio Moura. O poeta está evidentemente assustado, aqueles ruídos já o preocupavam. Podia ser um operário mas podia também ser um ladrão.

— Seu Sérgio!

O poeta respira, aliviado:

— Que susto, Joaquim...

Existe entre o poeta e o chofer um certo respeito que impede uma perfeita intimidade entre eles. No entanto estimam-se e admiram-se mutuamente. Há porém algo, que não sabem o que seja, que não lhes permite expansões. Joaquim trata Sérgio com mostras de grande respeito, dá importância ao que o poeta faz e durante muito tempo negou-se a

opinar sobre os seus poemas. Porém, certa vez, muito instado pelo poeta, perguntou-lhe por que ele escrevia poesia revolucionária numa forma que nenhum operário poderia ler. Sérgio levara semanas preocupado com o problema e foi devido a essa observação que mudara seus ritmos e procurava agora, numa busca por vezes frutífera, os ritmos populares. Fica em frente ao poeta sem saber o que dizer. Pode ser que Sérgio venha em busca de alguma mulher por ali, algum encontro, e Joaquim evita falar no assunto. Foi o poeta que disse:
— Vinha lhe procurar...
— A mim?
— A reunião de hoje, sabe? Dos exportadores...
Mas a chuva impede qualquer conversa no meio da rua. Joaquim pensa. No fundo mais remoto do seu ser existem preconceitos vagos contra esses intelectuais. Na sala de Edison os companheiros estarão reunidos. São os mais capazes, os mais responsáveis. Mas Sérgio está tão sincero na sua excitação, narrando pedaços do discurso de Carlos, que Joaquim sorri e lhe diz:
— Venha comigo...
De uma casa qualquer da Ilha das Cobras chegam sons de violão. Um que outro poste ilumina as poças de água. Numa saleta de barro batido, no fundo da casa de Edison, o fifó ilumina os rostos cansados de alguns homens.

Sérgio sente uma estranha emoção, como se as coisas adquirissem um sentido novo e profundo. Os homens olham desconfiados até que Joaquim explica:
— O companheiro Sérgio vai dar um informe... É da maior importância. Vamos ouvir com atenção e discutir...

Então o sapateiro Edison, que preside a reunião, levanta a voz, voz doce como a de uma criança, e diz:
— Tenha a palavra, companheiro...

Sérgio está de pé, o negro carregador faz-lhe lugar no banco e sorri. Então o poeta perde todo o receio das palavras, das atitudes, sente-se tranquilo e seguro de si. Começa a falar.

6

CARLOS ZUDE NA PORTA DA CASA VIU O AUTOMÓVEL ENTRAR para a garage. Agora a avenida estava silenciosa e abandonada. Um ou outro casal apenas deslizava pela praia cúmplice de amores vagabundos. Carlos se sentia como um general vitorioso. Tinha em mãos a unanimidade dos exportadores para o seu plano da alta. E mesmo que algum se houvesse oposto, que importaria? Ele e Karbanks juntos liquidariam qualquer que se aventurasse a discordar daquela empresa, detalhadamente calculada, estudada com amor e com conhecimento. As nuvens de chuva se acumulavam negras desde o fim da tarde. Pela noite caía em aguaceiros e da porta Carlos Zude via a calçada molhada. Os casais iam rápidos aproveitando a estiada, para o ato do amor na praia úmida. Carlos Zude olhava para todas as coisas, a avenida, as casas, as nuvens negras, os casais e o mar, com simpatia. Sentia um vago desejo de sentar num dos bancos da avenida e dizer uma pilhéria para uma mulher que passasse. Ir talvez com ela rebolar-se na areia. Tinha a impressão que naquela noite nada lhe resistiria, nada lhe seria negado, aquele era um dia grande no seu destino.

Lá em frente é o mar e as ondas batem na praia num marulhar constante. Nas noites de cálculos, e de meticulosos estudos comerciais, Carlos Zude ouve esse constante rumor do mar, essa agitação perene. Mais para trás, para além da cidade, do rio e dos morros, estão as roças de cacau. Carlos Zude quase as conhece. Esteve algumas vezes em rápidas visitas a fazendas de coronéis amigos, fregueses que o convidavam para as festas de casamento e batizado. Então seus olhos citadinos fitavam aquele sem-fim de plantações de cacau, carregadas dos frutos amarelos, os frutos de ouro, que faziam a fortuna daquela terra. Nesses dias Carlos Zude sentia-se como que pequeno e provisório, sem raízes fundas na terra, solto no ar, fácil de ser arrebatado por qualquer temporal. Que eram eles, exportadores, nesse mundo do cacau? Eram intermediários, homens da compra e venda, nada os prendia àquela terra senão o lucro imediato. E estavam nas mãos dos contratos que os coronéis rompiam mal se anunciava uma alta qualquer. Havia lucros e grandes, mas o fantasma das perdas e da quebra vivia sobre eles, eternamente. Pequenos exportadores levavam o diabo quando grandes coronéis rompiam contratos de venda de cacau, num caxixe benfeito, e os deixavam subitamente às voltas com a miséria. Eles não tinham raízes ali, haviam chegado depois que as árvores do cacau, plantadas sobre sangue, tinham crescido e davam frutos de ouro. Eram adventícios, sem raízes na terra negra e fecunda. Carlos Zude sentia que era essencial possuir as terras. Só elas lhes dariam carta de cidadania na zona cacaueira, só elas poderiam ser garantia suficiente para os seus negócios.

Maximiliano Campos, nos tempos em que Carlos era um adolescente cheio de mulheres e vícios, conseguia prendê-lo em casa com a narração das espantosas histórias de Ilhéus, de tiros e barulhos, de mortes e incêndios quando, no princípio do século, os coronéis, os Horácios e os Badarós, conquistavam a terra de ninguém para plantar cacau. Carlos se apaixonava por aquelas histórias, era a mesma sedução dos livros de Júlio Verne lidos na infância. Desde rapazinho que a imagem das terras negras do cacau, rubras de sangue, ocupava um lugar na sua imaginação. Hoje sabia que o revólver e a repetição, o capanga e o incêndio, já não adiantavam para a conquista dessas terras. Não eram mais terras de ninguém, matas das assombrações, virgens do contato humano. Agora eram roças de cacau, limitadas por cercas de arame farpado, registradas em cartórios, com títulos de posse da terra. Eram terras que tinham dono, coronéis ricos e poderosos, donos dos eleitores, das casas de Ilhéus, dos postos governamentais, das estradas de rodagem, dos automóveis de luxo. Eram os donos de Ilhéus, porque eram os donos da terra... Tinham os pés enterrados na lama das roças, eram cadáveres de pais, de filhos, de irmãos, de amigos, de jagunços. Tinham raízes ali, os donos da terra! Carlos Zude e os exportadores eram adventícios, tinham chegado quando as lutas terminavam, vinham colher uma parte dos lucros como intermediários nas vendas do cacau. Os ventos de um temporal qualquer podiam levá-los para longe, para a miséria inclusive, para a falência, não tinham raízes plantadas nessas terras.

Carlos Zude sorri mas não é do casal que vem correndo da praia pois a chuva voltou a cair. Sorri de Maximiliano Campos, das suas tiradas gongóricas quando narrava as lutas pela posse das matas. Agora também Carlos Zude, à frente dos exportadores, se empenha na conquista dessas terras, é também uma batalha de morte. No mais íntimo do seu ser, onde mora o adolescente que vinha da leitura de Júlio Verne para o escutar das histórias de Ilhéus, Carlos lastima que não fosse aquela uma luta heroica, de repetição, tocaias e jagunços. Era uma luta de escritório, de jogo de bolsa, de alta e baixa, uma luta bem diferente. Talvez fosse mesquinha, pensou Carlos, de repente triste. Lá estava o poeta Sérgio Moura, na mão a rosa já emurchecendo, um sorriso nos lábios. Mas não era mesquinha! Era heroica ao seu modo, ao modo de Carlos Zude, exportador de cacau.

A chuva caía numa carga de bátegas grossas, o vento atirava pingos no rosto de Carlos Zude. Era uma luta que exigia inteligência e cálculo, visão e tato. Que importava que o poeta sorrisse, cheirasse aquela rosa murcha como se o cheiro da sala onde se reuniam os exportadores fosse pestilento? Que sabia o poeta daquilo, reles empregado de secretaria, que sabia ele das grandes negociações, de um plano calculado para cinco anos? Não havia lutas em campo aberto, aquilo que Maximiliano chamava de "certa lealdade". Lealdade? E as tocaias nas noites de luar? Era como uma imensa tocaia, pensou Carlos Zude. E sorriu.

A chuva caía nos seus ombros e no seu rosto. Nem um vulto na avenida deserta. Só as lâmpadas elétricas se refletiam no asfalto molhado. Carlos Zude abriu a porta e entrou.

No quarto, Julieta, abandonado o livro sem interesse, triste e inquieta, aquela pressão inexplicável sobre o peito formoso, a funda nostalgia de qualquer coisa jamais revelada. Carlos abriu para ela o seu sorriso triunfante:

— É uma tocaia...
— O quê? — disse Julieta molemente, sem esperar resposta.

Mas Carlos sentou no bordo da cama de lençóis alvíssimos e começou a explicar. Veio do começo, do começo de tudo, quando a terra não era de ninguém, matas de árvores centenárias, virgens de qualquer exploração. Disse dos barulhos, das mortes nas tocaias e nos encontros, dos caxixes, da terra plantada de cacau dando os frutos de ouro. Julieta ouvia, os olhos abertos, interessada, era como um conto de fadas, brutal e comovente.

A terra... Sem ela nada adiantava, nem os grandes escritórios, nem as grandes transações com Nova York e Berlim. Que eram eles, exportadores? Que era ela, Julieta, tão diversa das mulheres dali? Eram adventícios, não tinham raízes, não estavam firmes na terra do cacau. Só a posse da terra os faria senhores, definitivamente grapiúnas, donos de Ilhéus. E começou a revelar o plano, tinha necessidade de se abrir e de, numa vaidade que não lhe era peculiar, louvar-se, sentir toda a grandeza do que imaginara, toda a força da sua personalidade. Para Julieta era como um sonho. O marido não lhe falava de negócios, mundo que não existia para ela. Sabia apenas que os lucros eram grandes, davam para manter o luxo e as joias, as viagens e os vestidos. Mas nada conhecia daquele mecanismo e a revelação dos planos dos exportadores, planos imaginados por Carlos, por ele concebidos e alimentados, deu-lhe subitamente uma nova ideia do marido. Ali estava ele, sentado na cama, envelhecido, os olhos um pouco baços, cortado de rugas. Tinha alguma coisa de grande homem, Julieta o sentia, mas, ao mesmo tempo, era uma grandeza que não a seduzia. Chegou, no decorrer daquela conversa inesperada, a admirá-lo como jamais admirara alguém. Mas sentindo-se cada vez mais distante, como se tivesse de decidir entre o coronel Horácio e Sinhô Badaró, de um lado, e Carlos Zude e Karbanks de outro. Recordou a frase de Reinaldo Bastos (nem imaginava que fosse de Carlos): "São como crianças tímidas". Eram homens do revólver, da luta armada, que fariam ante essas inteligências, esses cálculos, esses mistérios comerciais, ante esses homens novos como Carlos e Karbanks? Julieta sentia que eram grandezas diversas, como que podia colocar a dos coronéis numa das mãos e a dos exportadores na outra e pesá-las. Carlos cerrava os olhos na descrição minuciosa do plano. Dentro de cinco anos as terras mudariam de dono, os senhores seriam outros. Ela o admirava. Ia pelo rosto do marido certa energia, certa decisão, certo heroísmo mesmo. Apenas era qualquer coisa que a deixava agoniada e se tivesse ali um botão de rosa, mesmo murcho e quase morto, Julieta o aspiraria em busca de um perfume agreste que a arrancasse daquela atmosfera fechada e soturna.

Mas se comoveu quando Carlos, no fim da descrição comercial que tomava na sua voz apaixonada um tom quase épico, colocou tudo aquilo a seus pés na constante renovação daquele amor.

— E então poderemos morar no Rio, viajar à Europa, já não nos restará temor algum... Terás de tudo, de tudo que quiseres...

Julieta tomou-lhe das mãos, sentiu que ele estava cansado. Era um grande homem, pensou ela. Um grande homem que ela não amava, cuja grandeza não a tentava. Mas era um grande homem que a amava, que colocava sua grandeza aos seus pés. E estava cansado:

— Tu estás cansado...

Apalpou-lhe a roupa de casimira:

— E todo molhado, coitadinho...

Ajudou o marido, trouxe-lhe o pijama de seda, foi buscar um cálice de vermute. Quando voltou, Carlos olhava através dos vidros da vidraça fechada a chuva que caía lá fora. Bebeu em pequenos sorvos e disse:

— Vai ser uma grande safra, a primeira da alta... Um dia será a baixa, Julieta, e então a terra não valerá nada e nós seremos donos dela...

Novamente a frase de Reinaldo Bastos foi recordada por Julieta. E disse quase sem querer:

— Vai ser terrível...

— Terrível? — perguntou ele e logo se deu conta.
Houve um silêncio breve, os dois pensavam. Julieta compreendera o que a afastava daquela grandeza sentida no marido. E Carlos pensava que era triste ter que ser assim, luta tão medonha e mesquinha. Mas os coronéis o tinham feito também e não sentiam pena. Falou:
— Nada é fácil na vida... A gente vai sempre passando por cima dos outros... Tem que ser assim, infelizmente... Mas tem que ser assim — repetia, e com a frase queria afastar os pensamentos melancólicos. Não estava só cansado, estava triste também.
Então Julieta tomou do seu braço e o conduziu para a cama. E abriu seu corpo para ele, acalentou-o e se deu, mas era com piedade, era para consolar, para fazer esquecer, era como um gesto de amiga apenas, não era com amor. A chuva se prolongou pela noite toda, a insônia também.

7

A CHUVA CAÍA SOBRE AS ROÇAS DE CACAU, DESPENCAVAM AS FOLHAS queimadas pelo sol, fugiam as cobras para seus esconderijos, saltavam inquietos os juparás, piavam os corujões na noite. Na estrada, as primeiras poças sobre o barro vermelho prenunciavam o lamaçal em que se transformariam os caminhos nos meses a seguir. Chuvas que garantiam a safra. Que garantiam a floração das árvores, o crescer dos frutos. Depois chegariam os dias de sol e os frutos verdes adquiririam a cor de ouro. Aquelas terras davam frutos de ouro que iluminavam as roças, que enchiam de sonhos os corações dos homens.
Quando chegavam os meses do paradeiro os olhos dos homens, das mulheres também, em todo o sul da Bahia, se voltavam para o céu, numa pergunta ansiosa. As chuvas necessárias para o temporão, para a safra de junho, cairiam nesses meses tórridos, ou a seca bateria sobre as roças, assolando tudo, matando as flores, os pequenos frutos, doirando apenas as folhas dos cacaueiros? Não que as secas dali fossem como as do Ceará que matavam gado e gente, capim e bichos do mato, secavam os poços. Ali não se conhecia dessas secas a não ser por ouvir dizer, nas histórias que os cearenses contavam quando subiam para as fazendas, tangidos pela ruína das suas terras distantes. Mas bastava que a chuva não caísse no devido tempo para que morressem as flores dos cacaueiros, não resultassem em frutos, fosse o temporão prejudicado, prejudicando a safra também. Depois que os últimos restos das grandes matas haviam sido

derrubados e plantados, não mais foi tão constante e farta a chuva nas terras de Ilhéus. Os homens olhavam o céu azul, interrogavam o horizonte, eram profundos conhecedores de tudo que indicava chuva, de tudo que indicava seca. Havia os que conheciam a aproximação dos aguaceiros quando ainda nenhuma nuvem cortava o límpido céu do sul. Conheciam pelo vento que chegava como um precursor. Conheciam pelo cheiro do capim. Ao mesmo tempo que os animais das roças, que os pássaros e os macacos, os homens sabiam que a chuva ia chegar. E então toda a humanidade das terras do cacau se alegrava, floria em sorrisos como iriam florir as roças dias depois.

Na noite das primeiras chuvas, quando de súbito caiu o aguaceiro inicial, o mulato Antônio Vítor chegou à porta da sua casa e sorriu. Raimunda veio e ficou a seu lado. Nada diziam, apenas olhavam com os olhos agradecidos. Aquela comoção se repetia anualmente, na época do paradeiro. A chuva caía, num ruído grave e solene, sobre as roças. O casal de pequenos lavradores mantinha uma atitude quase religiosa ante as águas que rolavam do céu. Antônio Vítor disse:

— Demorou mas veio... Deus seja louvado!

Raimunda não disse nada. Mas sorriu seu raro sorriso, deu um passo à frente e deixou que a chuva caísse sobre seu rosto também.

O capitão João Magalhães estava num alvoroço. Para ele a chegada das chuvas se ligava à notícia da alta. E explicava a Don'Ana, em grandes gestos, suas gargalhadas acompanhadas pelo papagaio que andava na balaustrada da varanda, de um lado para outro, doutoral. Por detrás das roças que a chuva alimentava, ainda inexplorado e virgem, estava o resto da mata que nunca puderam plantar. É para ele que o capitão e Don'Ana voltam os olhos. Ali está toda a perspectiva de um futuro, de uma ascensão, de uma volta aos dias de antigamente. Derrubada e plantada aquela mata, seriam os Badarós de antes, ricos e poderosos. Talvez em toda a imensidade daquelas terras cacaueiras somente restasse a ser plantado aquele pedaço de mata do Repartimento, terra sem igual para o cacau. Tão boa quanto a do Sequeiro Grande...

O coronel Frederico Pinto ouve o rumor que chega da casa dos trabalhadores. É a sentinela de Ranulfo e os alugados conversando sobre o terno e os ensaios, fazendo planos em torno ao cadáver. Frederico pensa em mandar vir um eletricista de Ilhéus para examinar a estufa. O coronel é homem rico dessa zona. Não é pessoa para se comparar com João Magalhães ou Antônio Vítor. Sua fortuna é das maiores de Ilhéus, roças e roças, fazendas que foram se ligando umas às outras, terra que o coronel conquistou, derrubou e plantou, roças compradas depois, tomadas a pequenos lavradores também, em caxixes benfeitos. Mesmo nos anos ruins o coronel colhia suas quinze mil arrobas. Era da gente "nobre" da terra, aquela espécie de casta que frequentava o Clube Social, que gastava no cabaré, que jogava pôquer na casa de Pepe Espínola, que construía palacetes em Ilhéus. A "nobreza", como ironicamente chamava Sérgio Moura, que gostava de titular os coronéis: o duque Horácio, o barão Maneca Dantas. A esse grupo, dos maiores fazendeiros, é que pertencia o coronel Frederico Pinto.

Sua mulher está dormindo. Hoje ele teve que satisfazer os desejos da esposa, assim acalmava seus ciúmes. Agora, metido no pijama, olha a chuva que cai. Poderá comprar mais terras... E poderá encher Lola Espínola de joias, de vestidos caros, de perfumes franceses importados. A chuva, para o coronel Frederico, representa uma libertação. O medo da seca o arrancou dos braços sedutores da *rubia* argentina e o trouxe numa ânsia, para as fazendas, para adiantar as podas, talvez assim salvassem alguma coisa, mesmo com a seca. Agora a chuva caía e ele podia voltar, dormir nos braços de Lola, se afundar nos mistérios de amor que ela sabia. A chuva cai, o baticum chega até a varanda da casa-grande. O coronel Frederico Pinto está nervoso. A lembrança de Lola trouxe-lhe um desejo imperioso de mulher. Gostaria de poder partir imediatamente, mandar selar o cavalo, correr num galope as três léguas que o separam de Itabuna, tomar um automóvel e, na madrugada, bater na porta da casa da amante. Pepe estará no cabaré, jogando. Dormiria feliz. Sabia de memória cada detalhe do corpo da amante e os relembrou um a um. Seu nervoso aumentava, agora andava de um lado para outro. O ruído da sentinela era como um insistente convite. O coronel Frederico entrou na sala, colocou a capa de borracha sobre o pijama, um velho chapéu na cabeça e partiu em direção à casa dos trabalhadores. Não tinha sono naquela noite.

O coronel Horácio da Silveira acordou com as primeiras chuvas. Seu sono era leve sono de velho. A cama antiga, já muito estragada, rangeu quando Horácio se levantou. Vestia camisolão como há trinta anos passados. Com flores bordadas no peito. Apenas seu corpo gigantesco era hoje curvado e esquelético, corpo cansado de ancião. A chuva entrava pela janela, molhava os lençóis, pingos caíam sobre Horácio. Seus olhos octogenários pouco enxergavam. Tateou em busca da bengala (castão de ouro, um fruto de cacau), apoiou-se nela, orientou-se pelo vento que entrava, andou para a janela. Lá fora era a luz difusa da madrugada. Os olhos do coronel Horácio da Silveira eram uma confusa neblina. Mas a chuva ele a sentia no rosto, boa como uma carícia, não precisava vê-la. Ia um silêncio pelas roças, cortado apenas pelo rumor da chuva e as quedas das folhas secas. Bem diante da janela do quarto do coronel se estendia uma roça de cacau. O vento corria entre as folhas, o coronel percebia e distinguia, um a um, todos os rumores, por mais vagos que fossem, que cortavam o silêncio da noite. Estava satisfeito como um gato a quem se acaricia. Engolia palavras murmuradas para si mesmo, sorria seu sorriso duro, desconfiado e amedrontador. A chuva o molhava, sentia coceiras pelo corpo, a mão rugosa indo do peito às pernas, as dores reumáticas voltando com o vento e a chuva. Sabia que estava só, os demais dormiam e ele podia gemer baixinho, em meio às palavras de alegria que resmungava. Reumatismo danado. Chegava com as chuvas, cortava o coronel Horácio de dores violentas. Mas que importa se a chuva cai, se os cacaueiros não perderão as flores recém-nascidas, se os frutos ficarão cor de ouro e a safra será grande, tão grande como nunca se viu?...

Há quem lamente nas cidades de Ilhéus e de Itabuna que o coronel Horácio da Silveira, o homem mais rico das terras do cacau, o senhor todo-poderoso da política, viva solitário na sua fazenda. Não tem quem cuide dele, não tem um amigo a seu lado, nem mulher, nem amante, nem seu próprio filho a quem não estima. "É uma triste velhice", dizem. As beatas, que sabem as histórias do tempo passado, acrescentam que o coronel está pagando pelos seus pecados que são muitos e grandes. Também antigamente, quando os homens rasgaram a terra com machados e foices, quando derrubaram outros homens na conquista das matas, também então já diziam coisas a respeito de Horácio. Agora falam com uma comiseração onde não falta certo ódio.

Têm pena, mas acham justo que ele esteja sozinho e abandonado, sofrendo. Horácio sabe o que dizem, como sabia, há trinta anos, das histórias que contavam nas sacristias e nos cabarés. Mas sabe também que não está sozinho. Está com seus cacaueiros, suas roças, os animais que nelas vivem, até com as cobras e as onças que restaram. Está no meio do seu mundo, é um pedaço dele, não está sozinho e triste. Se estivesse na maior cidade do mundo, de milhares de lâmpadas elétricas, com ruídos de música e mulheres belas, com amigos e conforto, o coronel estaria sozinho e triste porque estaria longe das roças de cacau.

Que importa que o reumatismo chegue com as chuvas? Que importa que ninguém esteja ao seu lado? Ele ouve, percebe, sente e conhece cada ruído das roças onde a chuva cai. Resmunga feliz enquanto a chuva amacia as rugas do seu rosto. Estende as mãos para que os pingos-d'água caiam sobre elas. A manhã vem chegando, os olhos cansados do coronel distinguem a claridade rompendo a neblina da madrugada. E distingue, uma a uma, as vozes dos pássaros que trinam, saudando a chuva nas roças de cacau.

8

— A CHUVA TÁ CAINDO, GENTES... — DISSE CAPI.

Correu todo o mundo para espiar. Ficaram olhando, não eram mais os aguaceiros da tarde, era aquela chuva esperada que se prolongava por dias e dias. Os aguaceiros anteriores, espaçados e incertos, não liquidavam a dúvida dos lavradores. Seriam apenas nuvens que o vento levaria consigo ou se afirmariam na chuva necessária para a safra?

Por sobre os cacaueiros, o capim, a terra vermelha, a chuva rolava. Chuva para muitos dias. Na casa-grande uma luz se acendeu.

— O coronel acordou... — disse Rita.

— Tá contente...

Dentro da casa pequena de trabalhadores o cadáver ficara só. Seria enterrado ali mesmo, pelas roças. Ranulfo era o mais endividado de todos os alugados. Devia os olhos da cara, o coronel não iria dar dinheiro para enterro no povoado. E não ia — agora que as chuvas tinham chegado — dispensar dois trabalhadores para levarem a rede com o morto. Se o dia seguinte fosse domingo eles podiam arranjar uma rede, uns cobres emprestados, e conduzir Ranulfo para um cemitério de cristão. No meio da semana, porém, era difícil... O morto ficou só, verde, os olhos esbugalhados da congestão. A garrafa de cachaça já está pelo meio.

Rita foi a primeira a voltar e espiou o morto. Era um bom sujeito aquele Ranulfo. Quando ela passava, voltando do rio ou das roças, ele ficava espiando com uns olhos de cachorro manso. Diziam à boca pequena pela fazenda que Ranulfo era amigado com uma égua, única fêmea que ele conhecia. Mas aquilo era comum entre os trabalhadores, desde pequenos se acostumavam a ter relações com animais: cabras, ovelhas, depois jumentas e éguas. Muitas ficavam viciadas, eram apontadas pelos maliciosos. O que tornava Ranulfo ridículo aos olhos vivos de

Rita, olhos que convidavam para o amor, olhos que viviam oferecendo a virgindade que a moça ainda conservava, era a lembrança da surra que ele levara. Um homem que tinha apanhado... É verdade que aquela mesma surra pusera fim às pretensões do capataz em relação a Rita. Ela se afastara de Tibúrcio, que lhe vinha arrastando a asa. Vira-o de chicote em punho, surrando Ranulfo. Um e outro perderam para ela. Um tinha apanhado de chicote, as costas marcadas, era como se o tivessem capado. E o outro batia num homem indefeso, amarrado num poste.

Quando ela largara Tibúrcio sozinho em meio ao capim na noite em que o capataz a tentou possuir, as coisas tornaram-se pretas para o seu lado. O capataz começara a perseguir seu pai e ela então se voltou para a casa-grande em busca de proteção. Mas dona Augusta dera de ter ciúmes e o coronel não reparava nela. Rita olha o morto. Esse Ranulfo, que nada significava para ela, atrapalhara sua vida... A vela ilumina os pés enormes do defunto. Com o calor da estufa a casca feita pelo visgo de cacau virou uma crosta, parece um sapato rudimentar. Também os pés de Rita têm aquela capa escura, mais escura que sua pele. Nos banhos de rio, muitas vezes ela tentou, com sabão de lavar roupa, tirar completamente aquele visgo. Não era possível. Cearenses que haviam estado nessas fazendas e que regressavam às suas terras, quando as notícias das chuvas permitiam, e que novas secas mais uma vez jogavam para Ilhéus, anos depois, diziam que o visgo de cacau mole nunca mais solta dos pés de quem o pisou. Rita senta no banco. Todos dizem que ela é bonita, alguns afirmam que é a moça mais bonita das roças de cacau. Talvez bonita seja exagero. Seu corpo é benfeito, esguio, corpo de cabrocha, mas o rosto não é belo, o nariz grande, os olhos miúdos e excitantes. Pés de homem que nunca calçaram os elegantes sapatos femininos, mãos crespas de calos do manejo do facão, pernas musculosas dos caminhos longos. Mas os seios eram duros, o ventre liso, as coxas roliças. Não era um trapo como as demais mulheres dos trabalhadores. Não era também um bicho do mato como as raras moças que não haviam se casado ou amigado. Gostava de passar papel vermelho nas faces, de esticar os cabelos mulatos. Era desejada em muitas léguas em redor e o demônio do desejo vivia em seu corpo também. Mas sabia se guardar, sabia, pelo visto e aprendido na vida da fazenda, de quanto valia uma mulher. E se defendia dos constantes assédios dos trabalhadores. Esperava casar com um capataz, com um pequeno lavrador, ou, quem sabe?, deitar com o coronel, possibilidade maravilhosa de casa no povoado, de uma vida melhor, sem trabalhar.

Os homens chegam molhados. O pai de Rita é um velho trabalhador há muitos anos viúvo, tropeiro da fazenda. Varapau e Capi fazem as honras da casa. Vieram alugados de toda a redondeza, trouxeram cachaça, o coronel mandou uma garrafa. O morto é um pretexto apenas, a sentinela é quase uma festa. Falam no terno, a notícia já se espalhou e só mesmo a chegada das chuvas era capaz de desviar as atenções daquele assunto tão importante.

Rita preparará as lanternas, e seu pai comprará papel de seda em Itabuna quando for levando a tropa. Já está certa a vinda de quatro moças que, com três meninas, formarão sete pastorinhas. Capi será o boi. Alguém emprestará o lençol de chitão, no campo há caveiras de vacas mortas. O Varapau será a caapora. Basta envolver seu corpo magro num pano qualquer, feito de sacos velhos de farinha.

— E os versos? — pergunta alguém.

Ninguém sabe os versos e esse problema puxa os olhos de todos para o cadáver. Morreu na estufa, estuporado. Ninguém sabe os versos. Capi sabe uns pedaços soltos, é muito pouco. Não há também orquestra, apenas dois violões. Mas Varapau está disposto a vencer todas as dificuldades. Arranjarão latas vazias de querosene, cantarão, no último caso, canções das roças de cacau. O importante é que o terno saia, ande pela fazenda e por fazendas vizinhas, se afaste o mais possível da casa-grande. Assim o Varapau poderá fugir e levará consigo o negro Florindo, se libertarão para sempre das fazendas de cacau. Florindo parece estar distante daquilo tudo, dividido entre a visão do morto, amedrontadora, criadora de fantasmas, e Rita de corpo desejado. Está sentado junto a ela e ninguém sabe beber cachaça como ele. Vira a garrafa em tragos enormes e sente que Rita o olha com admiração. Mas o cadáver o prende ali, talvez o negro seja o único que tenha um pouco de medo nesta noite de chuva. Medo dos olhos esbugalhados do morto, do verde de seu rosto impaludado, das unhas sujas de terra. A conversa rola sobre o terno, a garrafa de cachaça passa de mão em mão. A velha Celestina, no começo da noite, esteve ali e rezou estranhas orações. Depois foi embora, está velha demais, já não serve para uma sentinela completa. E ninguém, entre os presentes, sabe orações de defuntos... Possivelmente algum, talvez Capi, saiba o padre-nosso por inteiro. Mas as rezas bonitas de defunto, que animam uma sentinela, puxadas com voz sonora, ninguém as sabe, a não ser a velha Celestina. Quando ela era mais moça uma sentinela dava gosto. A velha puxava a reza, indicava a hora de beber cacha-

ça, impunha respeito. Quando ela morrer ainda será pior porque os cadáveres se enterrarão sem nenhuma oração. Atualmente ela ainda vem, arrastando-se pela estrada, de cajado e xale negro, murmura salve-rainhas embrulhadas, as mãos mágicas afastando do rosto do defunto os espíritos maus. E quando ela morrer?
"Terra ruim", pensa o negro Florindo. É por isso que ele vai embora com o Varapau. Terra onde um homem morre estuporado e não tem quem reze na sentinela pela sua salvação. A vela levanta fantasmas ante Florindo, a garrafa de cachaça afoga as mágoas. Rita está interessada na conversa do terno. Florindo espia suas pernas.
O Varapau descreve, agitado e persuasivo, a beleza que será o terno. "Uma soberbia", diz e todos esquecem o morto, Ranulfo magro e verde, os pensamentos no terno. Na cabeça do Varapau está uma ideia, vendo tanta gente ali: "Dava para um ensaio". Mas não fala com medo do morto, podia ser considerado um desrespeito. Se bem não fosse, até era como uma festa para Ranulfo. Ranulfo se entusiasmara com o terno, e se entusiasmara tanto que conversou naquele dia, deu palpites, ele que nunca falava, calado desde que apanhara. Por que não ensaiar o terno, ali junto a ele?, assim o pobre não seria enterrado sem ter visto o terno dançar. O Varapau examina os presentes, que irão dizer?
O violão de Capi está em cima do jirau. Com ele se arranjariam para esse ensaio. A garrafa de cachaça corre de mão em mão, virada aos tragos nas bocas sedentas. O negro Florindo é quem mais bebe, é o único que olha o morto, sua cor esverdeada do impaludismo. Tem mulheres e homens, um bom ensaio. O Varapau propõe, meio encabulado:
— E se a gente...
Voltaram-se para ele, Varapau era respeitado na fazenda, homem de iniciativa.
— O quê?
O negro Florindo está pensando que o Varapau quer é pedir ao coronel que deixe dois homens de folga no dia seguinte para levar o cadáver de Ranulfo para o povoado.
— ...se a gente fizesse um ensaio do terno?
— Agora? — o pai de Rita se assusta.
Houve um silêncio e todos olharam o morto, pareciam esperar que ele decidisse. Mas Ranulfo, estuporado, indiferente, não respondia.
Rita, a quem a ideia agradara, está ansiosa. Capi acha que aquilo é um desacato ao morto, é um pouco-caso. Sentinela é coisa séria. Deus

pode castigar depois. Florindo está tentado e está com medo. Pensava que o Varapau ia propor outra coisa: levarem o morto pro cemitério de manhãzinha, falar com o coronel, pedir folga pra dois... O terno é bonito, o ensaio é alegre, podia dançar com Rita, a bunda redonda. Ranulfo não liga, nunca ligou para as coisas em torno desde que apanhara. O Varapau explica:

— É por ele mesmo. Que adianta se não tem rezadeira, mulher que puxe oração? Não tem mesmo, tá aí jogado, feito coisa-ruim... Ele nunca falava, vivia curtindo a dor do chicote. Quem é que não sabe? Mas eu falei pra ele o negócio do terno, ele bem que riu, conversou, ficou que era outro... Não foi, Capi? Não foi, Florindo? Ficou que era outro... Até conversou, até discutiu, ele ia sair, já tava acertado. Não tem rezadeira, não tem oração, o ensaio é pra ele, assim vai alegre, vendo o ensaio... Não tem oração, a gente dá o ensaio pra ele, não é igual, mas o que é que tem?

Aquele Varapau sabia cada uma... Mulato treteiro, sabia falar, dizer as coisas, convencer.

— Ele até tá sorrindo, tá dizendo que sim...

Então Rita se levanta, estende os braços, quase grita:

— Antão vamo fazer...

— Gentes, vamo fazer...

— Capi, pega o violão...

Capi resmunga, nunca viu sentinela assim. Mas vai buscar a viola, pinica as cordas, afina o instrumento. Já todos se levantaram, só o negro Florindo olha Ranulfo abandonado, os pés enormes, um visgo feio saindo da boca. "Terra ruim."

E o ensaio começa, ali mesmo na sala, junto ao cadáver.

— Que é que a gente vai cantar?

Ninguém sabe canções de ternos, Capi sabe uns pedaços soltos, é muito pouco. Só cantando coisas dali, aqueles cantos tristes do trabalho.

— Canta, Florindo...

O negro começa:

Maneca morreu na estufa
na hora do sol se pôr...

Rita vai na frente, o Varapau dá explicações, a dança se desenvolve. Ali mesmo, junto ao cadáver que parece espiar, interessado.

— Não disse que ele ia gostá?
Capi soluça no violão, sentinela assim não havia no Ceará. Dançam todos, mulheres e homens, de repente formam duas filas horizontais e paralelas e dançam voltados para a cama onde está o cadáver. É como uma homenagem, é como a oração de defuntos que lhe falta, a que Celestina não rezou:

A estufa matou um,
estufa mais assassina,
Maneca morreu na estufa
foi cumprindo sua sina...

Sentinela assim Capi nunca tinha visto. Nem Varapau, nem Florindo, nem Rita também. Mas já não têm medo, estão cantando é para o morto, dançando pra ele, para que Ranulfo vá embora alegre, se esqueça da surra, só se lembre do terno. Rita segura a vela, antes nos pés do finado, agora na sua mão. "Lanterna", diz ela, "todo terno tem." Ranulfo não teve orações, mas agora tem canto, agora tem dança em sua homenagem. Sentinela bonita assim nunca viu, pensa Capi.

Os passos do coronel se aproximam. Cessam o canto e a dança, a vela volta aos pés de Ranulfo. Um silêncio respeitoso envolve Frederico Pinto. Senta-se no banco de madeira, oferece um lugar a Rita ao seu lado. E pergunta, interessado:
— Cadê Celestina?
— Já foi embora...
— Não tavam rezando?
Os alugados se entreolham, depois esperam que o Varapau responda. Só ele é capaz de explicar ao coronel:
— Não tá vendo que não tinha oração? Seu coronel, a gente ia enterrar ele que nem um bicho, um bicho do mato. O senhor sabe, ele era calado, dêsque...
Falou baixinho:
— ...dêsque apanhou...
Frederico espera o resto:
— Aí a gente se arresolveu... A gente vai fazer um terno.
— Um terno?
— Um terno de reis... Tá ensaiando pra ele ver, não enterrar triste, lembrando da surra...

Frederico fita o morto. Mandara bater pra dar exemplo. Frederico sente um distante remorso, uma vontade de explicar aos homens por que o fez. Não era por gosto, não era malvado. Pra dar exemplo:

— Pra que fugiu?

Concordaram com as cabeças.

— Pra que fugiu?

Que jeito ele tinha senão mandar surrar Ranulfo quando o prendera? Não era por gosto que o fazia. E quem fazia alguma coisa por gosto nas fazendas de cacau? Ai dele se passasse a mão na cabeça de todo aquele que fugisse pra não pagar a dívida no armazém. Não ficaria trabalhador, não haveria fazendeiro que se aguentasse. Tinha que manter o respeito. Era uma lei que não estava escrita mas existia de há muitos anos, todos a conheciam. E aquele que a rompia devia ser castigado para exemplo de todos. A culpa não era de Frederico.

Acomodou-se na ponta do banco, botou um pé em cima, olhou para o Varapau. Rita se aproximava dele, seu quente corpo de virgem.

— Fugiu porque quis, quem mandou?

Varapau aproveitou:

— Coronel, nós tava querendo...

Para Frederico qualquer conversa naquela hora era reconfortante.

— O quê?

Pensava saber o que eles iam pedir e estava disposto a conceder. Pediriam dinheiro para enterrar Ranulfo no povoado, dispensa de dois homens que levassem a rede com o cadáver. Não era muito dinheiro, mas os homens fariam falta nas roças, agora que as chuvas tinham chegado. Ainda assim concederia, era uma maneira de acertar suas contas com o morto.

— A gente tá querendo pedir...

— Já sei, Varapau. Vocês estão querendo enterrar Ranulfo no povoado... Como se a terra de lá fosse melhor que a daqui... Mas tá bem.

Florindo riu. O negro sabia que não era aquilo que o Varapau desejava. Queria ajuda pro terno de reis, isso sim. Ficaram sem ter o que dizer. Ninguém se lembrava do morto, os pensamentos no terno. Só o coronel e Florindo olhavam Ranulfo. Rita se encostou ainda mais. Frederico sentia seu corpo. O Varapau abriu os braços, parecia um espantalho para pássaros. Frederico não compreendia. Sua mão nervosa resvalou pela cintura de Rita, tocou as nádegas redondas. Então ela falou:

— É que a gente...

A onda de desejo subiu por dentro de Frederico. Tocava as carnes da cabrocha, recordava Lola Espínola. Florindo seguia a cena, estava ofendido como se fosse o dono de Rita. Muita coisa nessa noite ofendera o negro Florindo. "Terra ruim."

— O que é que há? — sorriu Frederico já de todo junto a Rita, sentindo o braço dela no seu braço, a coxa roliça junto à sua.

— Nós tava querendo uma ajuda pro terno de reis...

E todos esqueceram o enterro de Ranulfo, aproveitaram a boa vontade do coronel, explicaram. Rita se esforçava, sorria, Frederico quando falava tocava nela, nas carnes mornas. A chuva caía lá fora. Só Florindo olhava o morto abandonado, os pés enormes, a vela se extinguindo. Capi segura a viola na mão, sorri brandamente, Florindo gostaria de saber falar muito, como o Varapau, para se meter na conversa e discutir o enterro.

— Tá bem — dizia Frederico. — Eu ajudo... Mas só podem sair nas noites de festas, nos dias santos. Não quero malandro pelas roças...

Rita, contente, bateu com as mãos. A vela que iluminava o defunto se apagou.

— Cadê um fósforo, gentes?

Mesmo no escuro Capi dedilhou o violão. De quem foi a voz?

— Vamos ensaiar?

— É mesmo pro morto, pra ele ver, viajar alegre pras profundas...

— Tão bom, coitadinho, ele vai é pro céu...

— Não fale no morto que é pecado...

— Vamos ensaiar. Vosmicê deixa, coronel?

Frederico se aproveitava para beliscar os peitos de Rita, duros seios de virgem. A luz do fósforo iluminou o rosto de Florindo:

— Seu coronel, eu levo ele sozinho pro cemitério... Boto num saco... É só o dinheiro pra pagar o coveiro...

A vela voltou a iluminar os pés do morto. Frederico soltou Rita, novamente pensava na surra que Ranulfo levara. Não já dera licença pra o terno, não prometera dinheiro? Florindo estava de pé e não sorria. Estava triste, ninguém se lembrava do morto. Frederico levantou os olhos, fitou o negro, falou com a voz cansada como se houvesse saído de uma luta:

— Pode levar... Vão dois que é melhor...

"Eu é que não tenho culpa", pensava. Por que diabo não estava em Ilhéus, na cama com Lola, longe daquilo tudo? Varapau estava com medo...

— E o terno?

O coronel fez um gesto com a mão, de assentimento. Levantou-se, puxou as abas do chapéu que não tirara, saiu. A chuva rolava sobre as roças de cacau. O ensaio recomeçava em torno ao cadáver. Na curva da estrada, Rita o alcançou com uma desculpa tola. Estava se oferecendo, rindo, os dentes alvos à mostra. Frederico a afastou com a mão, seguiu seu caminho.

9
NA OUTRA NOITE A CHUVA CONTINUAVA,

VIOLENTA. DURANTE aquelas vinte e quatro horas, em alguns momentos chegara a fazer sol, por vezes a chuva se transformara em chuvisco. Mas eram rápidos momentos e logo recomeçava a chover grosso. Os ilheenses olhavam o céu e afirmavam que tinham chuva para muitos dias, uma daquelas chuvaradas de início de safra, que alagavam tudo, fazendo as estradas intransitáveis, derrubando casas nos morros e na Ilha das Cobras, arrastando, até às ruas da estrada de ferro e do porto, barro que descia da Conquista e do Unhão, mas que faziam também rebentarem em frutos as flores nos cacaueiros que já começavam a pecar ao sol. Não se ouvia senão bendições àquela chuva. De todas as bocas nas cidades de Ilhéus, de Itabuna, de Itapira, de Belmonte e Canavieiras, nos povoados, desde Guaraci ao Rio de Contas, nas fazendas e nas roças.

Aquela segunda noite de chuva foi iniciada com uma bênção às seis horas, rezada na matriz de São Jorge pelo bispo. Era um crepúsculo triste, as lâmpadas elétricas mal rompiam a chuva persistente. As velas ardiam nos altares, ardiam nos pés do santo guerreiro, que simbolizava tão bem aquela terra recém-chegada das lutas da conquista, ardiam em agradecimentos pela chuva que viera. A bênção era mandada rezar pela Associação Comercial de Ilhéus, em nome dos fazendeiros e exportadores. Agradeciam ao santo padroeiro a chuva que possibilitava a floração das roças, o amadurecimento dos frutos, como agradeceriam depois o sol que permitiria a secagem do cacau nas grandes barcaças. O bispo rezava suas frases latinas, as moças do colégio das freiras cantavam no coro da igreja, enquanto sóror Maria Teresa de Jesus tocava o órgão que a firma Zude, Irmão & Cia. oferecera à matriz. A concorrência de homens não era grande. Quase só mulheres enchiam a igreja, os coronéis e os exportadores contentavam-se com pagar a bênção. Andavam pelas fazendas ou pelas casas comerciais tratando dos negócios que a certeza da safra possibilitava.

O bispo elevou as mãos ao céu, lançou a bênção sobre as cabeças que se curvaram. Depois rogou pelo bem-estar do seu rebanho, pelas boas colheitas e pela elevação espiritual dos ilheenses. Sua voz grave atravessava a igreja, morria sob as abóbadas. O órgão fez-se novamente ouvir. Sob a chuva as velhas foram saindo, um ou outro homem também. Os jornais do dia seguinte noticiaram em primeira página a cerimônia. Essa bênção não foi, no entanto, a única festa religiosa desta noite.

Enquanto os coronéis e os exportadores acenderam velas no altar de são Jorge, negros do porto que carregavam navios, malandros que viviam das sobras do cacau, negras cozinheiras e pescadores, fizeram uma festa a Oxóssi, que é o são Jorge dos negros. Foi em Olivença, na ilha do Pontal, onde vivia Salu, o pai de santo.

Em torno eram os coqueiros que a chuva dobrava. Caíam cocos derrubados pelo vento forte que vinha do sul, se enterravam na areia. Em meio ao coqueiral ficava o terreiro de Salu, o candomblé de Olivença. Olivença era um resto de povoação, que fora quase totalmente destruída numa luta acontecida antes dos barulhos do Sequeiro Grande, no início do cacau, quando os partidos ganhavam as eleições na ponta dos clavinotes, naqueles anos tão longínquos, em que os ciganos dominaram durante três dias a cidade de Ilhéus. Diziam que, no chão da pequena capela, hoje carcomida, as paredes esburacadas, ainda se podiam ver vestígios das manchas de sangue dos dezoito cadáveres que ficaram ali, estendidos no fim do barulho. Olivença foi quase totalmente destruída e não se reergueu mais, cedeu seu lugar a Ilhéus. Ficava a poucos minutos do bairro do Pontal, meia hora a pé, seis minutos de automóvel. Naquela terra, onde tudo dava a impressão de crescimento, de progresso, de vida, Olivença era a decadência, a ruína, a morte. Viviam ali apenas pescadores que partiam para o mar nas jangadas afoitas. Havia duas ou três miseráveis casas de comércio, o vento entrava pelas janelas e pelos buracos daquelas que antes foram as melhores casas de toda a zona, quando Olivença, no tempo dos engenhos de açúcar, era o centro da vida dessa terra. Antes da chegada do cacau, quando a cana-de-açúcar era a verde lavoura de Ilhéus, quando os engenhos rudimentares eram a fortuna dos ricos. Agora os pescadores moravam nas casas abandonadas pelos donos, e dali dominavam a entrada da barra, e o lado do mar, as ondas enormes rebentando na praia de coqueiros. As jangadas descansavam sob a chuva, nas varandas das casas ficavam estendidas as redes de pesca. E nos fundos do povoado estava o candomblé de Salu, erguido em honra de Oxóssi, são Jorge, senhor dos Ilhéus e do cacau.

O candomblé de Oxóssi impedia que Olivença morresse de todo. Nos dias de festa (abril era o mês todo), os negros e mulatos de Ilhéus tomavam, pelas noites, o caminho de Olivença, vinham rezar ao santo. No 23 de abril, dia de São Jorge, se batia uma macumba que trazia gente até das fazendas distantes, as negras vestidas com suas roupas de festa, os negros com sapatos vermelhos e brancas calças engomadas. Na areia da praia, que era o único caminho, ficavam as marcas dos pés de dezenas de romeiros. E os atabaques ressoavam, eram ouvidos até no porto de Ilhéus quando soprava o noroeste. Também quando vinham as primeiras chuvas nos anos de ameaça de seca se fazia uma grande festa no candomblé de Oxóssi. Os ricos rezavam a são Jorge na matriz de Ilhéus, as mãos alvas do bispo levantadas na bênção da safra daquele ano. Os pobres rezavam a Oxóssi, são Jorge também, no candomblé de Salu, as mãos negras levantadas em agradecimento.

Na segunda noite de chuva, desde cedo, os atabaques bateram seu baticum, chamando os negros para a festa. Do porto de Ilhéus saíram canoas e canoas com mulatas e negras vestidas de festa, com negros do cais, marinheiros dos navios, malandros dos botequins. Pelas areias empapadas da chuva marchavam todos em direção a Olivença.

Vieram alguns brancos também, curiosos de assistirem à festa religiosa dos negros. Veio Rui Dantas que cortejava Lola e trouxe o casal de dançarinos interessado nos ritmos bárbaros. O advogado explica a Lola e a Pepe detalhes não muito justos dos mistérios africanos.

Rosa, amante de Martins e desejada do Varapau, veio também, é iaô do candomblé, dança em meio ao terreiro. Rodopia, seu corpo se dobra, suas nádegas sobem, avançam sobre os olhos dos presentes, não é uma mulher, são nádegas que rolam pela sala sobre os homens, as mulheres e os deuses, sobre os coqueiros e o mar. As canções nagôs e as músicas dos atabaques e agogôs são profundas como chamados de morte e de amor. Ninguém bebeu mas estão todos bêbados do baticum, o santo está com cada um deles, a dança agora é com os braços, braços como serpentes, em todos os cantos do terreiro, saindo do solo e do teto, das paredes e dos corpos. Pepe Espínola está interessado. Pensa no sucesso da estilização dessa dança nos palcos civilizados. Os braços que vão e vêm, que chegam e fogem, acompanhados pelo ruído das pulseiras das baianas. No corpo de Salu, Oxóssi cavalga pelo terreiro na noite de chuva. Foi

Oxóssi quem mandou a chuva para que não faltasse trabalho para seus filhos negros. E por isso lhe agradecem.

Oxóssi anuncia pela voz de Salu que nesse ano vai haver muito dinheiro, vai chegar até para os pobres. Não vai mais nascer cacau, vai nascer é ouro. Ah! Oxóssi é um santo bom, vai mandar ouro para todos eles, até para os pobres vai chegar!

Dançam pela noite que se adianta. Rui Dantas faz madrigais a Lola Espínola. A argentina sente no corpo o chamado da música. Não é como os tangos de toda a degradação. É música primitiva, de desejos sem desvios. Rosa baila, dançam todos pela noite que se adianta. Dança de braços, dança de nádegas. Rui Dantas faz propostas. Pepe está indiferente a tudo. Rosa num palco será um sucesso. A chuva cai com força.

Em Olivença os baticuns celebram a chegada das chuvas, as negras cantam e dançam em honra a Oxóssi, deus dos pobres do cacau. Se espalha pelo mar afora a música da macumba.

10

— AGORA — DISSE CARLOS ZUDE — VAMOS OUVIR UMA música de macumba... — e pôs o disco na vitrola.

Os atabaques ressoaram na sala iluminada do palacete dos Zude. Guni, a sueca, abriu-se num sorriso ante a música bárbara e religiosa. Era uma canção de Oxóssi que havia sido gravada em disco, baticum de atabaques nas macumbas, que ressoava agora na sala elegantíssima. Primeiro movimentaram os pés. Até Aldous Brown, o inglês frio e triste, sentia caminhar pelo seu corpo o chamado da música. Era bárbaro e primitivo, sem dúvida, mas era poderoso também. Guni moveu as nádegas magras e benfeitas, saiu movimentando o corpo em meneios sensuais, os olhos virados, parecia pedir homem, Julieta a acompanhou em seguida e nela a dança negra era mais natural, se bem fosse antes de tudo um convite para a posse e não a homenagem dos negros aos seus deuses africanos. Os brancos já lhes haviam tomado tudo, tomavam por fim da sua música religiosa para com ela acender os seus desejos. Os homens e as mulheres foram se incorporando ao cordão que dançava na sala, remexendo as nádegas, balançando com os seios, atirando as pernas. De passagem Julieta puxou o poeta Sérgio Moura pela mão e o trouxe também para a dança. As mãos do poeta descansavam sobre as ancas dela, subiam e baixavam acompanhando o movimento das nádegas. O sueco soltou um grito áspero, pensava que assim gritavam os negros nas macumbas. Os baticuns se aceleravam, os corpos na sala tentaram acompanhar o ritmo da música. Era uma "reunião escolhida". Os Zude só haviam convidado gente íntima para aquela festa de aniversário: o matrimônio sueco, Brown, dois engenheiros ingleses da estrada de ferro, o coronel Maneca Dantas que chegara naquele dia das fazendas e cuja amizade interessava muito a Carlos, a viúva Bastos, mocinha ainda, cujo marido morrera de febre, um jovem agrônomo da Estação Experimental de Cacau, afilhado de Carlos, o dr. Antônio Porto, um médico, a senhora (uma mulatinha bonita, filha de um dos fazendeiros mais ricos de Itabuna), e as duas irmãs. Schwartz, Reicher e a mulher, os Rauschning, com as esposas. Era um grupo quase só de estrangeiros, onde o coronel Maneca Dantas arregalava os olhos diante das conversas livres, das anedotas picantes que as senhoras contavam, dizendo cada coisa pelo seu nome. O poeta viera também e trouxera as orquídeas prometidas. Julieta pusera uma sobre o decote do vestido, em cima do seio, as outras estavam num vaso pendurado na parede.

Sérgio Moura chegara com certo receio. Não estava acostumado a essas festas de grã-finos, seja as dos grandes fazendeiros que levavam as famílias para o Clube Social de Ilhéus, seja as dos grandes exportadores, fechados, a música dos foxes durando até pela manhã, escandalizando as velhas que passavam para a missa das cinco. Como se sentisse tímido resolveu tomar uma atitude irônica e mordaz. Mas não demorou nessa atitude porque a verdade é que o poeta foi o *clou* da festa. Julieta o apresentava:

— Aqui o nosssa grande poeta...

Os homens quase todos o conheciam, as mulheres foram amabilíssimas. Sérgio teve a surpresa de saber que a sueca era uma grande admiradora sua, conhecia os seus poemas populares, não o largou durante todo o princípio da festa. Só o soltou porque Julieta veio buscá-lo para lhe dar um coquetel. De começo estavam todos um pouco calados. Carlos conversava com Rauschning e com Schwartz sobre a safra e a alta. Os demais estavam espalhados pela sala, trocavam palavras. Guni queria que Sérgio lhe contasse coisas dos negros, de feitiçaria, de macumbas. Ria risinhos histéricos, batia as mãos com entusiasmo, só faltava comer o poeta com os olhos. Mulheres foram se chegando e ouviram as explicações de Sérgio, os olhos em gozo, excitadas. Sérgio punha propositadas notas picantes, também ele sentia uma estranha excitação que vinha do ambiente desconhecido. Noutra roda o jovem agrônomo fazia sucesso lendo a mão das mulheres, adivinhando o futuro, o presente e o passado. Lia a mão de Julieta, a quem chamava de madrinha, sem procurar esconder o interesse que ela lhe despertava. Mas Carlos Zude não o considerava sequer perigoso. Era demasiado jovem e demasiado simples para interessar uma mulher como a sua. Via que Julieta não lhe dava importância e que tinha uma ruga de aborrecimento em cima do lábio. O agrônomo predizia amores para Julieta, com um cinismo que perturbava Maneca Dantas:

— Madrinha, tenho pena do padrinho...

A esposa do dr. Antônio Porto, tabaroa de repente jogada naquele ambiente e que rapidamente adquirira todos e somente os defeitos daquela gente, pediu:

— Diga tudo... Não esconda nada, doutor!

O agrônomo pedia permissão a Julieta:

— Posso dizer, madrinha?

— Diga...

Maneca Dantas espichou as orelhas. O agrônomo modulou:

— Vejo um grande caso de amor...

Riram em torno. A esposa do dr. Antônio pedia detalhes:

— Como é ele?

— Jovem, bem-posto, intelectual, fino... — o agrônomo pensava que estava se descrevendo, Julieta via direitinho o poeta Sérgio Moura.

— É? — perguntou alguém.

— Coitado do padrinho... — repetiu o agrônomo.

Depois leu outras mãos, Julieta foi em busca de Sérgio, os criados serviam as bebidas. Era um requinte dos Zude: tinham criados que vestiam uma espécie de colete, à maneira dos criados ingleses. Depois das bebidas o ambiente animou-se muito. Sérgio começou a notar os namoros entre as mulheres casadas. Reicher e a esposa do dr. Antônio Porto trocavam sinais às escondidas, no canto ele lhe tomou da mão. Guni se aproximou de Sérgio quando Carlos começou a colocar discos na grande vitrola:

— Não dança?

Saíram dançando. Guni se apertava nele, os seios pequenos tocando no seu peito, o rosto no rosto. Numa das voltas Sérgio notou o olhar ciumento de Julieta e sentiu-se alegre. Quando terminou o fox, se dirigiu a ela. Mas a encontrou fria e teve que gastar palavras, dizer galanteios para ela sorrir. Quando tocaram outro fox saiu dançando com ela. O agrônomo os olhava e parecia compreender. Foi por isso que resolveu se atirar em cima de Guni. Antes porém murmurou a Aldous Brown: "Madrinha está escandalosa com esse tal poetastro". Sérgio ia enlevado na dança, não falava, de quando em quando o cabelo de Julieta roçava seu rosto. Gostaria de poder beijá-la naquela hora. Pela sala, a conversa, os namoros, as discussões continuavam. Schwartz, que não dançava, discutia com Reicher sobre o cacau, e sobre política. Reicher era judeu, filho de emigrantes da Bessarábia, atacava o nazismo que Schwartz defendia com força. O agrônomo andava de mulher em mulher, terminou por se demorar na gorda esposa do mais velho dos Rauschning, que ria das pilhérias sem graça, um riso também sem graça. Tinha grandes anéis de brilhantes nos dedos gordos e pequenos. Aldous bocejava sobre a viúva Bastos, na cidade diziam que eram amantes. Maneca Dantas bebia e se escandalizava. O cabelo branco caía-lhe pela testa, nesse momento ele pensava no filho que estaria no cabaré ou jogando na casa de Pepe Espínola. Maneca Dantas se sentia abandonado ali, solitário, no meio que não era o dele. Só conversou mesmo, bastante, certa hora, quando contou a Guni os barulhos do Sequeiro Grande. A sueca quase desmaiou com os detalhes.

Quando já estavam todos bastante bebidos foi que Carlos tocou a macumba. Parecia uma casa de loucos. Só Carlos, parado ao lado da vitrola, e Maneca Dantas, de olhos arregalados, não tomavam parte naquela macumba de grã-finos, onde, sob a capa de dançar uma dança religiosa, deixavam que explodissem todos os desejos recalcados. Iam uns atrás dos outros, as mãos nas cinturas dos que iam na frente. As mãos de Sérgio de quando em vez escorregavam, alisavam as nádegas de Julieta. Por vezes o cordão se comprimia, Julieta se encostava no corpo dele, encostava bem, se apertava. De repente todos se largavam, dançavam isolados, frente a frente. Julieta fitava-o nos olhos, depois apertou os beiços com os dentes num gesto duro de desejo. Pulavam como selvagens, o agrônomo dava saltos, Aldous também. Carlos Zude olhava com seus olhos sem expressão, Maneca Dantas nunca tinha visto nada igual.

Depois a senhora do Antônio Porto perguntou se eles conheciam o "jogo dos noivos". Disseram que não, mas pelo menos Julieta e o agrônomo estavam mentindo. Resolveram jogá-lo. A sra. Porto comandava. Maneca Dantas quis se recusar, ela não admitiu. Entraram os homens e mulheres para uma sala, ficou na outra sozinha a mulher do médico.

Chamou a esposa do Rauschning mais moço e Carlos. Explicou: "Aqui é a sala de uma casa da qual saiu toda a gente: pais, irmãos, empregados. Ficaram somente a filha e o noivo. Estão sentados no sofá" (e fê-los sentar). Depois perguntou aos que estavam sentados:
— Como acha que eles ficariam?
Ficaram com as mãos nas mãos. Chamaram uma mulher, nova explicação, ela encostou a cabeça dos dois, os aproximou um do outro. Coube-lhe então substituir a sra. Rauschning ao lado de Carlos. Veio um homem, ouviu a explicação, colocou Carlos beijando os cabelos da mulher. Substituiu-o. E assim vieram um por um. Quando chegou a vez de Maneca Dantas ele teve que sustentar no colo a Guni, que sorria trepada sobre suas pernas. Sua carne de macho velho tremia. Quando se levantou, substituído por Sérgio, suas pernas estavam moles e suadas. Sérgio teve Guni em seu colo, a excitação o dominava. Veio Julieta e passou a mão de Guni sobre o pescoço de Sérgio, encostou cara com cara, ela sabia que devia substituir a outra. E quando a substituiu e enquanto esperavam que chegasse Reicher para fazer novas modificações, ela ficou coçando devagarinho o pescoço dele. Os lábios de Sérgio afloravam o rosto de Julieta. Em torno todos riam, todos achavam deliciosa a brincadeira. Carlos agora tinha o olhar soturno, propunha que dançassem, achava o jogo besta.

A festa durou até pela manhã. Na sala fechada em vidros foscos não sentiam a chuva lá fora. Guni dançava uma dança escandalosa, suspendendo a saia. Aldous tinha uma marca de batom no rosto, faltava batom nos lábios da viúva Bastos. Carlos renovava discos na vitrola, o agrônomo gastava as mesmas pilhérias tolas, tinha êxito junto à senhora de Rauschning. Julieta e Sérgio conversavam no sofá. Ela lhe telefonaria no dia seguinte.

Sérgio saiu com Maneca Dantas. A festa da alta sociedade abalara velhos conceitos do coronel sobre a família. Ele já lera, não sabe onde, umas coisas sobre a crise que pesa sobre a família, o perigo de dissolução. Ouvira também o sermão do bispo sobre o assunto, sermão muito eloquente. Mas hoje ele vira. Estava assombrado e resumia o seu assombro numa frase:
— É o fim do mundo, seu Sérgio, é o fim do mundo!
— E vai acabar com um novo dilúvio, coronel. É só ver essa chuva...
Mas o coronel Maneca Dantas falava era sério, sua voz espantada, seus olhos ainda arregalados com o que tinha visto:
— É o fim do mundo...

A ALTA

1

A ALTA DUROU TRÊS ANOS. COMEÇOU INES-PERADAMENTE, após a chegada das chuvas, parecia ter sido trazida no bojo das nuvens negras que encheram os céus da cidade e dos campos naquele fim de ano. Foram três anos durante os quais Ilhéus e a zona do cacau nadaram em ouro. "Dinheiro perdeu a importância", costumava dizer o coronel Maneca Dantas tempos depois. Ilhéus e a zona do cacau nadaram em ouro, se banharam em champanhe, dormiram com francesas chegadas do Rio de Janeiro. No Trianon, o mais chique dos cabarés da cidade, o já citado coronel Maneca Dantas acendia charutos com notas de quinhentos mil-réis, repetindo o gesto de todos os fazendeiros ricos do país nas altas anteriores do café, da borracha, do algodão e do açúcar. As prostitutas — mesmo as mais gastas e mais decadentes — ganhavam colares e anéis, os navios traziam para Ilhéus, Itabuna e Itapira, para o porto de Canavieiras, para Belmonte e Rio de Contas, os mais estranhos carregamentos: *jazz-bands* e perfumes caros, cabeleireiros e massagistas, jardineiros, agrônomos e mudas de frutas europeias para os pomares, aventureiros e automóveis de luxo. Foi espetacular, parecia um cortejo de festa carnavalesca.

No início das chuvas que salvaram o temporão daquele ano, a alta teve princípio. O capitão João Magalhães ganhou fama de homem de visão porque, segundo várias pessoas que haviam sido suas companheiras numa viagem de ônibus, o capitão previra a alta antes que qualquer outro. De há muitos anos que o cacau, como nos melancólicos dias de hoje, vinha se mantendo numa média de catorze a quinze mil-réis a arroba, num máximo de dezenove, nos anos de grande preço. E já era assim uma excelente lavoura, deixava lucros apreciáveis, enriquecia os coronéis. De súbito começou a subir vertiginosamente. Em verdade ninguém procurou, no primeiro momento, explicar as causas da alta inesperada. Somente uns meses depois os comunistas lançariam seus primeiros volantes denunciando o movimento dos exportadores de cacau. Nos meses iniciais houve um assombro logo superado pela avidez de negócios. De dezenove mil-réis, a arroba de cacau superior subiu, em um mês, a vinte e oito mil e quinhentos — cacau a entregar. Foi aos trinta, dois meses depois. Havia uma febre de lucros em cada olhar, começaram os navios a trazer novidades para o porto de Ilhéus. A estiva não tinha mãos a medir no trabalho. No meio do ano, novamente o cacau arrancou, impetuoso, e no fim da safra já era vendido a trinta e cinco mil-réis a arroba. "Há dinheiro sobrando", dizia o dr. Rui Dantas no bar, ante o copo de gim. Sua vida, como a de todos os demais habitantes da zona, sofrera bruscas transformações com a vinda da alta. Quando a arroba de cacau deu trinta e cinco mil-réis todo mundo acreditava que a alta havia atingido seu máximo. O preço do cacau não subiria mais. Apenas Joaquim e seus camaradas sabiam que aquilo era o início de uma aventura econômica que não ia mudar apenas a vida de alguns homens mas que ia transformar a zona inteira, toda a paisagem do cacau. A nova safra trouxe novas surpresas: o cacau chegou a quarenta e dois mil-réis. Com o tempo alcançou os cinquenta, cinquenta e dois foi seu preço máximo. Nessa ocasião, era o princípio do terceiro ano da alta, já ninguém se surpreendeu. Tudo era possível naquelas terras miraculosas. No último ano o preço do cacau não caiu de quarenta e oito mil-réis em nenhum momento. E dava a impressão que jamais cairia. Depois tudo foi muito rápido e chegou o tempo daqueles que o poeta Sérgio Moura chamaria de "os milionários mendigos".

Existe uma fotografia do porto de Ilhéus, ainda hoje publicada pelos jornais da capital quando noticiam um fato importante da Rainha do Sul, fotografia obtida durante a alta. Foi tomada do cimo do morro da Conquista e pode-se ver oito navios de vários tipos e tamanhos abarrotando o porto pequeno, quase que uns em cima dos outros, três aviões pousados, lanchas, saveiros e veleiros. Vê-se também a multidão que formiga em caminho do cais, nas ruas próximas. Era talvez um dia excepcional, mas toda a alta foi excepcional, como uma longa e estranha festa. Foi nesses anos que a prefeitura se preocupou seriamente com o velho problema do porto, pensando na construção de um novo cais, na parte da cidade em frente ao mar, libertando-a do porto pequeno e da barra difícil e perigosa.

Mesmo porque foi durante a alta do cacau que ocorreu o desastre do *Itacaré*, iate de passageiros que naufragou na entrada da barra, numa manhã de temporal, com grande número de mortos. Vinha superlotado como qualquer dos navios que entrava neste porto mágico nos tempos esplendorosos do cacau a cinquenta mil-réis. Trazia um jazz, trazia prostitutas, coronéis, estudantes e doutores. Trazia imigrantes também, o jazz tocava antes do naufrágio. Fizeram abcs sobre o desastre, havia um que cantava:

A 23 de agosto
às nove horas do dia,
encheu de luto e desgosto,
a notícia que corria.
e se afirma que é
naufragado o Itacaré
destinado da Bahia.

O acontecimento comoveu e horrorizou Ilhéus. Como negar, porém, sem faltar à verdade, que as proporções do drama orgulharam também aos habitantes, que começavam a se acostumar a ver em grande todas as coisas de Ilhéus: as fortunas, os escândalos, as construções, os caixixes, as festas, agora os desastres também? Era um mês sem notícias sensacionais para os diários e não só os jornais da Bahia, como também os mais importantes do sul, os do Rio e de São Paulo, deram muito destaque ao acontecimento, um deles enviou inclusive um repórter de avião que andou conversando com os náufragos e batendo fotografias. O abc diz que o dia do naufrágio "foi um dia feriado" em Ilhéus.

Já esse repórter, nas várias crônicas que escreveu, notou a agitação comercial, a excitação que ia pela cidade e pela zona de cacau. O naufrágio do *Itacaré* não conseguiu dissipar a alegria nervosa que possuía os habitantes como uma febrícula até então desconhecida. Nem o naufrágio do *Itacaré* nem os escândalos posteriores que abalaram a cidade, sucessivamente, no decorrer da alta.

Alguns anos depois, quando os negócios se normalizaram, quando Ilhéus mais uma vez se levantou em preços equilibrados de cacau, após a grande alta e a grande baixa, um professor estrangeiro de universidade que andava fazendo um inquérito econômico pelo nordeste do Brasil (publicou depois um livro no seu país de origem), passou uns dias na zona cacaueira, estudando-lhe as características. Tinha sido recomendado a um comerciante local por um amigo comum de São Paulo. Começavam então a cicatrizar as feridas abertas na vida da cidade e dos municípios vizinhos pela baixa espantosa, recém-terminada. Mas ninguém culpava a baixa. Todos culpavam a alta.

O professor estrangeiro, de óculos de aro e com um ar de menino precocemente crescido, voltou-se para o comerciante que lhe servia de cicerone e que lhe parecia bem informado, numa avidez de dados estatísticos, de detalhes econômicos, de números, puxou um caderninho para notas, um lápis, era num bar, perguntou:

— Que fatos caracterizaram aqui a alta do cacau? — Seu português, estudado em gramática antes de embarcar, era duro e metálico, contrastava com seu ar de menino ingênuo.

O informante pensou um pouco, não tardou em responder:

— Os escândalos... Ah!, seu doutor, foi cada escândalo de fazer medo... Nunca se viu tantos e tão seguidos... Os homens parecia que tinham perdido a cabeça, as mulheres também. Responsabilidade de família se acabou. Foi pai brigando com filho, marido com mulher, nora com sogro... Andou mulher nua — nuinha, seu doutor, pode acreditar! — por essas ruas. Homem direito largou a família atrás de mulher-dama... Foi moda mulher casada ter amante...

O professor de economia da universidade estrangeira abriu a boca, num jeito meio pateta. O informante soltou os braços, ainda estava impressionado com as recordações daqueles anos:

— Nunca pensei de ver tantas coisas e, se me contassem, eu dizia que era mentira. Mas vi com estes olhos que a terra há de comer... Coisa horrível, seu doutor, coisa horrível...

Resumia tudo numa palavra difícil, com a qual pretendia mostrar ao professor estrangeiro que não era nenhum ignorante como ele poderia pensar:

— Um pandemônio, seu doutor, um pandemônio...

O professor arregalava os olhos sob os óculos, parecia uma criança espantada. Não conseguiu um só número do comerciante, mas ouviu, durante toda a noite longa de uísque, as mais espantosas histórias que um professor de economia jamais ouvira.

Houve, com a alta, uma febre de construção não só em Ilhéus, como em Itabuna, em Pirangi, em Palestina e em Guaraci, nas cidades e nos povoados. Terreno passou a valer uma fortuna, mais caro só mesmo no Rio de Janeiro. O coronel Maneca Dantas enterrou quinhentos contos de réis na construção de um palacete em Ilhéus, presente para a velhice de dona Auricídia, que na baixa vendeu por cento e vinte a muito custo. Ruas novas foram abertas. Em Itabuna surgiu uma pequena estação de rádio, com alto-falantes nas praças. Não tardou a surgir outra em Ilhéus.

Havia uma crescente rivalidade entre as duas cidades, que se traduzia nos jornais, nos times de futebol e nas festas de fim de ano.

Os coronéis se encontraram, de repente, com maços de dinheiro na mão e não sabiam que fazer dele. Haviam passado toda a vida conquistando e plantando terra, comprando roças, colhendo cacau, empregando nas despesas das casas, nos estudos dos filhos e nas fazendas, os lucros das safras. Agora o dinheiro sobrava. E como não havia mais terra para conquistar — muito menos para comprar — os coronéis não sabiam o que fazer do dinheiro. Jogavam nos cabarés, roleta, bacará, campista, mas, como isso não bastasse, jogaram na bolsa. Era um jogo excitante e eles jogaram muito, com aquela impávida coragem que sempre lhes fora característica e com uma impávida ignorância também. Não entendiam nada daquele jogo mas o encontraram digno deles e da época que atravessavam.

A valorização das fazendas de cacau foi muito além do que o mais velho dos Rauschning imaginara. Não quadruplicou o valor das roças como ele previra: multiplicou-se por dez. Quem tinha terras nem queria ouvir falar em vender. As propostas de compra chegavam de todas as partes. Vinha gente do sul e do norte em busca de fazenda de cacau para adquirir. Quando o dr. Antônio Porto teve que vender suas roças para ir para o sul, ante o escândalo pavoroso que dera sua mulher, saindo de casa atrás do amante, meio nua nas ruas de Ilhéus, em pleno meio-dia afarista, encontrou ofertas impressionantes. Pagaram-lhe uma fortuna para cada metro quadrado de terra plantada de cacau, mas não se sabe de outra venda de roças realizada durante a alta. Cacau era mesmo que ouro, a melhor lavoura que se podia desejar, o melhor emprego de capital. Os grapiúnas o diziam com muito orgulho.

Se já antes era grande o número de fisionomias desconhecidas nas ruas de Ilhéus, com a alta uma multidão veio de todas as partes para a zona cacaueira. Gente em busca de trabalho e de fortuna e aventureiros que apenas queriam explorar aquele momento. Foi nessa época que os bairros de prostituição de Aracaju, da Bahia e do Recife se despovoaram, os navios e os iates chegavam repletos de mulheres — brancas, morenas e mulatas, estrangeiras e nacionais — ávidas de dinheiro, desembarcando nas pontes já de sorriso escancarado, bebendo champanhe à noite nos cabarés, ajudando os coronéis nas bancas de roleta.

Cinco cabarés enchiam de ruídos as noites sem sono de Ilhéus. O Trianon, num primeiro andar próximo ao mar, era cabaré luxuoso, de jogatina desenfreada, onde quase só os coronéis e os exportadores tinham entrada, onde faziam ponto as rameiras mais caras, as francesas e as polacas chegadas do Rio de Janeiro, dispostas a ensinar os vícios mais refinados aos fazendeiros generosos. O Bataclã era mais democrático. É verdade que ainda ali predominavam os coronéis, lotando os salões de jogos. Era na rua do Unhão, diante do porto. Nos salões de dança, porém, se encontravam estudantes em férias, comerciantes que iniciavam a vida, empregados nos escritórios das casas comerciais. Era um antigo cabaré e foi o único a resistir à baixa, continuando sua vida através dos tempos. No El-Dorado se reuniam, nas noites de farra, os empregados no comércio. Era alegre e quase familiar na sua modéstia de cerveja e mulheres dali mesmo. O Far-West, na rua do Sapo, atraía os capatazes chegados das fazendas, pequenos lavradores, estivadores e gente do mar. O proprietário bancava ronda com baralhos sebosos numa sala dos fundos. Por vezes havia barulhos, a polícia intervinha. Chegou a ser fechado mas logo o reabriram. No Far-West dominava Rita Tanajura, de nádegas imensas, que cantava sambas e dançava em cima de uma mesa. Era apresentada por um magro e efeminado *cabaretier* como a "grande vedeta do samba", apesar de ser aquele o primeiro lugar onde exercia tal profissão. Chegara a Ilhéus como cozinheira de uma família rica. Um dia, um capataz bêbado e apaixonado deu-lhe um tiro nas nádegas que o tentavam. No Bataclã brilhava também uma mulher célebre e era Agripina, magra e viciosa, que assassinava tangos e apaixonava estudantes românticos. Puseram-lhe o apelido de "vampireza", devido a seu olhar entornado, e um estudante escreveu e dedicou-lhe um soneto de amor. A gente mais pobre frequentava o Retiro, um sórdido cabaré na beira do cais, onde cerveja era luxo. Iam operários, trabalhadores do campo que baixavam à cidade, malandros, vagabundos e ladrões. Havia um cego que tocava flauta e de quando em vez um frequentador tocava violão. Houve um tempo em que moços grã-finos, estudantes ricos em férias, deram de frequentar o Retiro em busca de pitoresco. Em verdade isso só se deu quando Rosa, abandonada por Martins, estreou ali como garçonete. Iam por ela que era incrível beleza na sordidez do cabaré paupérrimo.

Do Trianon, nos dias de grande bebedeira, quando Karbanks se encontrava na cidade e animava tudo com sua presença, saía o Terno do Ipicilone, a mais extravagante de quantas coisas foram inventadas na alta do cacau na cidade de São Jorge dos Ilhéus. Consistia em que, pela madrugada, quando a cidade dormia, homens e mulheres, embriagados, arrancavam saias e calças, e, seminus, marchavam do cabaré para as ruas de rameiras, cantando a canção oficial do terno:

Eu não vou na sua casa,
porque você não vem na minha.
Você tem taioba grande,
engole minha tainha.

Acordavam as solteironas de sono leve, e mesmo, algumas vezes, escandalizavam beatas que se dirigiam para a missa das cinco. Elas levavam até o senhor bispo os ecos daqueles horrores. E o bispo e os padres reclamavam dos púlpitos contra a má vida dos ilheenses em palavras candentes, das quais surgia a promessa do fogo do inferno para aqueles escandalosos. Mas as obras da nova catedral ganharam impulso com a alta, as torres se elevando para o céu, um horror de arquitetura, os ilheenses afirmando que seria a mais grandiosa igreja do sul do estado.

Com a alta frutificaram também os centros espíritas que, dos cantos de rua, se precipitaram sobre o centro civilizado da cidade numa cadeia de sessões. Chegavam médiuns afamados nos navios, videntes e milagrosos. Os coronéis quando não estavam nos cabarés, é porque estavam nas sessões. Iam pedir conselhos aos espíritos sobre o jogo da bolsa. Também cresceu muito a influência do partido fascista — os integralistas — cujos chefes iniciaram uma grande campanha financeira. Faziam desfiles, vestidos de camisas verdes, anunciavam o fim da liberal-democracia.

A prefeitura construiu um grande estádio (a imprensa dizia, como o fizera de referência ao ginásio, que "era o melhor do norte do país"), onde os times de Itabuna vinham disputar ardorosas partidas de futebol. Abriu e calçou ruas novas, derrubando o que restava dos coqueirais ao longo da costa. Do Rio de Janeiro chegavam intelectuais que realizavam conferências. Alguém os apelidou de "caixeiros-viajantes da cultura", saudando um deles e querendo se referir ao número incrível de caixeiros-viajantes dos mais diversos produtos que aportavam em Ilhéus. Vinham em cada navio, traziam de tudo e de tudo conseguiam vender. Dinheiro havia, era preciso descobrir em que gastá-lo. Os aviões saíam cheios e chegavam cheios. Os navios também. Surgiam médicos e advogados, varavam para os povoados mais longínquos. As estradas de rodagem penetravam cada vez mais longe e os rápidos ônibus subiam e desciam repletos. Levavam sírios de mala às costas, mascates pelas estradas, futuros comerciantes nos povoados. Nasciam fortunas, os coronéis prodigavam dinheiro. Viam de repente o resultado de tudo que haviam feito trinta anos antes, nos tempos da conquista da terra. Valera a pena o sacrifício, as mortes, o sangue derramado. A terra conquistada dava frutos de ouro.

Quando, um dia, o poeta Sérgio Moura quis caracterizar os anos da alta, disse a seguinte frase:

— Foi tão espantoso que até duas livrarias abriram em Ilhéus!...

2

OS ESCÂNDALOS DE QUE FALAVA O COMERCIANTE AO PROFESSOR de universidade estrangeira começaram com o "pulo dos nove" que Pepe Espínola aplicou no coronel Frederico Pinto, logo no início da alta. Havia um negócio de cabaré em perspectiva, uma sociedade para fundação do Trianon e Pepe necessitava de dinheiro. O argentino enxergava a possibilidade de se encher de dinheiro para o resto da vida. Era incrível como sonhava cada vez mais com uma tranquila casa (imaginava-a igual à dos pais) num bairro afastado de Buenos Aires. Chacarita, talvez. Uma casa de velho solteirão, renda no banco para os gastos, e a sua cidade que já lhe parecia perdida. Seus tangos, seus teatros, seus cabarés, as muitas luzes das ruas, tudo aquilo que estava para trás e o chamava. Naquele negócio de um cabaré chique, fechado, com jogo e champanhe, mulheres vindas do Rio, estaria talvez a realização do sonho medroso de tão difícil.

Nesse negócio é que foram enterrados os vinte contos que o coronel Frederico Pinto entregou a Pepe para lhe financiar a viagem de volta à Argentina, e toda a cidade de Ilhéus se divertiu com o caso.

Pepe deixou Rui Dantas no Bataclã, por volta das onze horas, e se dirigiu para casa. Na hora do jantar ele avisara que só voltaria pela manhã. O coronel Frederico Pinto comia com eles, elogiava o peixe, preludiava a noite de amor nos braços de Lola. Conheciam os hábitos notívagos de Pepe, dos quais, no início daquela comédia, Lola se queixava amargamente entre soluços fáceis: quando saía para o cabaré só voltava pela madrugada alta. Não precisava avisar. O coronel se meteu na cama com a amante, descansado da vida. Nem notou a melancólica excitação de Lola, certa vergonha que a fazia desviar os olhos.

Quando Pepe entrou, inesperadamente, o coronel ficou nervoso.

Não era medo, Frederico era homem provado em barulhos, acostumado a se ver em tiroteios onde o sangue corria. Não lhe passava sequer pela cabeça que aquilo pudesse ser uma representação. Quando viu a fúria e o desespero de Pepe caiu num nervoso de dar lástima. Pepe sabia que não era medo. Era vergonha do marido traído, certo remorso, certa tristeza também. Pepe sabia igualmente que não adiantava querer amedrontar o coronel. Se o tentasse botaria tudo a perder pois Frederico reagiria. Por isso se decidiu pelo patético, estudara longamente a cena. Abriu a porta do quarto, fitou os dois, tapou a cara com as mãos:

— *Me dijeron, pero no creí... ¡No creí!*

Era um grito lancinante, um soluço enchendo o quarto, o coronel o sentiu no peito, estava envergonhado. Pepe deixou-se cair numa cadeira, procurava falar em português, magoado, queixando-se:

— Coronel, nunca esperei isso de *usted*... Confiava em *usted* como em *mi madre*... Nunca *lo esperé*... *Ni de usted ni de ella*...

Frederico olhou, Pepe tinha lágrimas nos olhos, era um ser aniquilado. O coronel Frederico Pinto sentia-se humilhado com o que fizera, não sabia que dizer. Seu desejo era consolar Pepe, sentiu que o estimava. O argentino continuava:

— *Creía que ella me quería... Y usted era mi amigo... Nunca lo esperé...*

Voltou-se para Lola, uma súbita revolta na voz:

— *¡Miserable!*

Só então o coronel falou e foi para dizer que Lola não tinha culpa. Levantou-se da cama, pequeno e nervoso, era cômico, nu em meio ao quarto, defendendo a mulher. Pepe tinha ganas de rir às gargalhadas enquanto deixava que as lágrimas escorressem pelos olhos. Lola se escondera entre as cobertas e Pepe imaginava que era o riso a custo controlado que fazia levantar os lençóis no peito da amante. O coronel Frederico Pinto estava muito emocionado e tremia. Pepe arrancava lágrimas de desejo de rir.

Chegaram a um acordo com facilidade. O coronel daria vinte contos para que eles pudessem voltar para a Argentina ("essas viagens para o estrangeiro são muito caras", explicara Pepe) e recomeçar a vida. Principalmente para que ele não a abandonasse, como prometera fazê-lo.

— *Es lo que yo debía de hacer, coronel... No lo hago por usted...*

— Foi uma loucura de nós dois... — explicava Frederico.

No outro dia Pepe teria o dinheiro. O coronel mudou a roupa na vista de Pepe, muito envergonhado, marcara um encontro para o dia seguinte

no bar. Frederico ainda se desculpava, "tinha perdido a cabeça". Pepe limpava os olhos. Sob os lençóis, Lola arfava, um pedaço nu de coxa aparecia. Da porta do quarto o coronel ainda olhou, ainda viu os pedaços brancos de carne. Balançou a cabeça com tristeza, saiu. Bateu a porta da rua, seus passos se perderam na distância. Pepe deitou na cama, estirou os braços:
— *Estoy cansado...*
Mas se soergueu porque agora os soluços de Lola eram altos, o rosto ainda tapado pelo lençol. Pepe a descobriu:
— *¿Qué pasa? ¿Qué hay?*
A voz de Lola vinha através dos soluços estrangulados:
— *Esto me quiso, Pepe, me quiso...*
— *Todos te han querido, tonta...*
— *No. Este me quiso de verdad. ¡Tengo lástima, pobre! Tan bueno... Como un niño...*
Voltou os grandes olhos úmidos para o seu homem, disse:
— *Pepe, yo no sé cómo puedo con esta vida... Es tan sucia, tan miserable... Si yo no te amara, ni sé... Creo que me matara... Sí, me matara... Estoy sucia, hasta la alma, Pepe... Sucia...*
Pepe segurou a mão da mulher. Lembrou-se do Elegantíssimo. Estendeu a outra mão, procurou os cabelos louros de Lola. Acariciou-os mansamente, docemente, com infinita ternura:
— *¡Es preciso tener carácter!*
O lençol abafava os soluços.

3

DAS MÃOS DO CORONEL FREDERICO PINTO, RÚSTICAS MÃOS apaixonadas, Lola Espínola passou para as do dr. Rui Dantas, brandas mãos de bacharel versejado. Pepe se meteu no negócio do cabaré, foi contratar mulheres no sul, por detrás do jogo e da dança do Trianon estava a casa de mulheres importadas, o seu grande negócio. Só mesmo então Ilhéus se deu perfeita conta da verdadeira profissão de Pepe. A casa onde caftinizava as raparigas era frequentada pelos exportadores, pelos coronéis ricos. Era mais fácil bulir em qualquer coisa em Ilhéus que no Ninho de Amor, nome que Karbanks pusera ao bangalô semiescondido. Por isso de nada adiantou o empenho com que o coronel Frederico Pinto se interessara junto ao prefeito e ao delegado para expulsarem Pepe da cidade.

— Quem manda ser besta... — diziam em Ilhéus pelas esquinas, no comentário do escândalo. O acontecimento foi gozado de todas as maneiras e até um epigrama venenoso circulou sobre o assunto, epigrama que começava assim:

*Que Lola casada era
pensou Frederico Pinto...*

Disseram ao coronel que o epigrama era de autoria de Sérgio Moura, porém em Ilhéus atribuíam ao poeta muita coisa pela qual ele não era responsável. Tempos depois o próprio Frederico apurou que o epigrama era de Zito Ferreira, a quem contara o caso na noite do "pulo dos nove", bêbado, quando ainda pensava ter desfeito a felicidade de um lar. O coronel, após o escândalo, levou uns tempos na fazenda. Mas não tardou a voltar, contando pelos bares aventuras com cabrochas novas, conquistas que realizara nas roças: para uma, de nome Rita, pusera casa no povoado. Mas não admitia que ninguém falasse no seu caso com Lola, aquilo o punha fora de si. Afirmava então que havia de se vingar "daquele gringo ladrão". A verdade, porém, é que, quando o coronel voltou da fazenda, já quase ninguém falava no seu caso. "O prato do dia", como dizia Reinaldo Bastos cheio de ciúmes, era o assanhamento de Julieta Zude com o poeta Sérgio Moura. Vingando-se do epigrama que ainda pensava ser de autoria de Sérgio, o coronel Frederico Pinto ia de roda em roda, de bar em bar, comentar o acontecimento picante. Encontrava em todos boa vontade, muito boa vontade para o comentário malicioso. Muita gente não gostava de Sérgio Moura. Quanto a Julieta, superior e distante, não a toleravam, havia uma instintiva desconfiança a seu respeito. Principalmente de parte das senhoras casadas, das solteironas frequentadoras da igreja, mesmo das moças casadoiras que no fundo a invejavam. Ela era como uma estrangeira, nada tinha de comum com elas. Instintivamente colocavam-na ao lado de Lola, num mesmo plano, apenas a cumprimentavam com muito respeito porque era esposa de Carlos Zude, um dos maiores exportadores de cacau. Julieta fumava, vestia shorts na praia, andava de calças na avenida pela manhã, conversava facilmente com homens, tinha poucas e distantes relações com as senhoras da sociedade local. Comentavam seus modos e seus vestidos nos bailes do Clube Social de Ilhéus, era quase um escândalo permanente. O rumor daquelas festas fechadas na casa de Carlos

Zude, com ingleses e suecos, com alemães e suíços, chegava deturpado às mesas dos bares, ao seio das famílias. Reinaldo Bastos que desde que conversara com Julieta vivia na expectativa de um olhar seu, de um chamado para o seu leito e que agora a via caída pelo poeta, se roía de raiva. Espalhara que a surpreendera comprando livros de Freud numa das livrarias locais. E a quem lhe pedia explicações sobre quem era esse tal Freud ele ciciava, em segredo:

— É um romancista pornográfico...

O que levou Zito Ferreira a lhe dar uma lição sobre psicanálise que lhe custou uma facada de cinquenta mil-réis. Quando Julieta atravessava as ruas comerciais, respondendo com uma breve e seca inclinação de cabeça aos cumprimentos rasgados dos fregueses da casa Zude, Irmão & Cia., os sorrisos mordazes precediam os comentários agressivos. E havia quem se desse ao trabalho de contar as vezes que ela passava em frente à Associação Comercial, as vezes que Sérgio chegava à janela e o número exato dos sorrisos que trocavam.

— Uma pouca-vergonha... — concluíam.

Mas a casa Zude, Irmão & Cia. pagava os mais altos preços de cacau e todos queriam ser seus fregueses. Dobravam o corpo em curvaturas quando Julieta, inocente do escândalo que causava, surgia na ponta da rua, séria e bela, o rosto de espanhola, os langues olhos, a cabeleira negra. E tranquilamente entrava por vezes na Associação Comercial, espantando a datilógrafa e o contador, alegre e despreocupada.

Diziam que mais de uma vez ela se deitara com o poeta nos divãs da Associação. Rui Dantas, que tinha velhas diferenças literárias com Sérgio Moura, tentara substituir a palavra *rendez-vous* ou o termo de gíria "castelo", na língua local, pela palavra "Associação". Quando ia a qualquer casa de mulheres públicas, avisava aos que estavam com ele:

— Eu vou à Associação Comercial...

Essa piada causou grande sucesso nos bares de Ilhéus e foi vastamente repetida. Porém, aos poucos, outros escândalos foram amortecendo o interesse local em torno a Sérgio e Julieta.

Em verdade, a primeira vez que Sérgio Moura possuiu a esposa de Carlos Zude foi mesmo na Associação Comercial. Ela viera pelo fim da tarde e estava num dia angustiante. Por isso viera, sem receio aos maliciosos, como alguém desesperado que, após desiludir-se dos médicos, vai a um feiticeiro, pouco lhe importando os comentários.

Trocaram os primeiros beijos na sala de reuniões e Julieta o fazia buscando na novidade sexual do homem a cura daquela crise. "Nunca mais volto a encontrá-lo", pensava, enquanto ele a beijava devagarinho, primeiro nos olhos, depois nas faces, mordia-lhe a orelha. O poeta sentara-se na poltrona da presidência, naquela mesma cadeira onde Carlos Zude deitara seus conceitos para os demais exportadores, e Julieta sentou-se sobre suas pernas. O poeta sentia como um pequeno animal do campo o cheiro excitante do cangote da mulher e enfiava o nariz pelos cabelos pretos, distinguindo nuanças de perfumes, cheiro de carne lavada misturado ao cheiro dos extratos caros. Ela se agarrava nele, estava esquecida de tudo, na pura excitação da carne, no desejo do macho. Fechava os olhos, podia ser que depois a tristeza, a angústia, a "neura" fossem ainda maiores e mais terríveis. Mas assim passavam, naquele crepúsculo, a ânsia sem sentido, aquela dor sem explicação, aquele vazio total que a matava.

    O crepúsculo caía sobre a cidade, a sala escurecia rapidamente. Sérgio não havia acendido as luzes, puxou para o lado o vestido de Julieta, beijou-lhe o ombro esquerdo. Ela estremecia de volúpia e aquela primeira posse foi violenta, igual a um negro derrubando uma mulata nas areias do cais, num conúbio apressado e perigoso. Ele a arrastou para o divã, suspendeu-lhe os vestidos, ela afogou um suspiro. Quando terminaram, Julieta tomou das mãos de Sérgio, achou-se na obrigação de dizer-lhe algo:

— Tu me amas?

Era uma representação necessária, pensava ela. Devia-lhe aquilo por não estar mais neurastênica. Gostaria de poder ter vindo, deitar com ele, e ir-se, curada, leve, achando a tarde bela ao morrer do sol, sem ter de dizer nada, sem ter que pagar.

    Mas pensava que isso não era possível e se entregou ao trabalho de representar:

— Tu me amas?

Sérgio, porém, a queria, era uma coisa desejada pelo seu orgulho, era preciso conquistá-la, ele bem sabia. E não respondeu. Compreendia, com certa sutileza, que se respondesse então representariam os dois e jamais Julieta voltaria.

    E falou de diversos assuntos, falou de arte e poesia, contou histórias, histórias prodigiosamente ingênuas de pássaros e flores que ele recolhera entre os homens do campo em suas pesquisas de folclore. Deixou que sua imaginação, rica e louca, se soltasse numa vagabundagem que ia cativando a mulher. Estava orgulhoso com a posse da mulher bela, jovem e desejada e queria prendê-la. Possivelmente ainda demoraria algum tempo a compreender inteiramente Julieta, mas a percebia como alguém que adivinha uma luz entre árvores pelo halo desprendido. Talvez que — quase com certeza — naquele momento inicial, antes da primeira posse e da longa conversa aloucada que se lhe seguiu, o interesse da moça rica e neurastênica pelo poeta, homem que ela sentia diferente dos demais da cidade, estivesse fadado à mesma curta vida do sentimento que a ligara a seus amantes anteriores. Talvez não o fosse amar por muito tempo, antes já tivera outros amantes, dois pelo menos, e quando se entregara a eles fora levada pela mesma necessidade de esquecer aquela tristeza que a tomava, de preencher aquele tempo de angústia. Maior que essa angústia desesperada só mesmo o espasmo do amor que fazia esquecer tudo, que a fazia repousar e dava-lhe súbita tranquilidade. Mas durava pouco tempo o interesse, logo depois já o homem não a satisfazia, era igual a Carlos, a mesma rotina já sem forças contra a angústia terrível. Não ficava mais nada que prendesse.

Mas, já não era assim, quando, após a posse violenta e primária, ele falou, louco e risonho, numa torrente de palavras por assim dizer vivas, de assuntos tão diversos e tão sedutores. Era outro mundo para Julieta Zude, um mundo do qual jamais suspeitara sequer, cuja existência ignorava por completo. E era um mundo belo, de valores que antes ela desconhecia, de atrevidos valores. Todos os valores que para Julieta representavam até então o essencial da vida: dinheiro, luxo, negócios, coquetéis, festas, naufragavam no desprezo que mereciam de Sérgio Moura, para dar lugar a outros valores, dos quais subitamente Julieta Zude se apercebia no crepúsculo ilheense, num dia do começo da alta. Pássaros e livros, flores e versos, frases, gente, sentimentos que ele fazia surgir das palavras entre alegres, loucas e irônicas. Ela estava um pouco assombrada mas infinitamente alegre. E então perguntou. Perguntou as coisas mais diversas e a todas ele respondeu. Ela se sentia como alguém que, viajando através dum nevoeiro, conseguisse finalmente rompê-lo e vislumbrasse então a verdade dos prados, as cristalinas águas do rio, o alegre colorido da paisagem, a vida que se desdobrava.

Sérgio falava assim porque, tímido e agressivo na sua timidez, encontrava-se constantemente pouco à vontade entre os homens. Dissera, certa vez, que a conversa com os homens era sempre uma luta, onde cada palavra tinha uma intenção, quase sempre uma má intenção. Era uma batalha de palavras, onde cada um queria vencer. Só uma vez não sentira isso e fora naquela reunião dos comunistas onde surgira tão extemporaneamente. Junto às mulheres, porém, ele retirava muitas das máscaras com que escondia sua timidez, e então não havia divergência entre ele e sua poesia, doce e revoltada, quase para crianças. Ficava jovial e um pouco irresponsável, perdia o acanhamento que o fazia agressivo perante os homens, a timidez que o levava a escandalizar Ilhéus com roupas de cores violentas.

Naquela hora sentia por Julieta apenas desejo. Desejo da mulher bela, civilizada, sensual, desejo também da mulher de Carlos Zude, o exportador, aquele que era símbolo de tudo que Sérgio detestava, e desejo também — ah! também! — da mulher, da mulher apenas, simplesmente, mais capaz de compreendê-lo que os homens. Desejo de ser quem era por alguns minutos, pelo menos. E desejo de conquistá-la para que ela voltasse e ele pudesse novamente tê-la e depois falar. Julieta ria:

— És um louco...

Olhou nos olhos dele, tão infantis! Viu o desejo brilhando, acreditou que fosse o amor e aquilo completou o sentimento que surgira dentro dela, de encanto e alegria. E então todo o encantamento cresceu em desejo, imperioso e novo. Já não era aquela ânsia de esquecer a angústia na posse, no calor do homem. Era desejo de se dar completamente a alguém querido e amigo, a alguém que era como uma parte dela mesma. Era tudo pura alegria, Julieta se sentia arrastada por um impulso que jamais sentira. E beijou o poeta com uma ternura de namorada. Sérgio abriu-lhe o vestido, tomou-lhe dos seios, beijou-os com acendida volúpia, para Julieta era densa ternura. Trouxe orquídeas quando ela se despiu por completo. Orquídeas rubras e brancas, violetas e manchadas, todas as que antes brotavam dos cactos bravios no jardim da Associação. Caídas sobre o corpo esplêndido da mulher.

Aquele jogo voluptuoso e quase infantil que está descrito num dos poemas mais belos de Sérgio Moura é a repetição em versos de ritmo livre daquele princípio de noite, quando os mistérios do sexo tiveram para Julieta Zude a significação da paz que ela nunca encontrara. Há um verso que fala nas "serpentes da tua língua desabrochando em sexos de orquídeas" e outro diz que "as orquídeas nasceram em terras brancas de nádegas". Naquele jogo quase de crianças, tão requintado no vício do amor que era quase puro, eles passaram a hora triste do crepúsculo. Quando ele disse "madrugada" em vez de crepúsculo Julieta o compreendeu porque era o que ela sentia. E quando a noite chegou, filtrando estrelas pelas platibandas das vidraças sobre o corpo nu da mulher, aquela posse longa e quase dolorosa completava para Julieta a imagem do homem esperado e reconhecido. Era um feiticeiro ou um deus, sua gentil cabeça estava cheia de pensamentos e ela sorria na placidez cansada do amor. No poema, Sérgio Moura fala em "língua como pétalas venenosas de orquídeas" e em "língua sábia de toda a ciência do amor", mas só naquele crepúsculo Julieta sentiu que a língua era capaz de realizar milagres na criação de mundos de palavras, mundos mais reais que o triste e pobre mundo rico em que ela vivia. E ela o disse quando leu, tempos depois, o poema que ele escrevera, aquele poema como a cantiga de ninar, intitulado "A orquídea nasceu na terra do cacau". E foi só então que ele compreendeu Julieta perfeitamente.

Foi longa e quase dolorosa de tão sutil aquela segunda posse, enquanto os pássaros trinavam tentando acompanhar o ritmo magoado dos ais de amor soluçados na sala.

E quando, na noite recém-chegada, eles se estenderam, cansados os corpos, lado a lado, ela suplicou, no desejo do mundo mágico que o poeta possuía:

— Fala... Fala, que eu quero te ouvir...

4

NO PRIMEIRO ANO DA ALTA ANTÔNIO VÍTOR SÓ PENSOU mesmo no bem-estar de Raimunda. Terras não havia mais para comprar, Raimunda achava que eles deviam botar os lucros num banco. Raimunda foi uma das raras pessoas de toda a zona do cacau que desde o primeiro momento desconfiou da alta. Se lhe perguntassem por quê, ela não saberia responder. Não vira Joaquim naqueles meses e assim não podia ter sido o filho quem a tivesse prevenido. Seu ar sombrio, cada vez mais sombrio, contrastava com a alegria esfuziante de Antônio Vítor. Em duas coisas Antônio pensou imediatamente: em construir uma casa nova na roça ("a fazenda", dizia ele agora, emocionado ante o valor que, com a alta, adquiriram suas terras), e em ir a Estância numa visita, no fim da safra. Tinha outros projetos menores: alugar um número maior de homens, assim nem Raimunda nem ele voltariam ao trabalho duro da colheita e das barcaças.

Nunca esperou que Raimunda reagisse daquela maneira. Não houve jeito de fazê-la compreender que não ficava bem à esposa de um "homem de dinheiro", de um "fazendeiro", trabalhar na colheita como a mulher de um trabalhador, pisar cacau nos cochos como um negro qualquer. Raimunda balançava a cabeça, olhava o marido como se temesse que a alta o tivesse enlouquecido. A alta perturbava a normalidade da sua vida. Fora uma vida difícil a princípio, haviam trabalhado muito, mas, quando a alta chegara, os tempos já eram bons, eles tinham do que viver, sua terra plantada, seu cacau produzindo. A alta perturbou isso tudo, deu um valor novo ao cacau. Raimunda tinha medo. Olhava o marido que sonhava projetos absurdos, quase o desconhecia. Agora estava com aquela ideia estapafúrdia de que ela não devia voltar para a colheita, de que deviam contratar mais trabalhadores. Nem disse que não, no outro dia partia para a roça, o pedaço de facão amarrado na cintura. Antônio Vítor a viu partir e não teve outro remédio senão ir ele também, a foice no ombro, os pés descalços. Pensara em não andar mais descalço, em não tirar mais as botas. Assim faziam os fazendeiros. Balançava a cabeça numa reprovação "aos atrasos de Munda", gostaria de vê-la descansando, recolhendo os lucros da terra naquele ano em que os frutos das árvores do cacau valiam mais que ouro em pó. Em Ilhéus o preço do cacau subia, vertiginosamente.

Iniciou a construção da nova casa. Quis uma coisa boa. Raimunda se opôs mas Antônio Vítor não cedeu, tiveram uma discussão de poucas palavras, ele saiu num repente de raiva. Ela não se meteu mais. Da casa de barro batido via a outra se levantar, os tijolos arrumados, os pedreiros fazendo a mistura de cal e areia. Antes haviam cavado profundas valas para os alicerces de pedra, depois as paredes começaram a subir. Raimunda sentia um inexplicável ódio (ou seria medo?) pela casa nova. Um dia chegaram as telhas vermelhas, novinhas, Raimunda foi chamada aos gritos por Antônio Vítor:

— Munda! Oh! Munda!

Ela respondeu de dentro da cozinha:

— Que é?

— Vem ver as telhas da casa nova...

Raimunda não quis vê-las. Só à tardinha, quando havia terminado todas as tarefas do dia, é que deu com os olhos nas telhas francesas. Eram diferentes das outras, pequenas e lustradas, deviam ter custado um dinheirão. Raimunda balançava a cabeça numa desaprovação, ficava resmungando pelos cantos da casa.

No dia que puseram a cumeeira houve uma festa. Para Raimunda não havia dúvida que aquela história de alta estava bulindo com a cabeça de Antônio Vítor. Ele não estava mais certo do juízo, não estava não! Como é que, em plena safra!, ele concedia meio dia de descanso aos trabalhadores para que eles pudessem vir à festa? A grande viga da cumeeira estava enfeitada de bandeirolas de papel. Os buracos, onde depois seriam portas e janelas da casa, estavam tapados com folhas de palmeiras. Houve grande distribuição de cachaça. Só Raimunda não compareceu. Tinha vindo Firmo, outros pequenos lavradores da redondeza, os alugados também.

Antônio Vítor não podia de contentamento. Naquela mesma hora Raimunda, sozinha na roça, cortava, com seu pedaço afiado de facão, os cocos de cacau que os trabalhadores haviam colhido pela manhã.

E a coisa piorou quando chegou aquela mobília cara, comprada em Ilhéus, poltronas para a sala de visitas, colchão macio e cama com estrado de arame, guarda-louça, pratos e copos, e, culminando tudo, um rádio de bateria, "coisa endemoninhada" que Raimunda já vira um dia em casa de dona Auricídia. Antônio Vítor estava doido, só não via quem não quisesse. Aquilo era coisa de loucura, a alta tinha tirado o juízo dele. Assim pensava Raimunda ao assisti-lo na abertura dos engradados de onde saíam os móveis envernizados.

Chegou o dia de se mudarem para a casa nova. Estava linda, cercada de varandas, caiada por dentro, pintada de azul por fora (como a casa do coronel Maneca Dantas, que Antônio Vítor sempre achara muito bonita), mobiliada, o assoalho sem gretas, de tabuado novo. Levavam as coisas da casa velha que iam aproveitar. Nela morariam, de agora em diante, trabalhadores e tropeiros. Já se encontravam no terreiro, esperando que Raimunda se mudasse para entrarem com seus trastes. Mas Raimunda demorava. Não sabia se desprender daquela casa onde passara trinta anos, onde parira os filhos, onde dormira com seu homem todas as noites. Andava por dentro da casa com uma dor no coração, um vazio no peito, uma inquietação que nem ela sabia explicar, um mau pressentimento.

No terreiro, os trabalhadores com seus cacos esperavam que ela saísse. Os que iam habitar a casa estavam contentes. Ali havia cozinha, havia quarto e sala, apesar de tudo era uma moradia melhor que aquelas cabanas de uma peça só, o fogão feito de quatro pedras no chão. Raimunda demorava. Olhava os cantos da casa, pelo gosto dela Antônio Vítor não teria construído a outra, um dinheirão enterrado ali, sem serventia nenhuma. Haviam vivido sempre na casa de barro batido, por que essas grandezas agora?

Antônio Vítor chegou em busca da mulher:

— Vam'bora, Munda. Os homens tá esperando que tu saia...

— Já vou Antonho...

Olhou mais uma vez aquilo tudo. Balançou a cabeça, seu rosto se fechou ainda mais, andou para a porta. Mas lá fora Antônio Vítor estava tão contente, esperando-a para levá-la para a casa nova, que ela arrancou um sorriso do coração para a boca, enquanto ele lhe dizia:

— O rádio tá ligado, Munda. Tem um hominho falando que é uma beleza. Parece coisa de feitiçaria...

— Tu tá contente? — perguntou ela.

Ele riu, ela disse:

— Então vamo!

Mas nunca se acostumou com a casa nova, com o fogão de ferro tão diferente do de barro da outra casa, com os móveis cômodos, com os copos de vidro fino que quebravam por qualquer coisa. Andava pelas peças como uma estranha. Sentava-se na ponta das poltronas, olhava o rádio com desconfiança, só se sentia bem quando, na varanda, descansava no comprido banco de madeira que trouxera da casa velha. A filha veio passar uns dias com ela, ficou encantada com a casa. Raimunda nem com a cama se acostumou. Demorou a poder conciliar o sono no colchão macio. Ficava acordada durante as noites e, no outro dia, quando ia para a roça, estava cansada, cada vez mais velha, o rosto cada vez mais zangado. Só que agora certa tristeza se misturava à feiura do rosto, uma tristeza calada, cheia de presságios. A filha mesmo lhe disse, antes de voltar para junto do marido:

— Mãe, vosmicê com essa cara até chama desgraça...

— Deus queira que não venha... — respondeu Raimunda.

5

COMEÇAVAM A DIMINUIR OS COMENTÁRIOS EM TORNO A Sérgio e Julieta, escândalo que se tornara habitual, quando Ilhéus foi comovida com a notícia da luta entre o coronel Horácio da Silveira e seu filho, o dr. Silveirinha. Escândalo de repercussão enorme. Horácio da Silveira, quase desconhecido fisicamente para a geração mais nova que raramente o conseguia ver, era lendário na cidade. Falavam dele como de alguém distante e que, no entanto, influía em quase tudo que sucedia não apenas na cidade, mas também na cidade vizinha de Itabuna, e em Pirangi e em Guaraci, em Palestina e em Ferradas, em toda a zona do cacau. Senhor de jagunços, de votos, de eleitores, de terras imensas, das prefeituras, das delegacias. Seu nome era pronunciado com respeito, muitos o diziam com medo.

Já Silveirinha era muito conhecido nas ruas de Ilhéus. Passava vestido de camisa verde, o rosto fechado, pouco amigueiro, pouco conversador. Era visto todas as tardes com Gumercindo Bessa, num bar, discutindo coisas de política, jogando dados. Depois passou a ser visto em companhia de Schwartz, com que o coronel Horácio rompera por considerá-lo um dos maiores, se não o maior responsável pela atitude do filho. A briga foi comentada durante meses inteiros, o processo acompanhado com um interesse apaixonado pela população das duas cidades, gente fazendo apostas, gente brigando nas ruas pelo pai ou pelo filho. Advogados ganhando dinheiro a rodo, falava-se de caxixes sobre caxixes. Devido a essa briga nasceu o ódio que Horácio tomou aos integralistas. E, como durante esse tempo ele estava com o governo e o prefeito de Itabuna era gente sua, aproveitou para impedir alguns comícios integralistas e para mandar surrar uns quantos camisas-verdes. Isso lhe trouxe a oposição do juiz local que simpatizava com os fascistas e que prejudicou o coronel na liquidação do inventário dos bens de Ester.

Ao atingir Horácio, os exportadores, por intermédio de Schwartz, que financiava a questão de Silveirinha, atingiam o mais poderoso fazendeiro, o mais abastado coronel, o símbolo dos senhores feudais da terra do cacau. Mas quase ninguém, exceto Sérgio Moura que discutira o assunto com Joaquim, se dava conta do verdadeiro significado da luta. Para a maior parte era uma apaixonante questão de foro, que lembrava aqueles processos antigos do tempo da conquista da terra. E quando se deram conta era muito tarde, já a baixa modificava mais uma vez a fisionomia da vida na zona cacaueira.

Tudo começou porque o dr. Silveirinha substituiu um capitão de navio mercante, da Companhia Bahiana, na chefia geral dos integralistas de Ilhéus. A ninguém surpreendeu a entusiástica (se bem não unânime) eleição do jovem advogado, toda gente dizia que se devia à fortuna do pai. O cacau atravessava uma alta nunca vista antes, ninguém melhor para chefiar o partido fascista do que o filho do maior fazendeiro. Havia quem dissesse que os "homens de cabeça" do partido se riam, pelas costas, de Silveirinha. A verdade é que ele foi eleito e lhe deram uma guarda pessoal, quatro integralistas fortes que não saíam do cabaré, os bolsos cheios de dinheiro. Quando foi o princípio da campanha financeira dos "verdes", Silveirinha abriu a lista, subscrevendo cinquenta contos de réis. Porém ele não os tinha em mãos. O inventário dos bens de Ester (metade de tudo o que Horácio possuía) nunca fora feito, o coronel administrava tudo. Convencera o filho facilmente:

— É mesmo para você que vai ficar tudo isso, para que dar de ganhar aos advogados fazendo inventário agora?

Tampouco Silveirinha sentira nunca necessidade de inventário, de dinheiro e das terras. Tinha o que queria; é verdade que, por vezes, Horácio resmungava contra o que chamava de "botar dinheiro fora", mas terminava sempre por assinar os cheques. De quando em quando Silveirinha ia à Bahia, havia um delírio no cabaré de Marta.

Silveirinha subscreveu os cinquenta contos e foi falar com Horácio, pedir o dinheiro. Era no primeiro ano da alta, o cacau andava pelos vinte e oito mil-réis. Silveirinha quando montou em Itabuna sentia o difícil da empresa. Ia de má vontade.

Ele e o pai pouco se falavam. Silveirinha sempre tivera pavor do coronel, principalmente desde um dia, na Bahia, nos tempos de calouro na faculdade, quando outro rapaz ilheense, numa discussão, botou para fora toda a história de Ester e de Virgílio, afirmando que ele, Silveirinha, não era filho de Horácio. Aquilo fez Silveirinha ainda mais tímido e amargurado, mais afastado de todos, um ódio surdo dentro dele. Nunca tirou a limpo aquela história, nunca quis falar a ninguém sobre ela, assim nunca soube que era realmente filho de Horácio, que nascera antes de Ester conhecer Virgílio. Ficou certo que era filho do adultério, sentia que não tinha nenhuma das qualidades do pai, apesar de que fisicamente recordava Horácio quando moço, quando tropeiro que tangia burros pelas estradas recém-abertas do cacau. Mas não era corajoso como o pai, nem atirado, nem capaz de audazes realizações. Já temia Horácio, que o tratava com brutalidade, passou a temê-lo muito mais. Tinha um verdadeiro pavor de que um dia Horácio lhe dissesse que o sustentava só de pena, que ele era filho de uma adúltera. E que o mandasse embora num dos seus repentes de cólera.

Em relação à memória da mãe eram diversos e contraditórios os pensamentos de Silveirinha. Dava-lhe razão (quando pensava em Horácio), achava que ela fizera bem em trair o coronel, sentia o adultério materno como uma vingança antecipada contra as brutalidades que Horácio lhe fazia. Sua mãe o vingara. Nessas horas chegava a sentir certa simpatia por Ester (de quem não se recordava, de quem não gravara uma só lembrança), a desculpava e tinha quase certeza de que o pai a mandara matar, que aquela doença fora apenas invenção. Mas, por outro lado, quando pensava nela isolando-a de Horácio, ele a odiava. Parecia-lhe uma aventureira, responsabilizava-a por tudo que ele não tinha e não era. Pela coragem que lhe faltava, pela timidez, pela incompreensão existente entre ele e Horácio. Odiava o pai mas admirava-o por menos que o confessasse. E desejaria ser como ele e acreditava que não o era porque Ester, fugindo aos seus deveres, buscara noutro homem o pai de seu filho.

Foi assim que, desde cedo, o ódio encheu seu peito. Na casa-grande da fazenda ele só amara, na infância abandonada, a negra Felícia, único ser que o tratava com bondade. Horácio não lhe ligava. O coronel Maneca Dantas passava de quando em vez e o tomava no colo mas era um gesto sem carinho. Talvez que, se o dr. Jessé não houvesse morrido, ele tivesse um amigo, pois o médico por vezes o acarinhava e era terno com ele quando Silveirinha adoecia. Mas Jessé morrera há muitos anos e o rapazinho ficara órfão de qualquer carinho. No colégio interno não fizera amigos. Na faculdade, com a revelação pública do incidente materno, se afastara de todos. Dentro dele vivia apenas o ódio, um ódio insatisfeito, escondido, que se revelava em pequenas maldades. Mas um ódio medroso, Silveirinha herdara todo o terror que enchia o coração de Ester jogada na mata amedrontadora. Contavam dele que certa vez esbofeteara um velho que vivia na fazenda e fora ferido numa perna, durante uma das brigas de Horácio. Ficara incapaz para o trabalho e vivia na fazenda, sem fazer nada, desde os barulhos do Sequeiro Grande. Silveirinha dera-lhe uma ordem qualquer e, como o velho se recusasse a obedecer, meteu-lhe o braço, derrubando o aleijado. Horácio vinha vindo para casa e assistiu a cena. Apressou o passo, já tinha os seus setenta anos, mas ainda era pesada sua mão e no rosto do filho (rapaz de dezenove anos) ficara a marca dos dedos do coronel.

Talvez o que tenha levado Silveirinha para o fascismo, mais que qualquer convicção de ordem política ou qualquer simpatia pelas ideias pregadas pelo partido, fosse a festa de sangue que os integralistas anunciavam para quando tomassem o poder. O poeta Sérgio Moura dizia que Silveirinha tinha uma lista própria, de gente que ia mandar fuzilar quando acontecesse a vitória fascista. E que, ao ser eleito chefe regional da zona do cacau, ampliara essa lista com nomes de diversos companheiros do seu próprio partido, integralistas que não lhe eram simpáticos. Possivelmente nada disso era verdade, invenções do poeta maldizente. Mas estava tão de acordo com Silveirinha que facilmente a gente acreditava e repetia. Silveirinha chegou na fazenda na hora do almoço. Horácio não o esperava. Saudou o filho com uns grunhidos e começou a comer. Silveirinha sentou-se, Felícia foi em busca de um prato para o "doutorzinho". Ela o queria, tinha-o visto nascer, quando Ester morrera fora ela quem tomara conta do menino e quem o criara. Para ela Silveirinha não tinha defeitos e por ele era capaz de brigar com o próprio coronel. Silveirinha também a estimava, porém como se gosta de um cão, com distância.

Comeram em silêncio, Horácio apenas pediu notícias do preço do cacau e de Maneca Dantas. Quando terminaram o almoço Horácio foi esquentar sol na varanda. Era um dia bonito, da varanda viam o cacau secando nas barcaças, os trabalhadores que dançavam sua dança inventada em cima dos caroços como brasas. Palavras soltas da canção que eles cantavam chegavam até o pai e o filho, sentados no mesmo banco mas distantes, um em cada ponta. Horácio não dizia nada, esgravatava o assoalho com um galho seco de goiabeira, procurava adivinhar os movimentos do filho pelos ruídos que este fazia. Silveirinha buscava uma fórmula para iniciar a conversa. Assim estiveram durante minutos ao sol, silenciosos, como dois inimigos próximos a se lançarem um contra o outro. Afinal Silveirinha falou:

— O senhor sabe, meu pai, que o chefe nacional vem a Ilhéus?

Nesse tempo Horácio ainda conservava uma vaga simpatia pelos integralistas, para a qual não deixava de concorrer a eleição recente do filho. Por isso respondeu com certo interesse:

— Quando vem? Dizque fala bem...

— Talvez para o mês. Vem para a campanha financeira...

Horácio não gostou do motivo. Os integralistas já lhe haviam levado muito dinheiro, em contribuições arrancadas em diversas ocasiões:

— Também essa gente nunca se contenta de dinheiro, hein? Que é que fazem com tanto dinheiro?...

— É para a campanha...

— Hum! Campanha... Cumpadre Braz me disse que o dinheiro é para sustentar uma banda de vagabundos... É bem capaz... — resmungou.

Silveirinha levantou-se, Horácio conheceu pelo ruído:

— Esse Braz é um comunista!...

A voz do filho estava irritada, Horácio o sentia perto de si, a sombra do rapaz se projetava sobre ele. O coronel olhava o chão, parecia-lhe distinguir na sombra confusa o dedo de Silveirinha estirado. "Será que este cachorro está me ameaçando com o dedo?", pensava. Olhou para onde o filho devia estar, levantou a cabeça:

— Cumpadre Braz é um amigo. Tu diz que ele é comunista, não tou acreditando. Dizque os comunistas quer tomar as terras da gente e cumpadre Braz como é que vai entregar as terras dele? Tu é idiota, tu sempre foi idiota...

Pensava que o dedo do filho estava estirado para ele e então o insultava. Cuspiu seu cuspo encatarroado de velho, como querendo reforçar suas palavras. Silveirinha já não podia se conter:

— Um assassino...

A sombra estava sobre Horácio e agora o coronel tinha certeza que o dedo do filho estava estendido. Se pôs de pé.

— Pode ser que ele seja um assassino. Mas quando ele matou gente foi junto comigo e se tu tem dinheiro hoje deve a que eu e cumpadre Braz matamos gente. Assassino é ele e eu se tu quer saber... Mas é desses assassinos que vem teu dinheiro...

Sentou-se, apertou o rim que doía:

— Fica sabendo que em minha casa ninguém fala mal de cumpadre Braz. — E subitamente raivoso: — E arreia esse dedo que tu tá me apontando. Senão eu te ensino a me arrespeitar...

Silveirinha sentou-se também. Negócio mal iniciado:

— Não tou com dedo nenhum...

— Inda bem.

Irritara o velho, as coisas se tornavam mais difíceis. No entanto tinha pressa, queria voltar para Itabuna naquele mesmo dia (odiava dormir na fazenda) e não teve habilidade de deixar passar a raiva de Horácio:

— Tou precisando de um dinheiro...

— Já gastou os cinco contos?

— Não é isso. É que eu subscrevi um dinheiro na campanha financeira do partido. Sou o chefe regional, abri a lista.

— Quanto foi?

A resposta demorou:

— Cinquenta contos...

Horácio levou um choque. Já dera dinheiro para o integralismo. De quando em quando arrancavam-lhe algum. Mas era aos quinhentos

mil-réis, a quantia maior que já dera de uma vez fora dois contos, assim mesmo reclamando. Voltou a perguntar:
— Quanto?
— Cinquenta contos. Sou o chefe regional... Horácio novamente se levantou, os rins lhe doíam, doíam as espáduas também. Localizou Silveirinha, as palavras pareciam cuspidas:
— E tu pensa que eu fabrico dinheiro? Ou tu pensa que eu sou tão idiota quanto tu e vou dar cinquenta contos pra essa corja de malandros? Me diz uma coisa: tu tá doido ou tá só bêbado?
Silveirinha não respondeu, só desejava poder matar o velho. Mas tremia de medo ante o octogenário que sacudia a mão para o seu lado, os olhos a procurá-lo, a boca cuspindo as palavras:
— Se é isso que te trouxe aqui pode selar o cavalo e dar meia-volta... Cinquenta contos!
Repetia num tom irônico, como alguém que repete um absurdo:
— Cinquenta contos... Só mesmo um idiota desses...
Se apoiou no bastão, entrou, foi se deitar no quarto, naquela mesma cama antiga, onde dormia com Ester trinta anos antes. Silveirinha o via andar meio se arrastando, o bordão tateando o caminho. Resmungou no seu ódio:
— Corno...
E aquilo lhe deu uma repentina satisfação e xingou duas ou três vezes mais, quase compensado:
— Corno... Corno... Corno...
Mas durou pouco a satisfação. Pensou nos integralistas. Que iriam dizer? Silveirinha não tinha ilusões e sabia que havia sido eleito pelo dinheiro, sabia que existia, no partido, quem risse dele, da sua incapacidade como orador, sabia que Nestor dissera quando da sua eleição:
— É vaca de muito leite...
Mas sabia também que ali tinha possibilidades de dar vazão um dia ao ódio que lhe enchia o coração, que era a razão da sua vida. Que diriam agora? Ah! o que não daria ele para ser como Horácio, capaz de matar, de retirar da sua frente, fosse como fosse, aqueles que impediam os seus planos? E, em pensando nisso, pensou em Ester. A culpa era dela, aquela mãe que fora amante de um advogado, por culpa dela Silveirinha não era, assim o pensava, filho de Horácio. Se o fosse saberia agora resolver o caso com o velho, obrigá-lo a dar-lhe dinheiro. Demorou, mergulhado em pensamentos que o ódio acalentava, muito tempo na

varanda. Enxotou o preto velho que viera puxar conversa, enxotou Felícia quando a negra veio saber se ele queria alguma coisa. Depois entrou, Horácio dormia estirado na cama, não teve coragem de acordá-lo. Montou para Itabuna.

6
KARBANKS DEU DINHEIRO MAS PEDIU QUE SEU NOME NÃO figurasse na lista.

Ele negociava com todo mundo e se bem louvasse o patriotismo dos rapazes integralistas ("ideias muito sensatas", disse a Gumercindo Bessa) não lhe ficava bem figurar como um dos patrocinadores da campanha financeira da Ação Integralista no sul da Bahia. Atitude que foi mais ou menos geral de parte dos exportadores de cacau. Todos deram dinheiro e apenas Antônio Ribeiro, que aderira ao integralismo e vestia camisa verde, arrastando para o movimento todos os seus empregados, apenas ele lançara sua firma na lista, precedendo as cifras dos cinco contos com que concorria. Adiante das cifras colocou um "pg." e foi buscar o dinheiro no cofre. Os demais, exceção de Reicher que era judeu e se negou a concorrer, pagaram mas não assinaram. Gumercindo Bessa, que estava se revelando um verdadeiro diplomata e um elemento utilíssimo ao partido, dizia-lhes que compreendia e que era justo que assim fosse. Riu mesmo com despreocupação quando Carlos Zude, após lhe entregar o cheque, fez o elogio da liberal-democracia:

— Digam o que disserem, seu Gumercindo, não há regime como a liberal-democracia... Veja a Inglaterra, que grande império!

E riu seu riso simpático para o rapaz. Gumercindo riu também:

— Seria verdade, seu Carlos, o senhor que desculpe, se não houvesse tanta corrupção. Mas a liberal-democracia vai levar o mundo ao comunismo...

Carlos alçou as mãos:

— Pode ser... De mim, gosto do clima liberal. Fui educado nele, ouvi os grandes discursos de Seabra, seu Gumercindo... Ah! que orador! Mas não lhe falta razão também... Temos sido liberais em demasia...

Os coronéis não eram tão compreensivos como os exportadores. É verdade que a alta, dinheiro sobrando em todas as partes, facilitou a tarefa dos encarregados da campanha financeira. Mas por vezes era preciso ameaçar... Gumercindo soltava números em cima dos coronéis, gordos números que mostravam o crescimento da Ação Integralista, sua próxima e inevitável subida ao poder.

— Temos nossas listas de honra mas temos também nossas listas negras...

A anunciada vinda do chefe nacional (que nunca se realizou) igualmente contribuía para o sucesso que marcava a campanha. Mais que tudo, porém, mais que o número de adeptos, que as opiniões de homens eminentes no país sobre o credo verde, que a sensação causada pela próxima estada do chefe nacional, concorriam os propalados boatos de que "os comunistas estavam se fortalecendo e tomariam o poder". Para os coronéis a palavra "comunismo" tinha um trágico significado. Viam logo as filhas prostituídas, as terras tomadas, um caos inimaginável. E os integralistas exploravam admiravelmente o fato, espalhando notícias espantosas: "os comunistas iam tomar as terras de todo mundo como tinham feito na Rússia e botar os coronéis na enxada; o general Luís Carlos Prestes estava no Brasil, escondido em alguma parte, planejando a revolução comunista. Por mais absurdos que fossem os boatos, os coronéis não discutiam. Tinham vagas notícias sobre os comunistas, liam por vezes volantes que pediam maior salário para os trabalhadores, sabiam que na Ilha das Cobras existiam sujeitos capazes de tudo. Era um horror. E davam dinheiro para os integralistas, mesmo quando pertenciam aos tradicionais partidos políticos do governo e da oposição. Porque numa coisa estavam de acordo todos, os fazendeiros, os exportadores, os padres, os comerciantes: era na necessidade de combater o comunismo. Era a única coisa que os coronéis temiam naquele primeiro ano da alta, quando Ilhéus se transformava num eldorado e o cacau na melhor lavoura do país.

Aconteceu que, no mesmo momento em que era lançada a campanha financeira dos integralistas, o Partido Comunista se batia pela alta dos salários dos alugados nas fazendas. Volantes eram distribuídos não só nas cidades como nos campos e os seus efeitos faziam-se sentir, se bem ainda muito lentamente. Os volantes diziam que a vida dos alugados era "pior que a dos antigos escravos". Afirmavam mais que "quando tudo nada em ouro em Ilhéus, os trabalhadores das fazendas de cacau morrem na mais negra miséria".

Gumercindo Bessa levava exemplares dos volantes na sua pasta e, mais que qualquer outro argumento, a sua exibição aos fazendeiros atônitos servia para convencê-los da necessidade de ajudar a Ação Integralista.

Mais ou menos uns três meses depois da cena violenta entre Silveirinha e o coronel Horácio, conversavam o advogado e Gumercindo, num bar, na hora do meio-dia. Gumercindo dava conta do êxito da campanha:

— Um sucesso... Um grande sucesso... Vamos levantar mais de mil contos... Gente que ainda ontem nos atacava está dando dinheiro...

Envergavam ambos as camisas verdes e Gumercindo estava procurando um jeito de perguntar a Silveirinha pelos cinquenta contos com que ele abrira a lista. Silveirinha tinha uma particular estima por Gumercindo Bessa, talvez não estimasse nenhum companheiro do partido tanto quanto ao jovem empregado de Schwartz — fora ele o maior baluarte da sua eleição para a chefia, combatendo a corrente que queria eleger Nestor, um intelectual. Com ele se abria mais que com qualquer outro. Jogavam dados diariamente no Ponto Chic e ali discutiam os negócios partidários. Gumercindo sabia levar Silveirinha a se apropriar das suas opiniões e lançá-las como dele. Dava-lhe assim a ilusão de ser aquele que pensava e decidia. Habilidade que poucos possuíam. E aplaudia calorosamente cada vez que Silveirinha expunha determinada ideia que ele lhe enfiara na cabeça aos poucos:

— Sim, senhor, muito boa ideia... É isso mesmo... Estou com você...

A campanha já andava no fim, chegavam as contribuições de Itabuna, de Itapira, de Pirangi, de Ferradas, de toda parte. Faltavam quase somente os cinquenta contos de Silveirinha, Gumercindo dava voltas:

— Eu acho que daqui a um mês a gente pode mandar os cobres... É preciso preparar uma grande festa. Uma comemoração...

Discutiram os planos. Gumercindo aventou:

— Aí você poderá entregar solenemente a sua contribuição. É a maior, a do chefe... hein? Fica uma coisa decente, hein?

Silveirinha estava pensando. E abriu-se com o companheiro. O velho não quisera dar o dinheiro. Estava caduco, mais ranzinza do que nunca, não havia jeito de um entendimento com ele. Só fazia xingar. Gumercindo já ouvira uns rumores sobre o assunto, pois Horácio contara a Maneca Dantas a briga com o filho. Pediu detalhes e Silveirinha narrou a cena pela metade, com os olhos baixos, envergonhado do amigo. Mas Gumercindo logo se solidarizou com ele, falou mal dos velhos em geral: "uma geração incapaz de compreender os grandes ideais da gente moça".

— E agora que se pode fazer? — perguntou Silveirinha

Gumercindo, no primeiro momento, não encontrou nenhuma solução para o assunto. Era o diabo, mas parecia uma coisa sem jeito. E terminaram a conversa com a vaga esperança que o coronel não tardasse muito a morrer, esperança expressa por Silveirinha, o que não deixou de escandalizar de certa maneira a Gumercindo:

— Também está no fim... Não dura muito...

Viu que Gumercindo estava chocado, achou-se na obrigação de explicar:

— Nunca se comportou comigo como um pai para um filho... Se eu dissesse que tinha pena, estaria mentindo. Pouco me importa que morra...

Trancava os dentes nas palavras repletas de ódio. Gumercindo ficou olhando, terminou por se acostumar com a ideia:

— Pois é. Nesse caso talvez se possa dar um jeito — pensou. — Realmente o coronel não pode viver muito. Já está com oitenta, não?

— Oitenta e três...

— É o diabo...

E despediram-se. Mas, pelo meio da tarde, Gumercindo foi atrás de Silveirinha. Encontrou-o no bar, conversando numa roda de integralistas. Trouxe-o para uma mesa à parte, um ar muito misterioso. Aproximou sua cabeça da do chefe:

— Me diga uma coisa: o inventário dos bens de dona Ester nunca foi feito, foi?

— Não...

— E por quê?

— O velho nunca quis...

Gumercindo riu, um ar vitorioso:

— Está aí... Você está pedindo dinheiro a seu pai, como um escravo, se humilhando, um dinheiro que na realidade é seu. Você tem fortuna própria, a herança de sua mãe...

Silveirinha não se animava com a notícia mais que sabida:

— Que adianta? O velho nunca vai consentir... você não conhece meu pai...

— Mas não tem que consentir ou não consentir... Você tem direito, acabou-se. Ele é obrigado por lei... Creio que até já devia ter feito, já está fora do prazo legal...

Recordou-se que Silveirinha era formado:

— Aliás você deve saber isso melhor que eu, você é advogado...

Silveirinha esboçou um gesto como querendo dizer que de advocacia não entendia nada. E pediu mais detalhes. Gumercindo não sabia mais. Ficou refletindo alguns minutos, por fim se decidiu a falar:

— Por que você não vem bater um papo com seu Schwartz? Apesar de estrangeiro, ele entende um bocado das leis daqui... Um homem preparado.

Silveirinha falou, ressentido:

— Você conversou com ele sobre o assunto?

— Conversei, não se zangue, Você sabe que ele tem nos ajudado muito. Agora que você é chefe regional precisa saber: seu Schwartz tem sido um dos esteios do partido aqui. Falei com ele sobre o caso. Ele conhece bem seu pai pois compra cacau dele. Mas está disposto a lhe ajudar. Disse até que, se você quiser, ele lhe adianta os cinquenta contos...

Essa última notícia pesou na decisão de Silveirinha. Tudo que desejava era não ficar desmoralizado perante os demais elementos integralistas. E a possibilidade de arranjar o dinheiro emprestado com Schwartz, para pagar com juros após a morte de Horácio, parecia-lhe uma excelente solução. Melhor que aquela história complicada de inventário...

Mas Schwartz queria era falar do inventário. Aliás parecia esperá-los pois tinha bebidas preparadas no escritório. Silveirinha tinha vindo ali muitas vezes mas sempre a negócios comerciais, entregas de cacau, acertos de contas. Agora via que o alemão, na intimidade, era muito diverso do negociante que ele conhecia. Ria e pilheriava, era um ser simpático, todo ele interesse pela causa de Silveirinha:

— São coisas de homem velho e autoritário... Mas o senhor tem o direito consigo...

Novamente toda a história foi discutida. Silveirinha fez a proposta de empréstimo. Mas Schwartz tinha muito mais coisa para lhe oferecer:

— O senhor pode quadruplicar a sua fortuna.

E desdobrou perante Silveirinha toda uma imensa perspectiva de negócios. O rapaz ambicioso e fracassado sentiu a voragem de tanta ação, de tanto futuro, de tanta possibilidade de ser algo e de realizar alguma coisa. Schwartz financiaria a sua questão contra o coronel Horácio, o inventário. Seria coisa de despesa relativamente pequena já que o coronel não poderia discutir. Silveirinha tinha a lei com ele, não havia para onde correr. Depois, se Silveirinha quisesse, poderia entrar de sócio para a casa exportadora de Schwartz, havia muita coisa que fazer. A exportação de cacau era um grande negócio. Principalmente se estava de raízes fincadas na terra, em fazendas próprias...

O alemão servia uísque e falava. Sua língua áspera encontrava tonalidades suaves na descrição do negócio. Gumercindo abria a boca numa enlevada admiração. Silveirinha estava impressionado.

Entraram em detalhes. Schwartz aconselhou Silveirinha a ir à fazenda novamente, pedir ao coronel que repartisse as terras, lhe entregasse as que eram suas. Silveirinha se assustou:

— Isso não. Ir lá, não. O velho é capaz de tudo, o senhor o conhece. Bem sabe o que ele tem feito... Vai ficar como uma fera, é capaz de me mandar matar...

Schwartz sorria do medo do rapaz, interrompia:

— Então é iniciar a ação. Constituir advogado... A não ser que o senhor mesmo, que também é advogado, queira acompanhá-la.

— Não. É melhor chamar outro. O velho vai ficar meu inimigo... É capaz de tudo...

Despediram-se. Schwartz abriu uma conta para Silveirinha, um crédito grande. Na saída apertou-lhe a mão calorosamente, era um gesto de compreensão e de simpatia. Mas quando a porta do escritório se fechou sobre Silveirinha, o rosto de Schwartz se encheu de desprezo. E ele murmurou algo em alemão, algo que parecia versos de alguma poesia clássica.

7

E O PROCESSO SE INICIOU. OS ADVOGADOS VIAM NELE UMA espetacular fonte de renda. Ilhéus, quando soube do fato, comoveu-se. Nas esquinas fervilhavam grupos em busca de notícias. Nos bares não se falava noutra coisa. Até a alta do cacau, os preços que subiam incrivelmente, parecia secundária ante a petição que o advogado de Silveirinha dera entrada pedindo que fosse mandado fazer o inventário dos bens da falecida Ester Silveira, esposa do coronel Horácio da Silveira. Os jornais estavam cheios de fatos sensacionais, traziam manchetes que falavam de conflitos internacionais, discursos na Liga das Nações, greves imensas em algumas partes do mundo, revoluções na China e resistência passiva na Índia. Sobre o processo nenhuma notícia. Mas Ilhéus e toda a zona do cacau esqueciam as manchetes dos jornais para comentarem exclusivamente o inventário dos bens de Ester. Reviveram-se histórias antigas, nomes já esquecidos voltaram a ser citados. Virgílio e Margot, dr. Jessé e dr. Rui. Nas noites de bar, onde Gumercindo Bessa não mais aparecia, Marinho Santos, Zito Ferreira e Reinaldo Bastos relembravam os tempos de antigamente. Zito afirmava, abrindo as mãos:

— Dá um romance...

Quando Maneca Dantas, que fora levar a notícia ao coronel Horácio, desembarcou em Ilhéus, de volta da fazenda do compadre, quase foi assaltado nas ruas. Teve que repetir a cena cem vezes, de bar em bar, de esquina em esquina. E ela foi ampliada nos comentários, cresceu, dizia-se que Horácio ameaçava Deus e o mundo, jurava que mandaria matar Silveirinha. Este achou melhor embarcar para a Bahia enquanto a ação corria no foro. E, apesar de que o processo inicial e o que se lhe seguiu foram longos, só se resolvendo totalmente anos depois, apesar de que vários outros escândalos sucederam em Ilhéus durante a alta do cacau, ainda assim, em momento nenhum, o interesse pela luta entre Horácio e Silveirinha desapareceu completamente. Talvez fosse a figura de Horácio, quase lendária, que desse ao processo aquele halo de viva emoção. Talvez fosse porque, mais que qualquer outro fato, o processo mostrava que a luta entre os fazendeiros de cacau e os exportadores se fazia cada vez mais clara. Pois não sabiam todos que, por detrás de Silveirinha, estava Schwartz com a sua firma? Que era ele quem adiantava o dinheiro para os trâmites iniciais do processo?

Maneca Dantas viajou apenas soube da notícia. Imaginava o que seria aquilo para Horácio que amava entranhadamente suas terras, para quem dividi-las significava algo pior que a morte. Foi levar a notícia e ia como alguém que vai notificar uma esposa do inesperado falecimento do marido. Antes de partir conversou com o filho sobre o aspecto legal do processo. Rui foi pessimista:

— É negócio perdido, meu pai. Silveirinha tem razão e não há para onde o coronel estrebuchar... Se quiser discutir, fazer questão longa no foro, vai é perder dinheiro...

Mas Maneca Dantas conhecia bem o coronel Horácio da Silveira. "Conhecia de intimidade", como gostava de dizer. Levantou objeções:

— O compadre não vai dividir suas roças... Eu conheço ele... — E rosnou ameaças contra Silveirinha.

— Ora, meu pai — disse Rui —, esses tempos em que se resolvia tudo a ponta de clavinote já passaram... isso foi antigamente... No tempo da onça...

Maneca Dantas resmungou que aqueles tempos passados eram tempos melhores, quando um filho não se levantava contra o pai. Agora era o que se via... Filho contra pai, um fim de mundo. O velho coronel tinha dor daquilo. Vira Horácio lutar, de armas na mão, ajudara-o, haviam transposto florestas e derrubado matas, e tudo para quê? Olhava para Rui como se ele também fosse culpado, como se o bacharel também quisesse dividir suas terras. Rui sacudiu os ombros ante o discurso irritado do pai:

— Não tenho nada com isso... Até não vou com Silveirinha. Agora dizer que ele não tem direito, é que não posso. Está nos códigos, meu pai!

Maneca Dantas enterneceu-se. Amava aquele filho sobre todas as coisas do mundo e doía-lhe não vê-lo brilhando, feito grande advogado, subindo na política. Vivia ali metido com mulheres, gastando dinheiro, defendendo uma que outra pequena causa, mediocremente. Mas afinal era seu filho, aquele em quem ele depositava tantas esperanças. E não era mau filho, não era capaz de se levantar contra seu pai. Maneca Dantas sorriu para Rui, calçou as botas de montaria, foi tomar o ônibus para Itabuna.

Horácio estava, como de costume, sentado no banco da varanda, um pé em cima da tábua, o queixo descansando no joelho, procurando distinguir os ruídos do trabalho em torno. Ali conversaram e adiante os homens colhiam frutos de cacau nas roças carregadas. O cacau estava subindo, escalando preços. Horácio andava anormalmente efusivo:

— Que alta, seu cumpadre! Que alta...

Maneca Dantas expôs o caso. Horácio ouviu em silêncio, olhava com seus olhos quase sem luz para a frente, onde deviam estar as roças que ele plantara muitos anos antes. Felícia chegou trazendo cachaça para o coronel Maneca. E um café para Horácio que o mexeu devagar enquanto ouvia. A voz de Maneca Dantas era monótona na narração do processo, no dizer das opiniões de Rui.

Depois foi o silêncio entre os dois velhos. "O cacau é boa lavra", cantava um trabalhador, enquanto derrubava os frutos amarelos. Finalmente Horácio falou, sua voz ia subindo de tom, trêmula voz de ancião, cheia de raiva:

— Tu tá vendo, cumpadre Maneca? Já tou um velho, mesmo acabado. Vou morrer um dia desses, não vou durar muito tempo mais. Vivi brigando por causa de terra, tu bem sabe que brigou de meu lado. Tu e Braz se arrecordam, foi coisa feia... Liquidei os Badarós, fiz isso tudo aqui, esse mundo de roças...

Parava para perguntar:

— O que foi que ela fez?

"Por que será que ele nunca pronuncia o nome de comadre Ester?",

pensou Maneca Dantas. Sabia que a raiva de Horácio era mais contra a esposa falecida que mesmo contra Silveirinha.
— Que direito ela tem, me diga, seu cumpadre? Que direito? Teu filho tá dizendo que o meu tem direito, que é da lei. Me diga seu cumpadre: que direito ela tem? Que foi que ela plantou, que mata derrubou, que bala ela atirou? Que direito ela tem? Só fez me botar os chifres, não ajudou tiquinho. Por ela a gente não plantava cacau, não queimava mata. Vivia chorando num canto, se lastimando da vida. Eu tava brigando, com a vida ameaçada, tu sabe tão bem quanto eu, ela tava empernada com outro... E agora tão dizendo que eu tenho de dividir minhas terras, entregar a parte que foi dela. Que parte, seu cumpadre Maneca Dantas? Me mostre a roça que ela plantou, o pedaço de mata que ela derrubou! Me mostre e eu entrego. Tu acha direito, cumpadre?
Maneca Dantas achava que não:
— Mas é coisa de justiça, cumpadre. Lei é lei e o rapaz ganha a questão. O inventário já devia ter sido feito...
Horácio suspendeu os olhos baços, procurou o vulto de Maneca Dantas:
— Isso de lei, cumpadre, eu nunca arrespeitei... Tu bem sabe. Ou tão pensando que não sirvo mais pra nada? Cumpadre, vou lhe dizer uma coisa: enquanto eu tiver vivo ninguém vai dividir minhas terras. Nem juiz nem advogado, que eu não vou deixar...
Maneca Dantas tratou de explicar a Horácio as questões legais que o obrigavam ao inventário. Mas o coronel não queria saber de leis nem de direito. Para ele, leis e direito, juízes e advogados foram sempre coisas amoldáveis à sua vontade, feitas para servirem-no.
— É que os tempos são outros, cumpadre...
— Os tempos são outros? Mas eu não mudei, cumpadre Maneca. Deixe isso por minha conta...
Era a mesma decidida resolução de antigamente, aquela força que dominava Maneca Dantas. Se Horácio dizia é porque era certo.
Houve um largo silêncio. Depois Horácio perguntou:
— Onde ele arranjou dinheiro pra pagar advogado?
— Diz que é a Casa Schwartz que tá adiantando...
— Schwartz?
— Sim...
— Gringo filho da puta...
Novo silêncio. Horácio refletia:

— Cumpadre, tu manda teu filho aqui, quero conversar com ele. Vou subscrever nele, fazer dele meu advogado...
— Ele disse que é questão perdida...
— Manda ele cá, eu informo ele... Menino não sabe o que a gente sabe, cumpadre. Despreza a gente porque é velho... Eu instruo ele...
E então recordou Virgílio. Se Virgílio estivesse vivo ele estaria bem servido. Aquele era um advogado de mão-cheia, sabendo fazer um caxixe, sabendo ganhar uma questão, embrulhar a outra parte. Caxixe benfeito fora o das matas do Sequeiro Grande... Mas Virgílio morrera numa noite de lua, de bala na estrada, Horácio tinha mandado matar. Virgílio lhe botara os chifres... Esse filho de Maneca não dava pra esse negócio... Vivia escrevendo versos, atrás de mulher da vida...
— Advogado era o tal de Virgílio, hein, cumpadre?
— E o doutor Rui? — recordava Maneca Dantas com um sorriso.
— Como sabia falar... Te arrecorda do teu júri?
E ficaram relembrando os tempos passados até que o capataz apareceu para receber ordens e muito se espantou quando o coronel Horácio da Silveira mandou que ele montasse e fosse a Itabuna comprar repetições.

8

EM MEIO À EXCITAÇÃO E AO ENTUSIASMO DESPERTADOS PELA subida dos preços do cacau, duas vozes se fizeram ouvir condenando a alta. Foram as únicas exceções nesses quatro anos de grandes negócios e de grandes escândalos. Uma delas era a voz do Partido Comunista. Por intermédio de Joaquim, por intermédio de outros choferes de ônibus e caminhões, nas diversas linhas de rodagem que cortavam a zona do cacau, aqueles volantes do Partido Comunista, esclarecendo qual o verdadeiro significado da alta, foram distribuídos quase de porta em porta. Muitos não os liam, outros liam e não ligavam, mas algumas pessoas demoravam um pouco naquelas frases que anunciavam futuros acontecimentos nascidos da alta, que profetizavam a baixa para breve, acontecimentos que fariam, como dizia o volante, "que as terras do cacau passassem das mãos dos capitalistas nacionais para as dos capitalistas estrangeiros".

Outro volante pedia melhoria imediata de salário para os trabalhadores das fazendas que, apesar da alta, continuavam ganhando cinco mil-réis por dia de trabalho. Essa campanha, iniciada ilegalmente pelo

Partido Comunista, em volantes, boletins, conversas clandestinas com os trabalhadores de algumas das maiores fazendas, ganhou legalidade e um dos jornais de Ilhéus a apoiou. O governo do estado queria angariar simpatias para as eleições próximas e o partido oficial chamou a si a campanha. Os salários dos trabalhadores subiram primeiro a cinco e quinhentos depois a seis mil-réis. Dirigiram-se então os comunistas a uma grande campanha em prol dos doqueiros e dos trabalhadores dos armazéns de cacau. Diretamente contra os exportadores. Boletins violentos eram distribuídos, chamavam Karbanks de "tubarão da finança internacional" e Carlos Zude de "servo do capital ianque". Schwartz era apontado como agente nazista, misto de comerciante e espião, "verdadeiro chefe dos integralistas locais".

Também os muros de Ilhéus, de Itabuna e de Pirangi apareciam pelas manhãs com frases escritas a piche, em grandes letras. Sucediam-se pelas paredes dos armazéns do cais do porto, da estrada de ferro, se repetiam nas barreiras cortadas na montanha pela estrada de rodagem:

PÃO, TERRA E LIBERDADE

O Partido Comunista fez, ao mesmo tempo, um chamado aos pequenos lavradores para que defendessem suas terras contra a ganância dos exportadores e dos grandes coronéis. Era um volante muito bem lançado, mas os pequenos lavradores estavam de cabeça virada, nunca haviam visto tanto dinheiro. O Partido Comunista procurava conseguir que os fazendeiros se reunissem numa cooperativa para exportar seu próprio cacau mas deparava com dificuldades imensas. Era uma ideia capaz de interessar, mas só na baixa os fazendeiros se iriam dar conta de que ela teria sido a sua salvação. Quando tentaram realizá-la já era muito tarde.

Além da do Partido Comunista, só a voz do bispo se levantou contra a alta. O bispo clamava, alarmado, contra a invasão de mulheres de má vida, de jogadores de profissão, de *cabaretiers*, de vendedores de tóxicos que sofriam Ilhéus, Itabuna, Itapira, toda a sua diocese. Fez sermões, denominou a alta de "tentação do inimigo", disse que "era o demônio que queria, com o ouro, ganhar as almas do seu rebanho espiritual".

Contam em Ilhéus que Karbanks, ao saber desses fatos, tomou providências contra uns e outros. Conseguiu do governo do estado o envio de um técnico em polícia política, comissário especializado na perseguição aos comunistas, que se instalou em Ilhéus com meia dúzia de tiras, e, numa reunião de exportadores, fez uma coleta que rendeu quarenta contos de réis e a entregou ao bispo para as obras da catedral prometendo-lhe, além disso, sempre em nome dos exportadores, ampla cooperação para a fundação de um seminário em Ilhéus, "desde que o cacau continuasse a dar bom preço".

9

NA CASA QUE SUBSTITUÍRA, NA FAZENDA, A CASA-GRANDE DOS Badarós que Horácio incendiara, João Magalhães faz projetos. Don'Ana aprova com a cabeça. O capitão está orgulhoso porque ele foi dos primeiros a prever a alta, escapou de vender seu cacau por preços baixos, havia descido a Ilhéus para fechar a safra, desconfiou que a alta vinha, voltou sem vender.

— Senti no ar... — diz a Don'Ana.

Na divisão da fazenda, coubera a eles os pedaços da mata que restavam para derrubar e plantar. Os outros tinham preferido menos terra e mais cacaueiros. João Magalhães e Don'Ana sonharam sempre plantar aquela terra. Poderiam, se o fizessem, colher mais do duplo do cacau que colhiam. Nunca o tinham podido fazer, os lucros da safra foram sempre enterrados em outras necessidades. Os filhos davam despesas, havia dívidas deixadas por Sinhô e por Juca, Don'Ana fizera questão de pagá-las até o último real. Um ou outro pequeno trecho de mata foi derrubado e plantado, quando as roças mais velhas decaíram de produção. Os primeiros plantadores de cacau não guardavam nenhum método nas suas plantações e os cacaueiros desse tempo tinham uma vida produtiva relativamente curta. Em toda a zona do cacau aqueles pedaços de mata, dentro das roças de João Magalhães, talvez fossem tudo que restasse para plantar. João Magalhães teve uma oferta tentadora por eles. Conversou com Don'Ana e resolveram recusar. Agora, com a alta, essa alta que parecia eterna, eles podiam derrubar a mata e plantar roças novas. João Magalhães acreditava que os preços do cacau se manteriam para todo o sempre pelo menos a quarenta mil-réis a arroba. Se ele plantasse as matas sua produção subiria das mil e quinhentas arrobas atuais a mais de três mil por safra.

E os lucros da primeira safra da alta foram enterrados na mata. Começou a derruba, abriram-se as clareiras e as queimadas se iniciaram. Aquele trabalho recordava a Don'Ana outros tempos, quando abriram clareiras na mata do Sequeiro Grande e do Repartimento, quando os Badarós, seu pai e seu tio, trabalhavam para construir a maior fortuna de Ilhéus. Não o conseguiram, ficaram mal de vida, morreram por aquilo, Olga e o comerciante não entendiam nada de terras. Restavam apenas ela e o capitão, para eles se haviam acabado as festas em Ilhéus, a vida de gente rica. Foram se aguentando, Don'Ana nunca disse uma palavra que pudesse revelar a tristeza que sentia ao não ser saudada em Ilhéus como naqueles tempos da conquista da terra. Naqueles tempos Sinhô Badaró era o homem da zona, ela era como uma princesa, seu casamento tinha sido uma festa inesquecível. Sinhô morrera depois de vergonha, os Badarós viraram pobres, agora nem no nome se falava. João ficara com ela. Don'Ana compreendia que muitas vezes ele desejara partir, levá-la dali para outras terras, numa vida que o tentasse mais. Don'Ana há muito que sabia que o capitão, antes de vir para Ilhéus, não passava de um jogador profissional. Mas ela não quisera ir, não saberia viver se a tirassem das suas terras. E ele ficou, preso aos olhos dela, se entregou ao cacau e virou um fazendeiro como os outros, apenas menor e mais endividado. Agora, com a alta, Don'Ana vê possibilidades de reerguerem a fortuna dos Badarós. Se plantarem toda a mata que lhes resta, se colherem três mil e quinhentas arrobas de cacau, com os preços atuais, podem voltar a ter uma casa em Ilhéus, podem ajudar a carreira do genro médico, podem recordar o esplendor dos Badarós antigos. É por isso que Don'Ana anima tanto o capitão João Magalhães. Segue o trabalho na mata com uma ansiedade que se revela nas perguntas feitas à tarde, querendo saber quando se pega fogo na primeira clareira, escrevendo para a Estação Experimental de Cacau pedindo preços de mudas. Se nessa safra derrubarem toda a mata que resta, na outra poderão plantá-la de mudas novas e com mais quatro anos a produção começará a aumentar e ao fim de seis ou sete anos será uma fazenda grande, sairão daquela vida de humilhações, de dificuldades, daquela vida que, mais que a bala, matou Sinhô Badaró.

João Magalhães também está animado. Ri por tudo, conta casos, discute sobre a alta, prova por *a* mais *b* que não é uma alta passageira, que os preços não vão baixar. Tudo para ele é motivo para se alegrar: o nascimento de um neto, o casamento de um trabalhador, as histórias de Antônio Vítor e Raimunda, que brigam por causa da casa nova que estão construindo. Quando vem da mata, onde dirige o trabalho dos homens, o capitão João Magalhães gosta de sentar na rede, com Don'Ana a seu lado, e sonhar projetos.

Uma vez que foi a Ilhéus, andou pelo Bataclã. Ainda hoje se ri. Convidaram-no para um pôquer. Eram conhecidos todos os parceiros, exceto um, recém-chegado a Ilhéus, um moço elegante, de boas maneiras. Começaram a jogar, João Magalhães se deu logo conta que o rapaz era um profissional. Se divertiu muito com o caso. Estava jogando sério, há muito que deixara de lado, como inúteis, seus conhecimentos de truques e escamoteios. Mas nesse dia os aplicou e deixou o profissional reduzido a níqueis. O rapaz não cabia em si de admirado. João Magalhães voltou para a roça rindo, contou a Don'Ana, ela se alarmou um pouco:

— Tu não vai voltar pro jogo...

— Que jogo... Sou lá doido...

Queria era derrubar a mata, plantar cacau, ganhar dinheiro, colher quatro mil arrobas. Já falava nelas, para tudo que pensava e fazia sua base de cálculo não eram as mil e quinhentas arrobas que colhia agora, eram as quatro mil que ia colher daí a uns seis ou sete anos...

Um dia o capitão João Magalhães chegou da mata. Ia iniciar as queimadas na manhã seguinte. Don'Ana pedia detalhes, pensou em ir no outro dia, com ele, até a clareira. Depois do jantar vieram para a sala. João Magalhães sentou na rede, tirava as botas. Don'Ana se lembrou de algo, saiu. Remexia em velhas malas no quarto de dormir. Quando voltou trazia na mão aquela Bíblia que Sinhô Badaró fazia ler todas as noites nos tempos de conquista. Sentou-se ao lado do marido, João Magalhães tomou-lhe as mãos, beijou-a no rosto, disse:

— Tu vais ser de novo Don'Ana Badaró... O povo, quando tu passar, vai te apontar com o dedo, de novo.

Ela abriu a Bíblia e mais uma vez sua voz ressoou na leitura dos versículos proféticos. João Magalhães fechou os olhos e viu Sinhô Badaró sentado na alta cadeira vienense que já não existia. Sorriu para ele:

— Deixe por minha conta...

A voz de Don'Ana rolava sobre os sonhos.

10

TÃO DIVERSO, PENSA CAPI, DAQUELE OUTRO TERNO EM QUE saíra tantos anos antes na sua distante terra, num tempo bom de chuvas. Também nas terras do cacau era tempo de chuvas, floresciam as árvores, cresciam os frutos e subiam os preços. Só que o terno era tão diferente, não tinha mesmo nenhuma parecença com aquele baile pastoril onde ele saíra de rei Herodes na sua mocidade. Eis que o terno do Varapau havia saído. Podia ter outro nome, bem mais bonito até, mas todos só o chamavam assim: "o terno do Varapau". Ele fora o animador, arranjara dinheiro com o coronel Frederico Pinto, arranjara quatro moças e três meninas, a muito custo, com os pais, arranjara papel de seda no povoado, tocos de vela com dona Augusta. Perdera noites ensaiando, noites em que a garrafa de cachaça passava de mão em mão. E conseguira uma orquestra: violão e cavaquinho, uma gaita velha e um pandeiro. Não era muito afinada, mas, que importava isso?, se era uma orquestra e se tocava músicas ao som das quais eles bailavam, um bailado que não era senão a repetição da dança do trabalho nas barcaças sobre os caroços de cacau. O Varapau imaginara aquele terno pensando em fugir. Vida de alugado era a pior vida do mundo, ele já tivera diversas profissões e nenhuma era igual àquela. Mas fugir como, se os coronéis mandavam buscar os fugitivos e surravam para dar exemplo aos outros? O exemplo da fazenda era Ranulfo, amarelo e empapuçado, que levara chicote quando tentara escapar ninguém sabe para onde. Mas morrera depois, estuporado na estufa, cadáver magro. Morrera quando o Varapau imaginava o terno como meio de escapulir e o primeiro ensaio fora mesmo ao lado do defunto na noite das primeiras chuvas. O coronel viera, Rita se encostara nele, o Varapau bem que vira. Os outros ensaios tinham sido melhores, mais animados, com mais gente, aos poucos a notícia foi se espalhando pelas fazendas vizinhas, foram chegando figurantes, a orquestra foi se formando. Deu trabalho. O Varapau imaginara o terno para fugir. Iriam de casa em casa, se distanciariam pelas fazendas, era mais fácil escapar, ganhar o mundo, no rumo do sertão, para voltar depois pro cais de Ilhéus. Na memória do Varapau vivia a lembrança boa de Rosa, bonita como quê, com quem ele dormira umas noites na cidade e que fugira depois, sem dizer nada. Ele ainda havia de ver Rosa nem que fosse só para lhe dar uma surra, para ela aprender a não brincar com homem macho. Com o terno era mais fácil fugir. Mas aos poucos, no trabalho diário de organizar, ensaiar e preparar o terno, o Varapau foi se apaixonando. Apaixonando-se pelo terno. O negro Florindo também queria fugir, ver outras terras, ele ia levá-lo. Nos primeiros tempos faziam longos projetos, tinham discussões demoradas sobre o melhor lugar onde abandonar o terno e enfiar o mato. Mas, aos

poucos, o Varapau foi se apaixonando pelo terno. Cada vez falava menos na fuga. Por vezes o negro Florindo o abordava:
— Cumo é? A gente pira ou não pira?
— Ora, se pira...
Mas dizia sem calor, sem convicção, só para não desiludir o negro. O Varapau já não tinha coragem de largar o terno, era uma coisa sua, ele o tinha feito, era bonito. Capi não achava bonito. Tinha visto bailes pastoris, bumba meu boi, no Ceará, grandiosos, uma coisa que valia a pena! Saíra até de Herodes num terno de pastorinhas, cantavam para ele, Capi respondia. Cantigas feitas para o terno, não era como aquelas canções tão tristes do cacau que cantavam ali para eles dançarem:

*Maneca morreu na estufa,
na hora do sol se pôr...*

Onde já se viu cantar aquilo num terno de reis, um despropósito... Terno de reis tinha música própria, coisas que falavam no nascimento de Jesus, em Pilatos e Herodes, na Virgem e em são José, era uma história, formosa história. Aquilo não era terno, música inventada ali mesmo, dizendo de barcaças, de estufas, de cacau. Não era coisa que se fizesse... Capi disse a Varapau, com certo desprezo, e foi quanto bastou para o mulato ficar brabo, querer brigar, puxar do punhal.
— Vosmicê tá com muita fidalguia... Só porque já saiu num terno lá por sua terra... Pois não tou acreditando que fosse mais bonito que esse... E se vosmicê não tá contente, então se desaperte porque eu não tenho medo de macho quanto mais de cearense...
Mas Capi não queria brigar, apenas sentia que chamassem aquilo de terno de reis. Ele conhecia o que era terno de reis. Coisa bonita, de fazer gosto... Aquilo era um arremedo, ainda assim muito ruim:
— Não tou procurando briga, só tou falando...
— Pois é melhor não falá, fica calado. Ninguém tá obrigando a sair no terno...
Mas como não sair no terno, por mais diverso que fosse daquele outro onde Capi fora Herodes ("Ó rei Heródia", ouvia as vozes cantando), se não havia outra diversão naquele princípio de ano em toda a extensão das fazendas de cacau? O terno do Varapau era a grande sensação. Tinham vindo alugados de muito longe, de roças distantes, para a fazenda

do coronel Frederico Pinto, só para ver o terno. O Varapau já nem se lembrava que devia fugir, que inventara o terno só para fugir. E como fugir, se tinha o terno? Como abandoná-lo, como deixá-lo sem quem o dirigisse, as moças vestidas de papel de seda (três eram meninas, mas não fazia mal), Capi transformado no boi, as lanternas acesas, a orquestra tocando... Como fugir?

O terno do Varapau acendeu novas estrelas, pobres estrelas, nas estradas do cacau, nos dias das festas de Reis. Saíram na véspera de Reis, a orquestra na frente, da casa onde moravam Capi, o Varapau e Florindo. A orquestra tocava, atrás iam as sete pastorinhas, os rostos pintados com papel vermelho, levavam as lanternas improvisadas. Depois vinham os homens, em duas filas, vestidos como bem podiam, eram uns quinze. No meio deles estava Capi, transformado em boi à base de uma caveira de vaca apanhada no campo e de um lençol de chitão que o capataz emprestara. O Varapau era a caapora. E o pai de Rita, empunhando o chicote de tanger a tropa, fazia as vezes de vaqueiro, gritando o demorado e nostálgico grito dos tangedores de boi do sertão. Na frente de todos ia Rita, ninguém sabe mesmo por quê. Talvez porque fosse a mais bela e todos a desejassem.

Assim entraram na casa-grande. O coronel Frederico Pinto estava na sala com dona Augusta e os filhos. Tinham visitas, fazendeiros vizinhos e amigos que haviam chegado para ver o terno. Do terreiro em frente eles cantaram:

Licença que eu quero entrar,
licença pra eu dançar...

Primeiro ficaram sem jeito na sala iluminada. Mas o coronel mandou distribuir cachaça, a orquestra se acomodou num banco, começou a dança. O Varapau tinha apagado as lanternas mal entraram, para que as velas durassem para a festa toda. Dançaram sua pobre dança, cantaram seu pobre canto. O coronel Frederico, burlando a incessante vigilância de dona Augusta, lançava cobiçosos olhares às nádegas de Rita, que subiam e baixavam na dança igual à que dançavam na barcaça. A orquestra desafinava sob os olhares zangados de Varapau, que comandava tudo. O pai de Rita lançava seu grito de boiadeiro, era a sua contribuição para o sucesso do terno.

Era pobre de causar lástima, era pobre demais, infinitamente pobre.

Mas ainda assim era alegre e o Varapau estava apaixonado. Apaixonado pelo terno, pelas canções, pela música, pelo grito do boiadeiro. Nem via Rita, de bunda rebolante e desejada, nem via as quatro moças e as três meninas, ele via era o terno, as lanternas e a orquestra, a dança no salão da casa-grande. Serviram mais uma vez cachaça, mais uma vez eles dançaram. Depois pediram licença para ir embora:

Licença para ir embora,
licença de despedida...

O Varapau acendia as velas das lanternas, ajeitava as pastorinhas, o vestido de uma já tinha rasgado. Botava a orquestra em fila, era preciso sair dançando. Na varanda, o coronel Frederico Pinto tentava apalpar as carnes duras de Rita. O Varapau nem de Rosa se lembrava. E foram para a casa do capataz, depois para casas de trabalhadores, ganharam a estrada, em todos os lugares bebiam cachaça. O negro Florindo tinha bebido muito mas também tinha dançado muito e não esquecia que deviam fugir.

No meio da estrada deserta, próximo às matas das roças do capitão João Magalhães, ele puxou o Varapau:

— Cumo é? A gente não pira?

O Varapau adiava:

— Depois...

— Aqui é que é bom de pirar... É mata, ninguém vê a gente...

Varapau voltou-lhe os olhos súplices na noite estrelada:

— Mas como pirar se tem o terno? Como a gente vai largar o terno ao deus-dará? E quem cuida das coisa toda se a gente não tiver?

E correu para alcançar o terno que desaparecia na frente, levando as estrelas pobres nas lanternas vacilantes.

11

MARINHO SANTOS GOSTAVA DE JOAQUIM.

MAIS DE UMA PESSOA já lhe dissera que o chofer era comunista. Marinho sabia que ele estivera preso, andara num presídio político mais de dois anos. Mas não só Joaquim era um excelente mecânico, trabalhador eficiente e capaz, como, não sabia por quê, Marinho tinha certa queda pelo rapaz. Nunca o despedira, apesar dos avisos repetidos de amigos. Ao demais parecia-lhe que Joaquim já havia abandonado aquelas ideias atrapalhadas. Marinho Santos, por outro lado, quando moço e começando a vida, tivera também simpatias pela esquerda. Chegara a dar dinheiro para movimentos ilegais. Nesse tempo era chofer de praça. Prosperou depois, conseguiu comprar um ônibus a prestação, o negócio foi crescendo, agora possuía quinze ônibus e cinco caminhões. É verdade que devia muito, letras e letras no banco, vencendo todos os meses, uma constante preocupação. Mas o negócio não era mau e Marinho Santos, quando conseguisse pagar as suas dívidas, ficaria com a vida bem-arranjada. O pior eram os reparos seguidos nos motores, os ônibus parados. Aí é que Joaquim se revelava: mecânico como ele era difícil. Ônibus que, nas mãos de outro, demoraria uma semana inútil na garage, Joaquim o dava pronto em dois dias. Marinho Santos preferia que ele ficasse naquele serviço, apesar do rapaz estar empregado como chofer e gostar de dirigir. Não imaginava ele as cargas que Joaquim levava sob o assento do ônibus, manifestos, volantes, folhetos de propaganda.

Ex-chofer, Marinho Santos gostava de alardear para seus empregados sua origem humilde, incitando-os assim a trabalhar mais:

— Eu também comecei de chofer... Qualquer um pode vir a ser gente...

Vivia em boa harmonia com os diversos choferes e empregados que mantinha e principalmente com Joaquim. A mania de Marinho Santos, quase analfabeto, era parecer intelectual, entendido em coisas de livros e de literatura. Era o eterno pagador na roda que reunia Zito Ferreira, Reinaldo Bastos, Martins e Gumercindo Bessa, e pagava satisfeito, só pelo prazer de ouvir as discussões. Por isso mesmo gostava de conversar com Joaquim, que sabia muita coisa, que aparecia por vezes com livros sob o braço. O chofer não se abria com ele mas, de quando em quando, dizia-lhe umas coisas, falava-lhe de distantes países, principalmente da Rússia. Marinho Santos ficava ouvindo, meio enleado. Comprava livros que não lia, terminavam nas mãos cobiçosas de Zito Ferreira. Quando Joaquim "estava de veneta" (o que não acontecia sempre, com profundo desgosto de Marinho) começava a falar sobre as coisas daquela outra terra, tão longínqua. Marinho aparteava, soltando conceitos literários que ouvira na véspera no bar. Mas respeitava o chofer e por nada do mundo o despediria. No entanto, nos fins de conversa, aconselhava:

— Tira isso da cabeça, Joaquim. Tu ainda te dá mal... Todo mundo diz que isso não presta... E, mesmo que preste, como é que vai dar certo?

Joaquim ria seu riso breve que lembrava Raimunda:

— Só estou citando o que está em qualquer geografia...
Então Marinho Santos pinicava um olho como a dizer que aquilo não o enganava e se retirava. Essa camaradagem permitia a Joaquim certa liberdade no trabalho, dava-lhe margem para dedicar mais tempo às questões partidárias. Quando queria sair, Marinho não punha obstáculos:
— Pode ir, mas não demore...
Certo dia Marinho Santos chegou na garage preocupado. Joaquim sentiu que ele desejava falar-lhe mas não se decidia. Que poderia ser? Durante toda a manhã, enquanto despachava e recebia ônibus e caminhões, Marinho rondou o local onde Joaquim punha em ordem o motor falho do mais velho ônibus da empresa. Sem coragem para falar. Afinal, ao meio-dia, quando Joaquim retirou da lata de flandres a comida que já levava pronta, Marinho se aproximou, sentou-se no estribo do ônibus:
— Então, Joaquim?
— Como é, seu Marinho?
— Tu é um chofer, eu sou patrão, tenho quinze ônibus e cinco caminhões. Mas também já fui chofer de praça e graças a Deus não tenho vergonha do que fui... Essa é a verdade...
— Trabalho não envergonha...
— Tou aqui preocupado... Tou te falando porque te considero mais meu amigo que mesmo meu empregado... E já tou que não aguento de vontade de falar...
Joaquim parou de comer para ouvir com mais atenção. Marinho disse:
— Talvez nem seja nada. Mas ontem Martins, o gerente de Zude, tu sabe, aquele magro que tem uma rapariga na Ilha das Cobras...
— Rosa, eu conheço...
— Bonitona...
— É... Sei também quem é seu Martins.
— Pois é. Ontem ele me disse que ouviu falar em meu nome no escritório de seu Carlos Zude. Tavam conversando, ele e o americano, seu Karbanks. Martins ia entrando e eles tavam falando aqui no nome do degas...
Esperou um comentário de Joaquim, comentário que não veio, continuou:
— Fiquei de orelha em pé... Martins disse que eles se calou quando ele apareceu. Fiquei matutando a noite toda no que podia ser... Pra falar a verdade não dormi direito. Tu sabe: sou aí pouco mais que um chofer, pra que meu nome na boca de gente rica, de exportador de cacau? Pois

bem. Hoje logo que cheguei aqui, a primeira coisa que vi no escritório foi essa carta.

Mostrava a Joaquim. Era um convite de Carlos Zude para Marinho passar no seu escritório às três horas da tarde. "Assunto do seu máximo interesse", avisava.

— Que pode ser? Telefonei para Martins, ele não sabe mais de nada. Andei quebrando a cabeça hoje de manhã, não sei o que será. Aqui diz (leu com certa dificuldade): "Para tratar de assunto do seu máximo interesse". Que é que pode ser?

Joaquim aventou a hipótese de ser algum contrato de exclusividade para os cinco caminhões, para que transportassem cacau para Zude. Marinho achava que não, quase zangado:

— Que contrato, que nada! Pra uma coisa dessas ele mandava Martins aqui me falar... E pra que essa conversa com seu Karbanks no meio? Não é não, Joaquim, é outro troço qualquer...

Joaquim confessou que não podia imaginar o que fosse e Marinho retirou-se ainda mais nervoso do que chegara, dizendo que ia mudar a roupa para comparecer ao encontro:

—Vou me botar formoso... Vestir a roupa dos domingos...

Joaquim, apesar de não ter nada com aquilo, ficou curioso. E esperou com interesse a volta de Marinho Santos. Antes de se dirigir ao escritório de Zude, Marinho passou pela garage, envergando uma roupa nova, de casimira, os sapatos lustrados, a barba feita, um lenço de seda no bolso do paletó. Parecia um empregado no comércio pronto para uma festa. Perguntou a Joaquim:

— Que tal, hein?

— Batuta! — elogiou o chofer.

— Que pode ser, meu Deus? — perguntou ainda, numa ansiedade, e se tocou.

A conversa foi longa porque o relógio da garage marcava as quatro horas e Marinho ainda não voltara. Joaquim encontrou-se perguntando a si mesmo que diabo seria aquilo. Agora olhava o mostrador do relógio de cinco em cinco minutos, aflito. Afinal, perto das cinco horas, Marinho Santos apareceu. Seu rosto brilhava. "Andou bebendo", pensou Joaquim, que conhecia seus hábitos. Marinho chegou, trancou-se no escritório pequeno da garage, daí a pouco apareceu o rapaz que fazia a escrita da casa, bateu na porta, entrou, Joaquim ouviu o ruído da chave na fechadura:

— A coisa é séria...

Quando o rapaz saiu, Marinho Santos botou o rosto para fora, olhou a garage onde chofers e empregados sujos de óleo conversavam. Um ônibus acabara de chegar e ainda havia, na porta da rua, certo movimento. Joaquim terminara o trabalho, lavava os braços e o rosto na torneira dos fundos. Marinho gritou por ele:

— Joaquim! Joaquim!

— Pronto, seu Marinho...

— Chegue aqui...

— Já vou...

Enxugou-se, Marinho Santos esperava na porta:

— Entre...

Ficou de pé espantado das precauções que Marinho Santos tomava. Trancava a porta, duas voltas na chave. Depois sentou-se na cadeira giratória velhíssima da escrivaninha, empurrou outra cadeira, onde já não havia palhinha, para Joaquim...

— Adivinhe...

O rosto, radiante, todo ele resplandecia. Estava um pouco bêbado. Destapou a garrafa de cachaça, ofereceu um trago a Joaquim:

— Obrigado, não bebo...

— Besteira... Que adianta não beber? Você é melhor do que os outros? Tá aí: que era eu? Um chofer, como você, como todos esses aí. Sempre bebi meu gole de branquinha, isso nunca me impediu de trabalhar. Fui comprando meus ônibus, pagando aqui, tomando ali, fui me aguentando... E agora...

Parou, engoliu a cachaça:

— Agora tou rico seu Joaquim...

— Rico?

— Sabe o que é que os homens queria?

E narrou. Pediu antes o máximo segredo, ninguém ainda podia saber do fato, só quando o negócio estivesse realizado. Contava a Joaquim — explicava — porque não o considerava um empregado, e, sim, um amigo. Zude e Karbanks haviam-lhe proposto nada mais nada menos que sociedade na empresa. Ou melhor: a fundação de uma nova empresa. Pagavam todas as dívidas de Marinho, entravam com capital para a compra de novos ônibus e novos caminhões, muitos ônibus e caminhões, ele ficaria como diretor da nova sociedade. Um negocião...

Joaquim ficou pensando. Procurava encontrar o fundo da questão, o

porquê daquele negócio. E começou a perguntar. Ficou então sabendo que seria uma sociedade anônima, onde todos os exportadores entrariam com capital. O que eles queriam, haviam explicado a Marinho, era que a zona fosse bem servida de transportes: ônibus e caminhões, principalmente caminhões. Poderiam fundar uma empresa nova mas prefeririam aproveitar a de Marinho, que já estava ali, funcionando e próspera. Liquidariam as demais empresas com a ampliação da sua.
— Uma sociedade anônima?
— Sim, senhor...
— E seu capital?
— Os ônibus, os caminhões, a garage, o meu trabalho...
— Quanto por cento de ações...?
— A maioria...
— A maioria?
— Sim. Quarenta por cento...
— Não é a maioria...
— Como não é? — Marinho Santos irritava-se com aquela primeira restrição oposta ao negócio. — Eu fico com quarenta por cento...
— E eles com sessenta...
— Mas eles são oito e eu sou um...
— Não, seu Marinho, o senhor é seu Marinho Santos e eles são os exportadores...
— E o que tem isso? — Marinho Santos estava francamente irritado, os olhos apertados da bebida.

Joaquim começou a explicação mas o outro interrompeu:
— Isso, Joaquim, são conversas que não interessam. Essa coisa de comunismo pode estar bem na Rússia mas aqui não...
— Mas, quem está falando em comunismo?
— Ora, eu não conheço logo essas conversas? Que os exportadores, etc. e tal? O negócio é um negocião e eu vou fazer...
— Seja feliz, seu Marinho — desejou Joaquim levantando-se. Mas Marinho Santos acalmava-se e voltava a tratá-lo com gentileza numa amabilidade que o princípio de embriaguez aumentava:
— Não se zangue, Joaquim. Eu sou assim mesmo exaltado. Não se importe. Você não entende de negócios, é por isso. O que eu quero é que você continue comigo. Disse logo a seu Zude e Karbanks: "Só fecho o trato se ficar garantido que meus empregados continuam". E eles nem discutiram... São ricos mas são bons sujeitos...

— Não tem dúvida, seu Marinho. Enquanto o senhor quiser, eu trabalho pro senhor...

Marinho Santos servia novo trago:

— Ah! você não bebe... Besteira, rapaz... Eu sempre virei meu trago e nunca me dei mal... Nem por isso deixei de prosperar...

12

JOAQUIM PAROU DIANTE DE SÉRGIO MOURA, NA SALA DE entrada da Associação Comercial de Ilhéus, nem deu boa-tarde:

— Eles querem engolir tudo, seu Sérgio... — abria os braços.

O poeta via a praça onde o crepúsculo enchia o jardim de sombras. Estava satisfeito e ficou um momento suspenso entre sua alegria íntima, o gesto exaltado do chofer, a tristeza do fim da tarde. Lá dentro, Julieta vestindo a roupa às pressas. Joaquim nunca vinha sem avisar. Aliás, quase sempre era Sérgio quem o mandava chamar, necessitando conversar com o militante, pôr em ordem seus pensamentos, apoiá-los na experiência do outro. Ganhava sempre em cada conversa com o chofer. Dissera-o a Joaquim, certa vez, e este lhe respondera que ele também aprendia. "A gente sempre ganha quando troca opiniões com outro. E se é um que sabe muito, como o senhor, então ainda melhor", explicara, e Sérgio Moura sorria confuso e agradecido. Havia um dia certo em que Joaquim vinha, todos os meses, para cobrar a contribuição que Sérgio, como simpatizante, fornecia ao partido. Mas naquela tarde chegara inesperadamente, quando Julieta se encontrava nos braços do poeta. Quando bateram palmas Sérgio não quis abrir a porta. Mas Joaquim, que conhecia as esquisitices do poeta (muitas vezes trancava-se para escrever, findo o trabalho do dia), gritou seu nome:

— É Joaquim, seu Sérgio. Quero falar com o senhor...

Só nos momentos muito sérios Joaquim tratava Sérgio de você. Então chamava-o de companheiro e aquilo dava certa dignidade ao poeta, era das coisas que mais o satisfaziam. Continuava a existir entre os dois, apesar do repetido contato, uma certa distância, nascida, quem sabe?, de uma mútua timidez. Talvez ninguém merecesse de Sérgio Moura em Ilhéus a estima e o respeito que ele tinha pelo chofer. Era homem de outro tempo, um tempo futuro, parecia-lhe que se aproximava do futuro cada vez que via Joaquim. O chofer dava-lhe uma im-

pressão de força colossal e de fé imensa. Puro, de uma pureza que o poeta admirava, se bem a encontrasse um pouco incômoda. Joaquim merecia-lhe uma especial estima, igual a certos livros os quais amava particularmente. Seu Baudelaire, seu Whitman. Entendiam-se bem os dois, mas Sérgio sentia que havia alguma coisa ainda entre eles que impossibilitava uma aproximação completa, uma intimidade perfeita. Conversavam de política, de economia, por vezes de poesia. Joaquim gostava de ler os poemas de Sérgio e influíra mesmo na sua arte, já que fora ele quem criticara certos poemas seus, revolucionários no conteúdo porém quase esotéricos na forma:
— Operário não entende isso...
— Mas a poesia... — e Sérgio começara uma longa explicação.
— Muito bem, companheiro — falou Joaquim, sério... — Pode tá certo tudo que você diz. Não entendo disso, pode tá certo, não vou discutir. Você é que é o poeta. Mas veja: pra que é essa poesia? Não é para ajudar a revolução?
— É...
— E quem vai fazer a revolução? Os operários, o povo, a gente pobre, não é? Como é que essa poesia vai ajudar a revolução se a gente que vai fazer a revolução não entende o que ela diz? Eu quando leio o velho Lênin entendo tudo que ele ensina e quando leio o velho Stálin também. Sou um operário, mas aquilo é claro e eu entendo... Penso que uma poesia assim é que era boa...
O poeta discutiu muito, não querendo se dar por vencido. Mas depois começou uma busca de ritmos populares e sua nova poética devia-se a essa discussão. Joaquim ficara alegre como uma criança quando, tempos depois daquela conversa, Sérgio mostrou-lhe os novos poemas:
— Isso, sim... Isso é bonito e todo mundo entende — comovia-se.
— Disso a gente precisa...
Sérgio sentia-se perfeitamente pago.
Conversaram de política, de economia, até de poesia, é verdade. Longas prosas nas noites livres, mas nunca haviam trocado uma palavra sobre suas vidas, nunca, por mais que o desejasse, Sérgio levara até Joaquim um só dos seus problemas íntimos. Não que pretendesse aparecer diante de Joaquim melhor do que era. Certa vez o chofer, no meio de uma acalorada discussão, lhe dissera:
— Você será sempre um pequeno-burguês...
Sérgio rira e acrescentara:

— Pior que isso, Joaquim. Some aos vícios da origem pequeno-burguesa os vícios de casta intelectual... Um caso sério...
Joaquim rira também, aquele riso curto e amigo:
— Não leve tão a sério, companheiro Sérgio. O importante é ser um intelectual honesto. Eu não entendo muito desse negócio de poesia. Mas das suas eu gosto e tem gente, pra quem já li, que gosta também. Nós sabemos que o senhor está com a gente... Já é alguma coisa...
A conversa terminara ali e nunca mais tinham voltado ao assunto. Sérgio gostaria, no entanto, de falar a Joaquim de coisas suas, de Julieta, por exemplo.
Julieta mudara muito nesses meses. Encontrara um mundo e se afundara nele como um conquistador colonial na avidez de desbravar terras desconhecidas, de descobertas surpreendentes. Era o mundo dos livros que entrevira nas leituras desordenadas dos romances comprados ao acaso. Sérgio abrira para ela perspectivas novas, um universo de poesia. Andava como no ar, sentia-se leve, igual às nuvens que o vento arrastava sem nenhuma dificuldade. E Sérgio, quando se deu conta do que se passava com ela, maravilhou-se, entregou-se ao trabalho de educá-la, de moldá-la à sua vontade. Era como escrever um poema. Fazia-o com certo egoísmo, era também uma maneira de vingar-se de Carlos Zude. Não lhe roubava apenas o corpo da esposa. Roubava-lhe também o espírito, construía outra Julieta Zude. Agora ela estava na sala, mudando a roupa, um pouco assustada. Sérgio lhe dissera que não tivesse medo. Já lhe falara vagamente de Joaquim e ela mostrara interesse em conhecer o chofer.
Na sala de entrada, Joaquim tenta narrar sua história. Julieta vem lá de dentro, já pronta para sair. Sérgio ouve os passos, levemente assustado, que dirá Joaquim?
— Com licença... — diz ela.
E parou quase em frente aos dois homens. O chofer baixa a cabeça. Mas Sérgio Moura toma-se de súbita resolução:
— Julieta, quero lhe apresentar meu amigo Joaquim...
Falou para Joaquim:
— Essa é Julieta.
Joaquim estendeu a mão, as palavras saíram quase sem ele sentir:
— A mulher de Carlos Zude...
— E o que é que tem? — disse Julieta. — Sérgio me disse: "Meu amigo Joaquim compreenderá. Ele é capaz de compreender tudo...". A

mulher de Carlos Zude... Não senhor, seu Joaquim. Sou a mulher de Sérgio Moura...

— Bem. Não queria ofender... — disse o chofer. — Saiu... sem querer...

Sérgio sorria, as luzes da praça se acendiam:

— Vamos entrar... Lá dentro conversamos...

"Esse seu Sérgio...", pensava Joaquim enquanto se encaminhava para a sala de sessões. Julieta estava afogueada, parecia-lhe que falara demais, que havia ofendido o rapaz. Sérgio achava a situação entre divertida e incômoda, mas agora queria ir até o fim.

Sentaram-se, Joaquim segurava o chapéu nas mãos. Sobre a mesa estava uma gaiola onde um belo pássaro preto, como um príncipe prisioneiro, olhava indiferente os presentes. Sérgio disse:

— Está aí esse pássaro, ele não representa. A gente representa sempre como se estivesse num palco. Representa mesmo quando não fala, quando não diz as coisas... Vive se escondendo...

"Por que ele fala difícil?...", pensava Joaquim. "O que ele quer?" Sérgio continuava:

— Para que representar se somos amigos? Está aí Julieta. A gente nunca se conhece direito. Esposa de um exportador... Tem um amante. Naturalmente você já sabia, Joaquim, e, no entanto, nunca a gente tratou do assunto. Representando...

— Eu não tinha nada com isso... Não é da minha conta. Por que me meter na vida particular dos outros? Bem, aqui a gente conversa, troca opiniões, o senhor me ajuda em coisas que eu não sei direito e o senhor sabe. Aprendo. Às vezes digo uns troços pensando que são úteis pro senhor. Sua vida? Não me importa...

Então a voz de Sérgio mudou, não era mais o literato se divertindo com a situação. Sentia-se magoado e ressentido:

— Ninguém é máquina... Nem a revolução é uma máquina...

Joaquim olhou para Sérgio, depois para Julieta, havia uma reprovação no seu olhar.

— Não faz mal — explicou Sérgio. — Julieta é uma pessoa direita, não sei se você acredita. Pode falar na frente dela...

Joaquim sentia que o poeta estava triste e compreendia onde ele queria chegar:

— Cada homem vale para nós. Vale mais que qualquer coisa, companheiro Sérgio. Os capitalistas têm dinheiro e compram tudo: justiça,

polícia, padres, governo, tudo. A gente só tem um capital: os companheiros...
— E então?
— E então? Se o senhor fosse um militante eu lhe dizia: "Companheiro Sérgio, isso está malfeito. Nem por ela ser esposa de um exportador isso está benfeito. Se vocês se gostam então por que não se juntam? Por que enganam um homem?". Está aí o que eu dizia...
Julieta olhava Joaquim fixamente, nunca se vira ante tanta franqueza, tão rude franqueza. No entanto o visitante era simpático e ela já não sentia irritação alguma. Joaquim notava seu olhar quase aprovativo:
— Me desculpe, dona. É porque, se fosse um militante, o comportamento dele estaria prejudicando a revolução e prejudicando ele. Então eu diria. Mas você, companheiro, é um simpatizante e não tem dessas obrigações. A gente não pode exigir de você mais do que você dá e é muito. Seus conselhos, suas contribuições, seus versos que é o melhor de tudo...
Julieta levantou os olhos:
— Quer dizer que o direito era eu largar Carlos e ir morar com Sérgio?
— É o direito...
— Muito bem — disse Sérgio. — Ninguém discute. Assim, em bloco, é o mais certo. Mas existem os detalhes. Julieta nasceu no luxo, no dinheiro, no conforto. Besteira? Parece, mas não é. Eu vivo de ordenado, ordenado que perderia... Nós somos, seu Joaquim, feitos de outro barro, diferente do de vocês, militantes. O nosso barro é frágil, vira lama com facilidade... Ah! com muita facilidade.
Era de repente sincero, totalmente sincero e falava agitado:
— Essa coisa que é o partido... Então você pensa que também nós, intelectuais que vivemos em torno dele sem nunca entrar, que nós não o amamos? Nós o amamos, sim, e muito! É para nós a certeza de outro mundo, o mundo que sonhamos na nossa arte, que buscamos no que escrevemos. É a certeza de que ele está sendo construído. Estamos na porta do partido e não entramos, apesar de todo o amor que lhe temos. Não entramos. Ficamos de fora, rodando em torno... Como uns perus... Iguais... E por quê? Porque não somos feitos do mesmo barro... Somos feitos de lama... De lama, acredite. Vivemos presos nessa lama até os cabelos... Pequenas coisas que agarram, prendem, deformam e matam...
— Cada um procura melhorar... E o partido ajuda... Ninguém nas-

ce feito, nem nasce bom nem ruim... O partido ajuda, faz a gente, forma, endireita...
Sérgio tinha uma fórmula:
— Antes um bom simpatizante que um mau militante... — resolvia.
Joaquim fez um gesto vago, talvez de concordância. Julieta estava avidamente interessada na conversa. Tudo aquilo fazia parte do mundo maravilhoso que ela estava descobrindo, um pouco a cada dia. As palavras de Sérgio pesavam como chumbo:
— Vocês falam no lumpemproletariado... Uma vez conversamos, se lembra? Vagabundos, boêmios, mulheres da vida, ladrões do cais. A gente é a lumpempequena burguesia... Eu podia ir embora com Julieta? Poderia mesmo? A gente está aqui, é lindo. É a melhor coisa do mundo... Ela me ama, eu a amo. De verdade, de todo o coração, acredite, Joaquim. Mas se a gente se fosse, se ela largasse o marido, se eu perdesse o emprego com o escândalo, se a gente se fosse, fosse viver de um ordenado que eu arrancasse numa redação, cadê a beleza? Quanto tempo durava?
— Tudo isso é difícil... — disse Joaquim e estava cansado. — Quando um companheiro chega para mim e fala, ele vem com um problema concreto e eu resolvo. "Joaquim, a coisa tá ruim. O salário não chega pra gente comer. O que é que a gente faz?" E eu digo: "Vamos armar uma greve". Isso é um problema, isso a gente está vendo, está quase pegando. Agora você me diz: "Tem a mulher de um homem, ela gosta de mim, eu gosto dela. A gente se encontra escondido. Isso não tá direito. Mas a gente não pode ir embora os dois porque a gente não aguenta a vida dura". O que é que eu posso dizer?... Não sei resolver, não acho direito, acabou-se.
Houve um silêncio. Julieta ia dizer alguma coisa, mas se conteve. Joaquim voltou a falar:
— É atrapalhado. Uma vez Roberto estava arreado para o lado da mulher do Tancredo, uma rapariga nova e vistosa. Parece que se encontraram no areal, eu soube, chamei ele. "Roberto, esse troço não tá direito. Um militante não faz isso. Se você gosta da mulher vá viver com ela." Roberto coçou a cabeça que o negro é descarado mesmo, mas foi viver com ela. Tancredo danou-se, esperneou, quis brigar, mas no fim deu certo. Tá aí... Já de outra vez tudo foi complicado. Era Bezerra, você não sabe quem é, já foi embora. Se bandeou pro lado de Elza, mulher de Lolô. Bezerra era um sujeito direito, não contou conversa. Foi logo falar com Lolô, explicou o caso. Levou Elza com ele mas Lolô se matou. Nunca mais Bezerra foi gente pra nada... Deu a tristeza nele. Complicado...

Julieta disse:

— É engraçado. Vocês estão aí discutindo e eu estou pensando uma besteira. Tantas vezes já ouvi falar de comunistas. Pensava que fosse a gente, em matéria de amor, mais livre do mundo. Estou vendo que são tão moralistas ou mais...

— Uma coisa é liberdade, outra é descaração...

Joaquim quis engolir a palavra, já era tarde:

— Me desculpe. Não sei conversar com gente fina...

— Não tem de quê. Pode falar à vontade... Mas você não entendeu. Eu fico alegre de que seja como é... — E sorriu. — Pode não acreditar. Eu também não acreditaria...

Sérgio Moura concluiu:

— Já se brigou muito. Julieta e eu vamos pra frente. Vamos ver, depois. Quem sabe o que vem por aí? Tudo pode acontecer... Só quero saber uma coisa: isso impede que a gente seja amigo? Os três?

Joaquim ria:

— Não sou nenhum puritano...

Ficaram sorrindo uns para os outros. Joaquim olhou o casal, eram simpáticos. Gostava de Sérgio, homenzinho complicado! No fundo, parecia-lhe direito. E a mulher — bonita, Deus do céu! — também parecia uma boa criatura. Ora, a mulher de Carlos Zude... Quem diria... Sérgio falava:

— Você vinha com uma notícia... Nós nem lhe deixamos falar...

— Não tem nada...

— Mas conte...

— Lembra do que a gente conversou outro dia? Sobre a alta?

— Sim...

— Pois olhe, eles vão engolir tudo... — voltava-se para Julieta. — Desculpe, dona, vou falar de seu marido...

Ela riu.

— Sabe que eles, Zude e Karbanks à frente, fizeram uma sociedade anônima com a empresa de Marinho? Ficaram com a maioria das ações.

O poeta assoviou. Julieta procurava penetrar o sentido da conversa.

— Que quererão? — perguntou Sérgio.

— O monopólio dos transportes na rodagem...

— E depois...

— Se sair a cooperativa dos fazendeiros eles podem até trancar o transporte. A estrada de ferro, você sabe...

O silêncio baixou sobre eles. Julieta gostaria de algumas explicações mas temia pedi-las, parecer intrometida. Sérgio disse:

— Seu marido, moça, atrapalha nossa vida. Mas atrapalha também a vida de todo mundo. Vai desgraçar tudo isso por aqui...

Ela pensou com terror: "E o faz por mim, pra me dar tudo o que eu pedia e que já não quero mais". Mas nada disse.

Joaquim se levantava:

— Me desculpe, dona, se lhe ofendi. Sou um operário, não sei palavras delicadas...

— Não me ofendeu em nada... Gostei muito de conhecer o senhor.

Sérgio andara até a janela fechada, afastara a cortina, olhava pelo vidro a praça iluminada. Os exportadores realizavam tranquilamente seu plano. Como soldados realizando uma manobra. Julieta aproximou-se de Joaquim, perguntou numa ânsia:

— O senhor acha que essa lama, esse barro podre pode algum dia melhorar e ser tão bom quanto os outros?

Joaquim falou rapidamente:

— Não há trabalho difícil para quem tem vontade de trabalhar... Toda terra é boa, só que às vezes precisa de ser adubada... Não tenha medo — completou.

Ela sorriu. Na mesa, o pássaro olhava, Julieta o achou parecido com Sérgio Moura. Também o poeta tinha alguma coisa de prisioneiro.

13

QUANDO TERMINOU A PRIMEIRA SAFRA DA ALTA, QUANDO CHEGOU o paradeiro no fim daquele ano, uma pergunta percorreu toda a zona do cacau, desde o porto de Ilhéus ao longínquo povoado de Guaraci, na serra do Baforé: os preços se manteriam? As razões aparentes que haviam determinado a alta — a perda da safra da República do Equador, a diminuição da produção na Costa do Ouro — não se repetiam. As notícias dos jornais anunciavam grande safra na África, a liquidação da praga no Equador. Baixaria o preço do cacau? Era o que se perguntava toda gente, numa inquietação.

Os coronéis haviam saído desse primeiro ano da alta com lucros, se bem menores do que eles imaginavam. Apesar dos gastos nos cabarés, das mulheres caras, da roleta e do bacará. A era dos esbanjamentos sem medida ainda não havia se iniciado, realmente. A incerteza sobre a duração da alta os levava a certo controle sobre os gastos. Os esbanjamentos em grande escala só começaram mesmo do segundo ano em diante, quando os preços se firmaram acima de quarenta mil-réis. Foi quando tomaram conhecimento de quanto era excitante a especulação de valores na bolsa, jogar na alta e na baixa de produtos cujos nomes soavam de modo muito diverso do cacau. Do segundo ano em diante aquela convicção de João Magalhães, de que o cacau não baixaria de preço nunca mais, se fez geral entre os fazendeiros e os pequenos lavradores.

Sobre todas aquelas vidas paralelas, que por vezes se cruzavam, influía a alta do cacau. O coronel Maneca Dantas se lançou à construção do mais belo palacete de Ilhéus. Quinhentos contos empregou ali, na casa e nos móveis. Mas empregou ainda mais dinheiro no jogo da bolsa. Depois que o iniciaram não quis saber de outra vida. Era uma maneira fácil de ganhar e perder dinheiro. Aqueles homens que vinham da luta pela conquista da terra, que haviam passado a vida dentro da mata, que nunca se tinham dado a diversões, se entregavam de repente a tudo que lhes oferecia possibilidades de emoções novas. A maioria dos coronéis fez como Maneca Dantas. Se havia alguma exceção era Horácio, entregue à luta judicial com o filho.

A alta buliu com todos eles. Com os grandes fazendeiros que rasgavam dinheiro nos cabarés, com os pequenos lavradores que nunca tinham visto tanto dinheiro e tanto crédito. No entanto já havia indícios de que alguma coisa se transformava no panorama da cidade. Horácio, da sua fazenda, de onde comandava o andamento do processo demoradíssimo do inventário, encontrava pela primeira vez dificuldades, oposições, má vontade. O coronel sempre ligara suas lutas à política e agora o prestígio político fugia-lhe das mãos. O governador do estado organizara um novo partido, reunindo gente dos dois partidos tradicionais, e a chefia na zona do cacau fora entregue a Carlos Zude. Convidaram Horácio para membro do diretório central e ele recusou ofendido. Quando resolveu dar um balanço na sua força política viu que estava quase sozinho. Os integralistas arrastavam muitos dos seus ex-correligionários. Outros, como Braz, haviam formado na Frente Nacional Libertadora, acusada de comunista e logo posta na ilegalidade. A maioria, porém, estava no novo partido governista. Carlos Zude era "o novo sol político que raiava", assim escrevera um jornalista da terra. Horácio formou com a oposição uns restos de partido, força ainda considerável mas incapaz de uma vitória contra o governo. Os oposicionistas fizeram grande alarde da adesão de Horácio, mas o coronel não estava satisfeito: ganhar processo na oposição era difícil, ele tinha uma larga experiência. O coronel Horácio da Silveira sentia que o poder fugia das suas mãos e não compreendia. Não era daquele tempo, aquela luta não era a sua luta. E se entregava ao processo, mandando buscar Rui Dantas quase todas as semanas para lhe dar instruções na fazenda. Comprava armas, contratava jagunços. Lastimava a falta de homens como os de antigamente, quando conquistara terras e lutara contra os Badarós. Esperava ganhar o processo mas por via das dúvidas se preparava para resistir à divisão de suas terras. "Nem que eu morra de armas na mão", dissera a Maneca Dantas e a frase logo se espalhou em Ilhéus.

 Dera um golpe extraordinário no decorrer do processo. Quando Rui Dantas, pessimista, afirmava que não havia nada a fazer, que era um caso líquido e certo, perdido inteiramente para o coronel, este o mandou chamar. O moço advogado encontrou na estrada o escrivão do cartório de Itabuna. Ia também à fazenda, a convite de Horácio. Chegaram juntos, conversando. Horácio estava no quarto, tomando banho de bacia, a negra Felícia jogava-lhe água nas costas curvadas. Banho que aumentava seu reumatismo. Mas era hábito de muitos anos e o coronel Horácio da Silveira não sabia passar sem o seu banho frio. Esperaram na varanda. O coronel chegou, o bordão tateando o caminho. O escrivão não sabia a que vinha, o motivo daquele convite.

— Felícia, serve uma cachaça...

Voltou-se para Rui Dantas:

— Vosmicê, seu doutor Rui, vai me fazer uma minuta de testamento...

Olhavam sem compreender.

— Benfeita. Com aquelas palavras que se usava faz trinta anos. Uma minuta do testamento da finada... Vai dizer que ela deixa os bens em usufruto pro filho. Que ele não pode negociar com as terras enquanto eu tiver vivo. Usufruto, somente...

Compreendiam agora. Rui Dantas abria a boca ante a sabedoria do coronel. Recordava as histórias dos caxixes famosos, nos tempos de antigamente.

— Lá dentro tem pena e tinta... Tem pena nova...

O advogado entrou, Horácio ficou sozinho com o escrivão:

— Menezes, faz muito tempo, teu cartório ainda não era teu e foi incendiado por Teodoro das Baraúnas a mando dos Badarós. Eu tinha registrado lá um título de posse das terras do Sequeiro Grande. Depois morreu o escrivão, eu te arranjei o cartório, não foi?
— Foi, sim senhor... Devo ao senhor...
— Inda bem que tu te arrecorda... Ainda tem lá aqueles livros meio queimados, não tem?
— Tem, coronel...
— Tu vai fazer um trabalho benfeito. Tu vai registrar o testamento de Ester num desses livros. Depois bota farinha em cima que é pra letra parecer velha. Nunca mais ninguém buliu neles, tem muita página em branco... Tem muita assinatura do doutor Jessé, do compadre Maneca Dantas. Tu registra ali o testamento...
— É perigoso, coronel...
— Eu não tou te perguntando se é perigoso... Tou te dizendo que tu vai fazer... Eu vou te pagar...
— Não é questão de dinheiro, coronel. É que, se descobrirem...
— E tu não fez outros? E a hipoteca falsa das roças de Pedro Castro, quem foi que fez? E a de Nestor Baía? Tu é velhaco antigo, Menezes. Tu vai fazer. E eu vou te pagar vinte contos pelo trabalho, pelo risco. Bem que vale a pena...
— Mas, coronel...
— Vou te dizer uma coisa, Menezes. Conheci teu pai, era um homem direito. Foi meu amigo, eu fui amigo dele. Por isso te arranjei este cartório, te dei ele. Podia dar pra outro. Mas se tu não fizer o que tou te dizendo eu esqueço que tu é filho do velho Menezes...

Gritou chamando o capataz. Seu grito foi repetido através das roças pelos trabalhadores que estavam na barcaça. O capataz veio apressado. Horácio ordenou:
— Mande Zé Comó aqui...

O escrivão olhava com medo. Medo de fazer o caxixe, aquele processo era perigoso, medo de se negar ao que o coronel queria. O preto forte apareceu, vindo pela estrada, a repetição no ombro.
— Boa tarde, coronel...
— É só pra tu ver aqui seu Menezes. Guarda o rosto dele que pode ser que eu mande tu levar um recado a ele em Itabuna... É um amigo meu... Pode ser...

O negro riu, Menezes empalidecia:

— Trato feito, coronel. Mande o doutor com a cópia. Quem assina por dona Ester?

— Deixa estar que eu arranjo...

Quando Rui Dantas voltou e leu a minuta, na qual mandou fazer pequenas modificações, Horácio disse:

— Doutor, você tem uma rapariga em Ilhéus, não tem? Rui Dantas ficou sem saber o que responder, respeitava o coronel desde menino, não sabia o propósito da pergunta extemporânea. Horácio continuou:

— Não fique acanhado... Isso é mesmo coisa de moço... Dizque é linda, uma gringa... Mulher assim gosta de dinheiro. Você leva essa carta (tirava do bolso do paletó uma velha carta amarelecida) e manda ela estudar a letra da finada... Tem a assinatura... Manda ela imitar até imitar bem. Aí pega ela, leva em Itabuna, no cartório, pra ela assinar...

— Tá certo, coronel... Mas não precisa pagar...

— É melhor pagar, doutor Rui Dantas. Nessas coisas a gente não deve ficar devendo favor nem a amigo nem a mulher. Pague dois contos que a moça vai se arriscar...

Rui Dantas e Menezes desceram juntos para Itabuna. Estavam ambos um pouco atordoados. Mas em Rui o interesse profissional, a vitória que previa com o caxixe admirável, vencia o medo, dava-lhe certa alegria ambiciosa. Com o sucesso daquela causa ganharia fama de grande advogado, além de que o coronel estava lhe pagando regiamente. Horácio não media despesas na questão. Toda aquela frugalidade no viver, aquele economizar de tostão não se referiam ao processo. O velho coronel gastava dinheiro sem pena. Para ele o importante era não dividir suas roças e dar uma lição em Silveirinha.

Menezes comentava o caso. Caxixe brabo... Mas não havia dúvidas que o coronel pagava com generosidade. Vinte contos não era dinheiro que se desprezasse. Recordaram então o incêndio do cartório, tantos anos antes... Fora devido também a um caxixe de Horácio. Teodoro das Baraúnas chegara à frente de seus homens, tocara fogo na velha casa de barro batido. Que sucederia dessa vez?

— Podemos nos desgraçar, seu doutor...

Rui Dantas era fatalista:

— Sem arriscar não se faz nada, seu Menezes...

Semanas depois os advogados de Silveirinha se assombravam com o aparecimento do velho testamento de dona Ester que tirava todos os direitos do herdeiro a não ser sobre os lucros das fazendas. "O velho é um macho", diziam os torcedores de Horácio. Rui Dantas arrotava importância nas ruas de Ilhéus.

14

ARROTAVA IMPORTÂNCIA NAS RUAS DE ILHÉUS MAS, NO escritório instalado no palacete novo de Maneca Dantas, o advogado suava em busca de uma rima difícil. Também a vida de Rui Dantas mudara com a alta do cacau. De jovem sem quefazer nos bares da cidade, rico e inútil, estava transformado em advogado conhecido, defendendo a maior causa da zona naqueles tempos. Andava de peito inchado, esbanjando dinheiro. Dinheiro fácil que lhe pagava Horácio, dinheiro mais fácil ainda que Maneca Dantas lhe dava sem nenhuma medida. Gastava com Lola Espínola, vestia-a com as melhores fazendas, ofertava-lhe joias, levara-a à Bahia num rápido passeio. Pepe dava-lhe facadas de contos de réis, aumentava seus negócios sujos, agora estava bancando o jogo do bicho na cidade. Lola recebia indiferentemente tudo aquilo. Desde que Pepe aplicara o "pulo dos nove" em Frederico Pinto e montara o cabaré e a casa de mulheres, a argentina estava indiferente a tudo. Pepe quase não ligava mais, vinha raramente ali, quase só como um cobrador. Dava balanço nas joias, arrecadava o dinheiro graúdo que encontrava, dizia-lhe umas frases gentis, uma que outra vez deitava com ela.

Como Lola conseguira as primeiras doses de cocaína era difícil de explicar. Mas a verdade é que as conseguira e se entregara ao tóxico. Quando Rui Dantas descobriu ficou alarmado, suas experiências naquela matéria eram mínimas, duas ou três vezes em casas de raparigas na capital. Quis zangar-se com Lola mas a argentina botou-lhe os grandes olhos tristes e declarou que só assim se sentia feliz. Rui jogou-se com ela na cama, naquela loucura que tinha pela mulher, e terminou ele também de vez em quando aspirando cocaína. Já nessa época estudantes em férias, mocinhos ricos, cheiravam cocaína nos cabarés, mais por moda que por vício. A alta trazia na sua festa de dinheiro quanta coisa boa e ruim havia pelas cidades grandes. Rui Dantas se apegou ainda mais à mulher. Escrevia sonetos para ela, tinha esperanças que Lola abandonasse definitivamente Pepe e ficasse de uma vez somente com ele. Na sua doida

paixão pelas carnes formosas de Lola nunca deixou de haver certo romantismo, romantismo barato é verdade, porém ainda assim capaz de atingir o profissionalismo de Lola, de fazê-la ainda mais triste. Na sua longa carreira de prostituta de classe, muitos homens lhe haviam dito o mesmo que Rui lhe dizia nas noites de romantismo misturado à cocaína que aspiravam e à champanhe que bebiam:
— Não nasceste para essa vida...
Era aquilo que lhe dava vontade de matar-se. Achava que os homens eram bons e delicados. Todos que conhecera, cada um dos que haviam deitado na sua cama para serem miseravelmente explorados depois, eram bons para com ela, gentis, tratavam-na com carinho. O coronel Frederico Pinto chegara a comovê-la de tanto que a quisera. Rui era meloso e por vezes difícil de aturar, mas também gostava dela, escrevia-lhe coisas sentimentais, parecia mais um marido terno que um amante endinheirado.

Mas Lola só se sentia presa a um homem, e era Pepe. Sabia que ele não a amava, que para Pepe ela era apenas segura fonte de renda, mas ainda assim o queria. Só era realmente feliz quando Pepe aparecia e alisava-lhe a cabeça, dizia-lhe uma palavra qualquer. Quando ele se ia, Lola tinha de se entregar aos tóxicos, e se não se matava, é que sabia que todos os negócios em que o cáften estava metido podiam fracassar. E ele novamente necessitaria dela.

Ouvia com paciência (a paciência fazia parte da sua profissão) os longos relatos sem graça que Rui Dantas lhe fazia do processo do coronel Horácio. Sentia uma vaga simpatia pelo coronel, como simpatizava com Maneca Dantas, apesar de saber que o pai de Rui tinha-lhe raiva. Maneca Dantas mandara-lhe oferecer dez contos para que ela fosse embora, largasse seu filho. "Tem que pagar muito mais", dissera Pepe. Mas Lola o faria de graça se estivesse nas suas mãos. Fora ela quem imitara a assinatura de Ester no falso testamento. Pepe exigiu cinco contos. No trem, Rui contara-lhe a história da esposa de Horácio e Lola se emocionou com aquela mulher que tivera coragem de fugir ao seu destino, que tivera ânimo de romper com as raízes que a prendiam ao cacau. Ela, Lola, não tinha essa coragem. Seu destino era Pepe, como abandoná-lo? E Rui a dizer que ela "não nascera para aquela vida...". Por vezes tinha-lhe raiva e, certas noites em que ele não lhe trouxera cocaína, Lola o tratara rudemente. Depois se arrependia, o pobre não tinha culpa... Fazia tudo para alegrá-la, desde os presentes caros até os sonetos burila-

dos... Chegara a enveredar pelos caminhos dos tóxicos, talvez apenas para lhe ser agradável...
Para Rui Dantas a loira argentina era a paixão definitiva. Rapaz perdido nas ruas de Ilhéus, a mulher civilizada de outras terras exercia tremenda sedução sobre ele. Ela o habituara a beber champanhe, a tomar cocaína, a refinamentos amorosos. Não podia se desligar dela, era capaz de tudo para conservá-la. Os noivados em que Maneca Dantas tentava interessá-lo, com moças ricas da sociedade local, eram imediatamente recusados. Deixara de ir às festas do Clube Social, não fazia nenhum segredo da sua ligação com Lola. Levava-a ao Trianon, a grandes ceias noturnas, à qual aderiam estudantes em férias e literatos de passagem por Ilhéus.

E, em meio a tudo isso, aquela vocação irremediável para marido, para noivo, para namorado. Nunca seria um amante. Vocação que o fazia suar na busca de rima sonora para o soneto de amor. Na cama fazia com Lola as maiores extravagâncias, bebiam os dois até cair bêbados, afundavam nos mistérios dos tóxicos... Nos sonetos era o mais romântico dos amores, o mais puro, o mais inocente...

Sustenta a caneta na mão direita, com a esquerda faz um gesto de declamação na esperança que assim a palavra surja. "E ainda dizem que escrever versos é um trabalho de vagabundos... Uma petição é muito mais fácil." É que não sabem quanto custa, às vezes, encontrar uma boa rima e condicionar a ela o sentido do que se quer dizer. Rui Dantas está sem paletó, as mangas da camisa arregaçadas, parece empenhado numa luta corporal. Sobre os pelos do braço, na testa lisa também, aparecem gotas de suor.

É um trabalho árduo o de fazer um soneto, principalmente em alexandrinos bem medidos, mas Lola merece qualquer sacrifício. Além de que, há o sucesso da publicação, os parabéns dos jovens literatos da cidade, os comentários dos conhecidos:

— Muito bem, doutor! Versos bonitos...
Ou das professoras românticas:
— Muito sentimental...
Existiam também os coronéis que antes torciam a cara, que achavam que, em vez de sonetos, Rui Dantas devia estar fazendo era defesas e acusações nos júris, acompanhando processos no foro, para isso se formara, não para rabiscar versos melosos. Mas agora já não diziam nada, tratavam-no com outro respeito, desde que Rui estava advogado de Ho-

rácio e surpreendera a todos com a descoberta do testamento de Ester. "Bom trabalho...", elogiavam. De qualquer maneira não mereciam maior importância e Rui Dantas dizia, com os demais literatos da cidade, a respeito dos coronéis: "São uns burgueses". Não havia no termo dito pejorativamente nenhum sentido de classe e, sim, uma distinção de ordem estética.

Para Rui Dantas era muito mais importante a opinião de Zito Ferreira, apesar de ser apenas um facadista profissional. Pagava cerveja para ele todas as vezes que publicava um soneto, recebia os elogios avidamente, liam juntos a produção ou Rui a declamava no bar ante os frequentadores escandalizados. Também em algumas festas Rui dizia seus versos, recebia olhares das mocinhas que liam Delly e Ardel. Pensava ultimamente em reunir em volume suas produções. O *Diário de Ilhéus* até já anunciara que "em breve apareceriam em volume, sob o título de *Diamantes soltos*, os sonetos do nosso brilhante colaborador e jovem advogado deste foro, dr. Rui Dantas". Sérgio Moura apelidara o futuro livro de *Diamantes falsos* e Rui guardava-lhe raiva por isso, não perdia ocasião de perguntar aos demais se entendiam os versos do outro, aqueles hieróglifos que necessitavam de "chaves" para serem decifrados. O mal eram as críticas elogiosas de escritores do sul aos poemas de Sérgio. Rui Dantas nunca deixara de apresentar "seus parabéns" a Sérgio quando o *Diário de Ilhéus* transcrevia algum daqueles artigos. Mas, por dentro, se comia de raiva. Vingava-se dizendo horrores do poeta, dos seus hábitos, das suas manias de pássaros e flores. Depois, quando a cidade em peso começou a murmurar sobre Sérgio e Julieta, Rui aderiu aos comentários, propalava notícias escandalosas: que, durante uma viagem de Carlos Zude ao Rio, uma noite Julieta e Sérgio foram vistos na praia, deitados na areia. E que no outro dia aparecera uma calcinha de mulher, com um J bordado, esquecida na praia. Essa calcinha fora exibida nos cafés de Ilhéus, durante dois dias não se falou de outra coisa.

A verdade é que Rui se considerava rival de Sérgio em tudo: na poesia, onde representavam escolas e valores opostos, na maneira de viver, na posição que assumiam ante a cidade e a sua vida.

No gabinete, a estante com os gordos livros de direito, o retrato de Rui Barbosa sobre a mesa, Rui Dantas se esforça para compor um soneto de rimas raras. Zito Ferreira dissera no bar, ante uma roda grande, que Rui era um "rimador milionário". É verdade que alguém sorrira, achando que a frase tinha duplo sentido, que era uma ironia. Mas Rui nem reparou. Demora na escolha de adjetivos sonoros e pouco usados. Sua no rosto e nos braços, sua quase tanto como um carregador do cais.

Sob aquela camada de medíocres ambições intelectuais, Rui Dantas conservava certa candura que fazia com que nele as raivas durassem pouco, que se pusesse em frente a Lola como um adolescente apaixonado. Era uma prostituta, viciada e difícil, mas Rui a imaginava quase como uma esposa. É assim que ela aparece nesse soneto trabalhoso.

Os passos arrastados de Maneca Dantas fazem-se ouvir na sala ao lado. Vem entrando em casa, gritando pela esposa:

— Auricídia! Auricídia!

Ouve ruído no gabinete de Rui:

— Rui, meu filho, estás aí?

— Estou, pai...

Maneca Dantas entra, senta, só então tira o chapéu. Seu rosto bondoso está risonho, fica assim sempre que vê o filho:

— Que estás escrevendo?

Rui olha o soneto inacabado. Nos versos já realizados, Lola, de grande vestido e terno olhar, atravessa o pátio ensolarado de um castelo de sonho. Maneca Dantas jamais compreenderia...

— Uma petição, meu pai, para o processo do coronel...

— Então vou te deixar trabalhar...

Levanta, anda para a porta, volta-se:

— Deus te abençoe, meu filho...

Rui Dantas curva-se sobre o soneto.

15

NO FIM DA SAFRA, A PRIMEIRA DA ALTA, ANTÔNIO VÍTOR foi a Estância. Raimunda ficou na roça, cuidando da poda, tomando conta dos trabalhos. Antônio Vítor encheu uma mala de presentes, pequenas lembranças compradas aos sírios em Ilhéus, embarcou num navio. Havia trinta anos que ele não andava sobre o mar. Sentia uma emoção por dentro, ele não sabia que era orgulho. Há trinta anos viera numa terceira classe de um daqueles navios da Bahiana. Era um jovem que não sabia nada e tinha saudades e medo na noite de luar. No navio Juca Badaró o contratara. Ele trabalhou nas roças, pegou no pesado, depois matou gente, foi ferido, ganhou um pedaço de terra. Derrubou mata, plantou mandioca e milho, depois plantou cacau. Ele e Raimunda. Volta agora de primeira classe, de botinas rangedeiras como sonhara, anel no dedo, chapéu na cabeça, boa roupa de casimira. Voltava um fazendeiro, quase um coronel. Enricara naquelas terras.

E, de repente, a bordo, ele se lembrou de Ivone. Muitos anos fazia que a esquecera. Longe estavam os tempos em que ia ao bordo da mata, quando ainda existia mata, para recordar. Depois vira Raimunda e se esquecera de Ivone. Tinha deixado um filho no bucho dela. Como seria ele? Seria melhor que Joaquim que não quis trabalhar na terra, é chofer de ônibus e vive metido com uma gente suspeita? Antônio Vítor pensa em procurar esse filho, em trazê-lo consigo para a roça. Deve ser um homem de trinta anos, talvez casado, talvez com filhos. Ia trazê-lo, ajudaria na roça. Seria o que Joaquim não era. Joaquim era muito parecido com Raimunda, tinha aquela obstinação da mãe, que a fazia de cara fechada perante a casa nova, vivendo ali como se fosse obrigada.

Raimunda não endireitava mesmo, não tinha jeito. Havia de morrer trabalhando na roça, malvestida, lambuzada de mel de cacau, a cara zangada.

O navio joga sobre as ondas, Antônio Vítor desiste de jantar. Estende-se numa espreguiçadeira, cobre o corpo com um cobertor. Um coronel, que cochila na espreguiçadeira ao lado, acorda e puxa conversa. Falam sobre o preço do cacau, sobre a alta, sobre a safra do ano que vem, Antônio Vítor nunca se sentiu tão feliz.

E conseguiu, na volta, ver Raimunda também feliz por um momento. Em Estância ele não encontrara mais Ivone, que morrera fazia tempo. Não encontrara tampouco o filho que ainda mocinho viajara para as terras do café de São Paulo. Mas encontrara um daqueles pentes de espanhola que hoje não eram usados e que Raimunda tanto desejava possuir. Durante muito tempo ela pusera nos cabelos mulatos um que fora de Don'Ana e ao qual faltava um dente. Raimunda se alegrou com o presente, todo o ar de zanga desapareceu do seu rosto quando ela pôs sobre os cabelos mesclados já de tantos fios brancos o pente de espanhola, cravejado de pequenas pedras de vidro. Ficou de tal maneira satisfeita que até não parecia tão velha e tão feia, até os maus presságios fugiram do rosto mulato, de nariz chato e lábios grossos, até parecia bonita.

16

QUANDO O SEGUNDO ANO DA ALTA COMEÇOU, UMA nova safra que se anunciava enorme, a vida de toda aquela gente mudara. Antônio Vítor posava de rico, dava-se a luxos de grande fazendeiro. O capitão João Magalhães enterrava dinheiro na derruba da mata que lhe restava. Maneca Dantas construíra um palacete, Horácio fazia caixixes, Frederico Pinto conquistava cabrochas na sua fazenda, jogava roleta. Sentiam-se os "donos da terra".

Nas casas exportadoras os negócios faziam-se simplesmente. O coronel entregava mil arrobas:

— A cotação hoje é quarenta e dois mil-réis...

Eram quarenta e dois contos no crédito do coronel. Depositavam cacau, iam retirando dinheiro para tudo que necessitavam. Para comida e para jogo, para a família e para mulheres da vida, para colégios e para automóveis, para despesas das fazendas e para o excitante jogo da bolsa.

Quando terminou o primeiro ano da alta, muitos coronéis apareceram nas casas exportadoras querendo acertar as contas:

— Como está minha conta, seu Zude?

— Ora, coronel, vai bem. O senhor tem crédito... Vá sacando...

A maioria ia sacando. Uns quantos fizeram questão de acertar suas contas e viram, assombrados, que não tinham quase saldo, outros até deviam.

— Bobagem, coronel...

Mas a alta continuava e eles sentiam novamente a realidade das centenas de contos quando vendiam cinco mil arrobas de cacau. Os donos da terra.

Carlos Zude sorria: "Os donos da terra". Dissera um dia a Julieta que eles seriam os "donos da terra" num futuro próximo. Ele e Karbanks, os Rauschning e Schwartz, Reicher e Antônio Ribeiro, os exportadores de cacau. Quando tivessem terras, fazendas, não dependessem do cacau dos coronéis. Nos gordos livros de escrituração da casa Zude, Irmão & Cia., como nas demais casas exportadoras, crescia o débito dos coronéis ao mesmo tempo que crescia o preço do cacau. Carlos Zude sorri como um guerreiro que faz um balanço da situação da batalha e constata que tudo vai bem. Era um plano admiravelmente traçado. E a ideia fora sua. É bem verdade que não poderia tê-la realizado se Karbanks e Schwartz, principalmente Karbanks, não o auxiliassem. Fazia um ano que saltara de um avião e reunira os exportadores na Associação Comercial. Sérgio

Moura cheirava uma rosa, parecia rir deles. "Um pobre-diabo...", pensa Carlos Zude. Que adiantavam os versos? Não era só nos versos que estava a beleza. Também naquela luta que ele sustentava vitoriosamente. Pouca gente se dava conta. Os coronéis nem imaginavam. Apenas os comunistas largavam volantes, mas a polícia os catava, quando agarrava um metia na cadeia, deportava. Pouca gente sabia que ele, Carlos Zude, exportador de cacau, era um guerreiro, herói de uma terrível batalha. Mas Julieta o sabia e isso lhe bastava.

Carlos Zude, no escritório, pensa. É o começo do segundo ano da alta: será que Julieta se dá conta do que se passa? Uma noite lhe explicara, noite de inquietação no princípio das chuvas. Desde então sentira mais alegria no rosto da esposa, já não reclamava contra a vida ali, já não pedia para ir ao Rio. Desaparecera aquela nostalgia que nublava os olhos mornos de Julieta nos crepúsculos ilheenses. Carlos constatava o fato com alegria. É verdade que não tinha muito tempo para dedicar às mudanças de humor da esposa, nunca tivera menos tempo para ela. Mas para ela estava trabalhando, e se o tempo não sobrava é que tinha que ser assim... Carlos sente-se ainda mais orgulhoso. Esse sacrifício a que o negócio o obrigava — não dar à esposa toda a atenção que ela merecia — é bem uma medida de quanto tem que lutar, se empregar para vencer sua batalha.

Nas noites cansadas, quando deixava o gabinete de trabalho em casa, após os cálculos, as contas feitas a sós, muitas vezes já Julieta dormia e ele apenas a beijava. Noutras noites, porém, apertava-a nos braços, ia buscar no corpo da mulher a compensação do dia de trabalho. Porém sentia que, durante esse ano que findara, não acompanhara a esposa com a mesma assiduidade que lhe dedicara nos anos anteriores. Notava que Julieta também se afastara de muitas das coisas que lhe enchiam a vida antigamente. Não só deixara de acompanhá-lo à Bahia nas suas constantes viagens, como perdera quase completamente qualquer contato com os ingleses e os suecos, suas relações mais íntimas. Aliás o marido de Guni havia sido removido e o novo vice-cônsul não fizera amizade com eles. Mas também mr. Brown e os ingleses da estrada de ferro e do consulado haviam desaparecido das suas relações e esses não tinham saído de Ilhéus. Carlos quase não tinha tempo para reparar nessas coisas, atarefadíssimo. Quando pensava nesses detalhes familiares contentava-se com a primeira explicação, otimista e agradável:

— Ela me vê ocupado, trabalhando... Por isso também faz seus sacrifícios...

E tinha vontade de dizer-lhe que se divertisse, que não se preocupasse com ele, que não fizesse vida de freira. Adquirira a mania de ler, vivia cheia de livros, até se dava com Sérgio Moura. Um sujeito esquisito... Metido a besta, ia se ver, um pobre-diabo. Ficara todo atrapalhado em sua casa, na festa do aniversário de Julieta. Parecia nunca ter entrado num ambiente assim. Estava próximo o aniversário... Precisava não esquecer o presente. No ano passado trouxera um colar de pérolas, colocara sobre os seios nus da esposa. Que lhe dará esse ano? Agora não é só um exportador de cacau, é também o chefe do maior partido político da terra. Precisava fazer uma grande festa em casa, convidar muita gente... Não mais uma festa fechada como aquela do ano passado. Os tempos mudavam também para Carlos Zude. Era preciso convencer Julieta. Ela tinha agora novas obrigações. Sua cabecinha graciosa necessitava refletir sobre a nova condição do marido. Conversaria com ela. Precisava de sua ajuda. Julieta devia mudar de atitude para com a gente da cidade, devia ser mais amável, recebê-los, relacionar-se na sociedade. Conversaria com ela. Recordava as histórias dos coronéis. Davam-se com todos, eram realmente uns "donos da terra". Alguma coisa tinha que aprender com eles. Conversaria com Julieta.

Pobre Julieta atirada ali, na cidade pequena, ela que nascera para as grandes festas, acostumada a outra vida! Mas era o jeito... Não seria por muito tempo. Depois — quando a sua batalha terminasse — poderiam viajar, andar mundo, demorar nas cidades grandes, viver mesmo noutra terra. Carlos viria a Ilhéus constantemente. Mas não precisaria residir ali, obrigar Julieta a suportar a cidade. Pagar-lhe-ia com altos juros os sacrifícios de agora. Iriam aos Estados Unidos, à Europa. Em Ilhéus estaria a casa exportadora, estariam as fazendas. Sim, porque os novos "donos da terra" não seriam como os de antigamente, coronéis metidos nas roças em meio aos cacaueiros.

Alguém bate na porta do escritório. Carlos Zude acorda de seus sonhos.

— Entre...

Reinaldo Bastos mostra a cabeça, avisa:

— Está aí o capitão João Magalhães...

— Mande entrar.

O capitão entra de chapéu na mão, a barba por fazer, as botas de montaria, um sorriso acanhado nos lábios:

— Boa tarde, seu Carlos.

Carlos Zude estende a mão, levanta-se, oferece uma cadeira:

— Como vai o senhor? E a família?

— Tudo bem, seu Carlos... — O capitão está sem jeito. Carlos conhece bem esses fazendeiros de cacau. Sabe como tratar com eles. Deixa que a conversa gire, mole e desinteressante, sobre vários assuntos. Só quinze minutos depois pergunta:

— Que o traz aqui, capitão?

Então João Magalhães, que já perdeu o acanhamento, se explica:

— Faz muitos anos que vendo meu cacau ao senhor, seu Carlos... Já meu sogro negociava com seu Maximiliano...

— Sinhô Badaró... Um grande homem... Maximiliano falava muito nele. Morreu de um tiro, não foi?

— Não foi propriamente do tiro... Consequências...

— Pois estou às suas ordens, capitão...

— É negócio lá de minha rocinha... O caso é que me resta um pedaço de mata, bem grande. Plantado de cacaueiro vou dobrar minha produção. Ou mais, talvez. Tou derrubando a mata... Comecei esse ano passado, mas é um negócio que come dinheiro. Esse ano foi um ano bom, pude começar. Mas, o senhor sabe, a roça dá despesas e a derruba da mata dá mais... Trabalhadores, material, um despesão... Tá tudo começando mas tou vendo que vou parar...

— Mas por quê, capitão?

— É que o dinheiro da safra passada já foi todo... Por isso vim aqui. Tenho esse ano quase duas mil arrobas, a safra promete. Vendo ao senhor como sempre... Mas...

— Não diga, capitão. Queria dinheiro adiantado?

— Isso mesmo!

— Mas, pelo amor de Deus, capitão, precisava de tanto rodeio? O senhor é um freguês velho e bom. Tem direitos na casa... É só mandar... Mando abrir um crédito para o senhor sobre a safra a entregar... Nas condições normais. O senhor sacando o que precisar. O cacau será cotado ao preço do dia de entrega. Está bem?

— Muito obrigado, seu Carlos.

— Ora, capitão, então o senhor pensa que eu ia deixar o senhor parar seu trabalho? Pelo amor de Deus, capitão... Não tem que agradecer...

Aperta o timbre na mesa de trabalho, manda chamar Martins. Enquanto espera conversa com o capitão João Magalhães.

— Eu era rapazola e Maximiliano me falava em seu sogro... Usava barbas compridas, não era? E tinha um irmão também, um valentão?
— Era Juca, esse sim morreu de tiro. Muito valente, sim...
Martins chegava:
— Pronto, seu Carlos.
— Martins, abra um crédito para o capitão contra cacau a entregar. Pague o que ele sacar. Recibos como de costume...
Martins se informava:
— Que limite, seu Carlos?
Carlos Zude sorria para o capitão João Magalhães:
— Sem limite...

17

FALTAVA RITA, FALTAVA A GRAÇA DO TERNO. RITA ESTAVA no povoado, prenha do coronel Frederico Pinto. De casa montada, com ama e vestidos de seda. Dona Augusta sabia, gritava com o marido, eram cenas diárias.

O Varapau, nas noites da fazenda, falava mal das mulheres para o negro Florindo. Rosa o havia abandonado sem dizer nada. Sabia lá onde ela andava? Se um dia a encontrasse dava-lhe uma surra. Para ela ver o que era enganar um macho. Rita largara o terno, atrás do coronel. O pai continuava tropeiro na fazenda, quando ia levar cacau dormia em casa da filha. O Varapau apresentava-o aos alugados recém-contratados:
— É o sogro do coronel...

O negro Florindo queria ir embora. Fora o próprio Varapau quem lhe metera aquela ideia na cabeça. Planejara fugir, convencera Florindo de acompanhá-lo. Mas quando chegou a hora, não teve coragem de abandonar o terno tão bonito no meio da estrada. E mais um ano haviam passado nas roças, colhendo cacau, dançando nas barcaças, entrando na estufa que matava os homens. Novamente se aproximava a época do terno. Os ensaios já haviam começado e Florindo falava de novo em pirar. O Varapau lhe contara maravilhas de uma rapariga de Ilhéus, de nome Rosa, que fora sua amante. Durante noites e noites lhe descrevera a beleza da mulher, sua voz, seu riso, seus olhos, as mãos, os dentes, despira-a nas suas recordações, o negro Florindo queria vê-la. Sabia lá onde ela andava?
— Desta vez a gente pira...

O Varapau fazia um gesto vago, tanto podia ser sim como não, ele mesmo não sabia. Estavam ganhando mais dez tostões por dia de trabalho, pagavam agora seis mil-réis. O coronel reclamara na casa-grande contra o aumento, dizia que tinham sido os tais dos comunistas. De qualquer maneira não adiantara muito pois os preços da despensa da fazenda haviam subido também, a carne-seca, o feijão, o metro da bulgariana, as calças de azulão. As dívidas não diminuíam, aquilo não tinha mesmo jeito nenhum. Era assim, sempre fora assim, era destino. "Destino se faz lá em cima", diziam as velhas, num fatalismo, apontando o céu. Para elas só havia uma longínqua esperança: era a outra vida, o céu, onde os mais pobres seriam mais ricos. O aumento de salários não resolvia nada. Florindo queria fugir, se esquecia que o destino estava escrito lá em cima. Em todo o caso, com a alta, o coronel sempre adiantava mais algum dinheiro pelas festas, novamente ajudava o terno, desta vez com uma quantia maior. Bom era se ele deixasse que Rita viesse, o Varapau estava preparando um estandarte para este ano. Se não fosse Rita, quem o levaria? Estandarte bonito, de pano branco, bordado de vermelho. Um cacau muito grande, era a única coisa que Nhá Vitória sabia bordar direito. Capi quisera um Menino Jesus mas a velha não sabia. Saiu o fruto do cacau, Capi reclamara. Mas o estandarte estava bonito mesmo assim, bonito de fazer gosto. Se Rita viesse... Mas nem o coronel deixaria, nem dona Augusta ia consentir na presença da rapariga em sua fazenda. Xingava o pai de Rita, mesmo na cara do velho, como se o pobre tivesse culpa.

— Corno velho!

Corno é marido enganado, como se pode chamar um pai a quem levam a filha única? Dona Augusta chama mesmo de corno, é engraçado como ela rosna quando vê o velho tropeiro que chega na frente dos burros, da longa viagem:

— Corno velho!

Nem parece a mulher de um coronel, com ciúmes de uma cabrocha das roças. Também gorda que nem um fardo, o coronel fazia bem. Gozava sua vida...

Mesmo que o coronel deixasse, dona Augusta não ia consentir. Rita de bunda grande, rebolando, parecia um navio sobre o mar, como tantos vira o Varapau no porto de Ilhéus. Parecia também as copas mais altas das árvores do cacau quando o vento as balançava nas tardes solarentas. Faltava Rita, faltava a graça do terno.

Florindo quer é fugir, abrir no mundo, ir ver o porto de Ilhéus, procurar Rosa que ninguém sabe onde está:
— Desta vez a gente pira...
Mas como pirar se Florindo vai ser este ano o boi do terno? Capi não quer mais, diz que ser boi é ruim, não deixa dançar, ele quer é dançar. No ano passado reclamava, achava que o terno era uma pinoia, nem parecia com os do Ceará, num ele tinha saído, vestido de rei Herodes. Mas depois dançara como ninguém, voltara bêbado que nem uma cabra... Esse ano, ele já disse, só quer dançar, Florindo vai ser o boi. Florindo quer é pirar:
— Nas roças do capitão a gente capa o gato e se afunda...
Estão em frente ao casebre, esperando que chegue o pessoal para o ensaio. Vêm de longe, de outras roças, dos quatro cantos da fazenda. A orquestra aumentou, agora tem dois pandeiros e dois violões. A noite se estende em silêncio, apenas cortado pelo vento fino sobre as árvores. Assovia bonito, há quem diga que é o boitatá solto na mata... A época das chuvas se aproxima. Na estrada, longe, brilha a luz vermelha de um fifó.
— Lá vem gente...
E mais outro fifó no atalho. E mais outro na distância, quase adivinhando. Vêm para o ensaio do terno, parece uma procissão de promessa. Romeiros vindos de longe:
— Lá vem gente...
Florindo quer é fugir:
— E a gente encontra a tal de Rosa?
— Ora, se encontra...
Florindo não está cansado das longas descrições. Florindo quer saber:
— Cumo é ela? É bonita mesmo?
— Se é... Belezama de mulher... De sobrar...
— Mais do que Rita?
— Hum... Nem se compara...
— Só vendo... Dessa vez a gente pira...
As luzes dos fifós mancham a noite de vermelho. Faltava Rita, faltava a graça do terno.

18

OS ADVOGADOS DE SILVEIRINHA BRADAVAM NAS SALAS DO foro, revoltados:
— É um caxixe indigno...

Tentavam provar aquilo que todo mundo sabia: que o testamento de Ester era falso. Mas provar como? Lá estava ele, nos velhos livros, semiqueimados, a letra desbotada, rala, como coisa antiga. Lá estava a assinatura de dona Ester Silveira, naquela caligrafia de colegial, firma reconhecida pelo velho escrivão, e abaixo as das testemunhas, o falecido dr. Jessé e o coronel Maneca Dantas que ainda estava vivo e depusera afirmando da validade e da autenticidade do testamento. Como impugná-lo? Era o caxixe mais perfeito dos últimos tempos, havia, na cidade de Ilhéus e em toda a zona do cacau, uma geral admiração pelo trabalho do dr. Rui Dantas. Os mais experientes viam naquilo o dedo do coronel Horácio, mas a maioria louvava o talento do jovem advogado, em cuja banca de trabalho acumulavam-se agora as causas.

Os advogados de Silveirinha levantaram dúvidas sobre o testamento, requereram o exame da letra, vieram peritos da Bahia. Não comprovaram nada, corria que Rui Dantas os havia comprado a peso de ouro. Ou talvez o trabalho de Menezes fosse tão benfeito que os próprios peritos se enganassem. Nunca ninguém esclareceu esse detalhe mas até hoje se diz que a casa que um dos peritos construiu num subúrbio da Bahia, pequena casa onde acomodou a enorme família, foi feita com dinheiro do coronel Horácio da Silveira. Não desanimaram os patronos da causa de Silveirinha e quando apelaram da sentença do juiz de Itabuna para o Supremo Tribunal do Estado, requereram nova perícia judicial nos livros onde se encontrava o testamento.

Enquanto esperavam o julgamento de apelação — corria lenta na Bahia uma luta tremenda em torno aos desembargadores, os advogados de um e outro lado habitando quase na Rua Chile — requereram o pagamento daquilo a que Silveirinha tinha direito, pela sentença do juiz de Itabuna: os lucros das suas partes na fazenda, lucros sobre quase doze mil arrobas anuais de cacau. Horácio mandou chamar Rui Dantas na fazenda e disse-lhe que não discutisse, que pagasse o que eles pedissem. Que não fizesse questão. Pagava alegremente, o que ele desejava era que suas terras não fossem divididas. Os advogados faziam cálculos no escritório de Schwartz, ao mesmo tempo que empregavam todos os meios para ganhar a apelação no tribunal.

Silveirinha recebeu mais de quatrocentos contos, o dinheiro não demorou na sua mão. Tinha dívidas enormes com Schwartz, devia aos advogados, a questão era um sorvedouro. De qualquer maneira restavam-lhe, desde então, anualmente, os lucros de doze mil arrobas de cacau, sua parte nas fazendas. Silveirinha se conformaria, esperaria a morte do pai — parecia-lhe a melhor solução — se não fosse por Schwartz que estava furioso. Considerava-se pessoalmente ofendido com o caxixe vitorioso do coronel. Então ele, intelectual que cursara uma universidade alemã, lido em Goethe e em Nietzsche, estudante de política depois, futuroso líder dos nazistas, vinha para aquela cidade perdida no fim do mundo, bárbara e agressiva, para ser enganado por um velho coronel estúpido, quase analfabeto, ex-tropeiro, assassino e boçal? Schwartz sentia-se humilhado, era uma derrota. E não largava Silveirinha, botava Gumercindo atrás dele, numa roda-viva. Agora se envolvia nos negócios políticos dos integralistas quase às claras, dando margem aos comunistas para os violentos ataques nos boletins ilegais. A descoberta, em Santa Catarina, de punhais com a cruz gamada em mãos de integralistas juramentados, deu lugar a que os comunistas lançassem uma campanha de desmoralização em torno aos integralistas locais, denunciando Schwartz como seu mentor e seu agente de ligação com o nazismo germânico. Mas nem por isso deixava de crescer o prestígio dos integralistas. E já se sabia que Silveirinha seria candidato a prefeito nas próximas eleições, contra Carlos Zude.

Ainda assim não havia entre os dois grupos políticos um rompimento total. Os integralistas usavam palavras duras de referências aos liberais-democratas mas nunca chegavam a um desentendimento completo. Carlos Zude o evitava, jamais deixou de prestigiar até certo ponto a ação dos camisas-verdes.

Schwartz pressionava sobre Silveirinha. Mas o próprio alemão não via como resolver o assunto, duvidava do êxito da apelação. Foi uma conversa com Gumercindo desanimado que lhe trouxe a repentina solução. Gumercindo dava-lhe notícias do ânimo conciliador de Silveirinha:

— Ele diz que não tem mais nada que fazer... Que agora é esperar o pai morrer... Que não dura, já está velho demais. Tem um ódio medonho ao pai... Às vezes me revolta...

— Sentimentalismo... — cortou Schwartz, de repente interessado.
Gumercindo narrava:

— Pode ser. Mas é uma coisa horrível, ver um filho dizendo que o pai não tarda a morrer, que tomara que morra logo... Puxa!

— Então tem ódio?

— Se tem...

— Muito bem — estava com o rosto sereno, aquela serenidade de quem descobre a solução de um problema que o afligia.

Nessa tarde houve uma longa conferência no escritório de Schwartz entre o alemão e Silveirinha. Gumercindo não foi admitido, Schwartz tinha medo do seu "sentimentalismo". Dias depois os advogados de Silveirinha propunham no foro uma ação contra o coronel Horácio da Silveira. Pediam que o velho coronel fosse afastado da direção dos seus bens por incapacidade, insanidade mental, e que fosse hospitalizado. Que Silveirinha fosse nomeado curador.

Houve um espanto incrédulo em Ilhéus. E até Carlos Zude comentou:

— Isso é forte demais... Não são processos...

19

MAS NEM HOUVE TEMPO PARA LONGOS COMENTÁRIOS. PORQUE logo surgiu o barulho entre o coronel Frederico Pinto e Pepe Espínola, desviando para ele todas as atenções. Foi talvez o fato culminante do segundo ano da alta na cidade de São Jorge dos Ilhéus.

O coronel guardara um ódio mortal ao cáften. Dera-lhe vinte contos, naquele tempo estava certo que Pepe era um bom homem, artista fracassado, a quem ele enganara, e que decidira suportar a afronta calado, embarcar para sua terra, onde tentaria esquecer e reconstruir a vida. No fundo ficara no coronel uma doce recordação daquilo tudo, recordação que aviva nos corpos das cabrochas como Rita, nos das mulheres da vida em Ilhéus. Neles reconhecia por vezes detalhes inesquecíveis de Lola e se emocionava leve e docemente.

Só começou a desconfiar quando viu que Pepe adiava a viagem eternamente. Depois soube da sociedade para a fundação do Trianon, a história da casa de mulheres, e, pior que tudo, da amigação de Lola com Rui Dantas. Essa última evidência lhe produzira um choque, nunca julgaria Lola capaz de tal infâmia. De tudo aquilo, de toda aquela sujeira, uma coisa lhe restara pura e nobre: ele pensava que Lola o quisera de verdade. Agora aquela recordação morria ante a realidade que os amigos lhe apresentavam. Um caixeiro-viajante completou a obra mostrando a Frederico Pinto o recorte de um jornal do Rio, de pouco antes, onde Pepe, com um número no peito, e Lola, de cabelos soltos, apareciam num clichê, encabeçando uma notícia policial sobre o "pulo dos nove".

A notícia narrava a prisão do casal de "turistas argentinos", como os trata ironicamente o repórter. O coronel Frederico Pinto se revoltava:

— Cachorra...

Por dentro ficou a raiva. Os comentários em Ilhéus, nos primeiros tempos, doíam-lhe. Repetia sempre que ensinaria a Pepe, lhe daria uma lição. Quando passava pelo gringo, cuspia de lado, resmungava palavrões, queria ver se ele reagia. Mas Pepe o cumprimentava muito amavelmente e seguia adiante. Frederico deu para ir de propósito ao Trianon, onde jogava quantias enormes, procurando um pretexto para desmoralizar Pepe. Mas o cáften, sempre que ele se dirigia para a mesa onde estava de *croupier*, passava a banca ao sócio e se retirava. Frederico Pinto rangia os dentes.

Um dia, no entanto, no segundo ano da alta, a coisa explodiu. Era no Trianon, na sala de jogo. Pepe bancava no bacará e ganhava. Frederico vinha da roleta, onde perdera, como de costume. Estava acompanhado por uma francesa, postou-se atrás de Pepe Espínola, a vigiar-lhe os movimentos. Nunca ficou inteiramente provado — nem mesmo no processo — se Pepe estava ou não roubando. Os assistentes só ouviram o grito de Frederico:

— Ladrão!

E o seu gesto, arrancando as cartas da mão de Pepe.

O argentino ficara lívido, se levantara rapidamente. O coronel exibia as cartas tomadas a Pepe, gritava:

— Gringo ladrão, filho da puta! Pensa que a gente é besta?

Pepe adiantou a mão querendo reaver os naipes. Frederico meteu o braço, empurrou-o. Da sala de dança corria gente, alguém propôs que linchassem o cáften.

— Vamos dar uma surra nele...

Pepe avançou de novo para Frederico, o coronel atirou, a bala passou longe, foi se encravar numa parede. Frederico suspendeu novamente o revólver mas Pepe disparou a automática de dentro do bolso e o coronel caiu. Pepe abriu caminho entre os assistentes com a arma na mão, desceu as escadas, foi preso no outro dia numa pensão de mulheres.

O processo de Pepe, instaurado em Ilhéus enquanto Frederico se restabelecia lentamente do tiro que o atingira no ombro, dividiu a cidade em dois partidos. Havia quem desse razão a Pepe: Frederico atirara primeiro. Rui Dantas, que era advogado do cáften, moveu céus e terras para conseguir sua absolvição. Lola chorava como uma desesperada, afundava-se na cocaína em busca de consolo e esquecimento cada vez que chegava da cadeia, de visitar Pepe. Rondava a prisão, como uma doida, esperando a hora da visita. Levava-lhe frutas e doces mas Pepe emagrecia, soturno, silencioso, achando que fizera uma coisa errada, uma coisa que não devia fazer. Disse a Lola:

— *Cáften no tiene honor... Yo debía de oír callado...*

Rui Dantas corria atrás de testemunhas que provassem que Frederico atirara primeiro mas ninguém queria depor a favor do cáften contra o coronel. Nem o sócio de Pepe que procurava reabrir o Trianon — fechado pela polícia — agarrando-se com Karbanks e com Reicher. O advogado moveu céus e terras, Lola não o largava, em súplicas e lágrimas, e ele movimentava-se. Mas o júri de Pepe provou que os coronéis ainda eram os donos da justiça. Os exportadores tentaram ajudar o cáften. Karbanks tinha-lhe simpatia e Lola lhe aparecera em prantos, dizem que dormiu com ele, o americano dera-lhe a entender que só assim faria alguma coisa. Pelo menos murmurou-se em Ilhéus a respeito. Quanto ao interesse de Carlos Zude foi devido a um pedido de Julieta. Carlos conversara com Karbanks, o americano dissera:

— Pobre Pepe! Afinal fazia tudo para alegrar a vida da gente aqui, nesse deserto...

E vagamente interessaram-se, conversando com prováveis jurados quando havia ocasião propícia. Mas não tomaram a coisa muito a sério e a justiça apoiou o coronel ultrajado. Pepe foi condenado a seis anos de prisão por crime de ferimentos leves. O processo era por ferimentos graves, tudo que Rui Dantas pôde conseguir foi a desclassificação do crime.

O processo foi ruidoso e o júri, de tão concorrido, lembrava aqueles júris antigos do tempo da conquista da terra. Os jornais de Ilhéus e Itabuna dedicavam-lhe colunas na primeira página, mandaram fotógrafos para o salão de julgamento, onde Lola era o mais apreciado espetáculo.

Pepe, muito pálido, passava o lenço de seda na calva lustrosa. O promotor se desdobrou num discurso onde rugiu contra "aquela corja de desclassificados e parasitas que haviam feito de Ilhéus o seu paraíso". Elogiou o coronel Frederico Pinto: "Exemplo de cidadão honrado e digno, pai de família exemplar, coluna poderosa da ordem ilheense". Tudo sucedera, disse, porque o coronel, numa noite em que fora descansar da fadiga de um rude dia de trabalho numa anormal visita ao Trianon, descobriu que Pepe furtava ao jogo. O coronel aparecia, no discurso do promotor, como um anjo Gabriel salvando o dinheiro dos pais de família de Ilhéus, quase um missionário que paralisava a ação demoníaca de Pepe. Falou também nos sujos antecedentes de Lola e Pepe, "rebotalhos sociais que enlameiam a vida das cidades civilizadas". A defesa de Rui Dantas foi sentimental e patética. Tentou amparar-se na legítima defesa, alegando que Frederico atirara primeiro. Num aparte o promotor chamou a atenção dos jurados para a falta de provas em que se fundasse aquela afirmação da defesa. Rui desnorteou-se com o aparte e então tentou o sentimentalismo. Traçou um quadro da vida agitada de Pepe, de cidade em cidade, artista de palco de incerto pão e duvidosa glória. Essa parte do seu discurso valeu-lhe depois grandes elogios de Zito Ferreira e em todo o processo essa foi a única alegria de Rui Dantas. Terminou dizendo que a sorte madrasta havia atirado com Pepe nas ruas de Ilhéus. Ele e sua formosa esposa, vítimas de destino aziago. Ali o coronel Frederico Pinto se apaixonara pela esposa de Pepe e, como fosse recusado, criara ódio ao marido. Esse era o verdadeiro motivo do barulho, dos tiros trocados. Rui pôs abaixo a lenda de bom pai de família com que o promotor cercara Frederico, caricaturou o coronel atrás de Lola (a assistência ria), oferecendo presentes, querendo "manchar aquele lar que, nem por ser pobre lar de artistas, era menos respeitável". Terminou pedindo a absolvição de "um homem que fora vítima duplamente da prepotência de outro: quando quisera manchar-lhe o lar e quando depois quisera desmoralizá-lo no exercício da sua profissão".

Veio a réplica e com esta (o promotor evitara entrar nos detalhes escabrosos do caso, mas, como Rui os puxara, resolveu deslindar o assunto) toda a história de Lola, Pepe, Frederico e Rui saiu a reluzir. O promotor contou tudo, o que sabia e o que diziam, com detalhes. Sérgio Moura, que assistiu ao júri a pedido de Julieta, afirmava depois que em Ilhéus nunca se lavara em público tanta roupa suja. O promotor começou com os antecedentes de Pepe, leu o recorte do jornal do Rio, exibiu o velho clichê desmoralizante. Os assistentes estiravam o pescoço para ver se enxergavam alguma coisa, enquanto o recorte era passado de mão em mão entre os jurados. Depois o promotor descreveu Lola tentando Frederico, arrancando-lhe dinheiro à base de histórias tristes, se rindo depois com Pepe. O coronel — afirmava gravemente o promotor — ajudara o casal por pura caridade, sem nenhum interesse subalterno. Pôs Rui no ridículo quando o chamou de "jovem e futuroso candidato ao 'pulo dos nove'". Maneca Dantas, que assistia, se retirou do salão, envergonhado. Mas voltou depois para assistir à réplica de Rui.

O promotor continuava: Pepe, com o dinheiro emprestado do coronel, viciava mesas de roleta e marcava baralhos para o bacará. Frederico, que tinha aprendido à própria custa, que descobrira que os pobres artistas necessitados eram apenas aventureiros sem escrúpulo, quisera evitar que outros fossem também explorados. Por isso denunciara Pepe no cabaré, com as provas na mão. E então fora vítima do "miserável atentado". Quanto ao tiro que disparara só o fizera depois de ferido e assim mesmo no ar, para amedrontar o cáften. A réplica terminava com um apelo aos jurados para que condenassem Pepe, dando assim um exemplo a todos os aventureiros que pensavam transformar Ilhéus numa cidade inabitável, de ladrões, jogadores e caftens. Disse que era toda a sociedade ilheense a atingida pelo tiro disparado por Pepe Espínola. Não apenas o coronel Frederico Pinto.

A tréplica de Rui Dantas foi apenas insultuosa. Chamou Lola de "flor de pureza", num exagero poético que fez rir a assistência, disse horrores ao promotor. O juiz teve que pedir-lhe moderação na linguagem. Rui tripudiou sobre o coronel Frederico, velho devasso atrás de mulher bonita, dando-lhe dinheiro, tentando comprar o marido. Furioso depois com o fracasso das suas sórdidas manobras. Riam na assistência e Rui tomava ímpeto. Não cuidou mais, na tréplica, do lado judicial do assunto. Foi quase um desforço pessoal, uma oratória de adjetivos violentos. E, na peroração, ameaçou o conselho de jurados com o julgamento da posteridade. "A justiça" — disse — "foi feita para todos. A condenação de Pepe Espínola, vítima inocente, irá apenas provar aquilo que tanto desmoraliza Ilhéus ante outros centros mais civilizados: que os coronéis, nesta terra, são os donos de tudo, fazem e desfazem. São proprietários até da justiça."

Pepe foi condenado a seis anos às onze horas da noite. Lola era levada entre lágrimas, Rui Dantas dava um espetáculo na sala de júri tentando agredir o promotor. Havia uma grande agitação entre os presentes. Só Pepe saía tranquilo entre dois soldados de polícia. A gente se juntava para vê-lo, apontando-o com os dedos.

Como novamente se juntaram três dias depois quando, também entre soldados de polícia, ele embarcou num navio da Bahiana para ir cumprir a pena na capital, na penitenciária. Ilhéus em peso viera para a ponte de embarque, parecia uma festa. Moças com vestidos de passeio, homens de guarda-chuva aberto devido ao chuvisco que caía. Era uma tarde clara, um chuvisco fino. Foi preciso abrir alas para Pepe poder passar. Ia com as mãos amarradas com uma corda e uma jovem, dezesseis anos e um rosto de boneca, teve pena:

— Pobrezinho...

Porém ninguém mais o lastimou. Apontavam-no, estiravam o rosto para vê-lo melhor, os que estavam atrás punham-se nas pontas dos pés. Como se só agora o pudessem fitar à vontade, como se durante os quase três anos que ele passara em Ilhéus não o tivessem visto e conhecido. Era um sussurro quando ele passava, vestido com sua melhor roupa, o chapéu desabado na cabeça, um cigarro na boca.

Na ponte houve um momento de grande sensação. Quando ele ia começar a subir a escada que levava ao navio, Lola se atirou nos seus braços. Pepe suspendeu as mãos amarradas, envolveu a mulher. Beijou-lhe os cabelos, repetiu-lhe ao ouvido a frase do Elegantíssimo:

— *Es preciso tener carácter...*

20

FOI EM MEIO AO PROCESSO, QUANDO AINDA RESTAVAM-LHE algumas esperanças, que Lola Espínola resolveu procurar Julieta Zude e pedir-lhe que se interessasse por Pepe. Alguém lhe dissera que a causa de Frederico era de todos os coronéis. Era inútil pedir aos fazendeiros. Podia ser que os exportadores fizessem algo pelo seu amante. Então visitara Karbanks. Há muito que o americano lhe deitava olhares. Recebeu-a com bebidas, beliscou-lhe os braços, prometeu-lhe interessar-se. Mas disse-lhe logo que não via jeito de salvar Pepe e acenou-lhe com um futuro melhor. Afinal, quem era Pepe senão um cáften que mais dia menos dia a soltaria na vida? Ela podia, se quisesse, ter um futuro menos negro...

Lola tolerava tudo na esperança do auxílio. Karbanks era um dos homens poderosos da terra e um pedido seu removia dificuldades. Deixou-lhe os nomes dos prováveis jurados, ficou de passar no dia seguinte para uma resposta. No dia seguinte Karbanks mandou-lhe um recado: que fosse à noite em sua casa. Lola sabia o que ia acontecer mas foi. Dormiu lá, recebeu em troca vagas esperanças, Karbanks falara com dois dos possíveis jurados e eles tinham prometido ser benevolentes.

— Pelo menos o mínimo da pena...

Foi Zito Ferreira, que apareceu em sua casa em companhia de Rui, quem a aconselhou a ir a Julieta. Carlos Zude, chefe político, grande exportador, poderia conseguir facilmente a absolvição. Inclusive poderia influir sobre os coronéis. Na manhã seguinte Lola vestiu-se e tocou o timbre do bangalô da avenida, em frente ao mar.

Julieta a recebeu em seguida. Lola ficou parada ante ela e foi Julieta quem estendeu a mão.

— Faça o favor de sentar-se...

Olhava-a com simpatia, sabia da história e Sérgio lhe havia narrado detalhes. No mundo mágico de Sérgio e Julieta, os vagabundos e os malandros, os artistas e esses seres miseráveis da prostituição eram como vítimas, o poeta sentia uma ternura incontida por eles e costumava dizer a Julieta que os poetas tinham alguma coisa dessa gente. "Somos da mesma laia..."

Lola não sabia como começar. O mar, lá fora, era infinitamente azul e a manhã tinha uma claridade também azulada, um dia feito para coisas felizes, esportivas e claras. Julieta falou primeiro:

— Seu marido está bem? Como o estão tratando?

E Lola começou a chorar. Não eram as lágrimas fingidas das continuadas representações. Era um choro manso, encolhida na cadeira como um animal ferido.

— *No somos casados, señora... Nunca lo hemos sido... Yo lo vi, me gustó, dejé mi marido, vine con él. Cosas que una hace y después...*

Julieta lembrou-se de Joaquim. O comunista tinha dito: "Vocês se juntam, vão embora". Eis o que Lola fizera. Quer dizer: fizera o que estava certo. Era bem complicado, agora Julieta compreendia a aspereza do chofer na tarde da conversa na Associação.

— *Yo no sabía todavía que él era... lo que es. Cuando lo supe...*

Ia mentir, dizer que quis fugir e não pôde, mas achou que aquilo era trair Pepe, era maltratá-lo mais do que o maltratavam:

— *Cuando lo supe quedé... Él me dijo que me fuese... ¿Pero yo quedé, lo quería, comprende usted?*

As lágrimas corriam mansas, Julieta estendeu o lenço pequeno.

— *Y todavía lo quiero... Sí, lo quiero... Si no lo quisiera yo me mataría que la vida no me gusta, ni los hombres, ni las mujeres, ni el día, ni la noche... Nada y nadie me gustan... Pero yo lo quiero con locura...*

Lá fora era o dia claro, azul, um dia de invenção, parecia saído de um poema de Sérgio, feito para conter um outro mundo, de felicidade, cantos de pássaros, flores desabrochando, a primavera e mulheres alegres. Um dia que não entrava na sala, que terminava subitamente nas janelas, sem entrar. Julieta estava aflita e desejava que a mulher acabasse logo.

— *¿Qué tiene usted con esto? ¿Qué tiene con mi vida? Me dijeron: puede que la señora de Zude pida a lo esposo por Pepe. Es buena...*

— Não sou boa...

— *No debía haber venido... Yo lo sé. Usted es una mujer casada, una señora de bien. ¿Yo, que soy? Una mujer de mala vida, usted ha sido muy buena en recibirme. Pero, hay una cosa que me trajo, que me hace estar acá y pedirle. Yo lo quiero... Si lo llevan yo me mataré...*

— Pobre... Não sei se poderei fazer alguma coisa... Posso lhe garantir que farei tudo que puder. Pedirei a meu marido, farei com que ele se movimente. Não pense que eu não compreendo...

— *Usted es buena, me han dicho... He sufrido mucho.* — Já não chorava.

Agora a luminosidade do dia começava lentamente a invadir a sala, entrando pela janela. Iluminava o rosto de Lola, os cabelos loiros como que se incendiavam. Julieta estava cruzada de sentimentos diversos e sofria. "Ela fizera bem mas pagava caro..."

— Não sei o que a senhora pensa de mim. Talvez só queira o favor. Não sei também se a senhora fala a verdade. A gente mente muito — lembrava-se de Sérgio —, vive representando. Mas eu me sinto sua amiga...

Queria detalhes da vida da mulher, tinha vergonha de pedir, vergonha que Lola pensasse que era uma vã curiosidade, molesta e cruel.

— *No. No somos amigas. Usted es de otra parte de la vida. Yo soy de la parte mala, de la parte sucia... Usted tiene su marido, su casa, su hogar que es más que una casa, su vida es buena. Yo tengo hombres y mi hombre viene y se va, tiene otras mujeres, no tenemos hogar, nuestra casa es de todos los que pueden pagar...*

Baixou a voz, quase Julieta não a ouvia:

— *...pueden pagar una noche conmigo... Es el otro lado, el sucio...*

Estava quase tranquila, dizia tudo aquilo sem ódio e sem revolta, como um médico comentando a doença incurável de um cliente. Julieta a escutava, desejaria que Sérgio estivesse ali, Joaquim também, eles poriam ordem em seus sentimentos, estava confusa, assustada e triste.

— *Tan sucio... Pero él quería algo, yo no sé lo que era. Pero tengo certeza que él quería algo, tal vez algo para mí... No sé lo que sería. Me bastara con saber...*

253

— E por que não largou tudo e não foi embora? Se achava sujo por que continuou?
— *Ya le dije, señora. Yo lo quiero...*
— Perdoe. A senhora largou tudo e veio atrás dele?

Lola a olhou tristemente, também aquela mulher, que lhe parecera compreensiva, também ela queria a narração da história, era seu preço pelo possível interesse por Pepe. Pagaria como pagara o que Karbanks pedira.

— *Voy contar a usted...*

Mas Julieta compreendera:

— Pelo amor de Deus não conte nada... A senhora está pensando que eu estou curiosa, querendo saber coisas. Não. Não é nada disso... É que não há dois lados da vida como a senhora pensa. Há um lado só e ele é sempre sujo, sempre sujo... Do seu lado ou do meu é a mesma sujeira sempre... A mesma...

Mas viu, como se estivesse na sala, a figura de Joaquim. Sorriu:

— Talvez haja um lado são. Gente de outro barro, como diz um conhecido meu... O mais é uma podridão — dizia as palavras lentamente.

Agora era Lola quem não compreendia. A que vinha aquilo tudo?

— Vou lhe dizer uma coisa, minha amiga... Quem me dera ter a coragem da senhora para largar tudo e ir embora, assim, passar fome, sofrer, viver uma vida ruim mas com aquele... — calou-se, subitamente envergonhada.

E deu pressa ao término da conversa:

— Vou falar com Carlos. Pedirei a ele e faremos alguma coisa. Não tenha dúvidas. O que puder, eu farei.

Levava Lola até a porta:

— Tenha coragem.

— *Yo tengo coraje...*

O dia azul envolveu o vulto angustioso de Lola Espínola. Ia de rosto sulcado de lágrimas, abatida a formosa cabeça loira onde o sol brincava, as mãos soltas, sem poder olhar para os que passavam. Da porta, Julieta a invejava, a coragem, o sofrimento, o amor que se realizara. Aquela era do barro bom, do que não virava lama nem mesmo na maior sujeira.

— Ah! se eu pudesse soltar o marido dela...

Lembrou-se: *"No somos casados"*. Era aquilo que Sérgio chamava de dignidade.

21

A PRIMEIRA BRIGA SÉRIA DE ANTÔNIO VÍTOR COM Raimunda não foi por causa da Vampireza. Antônio Vítor ainda não estava metido com ela. A briga sucedeu devido ao trabalho nas roças. Foi uma troca violenta de palavras. Começaram os trabalhos da nova safra e Antônio Vítor fez pé firme na ideia de Raimunda não voltar a partir cocos de cacau como antigamente. Nem ela, nem ele tampouco. Já era tempo de largarem o facão e a foice, aquilo não ficava bem para eles. Raimunda não concordou. Que lhe importavam casa nova, preço alto de cacau, sapatos da moda, vestidos de seda? Antônio Vítor terminou gritando:

— Se tu quer ir vai, eu é que não vou mais...

Raimunda o olhou com sua cara zangada. Desconhecia seu homem. Foi para a roça e Antônio Vítor passou aquele dia em casa, andando de um lado pra outro, sem ter o que fazer, com vontade de ir ele também para o trabalho mas sem querer dar o braço a torcer.

Logo umas noites depois ele tentou possuir Raimunda. Cada semana o fazia uma ou duas vezes. Mas ela estava cansada e acordou de má vontade. Quando soube o que era, pediu:

— Deixa pra amanhã...

Antônio Vítor aproveitou o pretexto: "Era isso mesmo... Trabalhava tanto na roça, feito uma miserável, que nem para isso servia depois... Se fosse assim ele teria que procurar mulher na rua...". Aquela frase dita em voz alta para irritar Raimunda era, em verdade, apenas uma ameaça que Antônio Vítor não pensava em cumprir. Não que tivesse sido a vida toda fiel à mulher. Por vezes quando dormia em Itabuna o fazia com uma rameira qualquer, mas nunca se enxodozara com nenhuma como acontecia com muitos.

Só começou mesmo a reparar na feiura de Raimunda, no quanto ela estava velha e acabada, quando, em Ilhéus, dormiu com a Vampireza, após uma noite de jogatina e de bebedeira. A Vampireza enroscou-se nele, quando Antônio Vítor voltou para a roça trazia o gosto da mulher marcado no corpo. Nesse dia houve uma briga feia porque ele insistiu que Raimunda largasse o trabalho nos cacaueiros.

O mal, porém, foi ele ter encontrado a Vampireza em Itabuna, num sábado. Ia sempre a Itabuna, comprar mantimentos, levar cacau seco. A Vampireza andava por lá, no cabaré de Fifi, e quando viu Antônio Vítor se atirou para ele, arrastou-o para uma mesa, pediram cerveja.

— Nos casamos hoje, de novo?
Ele riu. Ela inventou um apelido para ele: meu Totó. Ela sabia dizer palavras carinhosas, sabia fazer carícias, sabia agradar um homem. Antônio Vítor nem notou que ela namorava todo o tempo um estudante de negra cabeleira, que fumava ante um copo vazio, numa mesa próxima. Nos tempos da alta os estudantes em férias faziam, por puro amadorismo, o papel de gigolôs. Antônio Vítor dormiu essa noite com a Vampireza e no domingo não voltou para a roça, passou mais outra noite em Itabuna, fez descer champanhe no cabaré. Desde o dia do casamento de Don'Ana, que era o dia do seu casamento também, ele não provava champanhe.

Voltou para a roça com a cabeça virada. Prometeu à Vampireza que dias depois estaria de novo em Itabuna. Ela o beijara:
— Tou lhe esperando, Totó.
Raimunda estava na roça quando ele chegou. Andou pela casa, não tinha o que fazer, deu-lhe uma vergonha, de súbito. Pegou da foice, arrancou as botas, foi colher cacau. Mais que Raimunda, os trabalhadores se admiraram ao vê-lo. Ao meio-dia comeu a carne-seca com farinha, trabalhou até as seis horas. No outro dia voltou ao trabalho, mas no terceiro recebeu um recado da Vampireza. Um molecote viera de Itabuna trazê-lo. A Vampireza pedia que ele fosse até lá, ela estava doente. Antônio Vítor selou o burro, tocou-se para a cidade. Disse a Raimunda que era um chamado do representante de Carlos Zude. A Vampireza recebeu-o muito faceira, Antônio Vítor se admirou que ela não estivesse na cama:
— Não tava doente?
— Era saudades de meu Totozinho...
Já não dava desculpas depois, quando vinha para Itabuna e se demorava dois ou três dias. Montou casa para a Vampireza, sacava dinheiro para as despesas que eram muitas, tinha conta no cabaré de Fifi, em casas de negócios, onde a Vampireza comprava cortes e cortes de fazenda, sapatos, perfumes e (o que depois iria escandalizar Antônio Vítor) gravatas de luxo com que presenteava o estudante.

As notícias se espalhavam na zona do cacau com grande rapidez. Não tardou que Raimunda soubesse do acontecido. E o soube aumentado: que Antônio Vítor tinha uma francesa em Itabuna, morando num palacete, num esplendor. Nunca disse nada ao marido. Só que fechou mais ainda o rosto, agora quem quisesse poderia ver nele sulcos de lágrimas choradas nas noites solitárias, enquanto não conseguia dormir naquela cama nova com a qual não se acostumava. Mas quando, pela manhã, saía para o trabalho nas roças, era a mesma de sempre, a primeira em chegar junto dos montes de cocos de cacau, a última a largar o facão com que os cortava. No cabaré de Fifi, Antônio Vítor aprendia a dançar foxes e sambas, aprendia os segredos da roleta também.

22

NO MEIO DO SEGUNDO ANO DA ALTA, MARTINS, o gerente de Zude, Irmão & Cia., fugiu de avião. O balanço revelou um desfalque de oitenta contos. No entanto, quando Martins foi preso no Rio de Janeiro, não tinha consigo senão sete contos e jurava que não escondia dinheiro. Confessou na polícia que tinha gasto o resto e que a culpada de tudo era uma mulher de nome Rosa, antes ensacadeira de cacau nos armazéns da firma, sua amante depois. Mulher meio aluada, sumia e voltava, mas bonita que virava a cabeça de qualquer. Parecia à primeira vista muito modesta, morava na Ilha das Cobras. Mas quando o cacau começou a subir a tal de Rosa — que Martins, como o Varapau, dizia ser uma beleza — começou a sumir e então Martins deu-lhe luxo, casa na cidade, empregadas e dinheiro. O ordenado de Martins não chegava para tanta coisa. Sustentava família grande, se bem não fosse casado. Mas tinha mãe viúva, irmãs moças pra casar, irmãos pequenos no colégio. Eram oito em casa para comer, vestir e estudar. E Rosa querendo dinheiro, aluguel de casa mais caro do que no Rio, tudo custando uma fortuna. O ordenado não dava, tivera sorte uma vez no Bataclã, ia retirando da caixa todos os meses uns contos de réis, para ajudar as despesas primeiro, para reaver tudo no jogo, depois. Quando viu que a época de balanço se aproximava, que estava perdido, resolveu fugir. Antes pensara em se matar mas teve pena da mãe, que podia morrer de desgosto. E tudo que pedia ao delegado era que não deixasse sua mãe saber.

Soube e foi com a filharada, moças que espiavam os móveis, o arranjo, os quadros da casa, que estudavam os vestidos de Julieta, meninos calados numa atitude rígida e estudada, suplicar a Julieta Zude pelo filho. Carlos chegou durante a cena e foi ele quem se comoveu ante a velha chorando, dizendo que aquilo tinha sido coisa de mulher de má vida, seu filho era direito. Deus era testemunha.

Depois Carlos explicou a Julieta: os oitenta contos estavam perdidos mesmo, que adiantava meter o rapaz na cadeia? Retirou a queixa, Martins ficou pelo Rio, uns anos depois apareceu em Ilhéus em busca da família. Estava prosperando em São Paulo, saltou elegante, falando com um sotaque sulista, parecia nem se recordar do incidente. Aos conhecidos ofereceu seus préstimos no sul. E lastimou a desolação que ia por Ilhéus naqueles anos terríveis que sucederam à baixa:

— Aqui não há futuro pra ninguém...

Rosa caiu no cabaré mais vagabundo da cidade, o Retiro, após conversas incômodas na polícia. Parece que lhe deram uns bolos, mas o Retiro ganhou clientela nova quando ela estreou, precedida do rumor do escândalo. Não durou muito, sumiu novamente, talvez estivesse com algum homem, talvez apenas vagabundando pela beira do cais, como era seu velho hábito desde que o pai morrera numa jangada de pescaria e a deixara órfã, moleca nas ruas. Um dia um pintor, que estava de passagem na cidade, um pintor moderno de cores que escandalizavam, a encontrou vagando no porto. O pintor ia com Sérgio Moura e se interessou pela mulher. O poeta a chamou, Rosa posou durante uns dias, depois seu retrato foi premiado no salão oficial, medalha de ouro. O pintor tinha posto no quadro um estranho título: *A filha do mar*. Nem mesmo ele sabia por quê. Assim via Rosa.

Um recorte do *Diário de Ilhéus* que trazia notícias do desfalque de Martins e um retrato de Rosa na polícia chegou, através do coronel Frederico Pinto, à fazenda onde o Varapau consolava o negro Florindo da fuga mais uma vez frustrada. Varapau leu a notícia para Florindo e Capi, exibiu o retrato de Rosa. O negro Florindo pregou na parede da casa, em cima de seu catre. Ficou olhando e perguntou ao Varapau:

— Cum que ela parece?

O Varapau pensou, recordou gestos e frases, detalhes do corpo inesquecível e a fuga inexplicável:

— Parece mesmo é com o mar...

Mas Florindo nunca tinha visto o mar:

— E cumo é o mar?

23

NAQUELES MESES O CORONEL HORÁCIO DA SILVEIRA ENVELHECERA muito. Se antes já era um velho doente e quase cego, agora parecia um ancião à beira do túmulo. Como que dera à primeira fase da sua luta com o filho os restos das suas forças de octogenário. Aquele caxixe do testamento de Ester o esgotara. Gastara muito dinheiro, quase duzentos contos, mas ficara com as fazendas intactas, administrando aquele mundo de terras plantadas de cacau, sendo o que mandava, o que fazia e desfazia. Nem limites haviam sido delimitados. Apenas a quantidade de cacau cujos lucros pertenciam a Silveirinha. Isso bem pouco importava ao coronel Horácio da Silveira. Para ele o essencial é que as terras, as fazendas que ele construíra, atravessando dois municípios, colheitas colossais de quase cinquenta mil arrobas de cacau, não fossem divididas, não lhe tirassem qualquer parte das suas terras. Antes tinham sido de muitos, matas sem dono pela posse das quais ele lutara de armas na mão, chefiando jagunços e coronéis. E pequenas roças de pequenos lavradores, compradas por bem ou tomadas por mal, resultados de caxixes, de tocaias, de negócios impostos à força de bala. Um mundo de fazendas se estendendo por Ilhéus e Itabuna, ligadas umas às outras, a maior plantação continuada de cacau talvez do mundo todo: as fazendas do coronel Horácio da Silveira. Nos seus oitenta e quatro anos o coronel, curvado o corpo outrora gigantesco, magríssimo, reumático e cego, se arrastava pela varanda, as ordens saindo da voz rouca e cansada, áspera pelo catarro crônico. Sozinho na fazenda. Nos dias de agitação do processo de inventário ainda aquilo tudo se movimentara, nas idas e vindas de Rui Dantas, na continuada presença do compadre Maneca, na aparição de Menezes, no fogo da luta na qual o corpo do coronel parecia remoçar acompanhando o esforço daquele espírito que não se abatera. Mas passara tudo, ganhara o processo, pagara as despesas, pagara também os lucros do filho. Dinheiro que tinha depositado nos bancos. Passara a agitação, o movimento, e então o coronel envelheceu, corpo e também espírito, sentia-se já incapaz de reger o seu mundo de cacaueiros. Agora deixava que o capataz fizesse muita coisa pela sua própria cabeça, respondia por vezes com monossílabos às perguntas do empregado da despensa. Depois daquele artificial rejuvenescimento no ardor da luta, como que se entregava à velhice, sem outros desejos que o de ouvir desde a varanda da casa-grande o canto dos trabalhadores nas barcaças e nas estufas. Nem resmungara quando viera o aumento de salários, aquele era um tempo complicado, ele não o entendia. Também já não dava palpites nas decisões políticas do seu partido que, na oposição, buscava fazer eleitorado às pressas. Auxiliava com dinheiro, mandara surrar uns integralistas ainda no aceso da luta em

Itabuna, mas pedira a Maneca Dantas que indicasse os candidatos, não queria se meter. Suas mãos ressequidas, as suas enormes mãos de antigamente, eram só osso e pele, e ele as aproximava dos olhos mais que baços procurando enxergá-las, como procurava inutilmente enxergar a visão bem-amada das roças florescendo, os frutos de ouro dependurados dos galhos. Não enxergava mais, nem mesmo quando, apoiado no braço do negro Roque, andava entre as árvores das roças mais próximas. Eram as mãos, as velhas mãos ressequidas, que lhe serviam de olhos, apalpando os cocos de cacau nos troncos e galhos:

— Tá bom de colher...

O negro Roque apoiava:

— Inhô, sim...

Eram as terras do Sequeiro Grande, as melhores terras do mundo para o plantio do cacau. O coronel pisava na terra negra, as mãos tateando as árvores, era como se acariciasse carne tenra de mulher. Trazia na volta desses passeios, cada vez mais raros, um coco de cacau de vez e ficava com ele na mão um tempo perdido, sentado no banco duro da varanda, a perna em cima da tábua, o queixo apoiado no joelho. Olhava para a frente, era uma névoa. Mas ele sabia que aquela névoa estava apenas nos seus olhos, que ali ficavam as roças plantadas de cacaueiros, roças que ele plantara. E isso lhe bastava na igualdade da sua vida, do seu fim de vida. Quase mais nada o ligava ao mundo distante, ao porto de Ilhéus, de onde saíam os navios carregados de cacau, à cidade de Itabuna, que ele ajudara a construir, a Ferradas, que era um feudo seu. Seu mundo tinha os limites das suas fazendas, mas ah!, neste mundo só ele mandava, só ele era obedecido, só sua voz tinha autoridade. E era um mundo belo... Para o coronel Horácio da Silveira era o mais belo dos mundos: o das roças de cacau. Na sua irreligiosidade supersticiosa de presentes à igreja mais por política que por religião, de crença em absurdas histórias dos trabalhadores, ele nunca pensava no céu nem no inferno. Mas se alguém lhe perguntasse, de surpresa, como devia ser o céu, ele responderia certamente que só podia ser uma roça de cacau eternamente carregada de frutos amarelos, doirando as sombras onde o sol não penetra...

Foi assim, nesse alquebrado fim de vida, que lhe veio encontrar a notícia do novo processo movido por Silveirinha. Desta vez Maneca Dantas veio em companhia do filho e o advogado se encontrava realmente revoltado, considerando que Silveirinha estava praticando uma infâmia. Inclusive, sentia-se um pouco culpado, porque, com os acontecimentos que rodearam Pepe e Lola, ele se descuidara um tanto dos interesses do coronel. E o processo de "insanidade mental" já ia adiante, o juiz designara a junta médica que devia examinar Horácio. Conversavam enquanto a chuva caía sobre os cacaueiros. Horácio parecia distante dali, era absolutamente diversa a sua atitude de agora da que assumira quando Maneca Dantas lhe trouxera a notícia do primeiro processo, o do inventário. Agitara-se então, tomara providências, dirigira tudo. Na tarde chuvosa ele ouve pouco atento, os ouvidos puxados para o rumor do aguaceiro sobre as árvores de cacau, como que desligado daquilo tudo. Foi preciso que Maneca Dantas chamasse sua atenção:

— Dizque os médicos vêm essa semana...

— Um foi escolhido por mim, coronel. Outro por Silveirinha. O terceiro pelo juiz, é um rapaz novo da Bahia, especialista... — explica Rui.

Horácio atendeu de má vontade:

— Deixa vim, menino. Deixa vim, cumpadre. Mando meter o tiro em tudo, nenhum vai atravessar a porteira de minha fazenda...

— Mas, coronel... — dizia Rui — ...não é possível... Não há como não aceitar o exame médico. O senhor não é nenhum maluco e os médicos vão constatá-lo. O senhor é um homem normal, vai ganhar a questão. Basta que o laudo médico prove que o senhor não está incapaz de gerir seus bens...

— Menino, não passa nenhum a porteira da fazenda. Meto bala...

Escutava quase indiferente, ouvindo a chuva cair sobre os cacaueiros. Rui Dantas balançava a cabeça olhando para o pai, numa desaprovação à atitude do coronel. Horácio afinal disse a Maneca:

— Cumpadre, tu que é um homem bem vivido, dá conselho a esses doutor pra não vim... Meto bala neles...

E desligava-se novamente da conversa como se nada mais tivesse que discutir. Para ele era um assunto resolvido, não valia a pena perder mais tempo. A negra Felícia vinha de lá de dentro dizer que o café com leite estava na mesa, com aipim e banana cozida. Estava acabada também, a carapinha branca, os passos trôpegos. Rui Dantas pensou que aquilo era um resto de gente, que a razão estava mesmo com Silveirinha, apesar de que se revoltava ainda contra os métodos do filho de Horácio.

Na mesa, Maneca e Rui tentaram voltar ao assunto. Horácio machucava a banana para poder engolir, não tinha mais dentes para a mastigação.

— Se o senhor se mantém nessa atitude, coronel, vai botar tudo a perder. Vão se basear nela para dizer que o senhor está mesmo maluco...

— Menino, eu não tou maluco... Mas meto bala em qualquer doutor que aparecer por aqui... Não tá vendo que não vou me prestar a essa palhaçada? Não tá vendo?

Agora cobrava certa energia, por um momento apenas:
— Tou no fim da vida, não vou servir de espetáculo... Sou o coronel Horácio da Silveira, não sou palhaço de circo... Meto bala...
E recaiu na sua indiferença, na sua inércia, o resto de café na xícara, sem beber. Maneca e Rui Dantas despediam-se. Horácio se arrastou até a varanda para senti-los partir. Quando abraçou Maneca Dantas lhe disse:
— Talvez a gente não se veja mais, cumpadre... Tudo que tá se passando só tem uma culpada: é ela, a finada. É ela que tá ainda fazendo isso tudo... Diz pros doutor não vim. Meto bala... Adeus cumpadre...
Maneca Dantas sentiu as lágrimas subirem para os olhos, fitou as roças, não podia falar. Rui Dantas já estava montado, dava pressa ao pai:
— Vamos, pai, já está ficando tarde...
Maneca apertou o coronel nos seus braços, tinha certeza que não o veria mais e era como se lhe arrancassem as mais profundas raízes que o prendiam à vida. Era como se um tempo tivesse terminado e outro tempo fosse começar.
Na estrada, sob o resto de chuva que molhava as ancas dos cavalos, Rui Dantas disse tristemente, algo irritado também:
— Tá caduco mesmo, meu pai... Não sei como vai acabar tudo isso...
Maneca Dantas olhou o filho, deixava que as lágrimas rolassem pelo rosto cortado de rugas, ele adivinhava como tudo aquilo ia terminar.

24

A CARTA QUE ELA ESPEROU DURANTE MESES NÃO chegara. Fora à Bahia, comprara frutas, doces e roupas, levara-lhe na penitenciária. Mas ele se recusou a recebê-la, a conversar com ela. Deixou-lhe as roupas com um bilhete. No hotel chorara até Rui Dantas chegar. O advogado atendia a todas as suas vontades mas aquela fidelidade de Lola a Pepe machucava-o, doía-lhe, sentia-se diariamente traído. E agora era ele, quase mais que ela, quem se entregava à morfina e à cocaína, abandonados o processo de Horácio, a banca de advogados, até os sonetos românticos.
A carta que ela esperou durante meses, resposta ao seu bilhete deses-

perado, nunca chegou. Um presidiário ilheense, recém-solto com livramento condicional, deu-lhe notícias de Pepe e eram tristes notícias. O cáften definhava na prisão, soturno e intratável, emagrecendo. Os demais presos respeitavam-no, ele vivia isolado de todos, perdido em melancólicos pensamentos.

Escreveu-lhe novamente, mandou-lhe dinheiro, nunca veio nenhuma resposta. Então escreveu-lhe pela última vez e era um bilhete de despedida, quatro palavras de amor, apenas.

Matou-se de manhãzinha, trancada no quarto, a seringa com que se aplicara a injeção mortal partida no chão, a mão alva e bela estendida. Rui soluçou desesperadamente. Na véspera, à tarde, Lola pusera uma carta no correio para Julieta Zude. Por que lhe escrevera quando decidira suicidar-se? Guardava daquela conversa com Julieta uma grata recordação e sabia que a mulher do exportador tudo fizera, tudo empenhara em favor de Pepe. A ela devia-se, em grande parte, a desclassificação do crime. Soubera depois de toda a história de Julieta e Sérgio e quando acabara de escrever para Pepe achou que devia algo a Julieta e então rabiscou-lhe o bilhete que pôs no correio. Tinha resolvido matar-se naquela tarde. Mas achou que devia ainda alguma coisa a alguém e era a Rui Dantas. Talvez o advogado fosse cansativo e com dificuldade ela o suportava. Mas fora sempre bom para com ela, atendera a todas as suas vontades, se batera por Pepe, e Lola bem compreendia quanto Rui sofrera ao vê-la apegada ao cáften mesmo na sua última miséria. Devia-lhe alguma coisa e resolveu só se matar pela manhã. A noite seria para ele.

E pela primeira vez se entregou a Rui com certo carinho. Não quis tóxicos, não quis beber, foi sua mulher, a esposa que ele sempre desejara que ela fosse. A casa se transformou num lar durante as poucas horas da noite invernosa. Pela manhã ele saiu transbordante de contentamento. Pensava que Lola iniciava uma vida nova. E então Lola matou-se, certa de que nada mais devia a ninguém, estava de contas ajustadas com a vida. A cabeça rolou do travesseiro e os longos cabelos desatados encheram a cama de ouro.

25

NUM CANTO DE CEMITÉRIO DA VITÓRIA, JULIETA ZUDE assistiu ao enterro sem acompanhamento. Os homens, profissionais da companhia funerária, baixaram o caixão do carro mor-

tuário, apenas Rui Dantas saltou do outro automóvel. Trazia uma coroa enorme, a maior que encontrara em Ilhéus e estava sob a ação dos tóxicos, tremia acompanhando o féretro. O coveiro estava junto à cova aberta, não havia padres para a suicida, não havia amigos, nem música, nem palavras além das que os homens gritavam descendo o caixão:
— Mais devagar... Cuidado... Olhe esta corda aí...
Jogaram terra em cima, com pressa, com vontade de acabar logo com aquilo. Rui Dantas depositou a coroa, estava aéreo, Julieta pensou que ele estivesse bêbado, não sabia da história dos tóxicos. Viu quando ele entrou para o automóvel e se jogou no assento. O carro funerário acompanhava o auto na descida da ladeira.

Julieta Zude se encaminhou para o túmulo onde a terra ainda estava mole, indicando o enterro recente. Uma placa, com palavras escritas a tinta branca, lembrava:

AQUI JAZ
JÚLIA HERNANDEZ
Nascida em Buenos Aires
Falecida em Ilhéus
Rogai por sua alma

Julieta trazia flores, as flores da Associação Comercial, flores raras, orquídeas, rosas-chá, cravos e violetas. Sérgio as tinha colhido a seu pedido. Não dissera para quê. Espalhou as flores pela sepultura, barro ainda meio solto. Barro bom de que era feita Lola. Julieta não chorava nem estava triste. Se despedia de Lola como de uma amiga muito querida que partisse para uma viagem, mas que nunca deixaria de estar presente na sua lembrança, amizade que nunca se romperia. Só a havia visto uma vez e no entanto jamais tivera outra amiga.

Olhou em torno a si, no cemitério, e viu que seu mundo, seu novo mundo, imenso e mágico, era habitado apenas por Sérgio, por Joaquim e por Lola. "Lola Espínola, Júlia Hernandez." Nunca fora Júlia Hernandez, a placa mentirosa de cemitério! Fora sempre Lola Espínola, a mulher de Pepe, a que tivera coragem de seguir o seu destino, o seu homem, de andar direito. Andar direito... Ninguém compreenderia... Sérgio moveria a cabeça, era como um pássaro preso, preso a mil coisas pequenas. Mas ele tinha sua poesia e por ela fugia para o outro mundo, por ela chegava até às coisas mais puras e mais heroicas, às flores, aos pássaros, à revolução de que falava Joaquim. Joaquim compreenderia. O chofer compreendia tudo, aquele mundo ele o levava dentro de si, Julieta percebia, sem entender direito, que ele o estava construindo. Na dor e na luta, no sacrifício, no anonimato, na ilegalidade, mas diariamente construía aquele mundo para todos. Ela não tinha um mundo dentro de si, nem tinha a porta da fuga aberta na sua frente, como o poeta com a sua poesia. Não o sabia construir como Joaquim, poderosas e puras mãos criadoras, não sabia representá-los como Sérgio, mágicas e frágeis mãos de artista. Estava perdida, metida na lama. Sobre a lama Joaquim atirava os alicerces do seu mundo. Sérgio voava sobre a lama, suas asas invisíveis. É verdade que muitos fios o ligavam àquele mundo, suas asas estavam quebradas mas ainda assim ele pairava sobre a sujeira. Ela é que estava metida até os cabelos. Apodrecia na podridão em torno. Dessa podridão Lola saía pura, será mesmo que Joaquim compreenderia? Sérgio era um grande pássaro, de olhar irônico, sorriso misterioso e um coração limpo de toda a culpa. Mas os pés afundavam na lama. Julieta via como que milhões de fios de linha, cada um fragilíssimo, todos reunidos como cadeias de escravidão, prendendo os pés do poeta. Joaquim marchava, Julieta adivinhava todos os Joaquins do mundo, os homens e as mulheres.

Nas conversas que se seguiram àquela primeira conversa na Associação, o militante, já sem desconfianças e sem acanhamento, lhe falara de seus ideais políticos, do mundo futuro de fraternidade, de igualdade, de amor para todos, com que sonhava e pelo qual se batia. Também Sérgio sonhava com esse mundo mas só lhe dava a sua poesia, guardava-se de se entregar totalmente, sua vida não lhe pertencia, estava de pés amarrados. Julieta era mulher de um exportador de cacau, vivera, grã-fina neurastênica, em braços de amantes requintados, o marido lhe ensinara as perversões do sexo, mas nada daquilo a satisfazia. Quando Joaquim lhe falava do seu mundo que estava sendo construído, realizado em parte já na Rússia lendária, em luta áspera nos demais países, ela, que já voava na solta fantasia do poeta, que se despregava do seu mundo triste e não sabia para onde se dirigir, sentia como uma alvorada, mas uma alvorada que ela não alcançava. Porque seu cavalheiro na caminhada difícil era o poeta Sérgio Moura e ele tinha os pés presos na lama, quando atingia aquele mundo era pela poesia, e Julieta necessitava de marchar, como um soldado, como alguém que constrói alguma coisa. Talvez que seus sentimentos tivessem sido os mesmos se um amigo, em meio à sua angústia e ao seu desespero, a houvesse levado a um concerto e depois a acostumasse com a verdadeira música. Mas em Ilhéus, cidade do cacau em alta, não havia concertos senão de muito em muito, algum pianista semifracassado que caía na cidade em busca de benefícios rendosos. E o poeta com seu amadorismo político, e o chofer com sua sólida realidade militante falavam era na revolução, no mundo de camaradas de amanhã. E com que paixão, com que amor insuperável Joaquim falava nesse mundo! Não parecia o chofer calado, o filho de Raimunda sem palavras, era uma torrente ditada pela fé e também, muito também, pela experiência de luta. Julieta tinha vontade de dizer:

— Sérgio, aqui tens meu braço. Arranquemos os pés da lama e partamos... Que importa o resto?

Mas nunca dizia nada, ia vivendo aquela aventura de amor que já era algo, apesar de Carlos Zude e da sua presença diária, apesar de Joaquim que parecia esperar que ela se resolvesse. Mas nunca dizia nada.

Agora o bilhete de Lola está na sua bolsa, recado da sua amiga. Só a vira uma vez, no entanto fora a sua única amiga. As sombras do crepúsculo caem sobre o cemitério abandonado. "*Siga su amor si usted lo ama. Siga su destino. Por más que usted venga a sufrir siempre será feliz. Yo he sido siempre feliz en medio a todos los sufrimientos. Siga usted su destino, le digo yo que voy a morir. No tenga miedo...*"

"Amanhã, dona Julieta, o mundo vai ser melhor. Gente assim como a senhora não vai haver. A única coisa boa que alguém pode fazer hoje é trabalhar para esse mundo vir mais depressa. Vai ser como uma festa...", era a voz de Joaquim. "E te digo dos pássaros, sua vida é tão bela, nem imaginas. E te digo das flores, que sabes sobre a rosa-chá? É rosado o teu umbigo, aqui poderiam crescer pés de rosa-chá que é a mais linda das rosas. Vamos esquecer tudo, o que vale é estarmos aqui, juntos, e eu poder te tomar e ser teu também, a única coisa que vale e que presta. E te direi do que quiseres para que voltes amanhã...", e era a voz de Sérgio.

Tinha os pés amarrados à lama. Era tão fácil romper os fios inúmeros de linha que os enleavam. Era tão difícil romper as cadeias que os prendiam... Tão fácil, tão difícil. "*No tenga miedo...*"

26

UM DIA, NO FIM DO SEGUNDO ANO DA ALTA, APESAR da perseguição que sofriam os seus militantes, o Partido Comunista realizou um comício no largo do porto. Tentavam os comunistas esclarecer o povo sobre o verdadeiro significado da alta, mostrar o que representavam os preços absurdos do cacau. Agora tinham muito mais elementos em mãos para apresentar aos pequenos lavradores, aos coronéis, ao povo em geral. Havia a luta entre Schwartz e Horácio (já ninguém dizia "a luta entre Silveirinha e Horácio", tal a influência do alemão no desenrolar dos acontecimentos), havia a questão das companhias de ônibus. Com a formação da nova sociedade anônima todas as demais companhias tinham sido levadas à falência, o que não deixara de agradar a Marinho Santos. O que não lhe agradou, porém, foi constatar logo depois que seu prestígio na companhia era quase nominal: os exportadores faziam-no romper velhos compromissos de condução de cacau para utilizar os caminhões quase somente a serviço de Karbanks, Zude, Schwartz, dos Rauschings.

Aproximava-se a época de eleições e os militantes achavam necessária uma agitação que pudesse orientar a massa na campanha eleitoral. Três prováveis candidatos surgiam para a prefeitura de Ilhéus: Carlos Zude, pelo partido oficial, Silveirinha, pelos integralistas, e Maneca Dantas, pela oposição. O Partido Comunista resolvera não apresentar candidato próprio e convidava os fazendeiros, pequenos lavradores, operários, a se juntarem em torno a uma candidatura, a de Maneca Dantas ou outra, que pudesse derrotar tanto a de Carlos Zude como a de Silveirinha, pois ambos, esclarecia o volante, "representavam o imperialismo estrangeiro, o capital antinacional, alemão ou americano". Resolveram fazer o comício, protesto público contra a negociação que a alta envolvia, talvez surtisse algum efeito. Na impossibilidade de anunciá-lo, já que a polícia tomaria providências para impedi-lo, o partido marcou o comício para a hora em que todos deixavam os empregos, quando os trabalhadores dos armazéns de cacau e da fábrica de chocolate saíam das tarefas diárias. Os militantes que trabalhavam nesses lugares e no porto, na estrada de ferro e nos navios, arrebanharam gente às cinco horas da tarde para a praça.

Era quase em frente ao prédio da firma Zude, Irmão & Cia., bem próximo também à Exportadora. Joaquim dissera na véspera a Julieta Zude:

— Se quiser ver uma coisa bonita vá amanhã, às cinco horas, ao porto.

Ela estava na janela do escritório do marido e notava o movimento repentinamente desusado do largo, certa agitação em algumas das pessoas que passavam. De súbito a coisa começou e Julieta abandonou a janela, atravessou o escritório do marido:

— Onde vais? — quis saber Carlos.

— Vou aqui, volto já... — respondeu sem se voltar sequer.

Foi tudo muito rápido. Os homens chegaram num automóvel que ficou esperando na esquina sem parar o motor, traziam uma bandeira vermelha que estenderam sobre o radiador de um dos táxis estacionados na praça. Um estivador começou a falar imediatamente. Quando Julieta atingiu a multidão que se comprimia aos "vivas" e aos "morras" já o negro falava, atacando os grandes exportadores, os integralistas, "lacaios do imperialismo", gritava. Gritou o nome de Karbanks para os ouvidos atônitos da multidão, "esse é o maior agente do imperialismo". Os militantes apoiaram. Mas quando ele chamou Schwartz de "gringo imundo, espião da Gestapo", muita gente, que não tinha nada com aquilo, aplaudiu, pois o alemão se tornara muito impopular devido à questão com Horácio. O negro continuava dizendo que o Partido Comunista naquele momento não estava defendendo apenas os interesses dos operários, defendia todos os elementos progressistas da zona, que não queriam ver as terras do Brasil na mão dos estrangeiros. Defendia até os coronéis, se bem exigisse maior salário e melhor tratamento para os trabalhadores das fazendas.

Julieta estava empolgada com o espetáculo. Não ouvia as palavras do orador, pelo menos não ligava quase o sentido das frases, mas o espetáculo a emocionava: era um momento maravilhoso, quando homens se arriscavam para transformar o mundo. Via-os em ação, achava o negro estivador magnífico, aquela gente que gritava "abaixo" e "viva" parecia-lhe capaz de maiores realizações. A bandeira vermelha dava um colorido romântico a toda a cena e Julieta recebia as sugestões da massa reunida, forte, vibrante, pura. Perto de si, um mulato sem dentes rosnava palavras de apoio e ameaça:

— É isso mesmo... Fora com esses gringos...

Julieta sorria para ele, solidária, achava-o boa pessoa apesar do seu ar feroz, de sua barba crescida, da sua boca sem dentes, de gengivas vermelhas. Da janela do prédio Carlos Zude olhava, não sabia para onde teria ido Julieta, temia pelo que pudesse lhe acontecer. Do seu escritório tinham telefonado chamando a polícia.

Em frente ao estivador que falava, uma linha de homens fortes o guardava. A polícia e os integralistas não tardariam a chegar e os da autodefesa perscrutavam entre a multidão os prováveis provocadores. Havia gente da mais variada espécie possível: operários da fábrica de chocolate, trabalhadores do porto, dos armazéns de cacau, coronéis, empregados no comércio, garçonetes de dois bares próximos, pequenos lavradores de botas. Também estava Rosa e gritava mais que ninguém; gritava sem saber por quê, pelo simples gosto bom de gritar, de vaiar e vivar.

O segundo orador mal começou a falar. Foi só então que Julieta enxergou Joaquim, por detrás do automóvel, e ele lhe sorria seu sorriso breve e amigo. O novo orador era um professor e ia explicar a necessidade da formação de um bloco eleitoral que congregasse os coronéis, os pequenos lavradores, os comerciantes, todos aqueles que estavam ameaçados pelos exportadores, para a luta política e para a luta econômica. Ia falar na cooperativa e nas eleições. Mas a polícia chegou e começou a dissolver o comício. Os tiras entraram disparando pro ar, na frente vinha o comissário especializado. A autodefesa se atracava aos tiras, aos integralistas que acompanhavam a polícia. O orador continuava seu discurso apesar do barulho e de ninguém o ouvir. Julieta notou que Joaquim dava ordens.

Começaram as prisões, o grupo maior escapou no auto que os havia trazido. Um deles, era o negro estivador, no último momento, antes de pular para o automóvel, arrancou a bandeira do radiador do táxi, enrolou-a no braço, estendeu um tira com um soco, perdeu-se na rua onde o carro buzinava. O intelectual que falava foi preso, Julieta procurava descobrir Joaquim. De súbito sentiu que ele falava atrás dela:

— Venha conversando comigo como se não tivéssemos nada com isso...

Virou-se, ele sorria com certo acanhamento, saíram andando em direção à casa Zude, Irmão & Cia. O tira os alcançou, ia estendendo a mão, reconheceu Julieta Zude, ficou olhando. Ela conversava com Joaquim, rindo muito, mas suas mãos tremiam.

Na esquina do prédio da casa exportadora, Joaquim torceu caminho, abriu para os lados do cais onde as luzes se acendiam. Julieta o viu andar, cada vez mais rápido. De longe ele deu adeus. No outro dia Sérgio lhe confiou que Joaquim estava escondido na casa de um amigo.

E viu Carlos Zude na janela. Vinha tão agitada que sorriu para o marido e levantou a mão numa saudação. Carlos a esperava ansioso:

— Que loucura foi essa?

— Quis ver...

— Não sabias que eram os comunistas?... São capazes de tudo...
Ela sorriu de modo tão enigmático que Carlos Zude, tão pouco dado a complicações, estranhou:
— Que tens?
— Não tenho nada... Parece que tens medo aos comunistas...
— Medo? Estás doida... Vamos esmagá-los, são uns quantos pobres-diabos.
— Pobres-diabos... — fez ela e sorriu novamente.
Carlos estava perturbado e perguntou:
— Quem era o rapaz que te acompanhava?
— Aquele? Não sei... Na hora do barulho ele me tirou do meio... Talvez um conhecido teu...
— Ainda bem que não sofreste nada... — E agora já estava novamente despreocupado, voltava à atividade comercial. O comissário de polícia veio ao escritório, relatava-lhes os feitos:
— Prendemos três... O que estava falando e mais dois... O resto escapou, mas estamos no rastro. Nessa gente só borracha... E muita! — concluía definitivo.
Carlos Zude pedia energia na campanha. O comissário afirmava que não deixaria um único comunista em Ilhéus, "nem para remédio". Mas, já no dia seguinte, na frente da casa exportadora de Schwartz, aparecia uma frase que tomava a parede de lado a lado, escrita com piche: abaixo o nazismo e o imperialismo.
O que mais admirava Carlos Zude era encontrar, quase diariamente, na sua mesa de trabalho, volantes do Partido Comunista. Olhava cada um dos empregados com desconfiança. Julieta fechava os olhos e via o negro estivador, soberbo!, pular do automóvel, arrancar a bandeira, derrubar o homem com um soco, o braço vermelho, uma ponta do pano se soltando sobre o peito.

27

LOGO DEPOIS DESSES ACONTECIMENTOS CARLOS ZUDE FOI À Bahia conferenciar com o governador do estado e voltou junto com Karbanks. Meia cidade estava no aeroporto, esperando os dois exportadores, aos quais um dos jornais de Ilhéus chamava de "pedras angulares do progresso atual da zona". Aquela foi uma semana gloriosa para a zona do cacau, pois os preços subiram como nunca, alcançaram o inacreditável de cinquenta e dois mil-réis a arroba. Tudo era rapidamente esquecido ante essa realidade que enchia todos aqueles corações. Esqueciam Pepe Espínola e seu júri escandaloso, o coronel Horácio e o processo antipático de Silveirinha, Julieta e Sérgio, Rui Dantas, que dera para ter ataques de loucura que duravam dias e passavam. Os médicos diziam que era dos tóxicos. Esqueciam tudo pois o cacau estava a cinquenta e dois mil-réis. Era o nunca visto. Nem ouro valia como caroço de cacau, esses caroços que se viam aos milhões nos grandes armazéns dos exportadores.

Ninguém ligava a mais nada senão ao mundo de dinheiro que havia para ganhar. O capitão João Magalhães já enterrara o dinheiro dessa safra e muito mais da metade da próxima, mas ainda assim sorria quando cumprimentava Carlos Zude no aeroporto. Viera a Ilhéus em busca de mudas de cacaueiros para as primeiras queimadas abertas na mata. Aproveitava para ir receber aquele a quem muitos já chamavam de "benfeitor da zona". Maneca Dantas, triste com a doença do filho, com as coisas sucedidas com Horácio, ainda assim estava à espera do avião. Era um dos homens ricos da terra, candidato a prefeito, e os médicos garantiam que bastaria Rui deixar a cocaína para se curar. Mas, passada cada crise, o rapaz voltava ao pó, que era a lembrança que lhe restava de Lola. Quase toda gente boa da cidade estava no aeroporto e Carlos Zude sentiu uma íntima satisfação ao saltar. Saíram, ele e Karbanks, apertando mãos, recebendo abraços. Havia muita gente e o coronel Maneca Dantas só abraçou Carlos Zude quando o exportador já se encaminhava para o automóvel. Carlos, ao sentar-se, repetiu para Karbanks, que já se refestelara no coxim acolhedor, aquela sua frase de referência aos coronéis:

— São como crianças tímidas...

Zito Ferreira, que os viera receber também, preparando assim possibilidades para futuras facadas, e que se achava perto do carro, ouviu e comentou para os que se encontravam em derredor:

— Está plagiando uma frase de Reinaldo Bastos...

28

O PLACAR DO *DIÁRIO DE ILHÉUS* ANUNCIAVA: FALECEU o coronel Horácio da Silveira.

Não dava detalhes e só depois o povo soube de como acontecera a morte do maior dos fazendeiros de cacau. Juntavam-se em frente ao cartaz, pediam uns aos outros detalhes do fato, mas só souberam de toda a história quando os soldados de polícia chegaram de volta a Itabuna. Depois tudo cresceu, detalhes inventados, frases e gestos. Foi assim que aqueles que tinham de Horácio apenas notícias meio lendárias completaram seu perfil inesquecível. Na prefeitura de Ilhéus há um retrato do coronel, de quando ele tinha cinquenta anos e era o grande chefe político da zona. Uma dessas ampliações de fotografias do interior, feitas em São Paulo, onde todos os rostos são cor-de-rosa e todos os olhos são azuis. Mas ninguém ia em busca desse retrato para fixar a recordação do coronel. Porque cada um dos habitantes dos mais longínquos povoados da terra do cacau tinha na imaginação um retrato de Horácio da Silveira, o senhor de Sequeiro Grande.

Recebera os médicos a bala e a comissão designada pelo juiz chegou em Itabuna em estado de pânico. Os tiros não haviam acertado, é bem verdade. Mas bastaram para que nenhum médico quisesse mais aquele pesado e difícil encargo. Então o juiz, sob pressão dos advogados de Silveirinha, mandou intimações sobre intimações a Horácio. Os advogados peticionavam no sentido de ser declarada a insanidade mental do coronel, achavam que aquela desatenção à lei, os tiros nos médicos eram suficiente prova de que Horácio não se encontrava em perfeito estado mental. Conseguiram o laudo de um psiquiatra baiano, professor da faculdade. A última intimação dizia que se Horácio não viesse a Itabuna seria declarado incapaz de gerir os seus bens e o juiz nomearia um curador.

Horácio andava indiferente a tudo. Apenas mantinha os homens nos limites da fazenda, de armas em punho, para impedirem a entrada de qualquer desconhecido. Eram esses jagunços que recebiam as intimações e as traziam para Horácio. O coronel mandava que o capataz as lesse e depois as rasgava em pequenos pedaços que soprava com a boca, fazendo-os dançar no ar, por vezes caíam-lhe no rosto e ele os espantava com as mãos trêmulas. Agora quase já não saía do quarto e apenas o capataz e Felícia chegavam até ele.

O juiz de Itabuna, ante a inutilidade da última intimação, chamou os advogados de Silveirinha e Rui Dantas, recém-saído de uma de suas crises, para uma conferência. Estava disposto a declarar a insanidade do coronel e a nomear Silveirinha tutor. Mas Rui pôs objeções, achando que o coronel só não vinha porque não podia viajar, mas que, se ele e o juiz fossem com os médicos, Horácio os receberia e se prestaria ao exame. Por outro lado, com surpresa geral, Silveirinha se negou a ir, fosse

como fosse, tomar posse das roças, enquanto o pai estivesse lá, vivo. Aquele pavor de Horácio ainda o perseguia. O juiz balançava a cabeça sem encontrar solução para o caso complicado. Achava que não podia aceitar a sugestão de Rui. Mesmo porque não havia médico que tomasse a incumbência difícil. Por outro lado Silveirinha se negava a tomar posse da fazenda com Horácio habitando lá:
— Lugar de doido é no hospício...
— Mas a mim não compete pô-lo no hospício. O senhor toma conta das fazendas, dos bens e também do seu velho pai, cuida dele...
E a sentença foi publicada dias depois. Horácio desta vez tomou conhecimento. Mandou chamar o oficial de justiça, que, acompanhado de dois soldados, trazia o papel onde o juiz o declarava incapaz para a administração das fazendas que ele durante uma vida inteira construíra. Quando entraram na casa-grande o coronel ressonava na velha cama de casal. Ficaram em pé na porta. Horácio abriu os olhos, sentiu a presença de estranhos:
— Quem tá aí, Felícia?...
Foi o capataz quem respondeu:
— É os homens que vosmicê mandou chamar... Os da polícia...
— Hum! — E levantou o corpo da cama, procurando as chinelas com os pés. O oficial de justiça adiantou-se:
— Não precisa se incomodar, seu coronel. É só pra lhe fazer ciente...
Mas Horácio já estava em pé:
— Que as terras são dele... Eu já tou ciente, moço. Diga pra ele vim que eu tou esperando ele...
As forças faltavam, ele sentou na cama, mas não tinha ainda terminado seu recado:
— Vosmicê vai me fazer um favor. Vai dizer a ele, a meu filho, pra ele vim, que eu tou esperando ele... Eu não pude matar a mãe dele, só soube que ela não prestava quando já era finada... Mas ele eu soube antes... Vosmicê diz a ele que é pra vim, eu tou esperando por ele... Que venha logo...
Virou para o capataz, mais uma vez era o coronel Horácio da Silveira comandando uma luta:
— Pague ao moço pelo favor que vai fazer... Pague bem pago...
Deitou de novo na cama, a cabeça sobre o duro travesseiro sem fronha, os pés ainda calçados de chinelas. "Morreu como um passarinho", dizia Felícia às conhecidas.

29

O TERNO DO VARAPAU ILUMINAVA MAIS UMA VEZ as estradas do cacau, o capitão João Magalhães plantava mudas de cacaueiros novos, derrubava mata, Maneca Dantas insultava Silveirinha no enterro grandioso de Horácio, Frederico Pinto jogava na bolsa, Julieta amava Sérgio na Associação e sonhava com uma vida nova, Pepe emagrecia na penitenciária, Zito Ferreira dava facadas em Marinho Santos importante, Antônio Vítor abandonava Raimunda nas roças pela cama da Vampireza, Joaquim trabalhava no seu esconderijo, Gumercindo Bessa era feito gerente da nova casa exportadora Schwartz & Silveira, Rita, de filho no braço, mudava-se para a rua de rameiras, abandonada pelo coronel Frederico, Reinaldo Bastos sonhava uma promoção na casa Zude e falava mal de Julieta pelas esquinas. O cacau arrastava todos aqueles destinos na maior alta registrada no sul da Bahia. Os escândalos se sucediam. Mas nada era capaz de entristecer a cidade de São Jorge dos Ilhéus, que se iluminava em cabarés e ria pela boca das prostitutas nas noites de farra. Havia uma palavra sagrada que todos pronunciavam com amor: "cacau".

Só Rosa, de perene beleza, vagava no cais, dormia nas canoas, indiferente à alta, aos preços de cacau, aos acontecimentos e aos homens. Ria para um ou para outro, dormia com algum que lhe dava dinheiro, comia em casas de pescadores conhecidos, dançava no candomblé, sempre na fímbria do mar, os cabelos com cheiro de sal, os lábios com gosto de maresia. Rosa, que nunca ninguém soube direito quem era, inesquecível, no entanto, para todos que a conheciam: o Varapau, Martins, que por ela roubara, Pepe, os estudantes que iam ao Retiro, os estivadores do cais, os marinheiros dos navios, o pintor que pintara seu retrato, o poeta Sérgio Moura e o soldado de polícia que lhe dera uns bolos de palmatória a mando do delegado. Para ela, e somente para ela, não importava o preço do cacau no princípio do terceiro ano da alta, na cidade de São Jorge dos Ilhéus. Mas Rosa sabia de todas as variações do mar. Isso, sim, lhe importava.

30

AS FESTAS DE SÃO JORGE, NOS COMEÇOS DA TERCEIRA SAFRA da alta, foram de uma magnificência nunca vista antes. A nova matriz estava quase pronta, a missa já seria realizada ali, dali sairia a procissão. Veio muita gente das roças, de Itabuna, dos povoados, de Itapira. Os hotéis estavam abarrotados. A Vampireza veio também e Antônio Vítor assinou um vale de treze contos no escritório de Carlos Zude. Dez eram para as despesas na roça, três para gastar com a Vampireza. Antes que ele se retirasse, Carlos Zude lhe disse:

— Há uma coisa muito desagradável em relação ao senhor, seu Antônio...

Antônio Vítor pensou que o exportador fosse falar na Vampireza, suas orelhas escaldaram. Procurava desculpas para explicar o caso quando Carlos Zude esclareceu:

— É esse seu filho, seu Antônio. Está perseguido como comunista. Dizem que é perigoso... Como é que ele se meteu nisso? É pior que ser ladrão...

Antônio Vítor explicou que Joaquim sempre fora assim, ruim de caráter. Até não se dava com ele. Se fosse preso, era bem feito... Quem manda ele ser cabeçudo? A mãe é que ia sentir, gostava daquele filho...

Carlos Zude lamentou não poder fazer nada pelo rapaz. Se ainda fosse alguma outra coisa ele poderia intervir, mas para ajudar um comunista era impossível, realmente impossível.

A procissão saiu às cinco horas. Toda a gente importante a acompanhava. O bispo ia sob o pálio que era levado pelo prefeito, por Carlos Zude, Antônio Ribeiro e Maneca Dantas. Os sinos repicavam na tarde alegre. As roupas elegantes, os automóveis de luxo, o desperdício de ouro nos andores dos santos, tudo mostrava o poder do cacau. As alunas do colégio das freiras cantavam em voz alta orações de graças. Na hora da bênção o bispo agradeceu a são Jorge a riqueza com que presenteara a sua cidade de Ilhéus e abençoou os fiéis. Os sinos repicaram mais uma vez. Havia baile na prefeitura, grande festa no Trianon.

Na macumba de Bernardino, em Olivença, Oxóssi anunciava desgraças para um futuro próximo. Rosa dançava em honra do santo, o vento agitava o coqueiral.

Enquanto a procissão percorria as ruas de Ilhéus, Julieta se entregava a Sérgio na Associação Comercial. No crepúsculo a procissão atravessou a praça Seabra, onde estavam a Associação e a prefeitura. Por detrás das cortinas das janelas, abraçados um no outro, Julieta e Sérgio viram a multidão e os andores que, sob as luzes recém-acendidas, marchavam num passo lento, as orações de graças subindo para o céu. Sérgio imaginava um poema.

Antônio Vítor, no outro dia pela manhã, apareceu no escritório de Carlos, precisava de cem mil-réis para viajar. O exportador se admirou:

— Mas ontem o senhor levou treze contos, seu Antônio...

Antônio Vítor baixou a cabeça:

— É verdade, seu Carlos. Mas se passa que eu fui no Trianon e acabei saindo no Terno do Ipicilone... Carlos Zude riu, mandou fazer um recibo de quinhentos mil-réis ("leva logo quinhentos, pode precisar..."), entregou a nota. Na roça, Raimunda quebrava cocos de cacau.

31

SENTADO NO ALTO DA VITÓRIA, EM FRENTE AO CEMITÉRIO, na noite de São Jorge, o poeta Sérgio Moura declama seu poema para Joaquim. O chofer estava escondido numa casa das proximidades, Sérgio era um dos poucos que o avistavam. Viera nessa noite lhe trazer dinheiro. Depois lhe falara sobre o poema que fizera à tarde, após a procissão. Joaquim quisera ouvi-lo. Embaixo, a cidade brilha em mil lâmpadas elétricas. A voz de Sérgio Moura declama:

Estou no cimo deste monte,
a cavaleiro da cidade.
....
Dentro da noite, Ilhéus rebrilha
qual grande búfalo fosfóreo,
caído em rútila armadilha
como um tesouro venatório.
....
Crio visões de lendas mauras:
Dentro da noite sussurrante
pela canção das brandas auras,
Ilhéus recorda, neste instante,
um grande búfalo gigante
que, perseguido por centauras,
por ter os olhos de brilhante,
e ser mais rápido que as auras,
veio agachar-se palpitante,
ao pé do morro, entre as centauras.
....
Dentro da noite, Ilhéus rebrilha
qual grande búfalo de fogo.

Quando Sérgio terminou de dizer o seu poema, Joaquim se levantou:

— Olhos de brilhante, companheiro... É isso mesmo... E as centauras já estão cansadas de dar comida ao búfalo, agora vão comer as suas carnes, vão lhe arrancar os olhos de brilhante...

Sérgio perguntou:

— E não se pode fazer nada mais?

— Fizemos tudo para esclarecer os coronéis. Mas eles não querem acreditar na gente, dizem que somos piores que assassinos, metem a gente na cadeia.

Olhou a cidade, lá embaixo:

— Mas nem por isso a gente vai parar a luta. Vamos pra diante até liquidar essa corja imperialista... Vai ser duro, seu Sérgio, mas não tem importância. Pra isso é que a gente está aqui...

Riu seu riso modesto.

— Agora vai começar outro tempo, companheiro. Houve o dos conquistadores, agora é o dos exportadores, depois será o nosso tempo... Vai começar...

Estavam na beira do morro. Viam a cidade lá embaixo, o "búfalo de fogo" com os olhos dos brilhantes do cacau. Tudo era silêncio na hora da meia-noite. Os dois homens iam juntos e juntos ouviram o ruído que o vento trazia. Um ruído de música e de canto, um canto desafinado.

Joaquim parou:

— O que é?

Sérgio esclareceu:

— É o Terno do Ipicilone que se recolhe... Na frente vai sempre Karbanks...

— Tão dando de beber ao búfalo, assim é mais fácil de lhe arrancar os olhos...

A música e os cantos sumiam para os lados das ruas de prostitutas. As luzes da cidade brilhavam na noite. Os dois homens subiam a ladeira da Conquista.

A TERRA MUDA DE DONO

A BAIXA

1

A ÚLTIMA VEZ QUE O TERNO DO IPICILONE SAIU À RUA foi na noite de 1º de janeiro daquele que devia ser o quarto ano da alta e foi apenas o primeiro da baixa. Aliás, nesse tempo, já não existia somente um Terno do Ipicilone. Existiam três, saindo respectivamente do Trianon, do Bataclã e do El-Dorado. Mas naquele 1º de janeiro, os três se uniram numa única passeata pelas ruas de Ilhéus, nas horas mortas da madrugada. Iam homens e mulheres bêbados, na frente Karbanks sustentava um improvisado estandarte do terno, uma calcinha de mulher.

No meio da rua alguém propôs que Karbanks, o principal responsável pela atual prosperidade de Ilhéus, fosse levado aos ombros. Outro achou pouco e disse que o americano devia ser levado aos ombros das mulheres. Assim o fizeram. As mulheres se reuniram e, sustentando o corpanzil de Karbanks, penetraram todos na rua de São Sebastião, que era onde moravam as rameiras mais caras.

Nunca mais o Terno do Ipicilone voltou a sair nas ruas de Ilhéus.

2

NO DIA 2 DE JANEIRO O *JORNAL DA TARDE* ESTAMPAVA UM telegrama, datado de Nova York, que anunciava uma grande queda nos preços do cacau. Dos quarenta e sete mil-réis, alturas em que pairava no dia 31 de dezembro, descera a trinta. Não chegou a haver, naquele dia, maior agitação entre os coronéis e os pequenos lavradores. Estavam ainda entregues à animação das festas de começo de ano, a maioria curtindo a ressaca da noite de 1º. No outro dia a tabela marcava vinte e nove mil-réis. Já aí os fazendeiros começaram a assustar-se. Há muito que o cacau não baixava dos quarenta e dois mil-réis a arroba. Mas alguém explicou que devia ser coisa do paradeiro, a queda se deveria, sem dúvida, a não haver cacau à venda. Muitos aceitaram a explicação, alguns, no entanto, resmungavam: e por que nos paradeiros anteriores os preços do cacau não caíram, ao contrário, subiam mais com a escassez do produto? A discussão, travada nas esquinas comerciais e nos bares repletos, animou-se muito, tornou-se acre e acesa, porque no dia 4 os dois diários da cidade publicavam um mesmo telegrama: "Nova York, 3 (AP) — A cotação do cacau foi hoje de 25 mil-réis para o tipo superior, 23 para o good e 21 para o regular. Não houve compradores". O *Diário de Ilhéus* dava o telegrama em duas colunas, na primeira página, com um título em negrito: será a baixa?, e sem comentários. O *Jornal da Tarde* fazia um comentário de redação ao telegrama publicado em manchete, comentário que fornecia detalhes sobre as safras da Costa do Ouro e da República do Equador, dados sobre os preços nos três últimos anos, os da alta. Terminava com umas considerações de ordem geral que não explicavam nada. O comentário não era nem otimista nem pessimista mas é sintomático que todos o considerassem como anunciador da baixa. É que todos perceberam que ela chegava, trágica e definitiva. Uma sombra cobriu, como uma cortina cobre uma janela antes aberta ao sol, o rosto dos lavradores de cacau, grandes e pequenos.

E, nos dias seguintes, o preço do cacau continuou a cair. Se a alta se processou rapidamente, o cacau subindo de dezenove a cinquenta mil-réis em dois anos, a queda foi muito mais rápida, o cacau baixando de cinquenta a oito mil-réis em cinco meses. Em março, para o cacau temporão, os fazendeiros ainda conseguiram quinze mil-réis por arroba. A maioria não vendeu esperando que os preços voltassem a subir. Mas, quando em maio começou a verdadeira safra, o cacau estava a onze mil-réis e os fazendeiros já não guardavam nem a mais remota esperança que os preços novamente subissem. Em junho, o cacau chegara à miséria de oito mil-réis a arroba. Os fazendeiros começaram então a dar-se conta de que a alta fora apenas um jogo dos exportadores. Alguns lembravam-se dos volantes comunistas, recordaram até o comício realizado em Ilhéus e que a polícia dissolvera sob gerais aplausos. Alguns, tempos depois, iriam se recordar também da ideia da cooperativa de cacauicultores, mas então já era tarde. É que os exportadores convidavam, cada vez mais insistentemente, os fazendeiros e os pequenos lavradores a acertarem as suas contas.

Não é possível comparar com coisa alguma o que aconteceu naquele ano em Ilhéus, em Itabuna, em Belmonte, em Itapira, em toda a zona do cacau. Só mesmo aquela esquecida frase do coronel Maneca Dantas, dita a Sérgio Moura, na noite da festa de Julieta Zude, nos começos da alta, de referência à dissolução da família, daria uma ideia do pânico que reinou na cidade:

— O fim do mundo...
Só então os coronéis compreenderam que estavam empenhados numa luta. Uma luta de vida e morte, que começara naquele dia, há três anos passados, quando Carlos Zude, após conversar na Bahia com Karbanks, saltara em Ilhéus de um avião e dissera a Martins que suspendesse os preços do cacau. Uma luta de vida e morte, que já engolira Horácio, suas fazendas pertenciam agora a exportadores, à firma Schwartz & Silveira. O único coronel que talvez pudesse lhes fazer frente com seu enorme capital, com suas fazendas intermináveis, suas cinquenta mil arrobas facilmente transformáveis em oitenta. Só ele seria capaz de chefiar com êxito uma grande cooperativa que fizesse frente aos exportadores, que reunisse o cacau dos coronéis e dos pequenos lavradores, que comprasse e armazenasse, esperando os preços que teriam que vir, forçados pela falta do produto. Só ele não jogara na bolsa, não construíra palacete, não sustentara amantes, não andara pelas mesas de roletas e bacará, não desperdiçara dinheiro. Somente ele. E estava morto, seu enterro tinha sido realmente a data que marcava o fim do tempo dos coronéis, ou, como dizia Joaquim, "o fim do feudalismo". Os exportadores tinham percebido muito bem, e, mesmo quando fecharam o rosto aos métodos brutais de que Schwartz lançara mão, sabiam que era necessário afastar Horácio. Carlos Zude roubara-lhe o prestígio político. Schwartz tomara-lhe as terras. Aproveitaram-se de Silveirinha, arrastaram-no para o seu lado, Horácio era um velho de mais de oitenta anos.

Fora enterrado em Itabuna, entre discursos e pilhérias fúnebres. Maneca Dantas quisera agredir Silveirinha, que aparecera de preto, para receber os pêsames. Os presentes, toda a gente importante de Ilhéus e Itabuna, pequenos lavradores de Ferradas e Palestina, gente vinda do Sequeiro Grande, viam o bispo levantar as mãos para os céus nas orações de defuntos. Não tinham ligado maior importância ao começo do último processo de Silveirinha contra Horácio. Achavam antipática a causa do moço advogado mas não ligaram muito, estavam doidamente interessados no escândalo de Pepe Espínola. No enterro alguns se davam conta, outros só com a baixa vieram a compreender. Quando o caixão baixava, alguém fez um grupo rir recordando que Horácio devia estar sendo queimado naquela fogueira que há tantos anos os condenados preparavam no inferno para recebê-lo. Mas o poeta Sérgio Moura, que chegara no trem especial, recordava as palavras de Joaquim, o seu gesto dramático naquele crepúsculo das primeiras chuvas, há mais de três anos. O dragão de imensas garras e inúmeras bocas que subira pelos céus na tarde mágica, o poeta enxergava ali sobre o caixão, no cemitério. Dragão de imundo estômago, comedor de cadáveres. Mas nunca ninguém entendeu direito o poema que sobre todos esses acontecimentos escreveu o poeta Sérgio Moura, tempos depois ("O dragão", poema até hoje muito pouco conhecido).

Agora, cacau a oito mil-réis ("inacreditável", horrorizava-se o capitão João Magalhães), voltavam a falar no coronel. Ah! se ele estivesse vivo... Mas morrera, morrera na luta, seu corpo não resistira. Maneca Dantas não o lastimava:

— Pelo menos o compadre não viu essa desgraça...

Uma desgraça, não existia outra palavra. "Estamos desgraçados", fora o grito do coronel Frederico Pinto ao acertar suas contas. "Que desgraça!", dizia Antônio Vítor atônito, ante Raimunda que não se espantara.

Quase todos os coronéis haviam subido para as fazendas, aquelas fazendas onde pouco iam nos anos da alta, quando os cabarés ruidosos chamavam pela voz estridente das orquestras, prendiam nos braços formosos das mulheres, nas mesas excitantes de jogo. Quando em Ilhéus havia uma vida noturna como nunca houvera sequer na capital do estado, quando se acendiam charutos com notas de cem e duzentos mil-réis. Onde estava tudo isso? Onde estavam os cabarés, as mulheres, as fichas, os caftens, os *cabaretiers*, os intermediários do jogo de bolsa, as garrafas de champanhe, o jazz que chegava em cada navio, a cocaína que fora moda, o Terno do Ipicilone? Agora era a desolação em São Jorge dos Ilhéus.

Quase todos os coronéis haviam subido para as fazendas, fechados os palacetes em Ilhéus, esquecidos os automóveis nas garages, abandonadas as amantes. Voltavam, após três anos de agitação e de profundas emoções, às casas-grandes, às roças, às esposas, novamente animando as criações de aves nos terreiros, acendendo os grandes fogões, limpando os tachos para doces, providenciando o plantio do milho para o São João.

Mas, ah!, poucos fazendeiros viram a canjica mexida nos tachos nesse São João! Sérgio Moura teve uma frase, quando os coronéis voltaram apressadamente às fazendas, disse a Julieta e a Joaquim:

— É a romaria de despedida...

Porque os exportadores chamavam os coronéis, os pequenos lavradores também, a vir acertar suas contas. Eram memorandos que perdiam rapidamente qualquer tom amável, mesmo aquela convencional amabilidade comercial. Secos, logo ameaçadores. "Os donos da terra" estavam amedrontados, não tinham coragem de deixar suas fazendas. Como se as fossem roubar quando eles partissem. Aqueles que Carlos Zude chamara de "crianças tímidas" eram agora como meninos aterrorizados que se agarram às calças dos pais à passagem do velho louco da cidade. Agarravam-se às fazendas, à visão dos cacaueiros que floresciam, os frutos do ouro iluminando as sombras... Nunca nenhum ouro valera tão pouco. Os memorandos chegavam, os coronéis abriam os envelopes ante as esposas de olhos espantados. Os trabalhadores eram despedidos às levas. Era melhor deixá-los partir, apesar das dívidas, que ter que alimentá-los com o cacau a oito mil-réis.

Os últimos memorandos diziam:

"O senhor tem um prazo de quarenta e oito horas para vir acertar suas contas. Caso não venha, agiremos judicialmente."

Houve um tempo em que os coronéis eram donos da justiça. Condenavam e absolviam à vontade. Ainda não há muito haviam condenado Pepe Espínola, o cáften, que atirara, em defesa própria, num coronel. Mas agora duvidavam dessa mesma justiça. Dinheiro não havia. Não tinham mais as casas exportadoras com créditos ilimitados para sacar. E o cacau se transformara numa das piores lavouras do país... Homens que nunca haviam reparado em preços regateavam agora diferenças de quinhentos réis nas raras compras, nas lojas.

Começaram a descer, um a um, para o acerto de contas com os exportadores. Em Ilhéus tudo havia mudado. Parecia uma cidade abandonada ante a ameaça de saque por parte de um exército inimigo. As mulheres tinham debandado. Os navios partiam cheios e chegavam vazios. Caixeiro-viajante era coisa rara de se ver nas ruas sem movimento. As lojas paradas, os cabarés fechados, apenas o Bataclã funcionava com o jazz reduzido a três figuras. Os ônibus subiam e desciam quase sem passageiros. Marinho Santos olhava com dor as partidas tristes e as tristes chegadas. Coronéis existiam que vinham lhe pedir que fiasse a passagem, tal era a falta de numerário. O dinheiro tinha sumido. Marinho Santos presenciava toda aquela *débâcle* com certa melancolia eivada de medo. Não sabia o que terminaria por lhe acontecer. Formalmente era o dono da companhia de ônibus e caminhões. Mas, na realidade, os exportadores podiam mandá-lo embora a qualquer momento e assumir o controle. Bem dissera Joaquim... Esse Joaquim que ele despedira por exigência de Carlos Zude.

Os pequenos lavradores, os primeiros a descerem à cidade para o acerto de contas, os primeiros a constatarem a extensão da tragédia, embarcavam de volta na segunda classe do trem para Itabuna, o ônibus tornara-se demasiado caro. Era um luxo impossível. Velhos trabalhadores das fazendas, muitos dos quais já incapazes para qualquer tarefa, que antes os coronéis sustentavam, homens de mais de setenta anos, esmolavam nos povoados e nas cidades, no porto de Ilhéus, estranhos esmoleres com um ar de camponeses assustados, sem jeito para pedir, o olhar atravessado, arrastando os corpos pelas ruas desconhecidas. No cais levantavam-se novas barracas, eram os alugados despedidos que esperavam auxílio da prefeitura, passagens que os levassem de retorno às suas terras.

Ninguém conseguia dinheiro emprestado em nenhuma parte, Maneca Dantas tentava vender seu palacete, não aparecia comprador. Com dificuldade conseguiu alugá-lo ao mais velho dos Rauschning, por um conto de réis por mês, renda miserável para um prédio que lhe havia custado quinhentos contos. Rui retirou o anúncio que mantinha no *Diário de Ilhéus*, o dinheiro mal dava para conseguir cocaína, agora raríssima. Nos bares, as mãos tremendo como se fossem de um velho, repetia sua frase predileta:

— Somos uma geração fracassada...

Não havia quem não tivesse sido atingido. Todos aqueles destinos mudavam mais uma vez, violentamente. Eram ásperos naquele ano os caminhos do cacau. Antes fora fácil estrada, os frutos de ouro pendendo das árvores plantadas sobre a terra adubada com sangue. Todos tinham sido atingidos, duramente atingidos.

Apenas Rosa, trêfega e no entanto imutável, continuava à margem de tudo. Joaquim explicava que ela era o lumpemproletariado mas Sérgio Moura, que era poeta e transformava as coisas e as palavras, dizia que Rosa era a liberdade ("anárquica, seu Sérgio, anárquica...", a voz de Joaquim) solta no cais, o único ser totalmente livre nas terras do cacau. Curioseando pelas barracas de imigrantes, rindo para os mascates sem freguesia, sírios que a baixa arruinara, vagando no cais, dormindo sob as pontes, correndo ao deus-dará. Porém só ela, unicamente ela, Rosa que ninguém sabia direito quem era nem de onde tinha vindo.

Porque todos os demais, homens e mulheres, coronéis, trabalhadores alugados das fazendas, pequenos lavradores, carregadores do cais, operários e empregados no comércio, donos de lojas e prostitutas, todos os demais sofriam os efeitos da baixa inacreditável. "Uma desgraça", se repetiam uns aos outros, mas não encontravam consolação. Era como se o vírus de uma estranha moléstia houvesse penetrado na cidade e se estendesse rapidamente aos municípios vizinhos. Mesmo nos bares, que ainda tinham certa freguesia, as bebidas caras substituídas por cafés pequenos, mesmo ali só se ouviam palavras desanimadas, gestos sem esperança. Os rostos estavam fechados, soturnos.

Foi assim que começou, em São Jorge dos Ilhéus, o tempo dos "milionários mendigos".

3

E CHEGARAM AS ELEIÇÕES SEM DAR TEMPO A QUE OS coronéis reajustassem seus compromissos políticos. Os comunistas estavam novamente ativos, procurando congregar fazendeiros e pequenos lavradores em torno à candidatura de Maneca Dantas. Mas não houve mais tempo para um trabalho profundo e os coronéis, prestes a perderem suas terras, despreocupavam-se da política. Por seu lado, os integralistas retiraram a candidatura de Silveirinha para apoiarem a de Carlos Zude, que incluíra na sua chapa dois candidatos integralistas a vereador. Um deles era Gumercindo Bessa. Nos outros municípios houve idêntica manobra.

A derrota eleitoral dos fazendeiros não se deu apenas em Ilhéus. Em Itabuna só conseguiram eleger um vereador, enquanto os integralistas elegiam três e o partido oficial fazia maioria absoluta. Em Itapira os fazendeiros nem um único vereador haviam elegido. Os comunistas tinham votado na candidatura de Maneca Dantas, e esses foram seus únicos votos seguros, pois muita gente, que se comprometera com ele e com os coronéis que chefiavam a oposição, furava a chapa com medo dos exportadores.

Eleições realizadas num ambiente frio, de desinteresse. Muito diversa daquelas eleições de antigamente, com comícios, tiros, barulhos, facadas, cachaça distribuída entre os eleitores, sapatos novos para os trabalhadores que vinham votar, uma animação que dava gosto. A oposição só realizara um comício em Ilhéus, de monótono desenrolar e triste epílogo. Rui Dantas, quando discursava, foi acometido por uma das suas cada vez mais constantes crises de loucura, começara a cantar um velho tango esquecido:

Esa noche me emborracho bien
me mamo bien mama'o
p'a no pensar...

Os integralistas é que haviam realizado passeatas, comícios, reuniões. Carlos Zude, a quem estavam apoiando, balançava a cabeça numa aprovação. Não lhe agradavam os métodos dos seus aliados do momento e, se os utilizava, é porque não tinha jeito. Mas não gostava deles. No dia das eleições, uma notícia, espalhada na hora do crepúsculo e da apuração dos votos, fez esquecer o pequeno interesse despertado pelo pleito eleitoral: o coronel Miguel Lima, que havia perdido mais de mil contos no jogo da bolsa, suicidara-se com um tiro no peito. Carlos Zude foi eleito prefeito de Ilhéus por uma esmagadora maioria.

4

QUANDO AS PRIMEIRAS GRANDES FAZENDAS FORAM À PRAÇA, vendidas por preços irrisórios aos credores, houve uma onda de emoção sentimental na cidade. Enquanto o oficial de justiça cantava as ofertas baixas, o coronel Janjão tentava empréstimos pequenos entre os presentes para dar de comer à família, para a feira daquela semana. Praças com grandes concorrências, mais de curiosos que de candidatos, os únicos candidatos reais eram os exportadores, que arrematavam as fazendas por um pouco mais que os débitos do coronel, às vezes até por menos. Foi assim que a terra mudou de dono, que os exportadores se transformaram nos maiores fazendeiros de cacau. Depois da baixa, quando o cacau normalizou seus preços, variando de vinte a vinte e cinco mil-réis, os três maiores fazendeiros da zona eram casas exportadoras: Zude, Irmão & Cia., a Companhia Exportadora de Cacau de Ilhéus, e Schwartz & Silveira. Grandes fazendeiros eram também Reicher e Antônio Ribeiro, maiores que eles eram os irmãos Rauschning. Fazendas espalhadas por todos os municípios, em Ilhéus, em Itapira, em Belmonte, em Rio de Contas, em Itabuna e em Canavieiras. As propriedades que não foram engolidas foram divididas, restando sempre aos coronéis a menor parte. Os pequenos lavradores desapareceram na sua totalidade. De agora em diante os exportadores tinham se tornado também os maiores plantadores de cacau. Possuíam finalmente raízes na terra, raízes que se estendiam por toda a zona do cacau. E, naqueles anos de baixa, eram os únicos a atravessar as ruas e as estradas em automóveis de luxo.

Para eles eram também — para Karbanks principalmente — as raras prostitutas que ainda ficaram em Ilhéus. Como pássaros migradores, tinham viajado quase todas. Destinavam-se à Paraíba, onde o algodão em alta dava dinheiro, era chamado de "ouro branco". As ruas de Ilhéus ofereciam um triste aspecto de desolação e abandono. Parecia que a situação geral refletia-se até nos jardineiros da prefeitura, pois os jardins — orgulho da cidade — estavam abandonados. Inclusive as anedotas, aquelas pesadas anedotas ilheenses, perderam a graça. A mais espalhada nesse tempo só dava mesmo para um sorriso melancólico. Era aquela que dizia que, quando duas pessoas se encontravam nas ruas de Ilhéus, a que falava primeiro pedia dinheiro emprestado. E a outra respondia que "estava procurando o amigo exatamente para lhe solicitar um pequeno empréstimo". Todo o dinheiro da alta como que se evaporara e se alguém recordava que ainda há poucos meses o Terno do Ipicilone percorria à noite as ruas da cidade, num desperdício de champanhe, era como se estivesse recordando uma coisa longínqua, de tempos muitos remotos.

Mas, no meio do ano, não faltava apenas dinheiro. No meio do ano começaram as praças das roças, das fazendas, as execuções, a terra começou a mudar de dono. Os caminhões de Marinho Santos, que desciam das fazendas carregados de cacau, não traziam mais, carimbadas nos velhos sacos, as marcas repetidas durante mais de trinta anos: Fazenda Auricídia, Fazenda Santa Maria, Fazenda Boa Sorte, Fazenda da Divisa, nomes que os ilheenses sabiam de memória, de tanto verem nos sacos de cacau. Agora eram as marcas da Exportadora ou de Zude, a de Schwartz, a dos Rauschning. Nesses poucos meses os pequenos lavradores perderam suas roças e os fazendeiros mais poderosos transformaram-se em pequenos lavradores. Meses em que se voltou a cantar nas estradas do cacau uma velha moda do tempo da conquista:

Foi praga de feiticeiro,
em noite de feitiçaria...

"São os milionários mendigos", dissera alguém a respeito dos coronéis. A frase ficou popular em Ilhéus, se repetia a propósito de tudo. Se repetiu também quando o enterro do coronel Miguel Lima atravessou as ruas desertas. Suas roças tinham ido à praça. Foi preciso tomar dinheiro emprestado para o caixão. Marinho Santos alugou um ônibus fiado para o acompanhamento. Sobrou lugar. Um enterro pobre, poucas flores, quase nenhuma coroa, uns quantos acompanhantes, o choro da família. As chuvas naquele ano foram violentas. As roças, cujas podas tinham sido suspensas com a baixa, rebentavam em brotos e galhos inúteis que diminuíam a sua produção. Karbanks, quando visitou a fazenda do coronel Miguel Lima, agora da Exportadora, resmungou:

— Esses coronéis não sabiam sequer cuidar das roças.

Olhava, como olhavam os demais exportadores, os cacaueiros carregados, as roças amarelas, o chão atapetado de folhas e calculava o que era necessário fazer para duplicar a produção. Os pequenos lavradores arruinados davam ótimos capatazes; voltavam ao lugar de onde tinham partido. Nas roças reduzidas, os coronéis também voltavam à vida sóbria, um laivo de tristeza e decepção nos lábios de bigodes brancos. Os trabalhadores, despedidos com a baixa, vagavam de fazenda em fazenda, sem encontrar trabalho. Constava que os comunistas agiam entre eles. Só os exportadores sorriam, das varandas das casas-grandes recentemente conquistadas, olhavam os pés de cacau, suas raízes assentadas na terra. Olhavam, eram os novos donos da terra.

5

QUANDO O TERNO, ESTRELAS POBRES NAS ESTRADAS DE cacau, se preparava para sair mais uma vez, para mais uma vez frustrar as esperanças de Florindo ("dessa vez a gente pira..."), para Capi dançar, o Varapau organizando tudo, tudo bem ensaiado, eles foram despedidos do trabalho. Frederico Pinto perdoara as dívidas e os mandara embora. Que juntassem seus trapos e partissem, não podiam permanecer nos limites da fazenda. Apenas um grupo pequeno, dos mais eficientes, era conservado. Só então os trabalhadores vieram a saber que o preço do cacau caíra de maneira lamentável, estava a dez mil--réis, não dava sequer para os coronéis comerem, era melhor não colher a safra, deixar apodrecer nos pés. Não dava nem para as despesas.

Juntaram os trapos e partiram. E nas estradas encontraram outros que também tinham sido despedidos de outras roças. Pelos atalhos iam chegando novos alugados sem trabalho, para os quais estavam vedados os limites das fazendas em que trabalharam. E começaram a juntar-se, eram dezenas, logo eram centenas e tinham fome. Em nenhum lugar os queriam, iam de fazenda em fazenda, tocados de uma para outra:

— Não há trabalho...

As jaqueiras e as bananeiras já não tinham jacas nem bananas. Juntavam-se na estrada real, nos caminhos para as fazendas, nos atalhos. Vinham de todos os lados, esfarrapados, sem dinheiro, sem destino. Viajantes que passavam foram assaltados, e, com alguns dos mais valentes, um paraibano organizou um cangaço e tomou o rumo do sertão. Tempos depois seu nome era publicado nos jornais da capital, nas narrativas de assalto às fazendas de gado.

A maioria ia se juntando nas estradas, homens, mulheres e crianças. Entre eles estava o Varapau, estava Capi, o negro Florindo, e entre eles estavam os agitadores comunistas. Chegaram no começo da baixa, Joaquim vinha com eles, se espalharam pelas estradas. Conversas estranhas começaram a circular entre os alugados despedidos. Palavras novas, talvez as primeiras palavras de esperança que eles tinham ouvido em toda a vida. Os comunistas ordenavam os bandos de desempregados, evitavam os roubos aos viajantes, os assaltos às casas-grandes, instituíam coletivos para a distribuição de comida, seu plano era conduzi-los para Itabuna numa passeata imensa, num protesto nunca visto antes. Os poderes competentes seriam obrigados a uma solução, qualquer que fosse. No porto de Ilhéus estavam alguns, mas a polícia proibira a entrada de novos alugados sem trabalho.

Joaquim encontrara o grupo acampado numa roça. Eram umas quarenta pessoas entre homens e mulheres. A noite chegava, chuvosa, e os alugados procuravam árvores sob as quais dormir. Tudo o que tinham para comer era farinha, um pouco de carne-seca e bananas colhidas quase verdes. As maduras já tinham se acabado. O Varapau, que naturalmente se apossara da chefia do grupo com sua experiência maior de vida, perguntou ao militante:

— Vosmicê de onde vem?

— De Ilhéus...

Reuniram-se em torno do recém-chegado. O chofer nascido nas roças de cacau tinha os pés de dedos abertos como qualquer deles e em nada lembrava um bom homem da cidade.

— E já tão despidindo trabaiador também em Ilhéus?

Joaquim interrogava o Varapau:

— E vosmicês pra onde vão?

— Só Deus sabe... A gente tá procurando trabaio... — era Capi quem falava. — Mas ninguém quer a gente, dizque não vão colher cacau esse ano.

Joaquim permaneceu entre eles. Aos poucos sua influência foi crescendo. O próprio Varapau vinha consultá-lo sobre o que fazer nas horas de dificuldade. Na terceira noite, um mulato claro, que trabalhara para Horácio nos tempos de banditismo, propôs que assaltassem a casa de João Magalhães. Estavam nas proximidades das roças do capitão. O mulato andou sondando uns e outros, terminou reunindo os que lhe pareciam mais dispostos, entre os quais o negro Florindo. A comida faltava. Estavam esfarrapados, há muitos dias que não se lavavam, pareciam dispostos a tudo. As crianças procuravam frutas nas árvores, as mulheres acendiam fogos que quase nada tinham para cozinhar.

Florindo contou ao Varapau quais os planos do paraibano que se chamava Romão. O que irritou principalmente o Varapau foi não ter sido convidado para tomar parte ativa no assalto. Romão o considerava um incapaz, um inútil, um covarde, talvez por causa da sua magreza. Ele o ensinaria... E foi em busca de Joaquim que estava recolhendo o que sobrava de cada um para a comida de todos. Aquele seu sistema estava dando bons resultados e os alugados, que a princípio torciam o nariz, desconfiados, começaram a respeitar o militante. Demais ele sabia fazer as coisas sem espalhafato, naquele seu jeito calado, o rosto sério, poucas palavras, o breve sorriso simpático. O Varapau chegou confidencial:

— Vai haver barulho...

— O quê? — Joaquim voltou-se.

— É esse tal de Romão... São uns bandidos... A gente é da cidade, nem sabe como é essa gente. Uns assassinos tudo... Só fala em matar, em esfolar... É só que eles sabe...

Joaquim não estava entendendo nada:

— Mas, afinal, o que é?

Varapau desembuchou:

— Não vê que o tal de Romão está reunindo gente para atacar a roça do capitão João Magalhães? Dizque lá tem de tudo...

Joaquim saiu entre os homens, conversando com um e com outro, e ficou a par de toda a situação. Ao mesmo tempo ia, com aquela velha paciência de militante, explicando as dificuldades da empresa, os péssimos resultados que poderia dar. Conseguiu que quase todos o apoiassem, mas alguns diziam que Romão continuava disposto. Ele e mais quatro ou cinco. Era um grupo que estava afastado, sob uma jaqueira, conversando. Romão riscava a terra com um punhal, mulato quase alvo de mais de cinquenta anos. Tinha mulher e três filhos, meninos que corriam pelas roças. Joaquim se aproximou. Os que conversavam calaram quando o viram. Os demais alugados foram chegando, cercando Joaquim e os quatro que estavam sob a jaqueira. Joaquim perguntou:

— O que é que há, Romão?

O mulato pressionou o punhal sobre a terra, atravessando as folhas caídas dos cacaueiros. Respondeu brusco, sem levantar a cabeça:

— O que não é da conta de ninguém...

Joaquim compreendia que a coisa ia ser difícil. Mas não podia consentir que os alugados fossem arrastados ao cangaço, aquilo seria o pior de tudo. Eles deviam se reunir, todos os despejados das fazendas, e juntos marcharem para Itabuna, onde exigiriam das autoridades alguma providência. Todo o esforço dos comunistas era dirigido nesse sentido. À base daquele trabalho prático não só poderiam resolver a situação difícil dos alugados sem emprego, como assentar bases partidárias entre os camponeses. Talvez resultassem dali as primeiras células para um grande e contínuo trabalho futuro. O erro seria o assalto, seguido de outros, que traria a imediata e brutal repressão da polícia. Os trabalhadores seriam liquidados e presos como assaltantes, como cangaceiros, um verdadeiro presente para as autoridades alarmadas com o problema insolúvel. Joaquim via Romão escarvando a terra com o punhal, via os olhos amedrontadores dos que o rodeavam, mas estava decidido. Sentou no chão, falou:

— Vosmicê tá enganado, Romão. É da conta de todo mundo. O que vosmicês vão fazer vai ser ruim pra nós todos. Não é só pra vosmicê e seus amigos. Vai ser ruim pra nós todos e também pra todos que estão sem trabalho nas outras estradas, nos atalhos. Não é só vosmicê que vai ser preso, que vai ser caçado como onça nos matos. Vai ser todo mundo... E por culpa de vosmicê... É por isso que é da nossa conta...

— A gente não tem que cumer, tem é que roubar... Se a gente se der mal é isso mesmo... Deixar as muié morrer de fome é que não pode... É mió virar bandido mesmo...

— Nenhum de nós é um bandido. Nem vosmicê, nem eu, nem Florindo, nem nenhum... A gente não tem o que comer e eles têm que nos dar o que comer... A gente vai se reunir, todos, todos os alugados sem trabalho, e vamos pra Itabuna, entramos na cidade e eles têm que nos dar comida...

293

— Manda é bala na gente...
— Isso se fosse só dois ou três ou dez e vinte. Mais já tem mais de trezentos desempregados e em tanta gente eles não metem bala. A gente é pobre...
— Pobre não tem direito... — disse outro.
Joaquim voltou-se para ele:
— Pobre não tem direito porque não se junta, não se une para lutar pelos seus direitos. — Voltava-se novamente para Romão:
— Mas não é roubando e assaltando que a gente faz valer esses direitos. É lutando por eles, exigindo, mostrando que estamos unidos, todos juntos...
Fitavam o chofer, para a maioria o melhor era mesmo ir para Itabuna, lá teriam de dar um jeito. Isso de ficar vagando pelas estradas, assaltando fazendas, podia terminar mal. Outros, no entanto, não estavam convencidos. E foi um desses que, vendo Romão recuar já meio abalado (preparara-se para brigar com Joaquim e não para discutir), disse:
— Ora, vosmicê nem é trabaiador cumo a gente... vosmicê vem da cidade, é bem capaz que seja até do lado deles...
Joaquim protestou:
— Eu sou um operário e o operário é amigo do camponês...
Mas o argumento do outro pesava, agora se afastavam de Joaquim com desconfiança e o que o salvou foi a intervenção de um velho que trabalhara noutros tempos para Antônio Vítor:
— Eu conheço o moço... É o filho de Antônio Vítor, um que foi jagunço dos Badaró e depois botou uma rocinha. O moço nasceu na roça, trabaiou na enxada... Até me arrecordo que brigou mais o pai pra ele pagar meió pra gente. Antônio Vítor ficou que nem cobra, meteu o braço nele. Não foi, moço?
Joaquim então contou sua história:
— Tão vendo? Vou contar pra vosmicês ver como é que a gente deve fazer... Meu pai foi trabalhador, foi jagunço porque naquele tempo trabalhador tinha que ser jagunço, depois plantou roça e botou oito homens trabalhando com ele. Eu também trabalhava e minha mãe e minha irmã. Mas eu tava vendo que os trabalhadores tavam sendo roubados, ganhavam muito pouco. Disse a meu pai, ele me botou pra fora de casa. Os alugados não queria saber de nada, de conversar sobre essas coisas. Então eu viajei, andei embarcado em navio, aprendi muita coisa. Aprendi que a gente, os operários e os alugados, tem que se unir se quiser sair

dessa vida. Agora vocês tão ruim, mais ruim ainda que antigamente. Tão sem trabalho, sem que comer, sem que vestir. Então os operários mandaram a gente, eu e outros, pra ajudar vocês, pra dizer que vocês devem se unir, assim se pode arranjar alguma coisa...
Fez uma pausa, os outros ouviam atentos. Joaquim continuou:
— Quando eu cheguei vosmicês tavam cada um comendo o tiquirho que tinha, o restinho de farinha, tinha gente com mais, gente com menos. Que é que eu fiz? Reuni a comida toda, agora tá dando melhor pra todo mundo. Não tá? Não é verdade o que eu tou falando?
Assentiram com a cabeça, um disse:
— Vosmicê falou direito...
Romão levantava os olhos da terra riscada a punhal:
— E quando a farinha e a carne do sertão se acabar?
— A gente tá sendo toda reunida... A gente vai se encontrar no caminho de Itabuna... Até lá vai comendo o que arranjar... Lá eles têm que dar comida e que resolver sobre vosmicês... Botar cada um em sua terra...
Romão guardava o punhal:
— Tou achando que vosmicê falou direito, não quer enganar a gente. Ia fazer o trabaio era pela muié e os menino... — apontava. — Tudo passando fome... Mas você diz que em Itabuna...
Joaquim andou para ele:
— Vosmicê é um homem direito. Vamos reunir a comida para as mulheres cozinhar...
Saíram juntos, recolhendo farinha e carne-seca, alguém tinha um pedaço de toucinho escondido, não resistiu, entregou.

6

OS CORONÉIS NÃO ENTREGARAM SUAS TERRAS SEM LUTAR. Houve os que resistiram a bala nas casas-grandes. Só entregavam as fazendas quando a polícia, à força, tomava conta e os expulsava. O coronel Totonho do Riacho Doce, um homem de mais de sessenta anos, antigo conquistador de terras, que fora o desbravador da zona de Itapira, de cuja conquista saíra cego de um olho e com três dedos apenas numa das mãos, agiu dessa maneira. Quando a polícia, jagunços fardados às pressas, entrou na casa-grande, ele tinha três balas no corpo e ainda assim atirava. Nunca se soube por que foi absolvido no processo que lhe moveu a justiça local. Ao olho cego e aos dedos perdidos juntou uma perna aleijada. Morreu anos depois, sem vintém, mas ainda resmungando contra os exportadores. Não via Carlos Zude sem que cuspisse para o lado. Sua fazenda fora arrematada pela casa Zude, Irmão & Cia. pela miséria de setecentos e cinquenta contos. Seiscentos e vinte eram a sua dívida com a casa. Mas Totonho era um inveterado jogador de pôquer e, quando Carlos Zude arrematou a fazenda, ele disse à família que nele, em Totonho do Riacho Doce, nunca ninguém passava blefe. Pagava sempre para ver, também dessa vez pagaria. Essa frase apareceu depois no processo.

A maioria, porém, quis lutar dentro da lei, recorrendo aos caxixes em que eram mestres. Mas os exportadores estavam alertas, numa fiscalização constante em torno aos cartórios, sabiam a história completa daquelas fazendas. Ainda assim alguns coronéis conseguiram salvar uma parte de suas roças lançando mão de hábeis recursos legais.

Maneca Dantas, por exemplo. Quando viu a baixa chegar, compreendeu imediatamente o que ia suceder. Estava mais enterrado que a maioria dos fazendeiros. Gastara sem medida, só no palacete empregara quinhentos contos. Teve uma longa conversa com Rui, o filho recém-saído daquela crise que se apoderara dele no comício. A família já estava na fazenda. Maneca foi a um seu velho amigo, Braz. Pediu-lhe o favor e Braz consentiu em fazer. Depois convenceu Menezes facilmente. O velho coronel, tantos anos mandão político, conquistador de terras, sabia de quanta maroteira havia sido feita no cartório de Menezes, inclusive o caxixe do testamento de Ester:

— Me desgraço mas arrasto vosmicê...

A hipoteca falsa das fazendas, em favor de Braz, foi passada no cartório de Menezes. Quando Carlos Zude veio em cima de Maneca, conta espantosa, dívida de mil e cem contos, o coronel estava coberto. Propôs negociações. Exibia a hipoteca em favor de Braz. Carlos Zude foi estudar o caso: Braz era pouco mais que um pequeno lavrador, colhia suas duas mil arrobas, como poderia ter emprestado dinheiro a Maneca? Mas o coronel fizera as coisas direito. A hipoteca era apenas sobre uma parte das fazendas. Maneca Dantas sabia que não podia salvar senão alguma coisa e já era muito. Começaram longas e difíceis negociações entre ele e Zude. Rui, numa fase boa, levava os negócios adiante. Maneca propunha entregar o palacete e parte das roças, a parte que ele valorizava em seiscentos contos. Mas Carlos Zude recusou aceitar sua avaliação, feita à base dos preços da alta, e declarou terminantemente que o palacete ele não queria por dinheiro nenhum. Depois de inúmeras discussões, de Maneca haver deixado de cumprimentar Carlos, chegaram a um acordo. O coronel entregou a maior parte da fazenda, ficou com uma quarta parte do cacau que possuía, mais ou menos. A avaliação feita por peritos fora à base dos preços da baixa. O palacete ele o vendeu algum tempo depois, ao mais velho dos Rauschning, por cento e vinte contos. Saiu pobre, com dinheiro apenas para viver, e ainda era dos que saíam em melhor situação. Se não houvesse feito o caxixe, teria perdido tudo, até o palacete.

Os exportadores, ante o estratagema de Maneca Dantas, redobraram a fiscalização em torno aos cartórios. Tiravam certidões negativas de roças que ainda nem eram suas. O caxixe tornou-se difícil, os escrivães amedrontados, muitos deles francamente a serviço dos exportadores.

Maneca Dantas salvara alguma coisa, era feliz no dizer dos demais. Mas estava muito longe de ser feliz. Seu mundo acabava. O mundo que ele sonhara quando, ainda moço, se lançara, com Horácio, à conquista da mata do Sequeiro Grande. Sonhava então o filho brilhante advogado, a família rica, o respeito, a tranquilidade, as posições políticas. Agora estava pobre, morando numa pequena casa da Conquista, vendo o melhor da sua fazenda nas mãos de outros donos, e, pior que tudo, o filho doente, viciado, tendo repentinos ataques de loucura. Os médicos balançavam a cabeça: "Ou deixa os tóxicos ou terminará num hospício". O velho coronel nem gostava de ir à fazenda. Tinha que atravessar terras que foram suas, passar em frente à casa-grande onde habitara durante mais de trinta anos, olhar as barcaças e as estufas, os cochos e as roças de cacau. Nas roças que lhe haviam sobrado tudo era improvisado: casa-grande (pouco melhor que as casas dos trabalhadores), barcaças, estufas, cochos. Na divisão ele mesmo escolhera aquelas terras. Terras sem benfeitorias, apenas roças de cacau, mas eram terras das matas do Sequeiro Grande, terra da melhor. E tinham ainda algumas plantações de cacaueiros novos. Aqueles cálculos, porém, fizera-os maquinalmente, já sem ambições, sem alegria, sem estímulo. Para quê? De que lhe adiantavam agora terras melhores ou piores?

Em casa olhava as mãos de Rui, que tremiam como mãos de velho. Eram pálidas e magras, o anel de advogado rolava no dedo descarnado. E um olhar vago, esse seu filho não viveria muito tempo. Maneca Dantas tudo o que deseja é morrer antes do filho.

Para não vê-lo defunto, ou, ainda pior, definitivamente louco, sendo

297

levado para um hospício. Assistira certa vez ao embarque de um louco para a capital num navio da Bahiana. Ia para o São João de Deus. Seis homens o seguravam, ia todo amarrado, gritava nomes, era um horror! Maneca Dantas olha as mãos do filho, trêmulas e descarnadas. Rui sorri mansamente. Maneca compreende que ele está sob a ação da cocaína. Levanta-se apressadamente porque as lágrimas, cada vez mais fáceis, saltam dos seus olhos cansados de velho.

7

NA RUA DE RAMEIRAS, AS MAIS BARATAS, RITA, DE FILHO remelento no seio flácido, aprende a canção mais triste do mundo, que é a canção das prostitutas nos povoados da zona de cacau:

Que fazes aí, menina?
Eu faço tudo, senhor...

A rua era longa, comprida de não acabar, a lama eterna, nunca se lembraram de calçar. Mesmo antes da baixa o coronel Frederico a abandonara. Por outra mais moça e mais irrequieta. Mas também a outra já estava ali, numa casa próxima, e também ela cantava com sua voz rouca a canção que alguém um dia compusera, olhando essas mulheres de dentes podres e olhar vidrado.

Pra que aquela canção? Rita não sabe por que a escreveram, por que compuseram a música. Nas fazendas havia canções assim, inventadas ninguém sabe por quem. Eram canções do trabalho, falavam no cacau, nas barcaças e nas estufas. Eram igualmente tristes, mas nenhuma mais triste que essa canção das prostitutas, que todas elas sabem e cantam no princípio da noite, já profissionalmente, como um anúncio das suas habilidades:

Que fazes aí, menina?
Eu faço tudo, senhor...

Pra que aquela canção? Falava em coisas sem sentido algum: mãe e amor, lar e desespero. Coisas que prostituta não tem, nem mesmo o desespero. A rua estava cheia delas, chegadas todas das fazendas de cacau. Nos povoados não havia as raparigas caras das cidades, de Ilhéus e Ita-

buna, perfumadas e vestidas de seda. Uma que outra aparecia, mas eram velhas incríveis, no fim da carreira e no fim da vida. Vinham, sim, das fazendas. Das mãos dos coronéis, dos filhos dos coronéis, dos capatazes. Esses eram os primeiros, era um direito, fazia parte da lei que regulava a vida nos cacauais. Depois passavam de mão em mão, caíam naquela rua, igual, em todos os povoados, a rua das mulheres, quase sempre a rua da Lama. Isso, quando tinha nome.
Pra que aquela canção? Nem desespero elas tinham. Era um viver sem sentido, só a cachaça trazia algum descanso. Rua das mulheres perdidas onde sobravam crianças sem pai, futuros alugados nas roças. Filhos, em geral, dos coronéis. Agora, com a baixa, o número de mulheres aumentava, apareciam diariamente, perdidas pelos caminhos, faltavam quartos nas casas, faltava freguesia também. As mais velhas olhavam quase com raiva as novas que chegavam. Aprendiam logo a canção, esganiçavam a voz nas janelas mal iluminadas. Veio até uma menina de menos de treze anos.
Acabariam morrendo todas de fome. Não havia homem para tanta mulher e não havia dinheiro com que pagar as noites de amor. Nas estradas, os alugados despedidos assaltavam as mulheres que passavam, mandavam embora sem dar nada. O pai de Rita foi despedido também. No mundo só tinha a filha, a "perdida". Estava velho demais para vagar pelas estradas, veio para a casa onde Rita morava, dependurou na sala seu velho chicote, pegou o neto ao colo. Rita olhava silenciosa. Só fez uma pergunta:
— Vosmicê veio pra ficar?
O velho baixou os olhos numa resposta muda. Depois disse:
— Não há trabaio em parte arguma...
Parecia pedir desculpas. Nas pernas de Rita abriam-se as rosas das feridas, resultado daqueles meses de prostituição. Nos seios lassos a criança procurava inutilmente o leite desejado. Rita desprendeu os olhos do velho chicote de tanger tropa, gasto no trabalho de tantos anos. Agora tinha que sustentar o filho e o pai. Mulheres chegavam de toda a parte. O velho, sentado na porta dos fundos, olhava o céu, o campo, as roças mais além. Na janela, Rita canta sua canção de oferta que é o seu canto de trabalho:

Que fazes aí, menina?
Eu faço tudo, senhor...

Era uma rua longa, comprida de não acabar.

8

NEM MESMO RITA SE ALEGROU COM A NOTÍCIA DA DESGRAÇA QUE o coronel Frederico Pinto praticara. Nem mesmo ela que fora jogada naquela vida pelo patrão do pai, nos dias em que o coronel curtia a nostalgia de Lola Espínola. Rita comentou com o velho tropeiro, lastimando:

— Se desgraçou... Coitado!

A fazenda de Frederico Pinto fora à praça. Sucedeu com ele uma coisa estranha: sabia que estava devendo um absurdo, dinheiro que lhe seria fácil pagar se a alta continuasse e ele restringisse um pouco as extravagâncias. Sabia que, com a baixa, suas fazendas mal dariam para a dívida. Não ligou a nada. Despediu os trabalhadores, deixou apenas os absolutamente necessários. Dona Augusta chorava, um pranto sussurrado, difícil de aturar. Os filhos não voltaram para o colégio. Frederico irritava-se com a esposa:

— Não chore tanto que ninguém suporta...

Ela erguia os olhos no rosto gordíssimo e não parava. O coronel partia para as roças onde os cocos de cacau esperavam inutilmente os alugados para as colheitas. Nasciam brotos nas árvores, não havia ninguém para podar as roças.

Os memorandos chegavam, um após outro. Os Rauschning, a quem Frederico sempre vendera seu cacau, avisaram-lhe que ante sua indiferença iam mover ação judicial, executar sua dívida. Mandaram-lhe a conta. Enorme. Devia demais. Lá estava, na relação detalhada: "cheque a favor do sr. Pepe Espínola — vinte contos". Frederico esboçou um sorriso ao ler. Talvez aquele tivesse sido o único dinheiro bem empregado. E talvez a lembrança do cáften tenha influído na sua decisão posterior. Nunca respondeu a nenhum memorando dos Rauschning. Quando o juiz decretou a praça para suas roças, pareceu não se comover. Não desceu para o remate. Soube, também por uma informação provinda da justiça, que sua fazenda fora arrematada pelos irmãos Rauschning. Viu o preço. Sobravam-lhe duzentos contos. Desceu para Itabuna com a família, passou em cartório uma procuração para a mulher, se despediu dos filhos. Tomou o ônibus, levava o revólver no cinto.

Entrou nos escritórios dos Rauschning inesperadamente e, sem pedir licença, andou até o gabinete onde os dois irmãos dirigiam a casa. Estava somente o mais moço, que se levantou ao ver o coronel. Há apenas cinco dias os Rauschning haviam ocupado a Fazenda Riacho Doce.

O exportador se levantou, pensava que Frederico vinha pelo seu saldo, já tinha o cheque pronto. Ou viria, como outros, esmolar um pouco mais de dinheiro? Ou um lugar de capataz, como o faziam os pequenos lavradores que perdiam as roças? Estendeu a mão, Frederico fez que não viu. Ofereceu uma cadeira, que foi recusada com um gesto. O coronel perguntava:

— E seu irmão, onde está?

— Anda por Itapira...

— É uma pena porque assim mato somente você, seu gringo filho da puta... — e foi atirando, descarregou os seis tiros do revólver no peito de Rauschning.

Os empregados vieram correndo mas, apesar de que o revólver já estava descarregado, abriram alas para Frederico passar. Foi dali para a polícia, se entregar. Rauschning morrera instantaneamente.

Esse foi outro júri sensacional. Quase todo mundo rememorou cenas do júri que condenara Pepe Espínola, quando os coronéis eram donos da justiça. Agora quem estava na cadeira de réu era o coronel Frederico Pinto, o mesmo que fizera condenar Pepe. Durou dois dias, Frederico não permitira que a família gastasse com advogado e foi necessário que o juiz designasse um. Houve réplicas e houve tréplicas, o promotor teve uma frase que definia toda a situação:

— É preciso que se prove, de uma vez para sempre, que os coronéis não são donos da justiça como tantas vezes se afirmou em júris anteriores...

Era o mesmo promotor que acusara Pepe Espínola. Não fora ele quem mudara. Fora a vida toda da zona do cacau. O advogado, esforçadíssimo, lançou mão do recurso da "perturbação dos sentidos". Dizem que correu dinheiro dos exportadores para comprar os jurados. Afirmação que, como muitas outras, nunca chegou a ser provada. O mais velho dos Rauschning gastava sem pena, contratara um advogado de nome, na capital, para auxiliar a promotoria. Era a grande sensação do júri, mas seu discurso, muito literário, não obteve um sucesso que correspondesse à expectativa.

O coronel Frederico Pinto foi a três júris. No primeiro o condenaram a vinte e quatro anos de prisão celular, por cinco votos contra dois. A apelação resultou em novo júri. Desta vez o conselho de jurados era francamente favorável aos exportadores. Rauschning nem se preocupou de contratar ajudantes de promotoria. A condenação nesse segundo júri foi de trinta anos, a pena máxima. Mas houve um voto contra, o que permitiu nova apelação. O tribunal mandou o coronel a um terceiro júri. Já esse último julgamento despertou relativamente pouca curiosidade. Durou apenas uma tarde e confirmou a sentença do primeiro: vinte e quatro anos. Frederico embarcou para a penitenciária e mais uma vez se juntou gente no cais, para vê-lo passar. A única diferença entre o seu embarque e o de Pepe Espínola é que o coronel não ia amarrado e um filho o acompanhava. Gente curiosa de Ilhéus quis saber depois como ele se arranjava com Pepe na prisão. Ficaram espantados, quando viajantes, chegados da Bahia, afirmavam que o coronel e o gringo haviam se tornado amigos. E o melhor de tudo é que o tema das conversas era um só: a falecida Lola Espínola, que os dois haviam conhecido e amado.

9

PEDIAM ESMOLAS NAS ESTRADAS, NAS RUAS DOS POVOADOS, nas cidades. Levas e levas de homens encheram os caminhos da terra do cacau, esfarrapados e famintos. Eram bandos enormes, iam se juntando pelos atalhos, entravam assim nos povoados, uma cara de fome, os olhos fundos. Em Pirangi um grupo de uns quinze invadiu uma padaria. Terminaram na cadeia. Entre eles estava uma mulher com duas crianças. Foram presos como ladrões e remetidos para Ilhéus.

Enquanto durou o tempo da baixa, enquanto os exportadores não se fizeram donos das fazendas endividadas, aqueles bandos de mendigos aumentavam diariamente. Uma família inteira, de cinco pessoas, morreu envenenada porque, no extremo da fome, comeu uma cobra. O *Diário de Ilhéus* publicou um clichê e deu à notícia um tom gracioso. O título parecia uma pilhéria: fracasso de uma inovação culinária. O redator explicou depois a Sérgio Moura que escrevera uma reportagem dramática, como o fato merecia, mas o diretor não consentira na publicação, para "não aumentar o pânico". No *Jornal da Tarde* saíam artigos laudatórios sobre Karbanks, que prometia conseguir capital nos Estados Unidos para abrir o novo porto de Ilhéus. O semanário que os integralistas haviam fundado, no entanto, já estava em franca oposição a Carlos Zude e Karbanks, numa violenta campanha contra o imperialismo ianque. E transcrevia reportagens sobre a Alemanha nazi, onde eram contadas maravilhas.

Um volante ilegal dos comunistas clamava por medidas que resolvessem a situação dos alugados sem trabalho. E os conclamava para uma passeata em Itabuna. Uma manifestação monstro, que seria apoiada pelos operários. Os trabalhadores do porto (que estavam passando miséria), os operários da fábrica de chocolate, os das estradas de ferro entrariam em greve. Nas roças, entre os alugados despedidos, Joaquim e outros militantes organizavam a manifestação. Ainda assim, apesar da sua ativa vigilância política, nasceram dos bandos de alugados alguns pequenos grupos de cangaceiros. Mas, apenas as terras passaram às mãos das grandes firmas, esses grupos foram liquidados por uma enérgica campanha policial que limpou as estradas não só de cangaceiros como de mendigos e vagabundos.

Surgiu também um profeta, um mulato de barbas crescidas, que atravessava as estradas repetindo velhas profecias que haviam ficado na memória das gentes desde o tempo dos barulhos do Sequeiro Grande, quando o negro Damião cruzara, maluco, esses caminhos do cacau. O profeta anunciava o fim do mundo e convidava a multidão sem trabalho a rezar, pedindo a Deus perdão para os seus pecados. A princípio reuniu em torno a si alguns trabalhadores e tropeiros. Mas, como a fome aumentava, preferiram ouvir as palavras de Joaquim, que agora ia de grupo em grupo na tarefa de reuni-los às portas da cidade de Itabuna. Entrariam todos juntos, reclamando comida. E, apesar dos cangaceiros e dos profetas, apesar da ignorância dos camponeses, na sua maioria analfabetos, apesar das mortes por fome que se sucediam, Joaquim ia reunindo os homens, já vinha gente de longe para ouvi-lo. Falavam nele de fazenda em fazenda, de bando em bando.

Romão e Varapau, industriados por Joaquim, instituíam coletivos nos bandos que se formavam e iam dirigindo todos para as estradas para Itabuna. Começaram a circular inquietadoras notícias pelas ruas da cidade e o delegado requisitou soldados em Ilhéus para poder garantir a ordem.

10

A BAIXA DO CACAU ALCANÇOU O CAPITÃO JOÃO MAGALHÃES plantando árvores novas no resto de mata derrubado. Rebentos de cacaueiros futuros, que duplicariam a produção da sua fazenda, que levantariam mais uma vez o nome dos Badarós. Diariamente Don'Ana ouvia, ávida de interesse, as notícias que o capitão lhe trazia sobre as roças recém-plantadas. Mudas escolhidas a dedo, cacaueiros da melhor qualidade, simetricamente plantados, obedecendo aos mais modernos preceitos. Outros perderam suas terras porque haviam jogado na bolsa, porque tiveram amantes, porque se viciaram na roleta, porque saíram no Terno do Ipicilone. João Magalhães perdeu suas terras sem ter feito nada disso, perdeu suas terras porque havia derrubado mata e plantado cacau. Eram cacaueiros novos que ainda levariam pelo menos três anos para produzir os primeiros frutos.

Quando as notícias da baixa chegaram até a casa dos Badarós, João Magalhães duvidou:

— Inacreditável!

Repetiu tantas vezes o adjetivo que até Chico, o papagaio, o decorou e o juntou ao seu variado vocabulário. "Inacreditável", porém verdadeira. Para o capitão foi como se lhe houvessem passado um blefe. Também ele era jogador de pôquer, como tal começara sua vida, como tal chegara em Ilhéus há quase trinta e cinco anos. Também a ele aquilo parecia um blefe. Mas, ao contrário de Totonho do Riacho Doce (com quem jogara pôquer na viagem que o trouxera para essas terras de Ilhéus), não quis pagar para ver.

Largou a plantação pelo meio, tocou-se para Ilhéus, logo que chegou o primeiro memorando convidando-o a acertar suas contas. No ônibus, onde sobravam lugares, a gente quase não conversava. Quando falavam era para lastimar a vida, para se queixar, o capitão foi ficando impressionado. Tudo indicava que a baixa não era passageira, como ele acreditara a princípio. E então, ali mesmo no ônibus, reviu sua situação. Acreditava-se devendo dinheiro a Zude mas não tanto que o arruinasse. No fim da primeira safra da alta, com a derruba da mata e o plantio das roças, faltara-lhe dinheiro. Fora a Carlos Zude, o exportador abrira-lhe crédito, sacava sobre cacau a entregar. Pelos seus cálculos devia a Carlos uma safra, mil e quinhentas arrobas de cacau, pouco mais, pouco menos. Essa próxima safra, que devia ser a quarta da alta. Mas, em compensação, estava com as plantações novas quase concluídas, o valor de suas terras tinha crescido. Com a alta poderia pagar o débito em dois ou três anos. Fazendo economias nas despesas talvez nem fosse a isso. E depois seria a fartura, a riqueza, o poderio antigo dos Badarós... Com a baixa as coisas se complicavam. Não iria poder pagar em dois ou três anos, muito mais tempo seria necessário. Cacau a dez mil-réis não é o mesmo que cacau a cinquenta. O essencial, porém, era que Carlos Zude tivesse paciência. Recordava a maneira simpática do exportador, sua despreocupação quando mandara abrir o crédito: "sem limites...". João Magalhães, no entanto, não sacara senão o necessário para a derruba e a queima da mata, para o plantio das mudas novas, as despesas das roças velhas e da família. Carlos Zude teria paciência, esperaria, era boa pessoa, havia de compreender que a culpa não cabia a João Magalhães. E, dentro de três anos, as roças novas já ajudariam o pagamento da dívida... Com cinco anos estaria livre, teria quatro ou cinco mil arrobas de cacau, qualquer coisa que recordaria os Badarós do começo do progresso na zona, os antigos "donos da terra". E mesmo ali, no ônibus melancólico, o capitão João Magalhães começou a sonhar.

Sua primeira surpresa desagradável foi não ser atendido por Carlos Zude. O exportador estava muito ocupado, dizia o gerente que substituíra Martins, rapaz vindo da Bahia; encarregara-o de acertar as contas com o capitão. As surpresas seguintes foram mais dolorosas. Não devia tão pouco como pensava. Apesar de haver entregue todo o seu cacau a Zude e apesar da alta, devia ainda mais de cento e oitenta contos. É que havia os juros, coisa com a qual ele não contava, juros de usurário, terríveis. Com o cacau a dez mil tudo aquilo tomava um aspecto dramático e o capitão torcia as mãos antigamente finas de profissional de baralho, hoje calosas mãos de camponês. O gerente comunicou-lhe que a casa não podia esperar o pagamento em prazos longos. Ninguém sabia onde iria parar o cacau nessa descida de preços, talvez dentro de poucos dias não houvesse comprador por preço nenhum... A casa queria receber.

João Magalhães ouvia as palavras comerciais, olhava o sorriso profissional do gerente ainda amável. Quando era moço sabia estudar a cara dos parceiros no jogo de pôquer. Metera-se depois naquele jogo do cacau e era a segunda vez que perdia. Perdera para Horácio nas lutas do Sequeiro Grande, perdia agora para Carlos Zude. Mas a primeira fora uma luta leal, não houvera trapaça. E nessa havia trapaça da suja. Ele, entretanto, jogara lealmente, sem esconder cartas, sem trançar o baralho à sua maneira.

O gerente expunha razões, esperava uma decisão de João Magalhães.

— Quero falar com seu Carlos...

O gerente duvidava:

— Não sei se ele vai poder atender...

— Diga que quero acertar... Mas só com ele...

305

Carlos atendeu de má vontade. Estava, porém, risonho e simpático como sempre quando João Magalhães entrou no gabinete. Mais uma vez estendeu-lhe a mão e lhe indicou uma cadeira:

— Como vai a família, capitão?

— Seu Carlos, faz dois anos tive aqui com o senhor. Tava precisando de dinheiro pra plantar roça nova, tava derrubando mata. O senhor mandou abrir um crédito. Agora tou vendo que tinha juros e altos...

— É perfeitamente comercial...

— Já sei... Não tou discutindo... Pode ser que seja um jogo limpo, não tou discutindo, não tou dizendo que tinha trapaça... Só que quero um prazo para pagar... Não vê o senhor? Plantei roças novas, daqui a três anos tão dando cacau... Vou pagando um pedaço cada ano... Mesmo com o cacau a dez mil-réis as minhas mil e quinhentas arrobas são quinze contos... Vou pagando, descontando... E quando o cacau subir...

— Subirá? — fez Carlos. — Não creio... Cacau já deu o que tinha que dar, capitão. Eu lastimo mas não posso fazer nada... É da vida... O senhor gastou dinheiro plantando roça. Era no tempo do cacau alto, valendo dinheiro. Hoje o cacau não vale nada... Eu não quero seu cacau por dinheiro nenhum. Não vou comprar esse ano...

— E como vai ser? — O rosto do capitão estava pálido.

Carlos levantou as mãos sobre a mesa como quem não sabia.

— Esse não é um jogo sério, seu Carlos. Esse é um jogo com trapaça. E eu joguei sério...

Carlos sentiu a tempestade que se acercava. Mas ele sabia como tratar essas crianças ingênuas que eram os fazendeiros de cacau.

— Como se chamava mesmo seu sogro?

— Sinhô Badaró...

— Ele também perdeu mas soube perder... Que posso fazer?

— Era jogo limpo, não tinha trapaça...

— Não se exalte, capitão. Não perca a calma. Veja quem pode lhe emprestar dinheiro, pague o que deve, depois se entregue ao trabalho. Eu só desejo uma coisa: receber o que me devem.

O capitão não vislumbrou nenhuma esperança nas palavras do exportador. Dinheiro ninguém possuía para emprestar. Não havia quem quisesse suas roças em hipoteca contra um empréstimo de cento e oitenta contos. Disse:

— Se o cacau já não vale nada por que o senhor está recebendo roças e fazendas, arrematando na praça? Era só o que eu queria saber...

Carlos se levantou, finalizando a entrevista:

— Quase para fazer um favor, capitão João Magalhães. Fico com as roças para não perder tudo... E ainda tenho ajudado, tenho ajudado muita gente...

Por um momento — tal era a expressão da sinceridade no rosto de Carlos — o capitão quase acreditou nas suas palavras. Mas era velho jogador de pôquer, acostumado a estudar a fisionomia dos parceiros. Descobriu, muito por detrás da máscara bondosa, um detalhe qualquer, na boca ou nos olhos, no coração, quem sabe?, de Carlos Zude. Levantou-se também.

— O senhor está mentindo, seu Carlos. O senhor roubou a gente...

Sinhô Badaró sentava na alta cadeira de espaldar, cadeira vienense, na casa-grande. Lutara até o fim. Fora ele, João Magalhães, que nem era dali, o seu substituto naquele jogo do cacau. Perdera. Mas, nas mesas de pôquer, quando jogo era sério e um parceiro trapaceava, os outros metiam-lhe o braço. Sinhô Badaró aprova do alto da sua cadeira de espaldar. João Magalhães estende a mão como se fosse apertar a de Carlos Zude na despedida. A bofetada estala, lá dentro os empregados ficam suspensos. Mas Carlos não é covarde, se atraca com o capitão. Os empregados entram, separam os dois homens, João Magalhães é jogado fora do escritório. Mas sai satisfeito.

Na roça disse a Don'Ana:

— Eles vão ficar com tudo, não tem jeito... Roça de cacau não vale mais nada... A culpa não é da gente...

Ela estava ereta e fitava o infinito:

— E a gente?

— Escuta: muitas vezes eu quis ir embora, tava cansado dessa terra. Fiquei porque tu não queria ir. Fiz tudo que podia fazer. Agora eu te digo: vou embora. Não fico mais aqui por dinheiro nenhum, nem por ninguém.

Ela desviou os olhos para o capitão:

— Vou contigo. Pra onde quiseres ir...

Ele sorriu, puxou Don'Ana por um braço, sentou-a no seu colo:

— Eu sabia...

11

CARLOS ZUDE ARRANCOU A ESCOVA DAS MÃOS DO contínuo:
— Não precisa... Eu mesmo passo...
Escovava a roupa suja da briga. O gerente aparecia novamente na porta do gabinete, após ajudar a expulsão violenta de João Magalhães. Carlos avisou que não desejava mais nada. Eram os ossos do ofício. O rosto ainda estava vermelho. Revidara a bofetada, agira como um homem. Não era aí que se sentia derrotado. Era porque o capitão João Magalhães não se convencera com as suas palavras. Carlos Zude dava uma grande importância ao seu conhecimento da psicologia dos fazendeiros. O capitão não se deixara enganar. Era uma derrota, aquilo doía a Carlos. Porém desviou o pensamento da briga para as roças do capitão João Magalhães: as roças que mais ardentemente desejava. Eram terras dos Badarós, Carlos queria que suas raízes na terra do cacau fossem assentadas também ali, aquelas terras eram simbólicas, dava-lhes um valor quase supersticioso. Terras adubadas com sangue, conquistadas à custa de bala, de cadáveres, de gente morta pelas estradas. Maximiliano Campos falava naquelas lutas. As roças iriam à praça. Carlos as arremataria. E instalaria nelas uma casa-grande magnífica, com todo o conforto moderno, onde pudesse demorar com Julieta em dias solitários de amor... Seria ali o seu ninho, o seu refúgio, quando quisessem fugir do mundo das grandes cidades. Ali, nas terras dos Badarós, dos antigos donos do cacau...

Era uma pena o capitão João Magalhães ter-se exaltado. Carlos pensava em lhe oferecer o lugar de administrador das suas fazendas. Da varanda da nova casa-grande poderiam ele e Julieta ver Don'Ana Badaró, a que era corajosa como um homem, a que sabia atirar, agora mulher do empregado deles... Mas nem tudo podia ser como a pessoa desejava... O capitão se zangara. Paciência...

O contínuo chega com o correio da tarde. Quando passou junto a Reinaldo Bastos, o comerciário tremeu, calculava que entre aquelas cartas estivesse a que ele escrevera denunciando a Carlos o caso de Julieta com Sérgio. Fizera-o para vingar-se não só da mulher desejada e inatingida, como também do marido, do patrão. Esperava suceder Martins na gerência da casa. Substituíra-o mesmo logo após a sua fuga. Não tinha dúvidas de que seria efetivado no lugar. Aquilo o aproximaria mais de Julieta, seria um degrau conquistado na escada que o levaria ao seu leito. Quando Carlos mandou buscar novo gerente na Bahia e o devolveu à carteira secundária (com o ordenado aumentado, é bem verdade), Reinaldo se sentiu furtado. Não percebia que Carlos o experimentara na gerência e chegara à conclusão que ele não dava conta do recado. Sentia a injustiça, apenas. Não reclamou, ficou dando voltas na cabeça em busca de uma maneira de vingar-se. Considerava Julieta definitivamente fora das suas cogitações e desejava vingar-se. A ideia da carta anônima o perseguiu durante dias. Lutou consigo mesmo. Qualquer coisa dentro de si, certa honestidade, impedia que ele a escrevesse. Um escrúpulo contra o qual ele reagia e que ia se enfraquecendo dia a dia. Uma tarde encontrou Julieta e Sérgio conversando na avenida, naquele mesmo banco onde ele a vira numa noite distante, quando, pensava ele, Julieta estava disposta a tomá-lo como amante. Sérgio se metera, atrapalhara tudo. E Carlos, ainda por cima, lhe negava o lugar de gerente... Escreveu a carta, a máquina, na Associação dos Empregados no Comércio. Colocou-a no correio, endereçada aos escritórios de Carlos Zude.

Cartas de coronéis solicitando prazos para pagamento de dívidas. Informações judiciárias sobre praças de roças. Cartas de firmas do sul, oferecendo representações. E a carta anônima:

Ora, seu Carlos Zude, o senhor está bancando o besta. Por que será que o marido é sempre o último a saber? Enquanto o senhor trabalha, viaja e rouba os coronéis, sua esposa, essa puta que usa seu nome, está lhe botando os chifres maiores de Ilhéus. Quer saber com quem? Procure vigiar sua mulher nas suas idas à Associação Comercial. Todo mundo sabe que ela é amante de Sérgio Moura, o poeta das charadas. Todo mundo menos o senhor, seu Carlos Zude. Se quiser tirar a prova é só seguir sua mulher. E, se você é corno manso, pelo menos apare os chifres que estão enormes. Chegam a constituir um perigo público.

Estava assinada por "um amigo desconhecido". Carlos Zude fez uma cara de nojo ao ler a carta. Esses coronéis tinham surpresas... Um lhe mandara a mão na cara, quem diria que o capitão João Magalhães seria capaz? Outro lhe enviava aquela carta, tentava manchar a reputação de Julieta. Carlos Zude nem por um segundo acreditou nos dizeres da carta anônima. Era coisa dos coronéis, vingança baixa, anônima, torpe. Estava mais que claro: aquela alusão a ele estar roubando os coronéis, a linguagem violenta, os palavrões. E logo quem... Com Sérgio Moura... Carlos sabia que Julieta mantinha relações com o poeta, cordiais, baseada em empréstimos de livros. Coisa sem a mínima importância. Nunca sua esposa fora tão boa e tão solidária quanto nestes últimos anos. Esquecera todos os desejos de antes: passeios, viagens, cassinos, casa em Copacabana... Muito estava ela se sacrificando... Até a sua honra era atingida. A Carlos parecia impossível que Julieta tivesse um amante em Ilhéus sem ele saber. A cidade era pequena, se sabia de tudo. Se ainda fosse no Rio de Janeiro...

Afastou a carta, leu o resto da correspondência. Mas seu pensamento estava voltado para Julieta, para os sacrifícios que ela se impunha. Logo que terminasse os negócios mais importantes iriam viajar, dedicaria uns meses à esposa, completamente. Talvez fossem à Europa. Ou aos Estados Unidos. A Nova York, enquanto nas roças de João Magalhães seria construída a casa-grande, desde onde eles dirigiriam os destinos da terra do cacau...

O gerente anunciou Antônio Vítor:

— Quer falar com o senhor...

— Mande entrar...

Esses lavradores de cacau tinham suas surpresas. Carlos rasgou a carta anônima, jogou na cesta de papéis inúteis. Abriu a gaveta, meteu um revólver no bolso. Cometera erros em relação à psicologia dos coronéis... As crianças ingênuas estavam agitadas e eram capazes de tudo...

12

ERA INATA NO VARAPAU AQUELA VOCAÇÃO DE ORGANIZADOR. Na roça organizara o terno, iluminara com ele as pobres festas de começo de ano durante a alta. Agora Joaquim se admirava da capacidade revelada pelo magrelo. A ele devia o militante, em grande parte, a possibilidade da manifestação que atravessou as ruas de Itabuna, pedindo comida e condução. O chofer estava encantado com os alugados. Quantas coisas se podia fazer com eles... Era um trabalho diferente, não se parecia com o da cidade. Mas dava resultados imediatos. Pensava em aproveitar o Varapau, transformá-lo num agitador dos campos, um líder entre os alugados. Trabalhava diariamente com ele, o Varapau encontrava finalmente alguma coisa em que empregar a sua inquieta personalidade. Vagara por muitas profissões e muitos lugares, só duas coisas o tinham prendido: Rosa, com seu corpo formoso, e o terno de pastorinhas com sua animação de começo de ano. Agora Joaquim, de repente surgido entre eles, abria-lhe caminhos:

— Você volta para as roças... Mas agora vai ser diferente... Trabalhara com outros também. Mas Capi só falava em retornar para o Ceará. Florindo queria ir para Ilhéus, em busca de Rosa, ria, ria mesmo quando a fome apertava, parecia que o negro não sabia fazer outra coisa. Romão era mais disposto, se bem analfabeto, entencia muito pouco do que Joaquim falava. E mais alguns, grupo que se foi organizando dentro dos bandos, dirigindo, formando os coletivos, levando todos os alugados despedidos para as estradas que conduziam a Itabuna.

E um dia se encontraram mais de trezentos homens diante da cidade. Não era a totalidade dos sem-trabalho. Muitos esmolavam já pelas cidades e povoados, outros assaltavam viajantes, alguns haviam se tocado a pé para o sertão. Nas estradas, cruzes toscas indicavam o lugar onde haviam morrido os mais fracos e mulheres e crianças.

Era uma multidão impressionante. Magros e sujos, rotos, os cabelos crescidos, as barbas por fazer. Os enormes pés cheios de lama. A notícia correu pela cidade de Itabuna, o delegado reuniu as praças, telefonou para Ilhéus pedindo ajuda, para Pirangi também. Alguns integralistas se apresentaram como voluntários para auxiliar a polícia. Sabiam que os comunistas estavam entre os alugados e isso era bastante para situá-los do lado contrário.

Lentamente, como uma procissão nunca vista, começaram a entrar em Itabuna. Vinham calados, as mulheres levavam as crianças ao colo. Nem uma única arma. Na frente marchava Joaquim. Na ponte que dividia a cidade, os soldados esperavam. Os alugados não traziam nem estandarte nem bandeira. Tinham apenas a fome estampada nos rostos amarelos do impaludismo. As famílias cerravam as janelas, mulheres desmaiavam nas ruas, gente se recolhia apressadamente. E a manifestação ("Parada da Fome", chamava um volante dos comunistas) penetrava na cidade. Do outro lado da ponte estava a prefeitura. De Ilhéus partiam caminhões apressados transportando reforços para a polícia. Vinha o comissário especializado na campanha contra os comunistas. Os soldados, na ponte, estavam entrincheirados. Eram comandados por um sargento.

A multidão parou diante da ponte. Joaquim começou a falar para os soldados. Moleques surgiam ninguém sabe de onde e se misturavam à massa de alugados. O chofer concitava os soldados a que não atirassem. Mas o sargento deu ordem de fogo e o sangue do braço de Joaquim esguichou no rosto de Romão. Então o alugado se precipitou para a frente, para a ponte, a massa o acompanhou. E passou sobre seu cadáver pois ele ficou logo estendido, um tiro no peito. Joaquim, impossibilitado de conter os alugados, ferido no braço, foi com eles. Os soldados atiravam mas a multidão continuava atravessando a ponte. O Varapau gritou:

— Queremos comida...

E todos gritaram e o silêncio que os tiros haviam rompido desapareceu por completo. Os soldados, sobre os quais se precipitaram os alugados desarmados, fugiam em pânico. No rosto esfomeado dos homens, das mulheres também, viam a decisão e compreenderam que nada os salvaria senão a fuga. Estavam todos do outro lado da ponte e Joaquim tentava, com o auxílio dos demais militantes e do Varapau, organizar novamente a massa que clamava, que se espalhava, olhando os armazéns sortidos, numa tentação. Já alguns falavam em assaltá-los.

Como reuni-los novamente? Foi Varapau quem deu a ideia:

— Só se for cantando...

— Mas, o quê?

— Um canto das roças...

E começaram aquela canção do mulato empapuçado:

Minha cor é do cacau,
mulato de querer bem,
mais ai, mulata, mais ai,
sou amarelo empapuça'o,
cor da maleita também!

E o milagre do canto amigo, do canto que ajudava no trabalho das roças, reuniu os homens e as mulheres. Assim cantando marcharam para a frente da prefeitura. Iam em ordem. Capi ligou rapidamente o braço ferido de Joaquim. Quando terminaram aquele canto, iniciaram outro, o mais velho dos cantos de trabalho nas roças de cacau:

O cacau é boa lavra
e eu sou bom lavrador...

Pararam em frente ao edifício da prefeitura. Estava totalmente fechado, os funcionários trancados por dentro. Então Joaquim gritou:

— Queremos ver o prefeito!

E a multidão secundou o grito num alarido ensurdecedor. Agora misturavam-se trechos de canções aos gritos da massa pedindo comida. Afinal abriu-se uma janela e o prefeito apareceu, muito pálido, ao lado do vigário da freguesia. Joaquim tinha preparado Varapau para aquele momento. O magriço subiu num dos bancos da praça, disse a que vinham. Queriam comida e trabalho. O prefeito, em parte refeito do susto, começou a responder, prometendo que ia mandar distribuir comida, que ia providenciar barracões para alojá-los. No campo de gado, ao lado da cidade.

Foi quando a polícia chegada de Ilhéus, tendo à frente o comissário especializado, reunida aos soldados fugitivos de Itabuna, iniciou o novo tiroteio. Dessa vez a multidão foi pegada desprevenida e os soldados atiravam das esquinas da praça. Foi uma mortandade. Um velho chegou a dizer que só nos tempos dos barulhos do Sequeiro Grande se tinha visto coisa igual. A princípio os alugados se apavoraram. Viram-se cercados, sem possibilidade de fuga. Mas entre eles existiam velhos jagunços acostumados a barulhos e aos poucos foram se refazendo. O prefeito pedia calma, o vigário começou a rezar. Quando o tiroteio amiudou o prefeito resolveu se retirar da janela perto da qual já havia se encravado uma bala. O vigário, no entanto, ficou e fazia sinais aos soldados para que não atirassem. Alugados avançavam, encostados pelas paredes, e subitamente caíam, desarmados, em cima dos soldados, em lutas corporais. A multidão se encorajou, subdividiu e atacou quase ao mesmo tempo os quatro cantos da praça. Era como se uma força colossal, até então contida, se revelasse subitamente. Umas mulheres começaram a cantar, o tiroteio continuava.

Depois levaram os cadáveres, alugados e soldados. Assim mortos pareciam iguais, eram todos camponeses mulatos e negros, apenas as roupas os diferenciavam. Haviam morrido uns trinta alugados e seis soldados de polícia. Foram enterrados ao mesmo tempo, num enterro só que toda a cidade acompanhou. Barracões de madeira eram levantados às pressas para alojar os alugados. O prefeito, ainda alarmado, mandara abater bois para os camponeses, e o vigário, que se colocara ao lado deles, fazia uma coleta entre as famílias. Para comprar leite para as crianças.

Joaquim, o Varapau e mais uns vinte estavam presos como cabeças do movimento. Mas naquele mesmo dia estourou a greve geral em Ilhéus e em Itabuna. Os operários protestavam contra as prisões, exigiam a imediata liberdade de Joaquim e dos camponeses presos, exigiam também que fosse garantido aos alugados os salários que tinham nas fazendas. A situação se complicava.
Nos barracões improvisados, os alugados comentavam a situação. Apesar dos mortos e feridos estavam satisfeitos. Alguma coisa de concreto já tinham conseguido. Falavam de Joaquim com admiração. Capi, num grupo, teve uma ideia:
— E se a gente soltar eles?
O negro Florindo riu, apoiando. Foi como um rastilho. À noite saíram uns cinquenta, atacaram a cadeia, os guardas fugiram, os presos foram libertados. Joaquim ria nos braços do negro Florindo. Nos barracões foram recebidos com um canto que, apesar de tão triste, soava como uma canção de guerra:

Maneca morreu na estufa
na hora do sol se pôr...

A cidade de Itabuna trancava as portas, as mulheres rezavam, os homens diziam que aquilo era um sinal dos tempos.

13

A GREVE SE ALASTROU E ENTÃO AS PREFEITURAS DE ILHÉUS e de Itabuna chegaram a um acordo. Forneceriam passagem aos alugados que quisessem embarcar para as suas terras, os demais voltariam para as fazendas de onde tinham saído, fazendas que os exportadores rematavam nas praças. Quase todos voltaram a trabalhar nas roças mas não retornavam como tinham chegado, agora levavam alguma coisa que ensinar aos demais. Alguma coisa que brilhava como uma luz.
Um dia chegou a vez de Varapau, Capi e Florindo. Capi aceitara passagem de volta para o Ceará. Varapau tomava o caminho da fazenda que fora de Frederico Pinto. Joaquim lhe dera incumbência, o Varapau iria ser tempos depois como um andarilho, de fazenda em fazenda, levando boletins, palavras de revolta e esperança. Nunca a polícia dos fa-

zendeiros, os capatazes vigilantes, os soldados mais afoitos conseguiram seu rastro. Ele chegava pelas noites e todas as casas eram sua casa.

O negro Florindo não quis regressar às fazendas:

— Vou pra Ilhéus, eu quero é Rosa... — e ria.

Também Joaquim voltava, novamente procurado pela polícia, impossível sua vida em Itabuna. Havia ordem de prisão contra ele, o comissário informava que "aquele era o mais perigoso de todos". Viajou num caminhão, embaixo da lona, entre os sacos de cacau.

14

NO PORTO IMENSO, DESERTO E NEGRO, SE FECHANDO nos armazéns das docas, se abrindo no mar de cargueiros, no porto de punhais e marinheiros, carga da Austrália, cacau para Filadélfia, prostitutas e navalhas, mistério e amargura, no porto imenso de Ilhéus, o negro Florindo procura Rosa.

Rosa sumiu, Rosa onde está? Quem sabe se as árvores do morro não a chamaram com suas mãos de galhos, seus corações de raízes? Florindo subiu os morros, Rosa não está. Rosa não está? Talvez na cidade, nas ruas iluminadas, tentação pras mulheres. Talvez esteja dançando no cabaré. Seu traje de cigana parece roupa de baiana. Florindo catou pelas ruas, entrou pelos bares, Rosa não está.

Porto deserto e negro, pode ser que ela tenha ido pro mar, na hora do pôr do sol. Com os ventos, com os peixes, com as águas, com os náufragos do *Itacaré*. É noite de vento, o negro Florindo vai curvado, a luz dos postes cai sobre ele, mistério das esquinas, sombras que se alongam, batem no mar. Na ponte, luzes se acenderam, iluminam estranhos corcundas, são negros de sacos às costas, cacau pro navio sueco. O negro Florindo atravessa as luzes, será que Rosa veio pescar siris nas escadas da ponte? Talvez esteja ali, bem do seu lado, o pedaço de carne no barbante, siris pro almoço do outro dia. Rosa pescadora, rodeada de peixes. Mas ela não está, quem sabe se não estará sentada numa mesa do botequim de Coló, Flor da Onda?

O marinheiro o saúda, nunca viu tão gordo. Está debruçado sobre o copo de uísque. Porre dos grandes, é dia de pagamento, já bebeu muito, sueco loiro vindo do mar. Um trago, Florindo? Que língua ele fala?

Cachaça gostosa, cachaça de gringo. O copo de uísque tem um brilho que lembra aventuras no mar, pesca de pérolas, contrabando de armas, marinheiros sem braço dos tubarões. No fundo do copo, Florindo procura os olhos de Rosa. Mas Rosa não está. O cais se fecha lá fora, um beco sem saída é o que parece. No fundo do copo, no brilho do uísque, Florindo só encontra o farol de uma ilha, a luz do morto, lanternas perdidas, saveiros vagando, o olho parado do morto, espiando, espiando. Sai, afogado! Florindo procura é Rosa no uísque falso do bar. Nos olhos também das putas que bebem. Rosa onde está? Rosa sumiu. Ela era assim, Varapau bem sabia, dizia de noite, à luz dos fifós. O sueco se ri, porre dos grandes, de pagamento. Merece um tabefe, Florindo não dá, cachaça gostosa, cachaça de gringo. Merece um tabefe, Florindo não dá. "Té logo, seu moço." Que língua ele fala? Ninguém não entende, Rosa não está. Lá fora se fecha o cais sobre o coração de Florindo.

 É preciso atravessar todo o porto, de ponta a ponta, da estrada de ferro até o mercado, andar por entre os emigrantes que estão nas barcaças que o vento sacode. Capi viajou, deu adeus do navio, foi ver a mulher. Na terra dele tem terno de reis, Capi vai sair, vestido de Herodes. É preciso andar nas trevas, entre os armazéns, onde se escondem os ladrões, andar por perto dos vagões vazios, perto da Ilha das Cobras, onde as putas mais baratas se oferecem, se vendem, ali mesmo, de pé, por dois e quinhentos. É preciso andar o cais todo, pois ela não está, com certeza, nem nos morros, nem nas ruas iluminadas. Está é no cais, nem as árvores nem as lâmpadas teriam forças pra prender Rosa. Pois o cais é lar dos vagabundos, quem é que não sabe?

 O navio sumiu, agora é espuma. "Teu corpo moreno, Rosa, para onde ele foi?" O negro Florindo interroga os que passam, interroga os navios, a prostituta que chama numa voz ciciada. Nessa noite do cais, as luzes dos postes são os olhos de Rosa se sucedendo. Chega perto, não é, que lâmpada triste!, deserta de gente. Na noite do cais, os casais procurando lugares escuros. Da escuridão se vê as estrelas, também se pode ouvir os ais de amor das prostitutas e dos marinheiros. A água é negra num mar de tinta, os marinheiros passam, cor de carvão. Rosa é morena, cor de cacau seco. Sua saia branca parece de espuma, o negro Florindo a procura na fímbria do mar. Até a espuma do negro se ri...

 A luz bate nos mastros, ficam curvos, a fumaça era branca, uma vez Rosa trouxe um peixe no seio, tirou de repente, ficou rindo do susto do Varapau. Um peixe no seio, vivinho, ainda batendo com o rabo. "Teu corpo moreno, Rosa, para onde ele foi?" Teria ido com os peixes ou com os pescadores? Um comandante de navio disse uma vez, na Flor da Onda, que na barra de Ilhéus o que mais existia eram tubarões, havia como trezentos mil. Trezentos mil é conta grande, comem braços e pernas de pescadores. E algas também, mais de trezentas em cada ponte. Rosa brincava com as algas, todos os ventos nos seus cabelos. Todos os ventos, do norte e sul, o vento terrível do noroeste. Na canoa ancorada, ela deitava, a cabeça de fora, o cabelo no mar. Parecia cabeça sem corpo, saindo d'água, dava arrepio. Rosa maluca, Rosa do cais, tantas vezes mentias! Mulher que sabia histórias, inventadeira! Igual nunca houve, parecia um livro, de tanta história que inventava. Disse de um morto, buscando seu cais. Vinha perguntar se Rosa sabia seu cais onde estava. Era um morto de boca aberta, morto afogado, um siri no peito. Era pura mentira, mas parecia verdade. Também contou que um dia ia embora, um dia sem ninguém ver, parecia mentira e ela partiu. "Para onde, Rosa, levaste teu corpo, Rosa maluca, tão mentirosa?"

Era um mar de ilhas mortas, quem foi mesmo que disse, no botequim? Cada um mais maluco, dizendo besteiras! Negro Florindo, que negro tolo! Tudo acredita, depois esquece, só hoje se lembra. Porque Rosa sumiu, ninguém sabe dela.

Esse porto é imenso, armazém de cacau. Cacau dá dinheiro, é boa lavoura. Dá pra pagar rapariga pros estivadores. Negro Florindo interroga o casal, estão se abraçando. Pararam seu amor, só pra atenderem, estão com pressa e têm razão:

— Não vi ela não...

É mesmo cansaço? O negro Florindo não cansa assim... É mesmo cansaço? Ou será dor? Rosa fugiu, para onde ela foi? O negro Florindo vivia rindo. Rosa chegou, nas noites da roça, na voz do Varapau, andava com eles, no pensamento, ria pro negro, tão bom que era! O negro Florindo vivia rindo, agora não sabe riso o que é. Rosa fugiu, o cais se tranca nos armazéns. O ladrão não viu Rosa, puxou a navalha.

Não é para brigar, Florindo não quer. Quer é ver Rosa, com ela encontrar. "Tu onde está, pra onde tu foi?" Pergunta por perguntar, Rosa não está para responder. Que cais mais comprido, no mundo não há! Marinheiro não viu, não está no navio.

Florindo comprou um pente, leva no bolso, um pente bonito, como pedra de vidro, como brilhante. É para Rosa pentear os cabelos, para ela sorrir. "Toma teu pente, Rosa, vem te pentear. Te dou um colar, compro

num sírio, a prestação. É falso, já sei, quem é que não sabe? Mas é bonito que nem verdadeiro, é pra te dar. Te dou perfume, falso Houbigant. O Varapau, tu sabe, voltou pra roça, já te esqueceu, Capi embarcou, vai ser Herodes num terno de reis. Eu fiquei só. Tem a lua, Rosa, pra nela te mirar. Se tu não vem, Rosa, vou me afogar."
Negro Florindo, não sabe mais rir, se vai afogar. Rosa fugiu, no cais não está, negro Florindo vai se afogar.
Rosa chegou, veio por detrás, o negro se volta, de onde ela veio? Rosa maluca, bonita de ver!
— Onde tu tava?
— Tu quer saber?
Rosa está rindo, o negro está rindo, rir é tão bom!
— Tu quer saber? Melhor não saber...
Rosa que quer? A boca de Rosa, oh! a boca de Rosa, o corpo de Rosa se encostando. Rosa, toma teu pente, não queira colar, não queira perfume, não queira luar, só queira canoa.
— Tu teve pena?
— Me ia afogar...
No corpo de Rosa, negro Florindo já se afogou, no escuro do cais. Rir é tão bom!

15

NEM EM ILHÉUS O CAPITÃO JOÃO MAGALHÃES QUIS ficar. Também Don'Ana não desejava, tinha vergonha da gente que a olhava, agora que mais nada possuía nas terras do cacau. A fazenda dera dinheiro na praça, mais do que esperavam porque Schwartz surgiu como competidor de Carlos Zude e foi uma luta feia. Aquilo quebrava uma espécie de compromisso que estava sendo respeitado entre os exportadores: arrematava as roças aquele que era o credor do fazendeiro endividado. Schwartz rompeu essa lei e só por isso restou saldo para o capitão. Podiam montar uma vendola em Pirangi, João Magalhães teve uma oferta para negócios. Don'Ana foi a primeira a não aceitar. Também o capitão estava decidido a abandonar aquelas terras, a não voltar nunca mais. Seu sogro dizia que cacau tinha um visgo, prendia nos pés, ninguém podia nunca fugir, estava amarrado. Mas o capitão João Magalhães, trinta anos depois de ter chegado, está decidido: nunca mais voltará.
Foram para a Bahia, compraram uma pensão perto do porto, onde

hospedavam gente que ia e vinha de Ilhéus, cacau tinha visgo. Don'Ana dava ordens na cozinha às empregadas, curvada sobre as panelas, os cabelos brancos, envelhecido o rosto moreno. Cacau tinha visgo, agarrava nos pés. Sinhô Badaró dizia sempre nas conversas de noite. João Magalhães comprou uma pensão, nada mais tinha a ver com Ilhéus, não possuía mais terras, nenhum cacaueiro, tudo que lhe restava dali era o papagaio Chico, cuja voz estrídula e acre atravessava a pensão dando ordens a inexistentes trabalhadores, cantando cantos de trabalho nas roças, chamando galinhas para comer milho, inutilmente, gritando aquela frase do capitão João Magalhães.

— Don'Ana, vamos enriquecer de novo...

Dobrava a gargalhada depois, arrancava lágrimas dos olhos de Don'Ana Badaró, apertava o coração de João Magalhães.

O capitão João Magalhães não tinha mais nada a ver com a terra do cacau, onde havia desembarcado há trinta e cinco anos. No entanto a primeira coisa que procurava ler nos jornais, cada manhã, era a cotação do cacau, e, se havia subido, ele invadia a cozinha, o jornal na mão, a voz emocionada:

— Está subindo, Don'Ana, está a vinte e dois mil-réis...

Ela se interessava também, liam o jornal, faziam comentários, previsões. Chico acompanhava da sua gaiola, abrindo e fechando o olho irônico.

Uma noite, porém, quando já as coisas haviam equilibrado em Ilhéus, a crise cessando, os exportadores lavrando cacau, eles saíram para um passeio no cais da Bahia. E aconteceu sentarem num banco próximo ao enorme prédio do Instituto do Cacau, que o governo fizera construir durante a alta. Ficaram a mirá-lo com os olhos tristes. De Ilhéus chegavam notícias que a baixa terminara, que os preços subiam novamente, que as fazendas, em mãos dos exportadores, estavam que dava gosto ver. Olhavam o prédio do Instituto do Cacau. A sombra imensa, nascida do luar, caía sobre eles.

— Cresceu muito... — disse Don'Ana Badaró.

João Magalhães sabia que ela estava falando sobre o cacau:

— É verdade... — respondeu. — Cresceu demais para a gente, minha velha...

Era a primeira vez que a tratava de minha velha. Don'Ana tinha agora os cabelos brancos. E quando levantaram do banco e tomaram o rumo da pensão eram dois velhos que já não tinham o que fazer no mundo. A sombra do Instituto do Cacau os acompanhou durante um trecho do caminho.

16

UMA NOITE, QUANDO VINHA DE CONVERSAR COM JOAQUIM que estava novamente escondido naquela casa amiga do morro da Conquista, desde os barulhos de Itabuna, dirigindo dali todo o movimento enquanto esperava voltar à legalidade, o poeta Sérgio Moura encontrou o coronel Maneca Dantas. O coronel morava agora numa casa pequena, perto do cemitério. Por vezes, à noite, vinha contemplar a cidade ali de cima.

Gostava de Sérgio de há muito tempo. Ficaram os dois conversando, sentados no passeio do cemitério. Falaram da vida, da baixa, da tomada das terras pelos exportadores. Maneca Dantas andava desanimado. Disse:

— A gente passou a vida toda na roça, derrubou mata, brigou, matou gente, derramou sangue de cristão...

Sérgio ouvia interessado. Maneca Dantas fitava as luzes de Ilhéus:

— Plantamos cacau, fizemos roça, a gente nunca se divertiu, a gente fazia tudo era mesmo pros filhos. E veja o senhor, seu Sérgio, os filhos da gente não deram pra nada, a não ser para beber cachaça e andar com rapariga... — Lembrava-se de Rui. — Ou pra coisas piores... Pra isso não valia a pena a gente ter trabalhado tanto...

Calou, o poeta não disse nada. Maneca Dantas voltou a falar:

— E agora ainda tomam as terras da gente, deixam a gente na pobreza... Tou velho, seu Sérgio, de que valeu trabalhar tanto, matar gente, passar cinquenta anos enterrado na mata? Pra ganhar o quê? Pra terminar pobre...

Então o poeta apontou as luzes da cidade lá embaixo:

— Pra fazer isso, coronel! Valeu a pena. Os senhores fizeram tudo que está aí... Pensa que é pouco?

Maneca Dantas concordava, sem entusiasmo nem alegria:

— Só que não é mais da gente...

Quando, na outra noite, Sérgio voltou a visitar Joaquim, contou ao militante a conversa que tivera com Maneca Dantas. Joaquim se levantou da cadeira e disse:

— Companheiro Sérgio, o tempo deles passou... Agora começou o tempo dos exportadores, que é o tempo do imperialismo. Mas também esse tempo vai passar. Primeiro, eles vão brigar entre eles mesmos.

Sérgio noticiou:

— Karbanks e Schwartz já estão em luta. Os integralistas combatendo Carlos Zude...

— Está vendo? De um lado os alemães, do outro os americanos. O tempo deles também vai acabar, vai começar o nosso tempo, companheiro Sérgio...

Saíram, andavam para os lados do cemitério. Lá embaixo eram as luzes da cidade. O poeta Sérgio Moura via o dragão sobre Ilhéus, de garras estendidas, cem bocas famintas. E pensava que, se na véspera havia conversado com o passado, agora estava conversando com o futuro. Joaquim falava com convicção, a voz profunda que parecia chegar do coração pleno de fé:

— Primeiro a terra foi dos fazendeiros que conquistaram ela, depois mudou de dono, caiu na mão dos exportadores que vão explorar ela. Mas um dia, companheiro, a terra não vai ter mais dono...

Sua voz subia para as estrelas, cobria as luzes da cidade:

— ...nem mais escravos...

17

TÃO POUCA IMPORTÂNCIA LIGARA CARLOS ZUDE À CARTA anônima ("é manso", espalhava Reinaldo Bastos entre seus conhecidos) que nem falara dela a Julieta. Passaram-se semanas, ele já nem se recordava. Uma tarde, porém, ao voltar do escritório, encontrou Julieta lendo. Tomou-a nos braços, beijou-lhe a face, andava satisfeito. Os negócios marchavam e Carlos Zude, cujo amor pela esposa não diminuía, sentia próximo o tempo em que se dedicaria inteiramente a ela, quando a vida o recompensaria por tanto e tão estafante trabalho. Era chegada a ocasião de terem um filho, aquele filho que ele sonhava educar em colégios ingleses ou norte-americanos. Outros mundos, distantes e diversos daquele mundo de cacau, os esperavam. As fazendas imensas, a casa exportadora dariam para tudo que imaginassem, para os caprichos mais loucos que Julieta pudesse inventar.

Tomou do livro que ela lia, folheou-o sem sequer olhar as letras. Olhava era para Julieta, cada vez mais moça e cada vez mais bela. Ele, Carlos, é que envelhecia. Esses anos de luta, de cálculos perigosos, de emoções se sucedendo, o haviam envelhecido, aumentou-lhe o número de cabelos brancos, já não era apenas o grisalho romântico que interessava às mulheres. Quando voltou a vista para o livro leu a assinatura de Sérgio Moura na página alva da dedicatória. O livro era presente do poeta, então Carlos Zude recordou a carta, mas como uma coisa torpe e ao mesmo tempo cômica. Porque um rapaz metido a poeta emprestava um livro a uma senhora os coronéis logo imaginavam adultério. Era uma gente atrasada, ignorante, realmente incapaz de compreender o mundo em que viviam. Tinha sido um benefício acabar com a influência que exerciam na zona. Carlos Zude estava satisfeito e resolveu contar a Julieta o incidente da carta anônima. Ela continuava sentada, soltara-se dos seus braços, do quarto viam o mar através das janelas abertas. Carlos Zude tomou lugar ao seu lado, na cama:

— Foi no dia da minha briga com o capitão João Magalhães, que te contei. Lembras-te?

— Sim — fez ela.

— Naquele mesmo dia, logo depois chegou a correspondência da tarde. É claro que não foi o capitão. Não havia tempo. Deve ter sido um dos coronéis, desses que esbanjaram dinheiro e depois não queriam pagar... Um deles, com certeza...

— O quê? — perguntou Julieta, os olhos puxados para o mar.

— A carta anônima. Dizendo que tu eras amante desse rapaz, Sérgio Moura... — riu alegremente. — Estúpido e idiota! Porém, te digo: nunca pensei que os coronéis reagissem assim. Um matou Rauschning, outros resistem nas fazendas, o capitão me agrediu, outro escrevendo infâmias... Pensei que eles não reagissem. Enganei-me...

Jamais aquele espinho deixara de picá-lo: seu engano em relação à atitude dos coronéis. Errara, não havia que negar. Enfim, de qualquer maneira, os resultados tinham sido os mesmos. Agora eram os "donos da terra". O silêncio continuava e Carlos Zude sorria aos seus pensamentos, aos seus sonhos realizados. Julieta andara para a janela, estava de costas e de costas falou:

— Vou te dizer uma coisa, Carlos... Não é mentira, não...

Carlos Zude não ligou imediatamente a frase da mulher à carta.

— O que é que não é mentira?

Ela voltou o rosto ligeiramente para ele. Estava como um doente que vai amputar o braço, operação dolorosa mas necessária:

— A carta... Eu sou amante de Sérgio...

Ele ficou com os olhos esbugalhados, o braço meio suspenso, era como se todo o movimento houvesse parado de repente. Fazia pena e Julieta teve pena:

— Desculpe. Eu não andei direito com você... Devia ter lhe dito há muito tempo, quando a coisa começou... Não achei jeito... Demais, naquele tempo eu ainda não pensava como agora. Desculpe, Carlos.

Ele estava sem palavras. Olhava para ela, não acreditava. Aquilo o aniquilava, era como se houvessem batido repetidas vezes na sua cabeça com algo que o tonteasse.

Julieta andou pelo quarto, não tinha nada que explicar a Carlos. Mas, como ele continuasse calado, ela tentou:

— É que tudo foi errado desde o princípio. O nosso casamento...

Só então a voz de Carlos Zude a interrompeu:

— É verdade?

Não tinha gestos, nenhuma reação violenta que explodisse em gritos, em ameaças, em cena de sangue. Estava esmagado, apenas. Não conseguia tomar pé, era como um náufrago. Julieta o animava:

— Tenha paciência... Você pouco precisa de mim. Você tem seus negócios, sua vida, seu mundo. Ao seu modo, você é um triunfador... Lutou a sua batalha e a venceu...

Aquilo o trazia de novo à realidade, lentamente.

— Acreditava que você estivesse me ajudando... Que...

Queria dizer muita coisa, não valia a pena. Vontade de chorar. Os olhos secos, a garganta com um nó, um vazio no peito. Nem se levantara. Julieta se enchia de pena, uma piedade infinita. Aproximou-se dele, sentou-se na cama ao seu lado, tomou-lhe da mão:

— Pobre querido... Foste muito bom comigo... Não posso ter queixas de ti. Tu podes pensar de mim tudo que quiseres...

Carlos se refazia aos poucos. Agora vislumbrava na atitude de Julieta uma vaga esperança. A ele custaria perdoar e esquecer. Mas a amava tanto que perdoaria e esqueceria. O importante era tê-la. Só o mar interrompia o silêncio, ondas quebrando na praia. Carlos procurava as palavras repentinamente difíceis. Era delicado o que ia dizer:

— Julieta, eu te quero... Para mim és tudo... Por alguma coisa a gente luta, se esgota, faz negócios, liquida os outros. Por alguma coisa. Eu faço por ti. Sei que te abandonei esses tempos, ocupado como um escravo... Tenho culpa também. Mas se esse capricho, essa loucura tua, já passou, então vamos esquecer isso tudo, essa tarde de hoje, e partamos. Iremos viajar, hoje já podemos fazê-lo sem receio. Já não sou necessário aqui senão de quando em quando. Recordas de quando te prometi que um dia partiríamos? Que um dia se acabaria esse desterro em Ilhéus? Que um dia seríamos donos da terra e então poderíamos ir? Pois bem: já somos os donos da terra. Vamos esquecer tudo. É como se não tivesse havido nada. A piedade crescia dentro do peito de Julieta. Era tamanha que ela pensou em ficar, desistir de tudo, se afundar de novo na lama mais baixa e mais suja. Ele precisava dela. Ali estavam as fazendas tomadas aos coronéis, aos pequenos lavradores. Ali estava a casa exportadora. Ele precisava dela. Mas reagiu, queria se salvar, era preciso sufocar a piedade no fundo do coração. Para se salvar passaria por cima de Carlos, passaria até por cima de Sérgio.

— Tenha paciência, Carlos. Mas não foi nem um capricho nem uma loucura. Primeiro era para fugir disso aqui... — apontava a casa. — Dos teus negócios, do teu mundo sujo... Nem eu mesma sabia, era aquele desespero, aquela "neura", te lembras? Teu mundo. Pensas que desejo viagens e luxo, vestidos e bailes? Não é nada disso... Desejo é sair desta vida, desta sujeira tão enorme, tão enorme...

Ele se dava conta e então começou a se erguer entre os dois uma barreira. Julieta compreendeu e se alegrou porque percebeu que Carlos poderia viver sem ela, por mais que sofresse no primeiro momento.

— Sujeira, dizes tu. E de que vives senão dessa sujeira? São negócios e negócios são assim. Ganha o mais sabido, sempre foi assim... Nunca achaste que era sujeira antes de conhecer esse tipo...

— Não te exaltes, Carlos. Não te culpo de nada. É tua vida. Apenas não me agrada e não quero mais vivê-la...

— Vais embora? — Novamente ele se abatia, novamente sentia o vazio em torno, novamente temia.

— Vou, Carlos. Mas não te enganes. Só sofrerás no primeiro momento. Tens teus negócios, tuas fazendas, as tuas novas fazendas, e nem te lembrarás de mim... Assim é melhor...

Ele silenciava, os olhos voltados para o chão, a cabeça baixa.

— Vou-me embora, ninguém saberá por quê, não haverá escândalo. Inventarás uma história qualquer. Depois pedirás o desquite, já isso não te prejudicará em nada... Tu me esquecerás, quem sabe se...

Carlos compreendeu que era piedade e revoltou-se:

— Já que partes não precisas te preocupar comigo. Sei cuidar de mim... — Tomava o papel de dono da casa. — Quanto precisas?

— Nada, Carlos. Já tinha resolvido há muito conversar contigo. Mas ia adiando, foi bom que hoje falasses nesse assunto. Há muito que estou com tudo meu preparado... Só levo o que trouxe da casa da minha mãe... Dá para eu viver até arranjar um emprego...
Era demais para Carlos Zude. Aquela independência tão total, aquele rompimento tão completo, feria-o mais do que tudo. Explodiu:
— Emprego? Só se for de puta...
— Não será, Carlos. Qualquer emprego...
Novamente sentia pena dele. Estava ofendido e triste. Aproximou-se:
— Não quero sair daqui tua inimiga. Quero que compreendas...
Ele levantou-se da cama, estava quase tranquilo após a explosão. Sua voz era triste mas conformada:
— Não compreenderei nunca. Eu te amo...
Julieta balançou a cabeça. Começou a arrumar suas coisas. Carlos Zude sentou-se novamente na cama e ficou a olhar seus movimentos. Os pensamentos rolaram numa rápida sucessão, uma coisa restou no final de tudo: "Não podia mesmo sair de Ilhéus naquele momento, ainda era cedo. Ela ia, quebraria a cabeça por lá, talvez voltasse. E ele, a receberia?". Ficou imaginando sobre esse problema:
— Se um dia voltares... Essa casa é tua...
Julieta foi à Associação Comercial. As janelas estavam fechadas, o poeta Sérgio Moura já se preparava para sair. As luzes acesas no lustre enorme iluminavam a sala onde Sérgio, sozinho, compunha o laço da gravata. Julieta entrou, ele a beijou:
— Que fazes a esta hora na rua?
— Sérgio, cadê teu pássaro preto?
— Lá dentro, na varanda.
— Vai buscá-lo...
Chegou com a gaiola onde o pássaro acordava devido à luz da sala, entregou a Julieta. Ela abriu uma vidraça:
— Me dás esse pássaro de presente?
— É teu — Sérgio estava espantado.
Abriu as portas da gaiola junto à vidraça. O pássaro pulou para a porta aberta, ficou um momento espiando, confuso, logo voou para a noite do jardim em frente, livre e imensa. Sérgio estava levemente desconfiado que Julieta andara bebendo. Que diabo queria dizer tudo aquilo? Ela voltou-se, radiante:
— Sabes, amor, também eu estou livre...

— Livre?
— Disse tudo a Carlos, separamo-nos.
O poeta se assustava:
— Contou?
Ela fez que sim com a cabeça. Fitava-o, também ele era um prisioneiro, também ele estava de pés atolados na lama. Mas ela para se libertar passaria até sobre ele.
— Vou-me embora, sabes? Para onde não sei, mas vou embora. Fazer o quê, também não sei, mas vou embora. — Depois aventurou timidamente: — Talvez um dia eu possa trabalhar por aquele mundo de Joaquim...
Sérgio sorria, recorria à literatura:
— A criação escapa ao criador...
— Eu te amo, bem sabes. Te devo muito. Por isso estou aqui e te convido: vem comigo. Rebenta essas linhas que te prendem os pés. Vamos embora... Os dois juntos será melhor e mais fácil...
Ele a ouvia silencioso, não adiantava literatura, não resolvia. Nem a ironia, nem a volúpia, Julieta partia. E o convidava:
— Sérgio, eu vim te buscar. Te amo muito, muito, muito mesmo. Porém, Sérgio, vou mesmo sem ti, eu quero me salvar. Mesmo que fiques, prisioneiro, eu seguirei...
Ele não falava, estava terrivelmente sério, alongado o perfil de pássaro noturno, nunca ela o vira assim.
— Uma vez, Sérgio, Joaquim me disse: "Não há barro bom nem ruim. Tudo é a mesma coisa, é questão de sair da lama em derredor...". É verdade, Sérgio. Agora eu compreendo e vou embora. Quero te levar comigo...
Os olhos de Sérgio Moura fitavam a noite para onde o pássaro partira. Noite livre e imensa. Noite onde nascia uma estrela de viva luz esplêndida. Julieta tomou do chapéu de Sérgio Moura, que estava em cima da mesa, colocou-o na cabeça do poeta, deu-lhe o braço e disse:
— Vamos, amor...

18

NO PORTO SEM NAVIOS DE SÃO JORGE DOS ILHÉUS o casal de velhos pedia esmolas. Eram alugados que tinham sido despedidos. Estavam vestidos de farrapos, as mãos enormes, os pés abertos. Cantavam uma canção das roças do cacau. Antônio Vítor deixou cair na cuia a moeda de duzentos réis e tomou pelo centro da rua. Sua roça tinha ido à praça naquele dia. Fora adquirida pela casa Zude, Irmão & Cia., não dera sequer para pagar a dívida. No escritório, Carlos Zude lhe recordara as farras com a Vampireza, Antônio Vítor ouvira de cabeça baixa. Logo no começo do ano a Vampireza arribara, levara-lhe a última nota de quinhentos mil-réis. Na roça, Raimunda não dizia nada, ia todas as manhãs para o trabalho, parecia indiferente tanto à alta como à baixa. Os dois nunca tinham falado naquele caso da Vampireza. Nunca Raimunda lhe tocara no assunto. Até parecia alegre nesse ano ruim, Joaquim retornara à legalidade, arranjara trabalho numa garage pequena. Daí a alegria de Raimunda, daí ela cantar enquanto partia os primeiros cocos de cacau naquela safra maldita. Antônio Vítor também voltara a trabalhar na roça, tinha contratado apenas quatro trabalhadores nesse ano, e a casa onde moravam antes de construir a nova estava deserta de habitantes. Aos poucos Raimunda foi se mudando para a velha casa, levando uma coisa por dia, outra no dia seguinte. Acabaram por abandonar a casa nova, Antônio Vítor nem sabia como a mudança tinha se dado. Sabia apenas que Raimunda não estava triste, e aquilo consolava.

Uma tarde recebeu uma citação de Ilhéus, do juiz. Sua roça ia à praça. No entanto Carlos Zude tinha lhe prometido um prazo. Mostrou a citação a Raimunda. Ela se assustou:

— Vão tomar nossa terra, Antonho...

Ele veio a Ilhéus, assistiu à praça, viu Carlos Zude arrematar a roça por uma miséria. Depois o exportador lhe falara na Vampireza e no Terno do Ipicilone. Para que isso, para que essa conversa malvada sobre as loucuras dele, se já tinha tomado tudo? Carlos Zude terminou por lhe oferecer um lugar de capataz numa das suas fazendas... Trezentos mil-réis de ordenado. Antônio Vítor ficou de decidir se aceitava ou não.

A canção dos mendigos o acompanha pela rua:

O cacau é boa lavra
e eu sou bom lavrador...

Não sabe por que lhe deu vontade de ver o filho. "O cacau é boa lavra..." Seu filho sabia coisas, não quisera ficar nas roças, no fim quem tinha razão era ele... Parou na porta da garage, devia estar com uma

cara de bêbado, porque o rapazola que lavava um caminhão riu ao vê-lo. Joaquim veio lá de dentro:
— Pai!
Saíram pela rua, Antônio Vítor lhe contou tudo. Contou até da Vampireza. Agora não tinha mais terra, não tinha mais nada:
— Tua mãe vai morrer quando souber, Joaquim...
Joaquim o animou. Falou-lhe de coisas do futuro, mas aquilo não interessava a Antônio Vítor. O filho disse-lhe que um dia a terra seria de todos, que os Carlos Zude acabariam. Mas Antônio Vítor não acreditava possível. Enquanto o filho falava, ele refletia se devia ou não aceitar o emprego:
— É trezentos mil-réis, vou fazendo economia todo mês. Quem sabe se um dia não posso comprar de novo um pedaço de terra?
Deitou a bênção a Joaquim na estação. O trem apitou na curva do caminho para Itabuna. Tinha oito dias para deixar a roça.

19

RAIMUNDA RECEBEU A NOTÍCIA QUASE COM INDIFERENÇA. CONTINUOU a andar para a roça naqueles oito dias, a partir coco de cacau. Antônio Vítor tinha decidido ir residir com o genro até Carlos Zude determinar a fazenda onde ele iria trabalhar. Raimunda, pela manhã, seguia para a roça como se fosse continuar ali, como se a terra ainda fosse deles. Chegou o oitavo dia e Antônio Vítor chamou Raimunda para preparar a mudança. Ela fechou o rosto:
— E tu vai entregar?
Olhou a mulher espantado:
— Senão...
— Se tu quer, tu vai embora. Mas eu não vou, não... Eu fico aqui e não entrego minha terra. Não entrego, não...
Ele sorriu e disse:
— Então vamos ficar...
Pelo meio-dia veio o empregado de Zude, Irmão & Cia., tomar posse das roças. Antônio Vítor correu com ele, o homem foi diretamente para o telefone em Pirangi.
A noite chegou e eles sabiam que os homens já estavam em caminho. Vinham sempre pela noite tomar posse das fazendas onde os ex-donos ofereciam resistência. Oficialmente intitulavam-se soldados de polícia

mas, em verdade, eram jagunços treinados na pontaria. Antônio Vítor e Raimunda saíram da velha casa de barro batido, cada um trazia sua repetição. Foram se postar mais adiante, próximo à estrada, por detrás de uma goiabeira. Ficaram esperando. Era uma noite linda, de estrelas e lua, boa noite para uma tocaia. Antônio Vítor se lembrava de outras noites, nos barulhos do Sequeiro Grande, quando ele derrubava homens com sua pontaria certeira. Aquela terra tinha-lhe custado muito, tinha-lhe custado sangue, ele não a entregaria. Raimunda é que estava com a razão.

Não falavam. Mas ele a olhou e pela primeira vez viu o rosto de Raimunda sem aquele ar de zanga. Rosto sereno e doce. Antônio Vítor disse:

— Quando tive em Ilhéus vi Joaquim. Deitei bênção nele...
Ela sorriu:
—Tu é bom...
— Ele também é bom, eu é que tava de cabeça virada...

Ficaram novamente calados. De muito longe chegavam, quase imperceptíveis, os passos dos homens que vinham. Antônio Vítor voltou-se para Raimunda:

— Tava de cabeça virada... Me meti até com mulher da vida... Te larguei aí como um resto...

— Tu fez bem, tu tava precisando, eu não tinha mais serventia... Tu fez bem, eu não tou com raiva...

Ele riu, os passos agora soavam perto. Sob a luz da lua, enxergava os homens armados que andavam pela estrada. Eram doze, mas não fazia mal. Ficaram esperando que eles se aproximassem mais. Antônio Vítor sentia vontade, mais uma vez, de dizer aquelas palavras que não sabia, de fazer a Raimunda aquelas carícias que não conhecia. Só disse:

— Eles já vêm...
— Já...

Suspenderam as repetições, Raimunda disparou primeiro. Antônio Vítor não errou o tiro, o homem rolou na estrada. Os outros correram, saíram do caminho limpo, se meteram no mato, vinham por entre as árvores, localizavam Antônio Vítor e Raimunda, atrás da goiabeira. Eles carregaram as armas de novo, Raimunda pôs o corpo para fora, levantou a repetição, fez pontaria no homem que se avistara entre as árvores. Atirou ao mesmo tempo que o outro, a sua bala se perdeu nos cacaueiros, a do homem acertou no peito de Raimunda, ela caiu de bruços so-

bre a terra. Antônio Vítor se curvou sobre ela, a mão se manchou de sangue:
— Munda!
Virou-lhe o rosto, ela sorria, sim, ela sorria! Da terra chegava um cheiro bom e forte, terra boa para cacau. Não ia entregar a sua terra. Não, Munda, não entregaria!
Levantou-se, os homens estavam cercando a goiabeira. Apoiou a repetição no ombro, firmou a pontaria e atirou seu último tiro. Seu último tiro.

Periperi, Bahia, janeiro, 1944

posfácio

História e sociologia no "romance novo" de Jorge Amado

Antonio Sérgio Alfredo Guimarães

Nos anos 1930, Jorge Amado propôs-se a inovar o romance brasileiro, de maneira muito peculiar, inspirado pela *Bagaceira* (1928), de José Américo de Almeida, e por *Casa-grande & senzala* (1933), de Gilberto Freyre, dois marcos da vida cultural brasileira. Romance social, para Antonio Candido; romance-documentário, para Afrânio Peixoto; documentário, para Nelson Werneck Sodré e Agripino Grieco; romance proletário, para o próprio Jorge Amado; romance histórico, ainda Candido, são apenas algumas das qualificações aplicadas à obra de Jorge, pelos críticos e por ele mesmo. Como bem sintetiza Alfredo Almeida, para a crítica literária da época, Jorge Amado

> privilegia relações sociais entre grupos e classes sociais determinados, conferindo à descrição uma dimensão análoga à de um tratado de problemas sociais. E, ao nível destas relações sociais, num grau de concreção ainda maior, ele privilegia os membros de uma classe social em particular: o proletariado.

Essa relação entre sociologia e literatura, entre romance e história, é tão escancaradamente nova, no Brasil dos anos 1930 e 1940, que chega mesmo a confundir as fronteiras entre arte e ciência social, como escreve Gilberto Freyre em artigo de 1936, ele mesmo visto e vendo-se como escritor, sociólogo e historiador:

> O que principalmente passou a caracterizar o *romance novo* foi seu tom de reportagem social e quase sociológica; a sua qualidade de documentos; as evidências que reuniu de vida esmagada, machucada, deformada por influências da natureza principalmente econômica; os seus transbordamentos políticos. [...] formidável documentação de vida regional, do maior interesse sociológico e até político, e suprindo a falta de inquéritos, sondagens, pesquisas sistematizadas. Quase nada nesses "romances" é obra de ficção: apenas os disfarces; apenas a deformação para os efeitos artísticos, sentimentais ou, em certos casos, políticos.

O projeto literário de Jorge Amado chegou mesmo a nutrir a intenção de abolir os personagens enquanto figuras centrais do romance, a serem substituídos por grupos sociais e coletividades. Como escreveu Sodré:

> Não há livro seu em que haja uma figura central. Todos eles se revestem desse aspecto imenso de panoramas coletivos, de grandes quadros murais, onde se agita uma multidão e não um indivíduo ou uns poucos indivíduos.

Antonio Candido, em sua recepção calorosa de *Terras do sem-fim*, de que este *São Jorge dos Ilhéus* é, para Jorge Amado, a continuação, escreve: "Chegamos, por assim dizer, à fórmula estética do sr. Jorge Amado. Documento e poesia se fundem harmoniosamente através do romance histórico". Mas é o mesmo Gilberto Freyre quem, num artigo originalmente escrito em 1944, volta a mostrar as fronteiras ainda tênues entre história e romance:

Não há dúvida, porém, que são ambos [José Lins do Rego e Jorge Amado], nestes dois últimos livros [*Fogo morto* e *Terras do sem-fim*], cronistas memorialistas, quase historiadores sociais disfarçados em romancistas e não ficcionistas puros.

É bem verdade que *São Jorge dos Ilhéus*, como documenta fartamente Alfredo Almeida, teve uma recepção dura e desqualificadora pelos mesmos críticos que saudaram a "obra-prima" anterior. Estes são os mesmos que atacaram tanto as qualidades literárias quanto as históricas do novo livro. Julgando a qualidade literária do texto, por exemplo, Sérgio Milliet é arrasador: "Ainda é cedo para frisar com segurança as características de sua [Jorge Amado] personalidade literária, mas parece que nela predomina irreprimível vontade de folhetim socializante, de reportagem apressada com intenções sociais".
Como se vê, o que era história vira reportagem e folhetim. Mas nem mesmo a imputada teoria sociológica de Jorge Amado (teve ele alguma?) é poupada por Milliet.*

> Sua interpretação ortodoxa dos fatos sociais carece de penetração e o autor se satisfaz com um marxismo rudimentar, que apesar de suficiente em suas linhas gerais precisaria ser mais aprofundado no detalhe e, principalmente, mais revisado de acordo com os estudos econômicos e sociais posteriores à primitiva doutrina.

Como se coloca hoje o leitor de *São Jorge dos Ilhéus* diante dessas críticas de época? Hoje, que temos já uma história social e econômica da região, feita por acadêmicos, que ganharam o legítimo monopólio da interpretação. Indubitavelmente, acabamos de ler um romance que tem *personagens*, mas tem também *tipos sociais* que, esquematizados, não chegam a ter plenamente vida ficcional. Mas é claro que este romance é, explicitamente, também uma interpre-

---

* "Eu sou muito ignorante, nunca li Marx", teria dito Jorge Amado. Citado por Antonio Pereira Souza no livro *Tensões do tempo: a saga do cacau na ficção de Jorge Amado*.

tação histórica, econômica e sociológica das lutas pela propriedade da terra e dos lucros da lavoura do cacau, sendo também, às vezes intencionalmente, outras vezes não, uma representação literária das relações de trabalho, de gênero, de cor.

Comecemos pelos personagens. O triângulo amoroso entre o exportador Carlos Zude, sua mulher, Julieta, e o amante desta e empregado daquele, o poeta Sérgio Moura, é ironicamente contraposto ao quadrado farsante e trágico entre a prostituta Lola, que se apresenta como mulher de Pepe Espínola, o coronel Frederico Pinto e Rui Dantas, o filho bacharel do coronel Maneca Dantas. Estes são jogos amorosos deliciosos e reveladores dos costumes morais e sexuais da época. Através deles, o sociólogo Jorge Amado apresenta ao leitor a vida burguesa e pequeno-burguesa de uma pacata Ilhéus que ganha já ares de cidade grande: a praia como lazer da juventude burguesa que anseia por Copacabana; os bares, o comércio, a associação comercial, por onde começam a se mexer socialmente comerciários, poetas e bacharéis, ao lado de coronéis; os cabarés, as esquinas e os botequins onde correm os fuxicos; os casarões e os salões de festa, onde exportadores, comerciantes e coronéis vivem e convivem de modo mais reservado, em família ou em classe.

Notou o leitor que o sobrenome de Julieta é mencionado apenas cinco vezes, no capítulo inicial? Uma delas, para designar sua família de origem — "Julieta Sanchez Rocha, filha do velho Rocha" — e as demais para demarcar o adultério, sempre que a atração sexual aproxima Julieta e Sérgio. Nessas ocasiões, Julieta é Julieta Zude, mulher de Carlos. Ter ou não sobrenome mencionado faz muita diferença para a representação social e ficcional das mulheres, também em termos de status, pois indica a força interior ou a posição social do personagem. Como as cores: as mulheres poderosas ou burguesas são brancas ou morenas; as mulheres do povo e as trabalhadoras são negras, mulatas ou cabrochas. Também os estrangeiros e migrantes são tratados assim genericamente: "a sueca", "o alemão", "mascates sírios".

Mas há também a neurastenia, doença da época, que afligia as mulheres burguesas, ou pequeno-burguesas, bem educadas na capital e atiradas ao ostracismo da vida do interior, prisioneiras de uma casa, deslocadas entre mulheres de coronéis, relegadas pelos maridos. É a neurastenia, diziam os médicos da época, e Jorge Amado gostosamente ironiza, que levava essas mulheres a trair compulsivamente seus maridos. Essas mulheres não se deixavam acabar como dona Augusta ("o primeiro parto a quebrou e dona Augusta começou a engordar, ficou aquela monstruosidade"), mulher do coronel Frederico Pinto. Como também não se deixou acabar Ester, mulher do temido coronel Horácio da Silveira, que fugiu com o advogado deste, desafiando a morte certa.

O jogo entre a farsa do quadrado amoroso — que une o coronel amorosamente ingênuo, que será traído pela prostituta argentina, real e fervorosa amante do cafetão também argentino, musa do rebento imprestável de coronel, que a desejará ardentemente por toda a vida — e o drama do triângulo amoroso — que se desfaz pela coragem dos amantes, que assumem a sinceridade de seu amor e de suas convicções diante do exportador malicioso e frio —, esse jogo é mais que puro simbolismo literário de interpretação histórica: tem em si mesmo riqueza psicológica, força dramática e humor.

A interpretação do sociólogo amador não pode ser senão pretexto para o romance ficcional, mesmo que à época, pela ausência de sociologia profissional e pela força política da proposta marxista de socialismo científico, tenha sido levada mais à risca e a sério que o devido. O romance-tese de Jorge Amado pode ser lido assim: diante do fracasso dos coronéis em reproduzir-se como classe dominante — seus filhos são tão incapazes quanto eles para lidar com a economia imperialista que assoma —, os exportadores assumem o comando. Estes trocaram os caxixes primitivos pela trapaça financeira, em que o jogo da bolsa de valores passa a ser o lócus mais visível da acumulação financeira imperialista. O comando sobre a economia, entretanto, só pode completar-se pela propriedade da terra, garantindo o con-

335

trole da produção. Por quê? Jorge Amado não dá uma resposta clara, mas sugere que o prestígio social e o poder político local, necessários para controlar a economia cacaueira, passam pela propriedade da terra. O plano dos exportadores vai ficando claro: provocar alta na cotação do produto, financiar tanto o investimento produtivo quanto o consumo ostentatório que a alta propiciara, e assim endividar lavradores e coronéis. O passo seguinte é aproveitar a baixa, que se seguirá ao aumento da oferta, e a regularização dos preços de mercado para executar as dívidas e se apropriar das terras da lavoura. Claro que os lavradores e pequenos proprietários são mais vulneráveis que os grandes coronéis. Estes últimos serão perdidos tanto por seus filhos — a "geração fracassada", como repete Rui Dantas — quanto por sua ingenuidade financeira — "os coronéis são como crianças tímidas", segundo o dito espirituoso de Carlos Zude.

De fato, apenas muito mais tarde, a partir dos anos 1970, quando se estrutura a pesquisa de pós-graduação na Bahia, é que historiadores e sociólogos de ofício, alguns em dissertação de mestrado, irão enveredar-se por pesquisas socioeconômicas mais rigorosas para escrever a história da região cacaueira. Aprendemos então que o caminho para a centralização do capital e da terra da economia do cacau foi muito mais variado do que o sugerido por Jorge; assim como a classe dominante local era também mais diversificada. Os próprios coronéis do cacau poderiam ser classificados, segundo o sociólogo Gustavo Falcón, em "proprietário", "proprietário e fazendeiro" e "capitalista", e, segundo a historiadora Mary Ann Mahony, em aristocratas (parentes das famílias escravistas do Recôncavo) e novos-ricos mulatos. O leitor curioso poderá conferir e cotejar as interpretações de Jorge Amado com as dos historiadores Angelina Garcez e Antonio Fernando G. de Freitas (1971), com outra de Freitas (1979), com a de Falcón (1995) e com a de Mahony (2001).

Mas terá Jorge Amado querido mesmo fazer sociologia ou história do cacau? Ou, ao contrário, terão sido os seus contemporâneos que nutriram a ilusão de que o romance poderia dar conta dessa tarefa?

Os profissionais da história e da interpretação social, sem dúvida, assentam suas narrativas mais de acordo com os fatos conhecidos e documentados, mas têm pretensões bem mais limitadas.

Há evidentemente em *São Jorge dos Ilhéus* uma moral e uma interpretação que são próprias de Jorge Amado e muito grapiúnas, e não de qualquer sociologia da época, marxista ou não (exceto, é claro, se definimos as ideias de Jorge como sociologia): a falência dos coronéis, por exemplo, parece atribuída ao autoritarismo paterno, à incapacidade de fazer seus sucessores, criando filhos incompetentes, covardes, decaídos; seja pelo absenteísmo dos pais — os filhos são educados em Salvador ou no Rio —, seja pelo aprisionamento das mulheres, cônjuges ou filhas. Mas há também inspiração comunista, sem dúvida, no fato de Jorge Amado ver os exportadores como simples agentes do imperialismo, não como classe que poderia manter o fausto regional. Por isso ignora a mescla que va se tecendo entre fazendeiros e exportadores, através de alianças matrimoniais, por exemplo, ou de associação de capitais.

Para Jorge, ademais, os trabalhadores serão os verdadeiros herdeiros da saga heroica dos fazendeiros que conquistaram a mata para a lavoura (o que os sociólogos marxistas chamam de acumulação primitiva). Um mesmo mundo de valores uniria trabalhadores, lavradores e fazendeiros: coragem, rusticidade, sagacidade, honra, valentia, violência. Separado deles, vai surgindo em Ilhéus o mundo burguês dos exportadores, brasileiros e estrangeiros, com outra moral familiar e sexual, outros valores. É esse mundo urbano e mundano, de salões, praias e cabarés que Jorge esboça no primeiro capítulo, com a graça e a leveza que se desenvolverão ainda mais com o tempo para atingir seu auge em *Gabriela, cravo e canela*. A boa vontade de Jorge para com os fazendeiros desbravadores e novos-ricos, quando comparados aos exportadores, é notória, no que pese a centralidade da denúncia que faz da exploração capitalista e semiescravista do trabalho, e tem provavelmente a sua origem na ideologia da oposição grapiúna aos fazendeiros aristocratas e escravistas que começaram a cultura do cacau no final do século XIX.

Ao lado dessas interpretações há outras que o leitor só encontrará em Jorge Amado, não nos sociólogos ou historiadores, como a narrativa da luta entre o coronel Horácio da Silveira e seu filho Silveirinha, instrumentalizado por exportador estrangeiro; ou o esboço da personalidade fascista e da sua ligação com os interesses estrangeiros; e aprenderá que o cacau tem visgo que prende os homens à terra, mesmo os exportadores. Nenhuma narrativa científica terá a ousadia de ir além dos fatos para desenhar os tipos humanos da Ilhéus dos anos 1940, que desfilam nos cinco capítulos deste enredo-tese — "A Rainha do Sul", "Os lavradores", "A chuva", "A alta" e "A baixa": os coronéis envelhecidos, solitários, amantes de prostitutas ou montando casa para as filhas de seus empregados; os lavradores que mantiveram a propriedade da terra, mas a trabalham e lavram como "negros"; os alugados, presos à escravidão do barracão, fiscalizados por capatazes e jagunços; as mulheres do povo, que serão trabalhadoras, prostitutas ou amantes de lavradores mais abastados; as classes e o sexo subalternos que, em Jorge Amado, vou repetir, são nomeados pela cor, enquanto os poderosos raramente são referidos racialmente.

Os alugados são sempre negros ou mulatos e assim tratados seguidas vezes — "o negro Florindo", "o mulato Varapau" — ou propositadamente chamados apenas de "negro", como faz o coronel Horácio em seu diálogo com Roque na varanda da sua fazenda, pressentido a chuva que chega. Mas Jorge, ao mesmo tempo, renega e se contrapõe frontalmente ao racismo implícito na referência racial, e por duas vezes no romance faz questão de deixar claro, panfletariamente, que é a condição social e não a racial que iria criar solidariedade entre os trabalhadores.

A solidariedade que falta aos explorados, parece ainda sugerir Jorge, se deve mais à precariedade de seus elos com outros setores sociais que por falta de consciência ou coragem para defender os seus interesses. Joaquim, o mecânico e líder comunista, o único dos personagens populares com vivência internacional, entretém relações sociais regulares e próximas com pessoas de outras classes — isto é, com os pais lavradores, os doqueiros, as prostitutas, o poeta Sérgio Moura, a burguesa Julieta — e torna-se, por isso, personagem central ao romance, quero dizer, para a centralidade temática do romance, pois seu personagem não é mais bem trabalhado que outros, como o coronel Frederico, coronel Horácio, Lola e Pepe, Silveirinha e Rui Dantas, Ana Badaró e o capitão Magalhães, Rosa, Varapau, Florindo e tantos outros; e certamente é menos que Carlos, Julieta e Sérgio. Temos a tentação de concordar com Sodré e Freyre neste ponto, tantos são os personagens que existem enquanto tipos sociais. Advirto, entretanto, o leitor que os homens e mulheres reais que serviram de modelo a esses personagens, ao contrário do que disse Freyre, distam muito mais deles do que sugere a metáfora de "disfarces".

Jorge Amado algumas vezes é realmente histórico, como ao contar o barulho do Sequeiro Grande, em que se defrontaram os coronéis Basílio Francisco de Oliveira e Juca Badaró, ou a ascensão dos exportadores enquanto classe; mas a história contada é livre e ficcional, e tal ambiguidade é cuidadosamente cultivada por Jorge, que cria personagens ficcionais com nomes alusivos aos personagens históricos (ou mesmo utiliza seus nomes reais) — como Badaró e Zude (da casa exportadora Tude, Irmão e Cia.). Horácio Silveira, arquétipo de coronel, Jorge o batiza com o nome do maior de todos os coronéis, Horácio de Matos, que governou inconteste as Lavras Diamantinas; e o sobrenome em rima com o do poderoso Basílio Francisco de Oliveira, o vencedor do barulho do Sequeiro Grande.

Mais que disfarces para contar a história em ficção, são as referências históricas, os nomes reais ou alusivos que dão à ficção de Jorge Amado aura de documentário. Como em Balzac, Flaubert e Zola, entretanto, a vida social da zona do cacau é contada nessas pinceladas fictícias de modo assombrosamente acurado. Não é por outro motivo que os romances de Jorge Amado serviram e servem de fonte aos historiadores e cientistas sociais.

BIBLIOGRAFIA

ALMEIDA, Alfredo Wagner Berno de. *Jorge Amado: Política e literatura*: um estudo sobre a trajetória intelectual de Jorge Amado. Rio de Janeiro, Campus, 1979, pp. 75, 176-8.

CANDIDO, Antonio. "Brigada ligeira". In: *Poesia, documento e história*. São Paulo, Martins, 1945, p. 50.

FALCÓN, Gustavo. *Os coronéis do cacau*. Salvador, Centro Editorial e Didático/ Ianamá, 1995, p. 90.

FREITAS, Antonio Fernando G. de. *Os donos dos frutos de ouro*, dissertação de mestrado, Universidade Federal da Bahia, 1979.

FREYRE, Gilberto. "Dois Livros". *O Jornal*. Rio de Janeiro, 1944. In: *30 anos de literatura*. São Paulo, Martins, 1961, pp. 187.

FREYRE, Gilberto. "Sociologia e literatura", *Lanterna Verde*, nº 4, nov. 1936, p. 15.

GARCEZ, Angelina e FREITAS, Antonio Fernando G. de. *Bahia cacaueira: um estudo de história recente*, Estudos Baianos, Universidade Federal da Bahia, nº 11, 1971.

MAHONY, Mary Ann. "A past to do justice to the present: Collective memory, historical representation, and rule in Bahia's cacao area". In: Joseph, Gilbert (ed.). *Reclaiming the political in Latin American history*. Durham: Duke University Press, 2001, pp. 102-37.

MILLIET, Sérgio. *Diário crítico de Sérgio Milliet*. 2ª ed. São Paulo, Martins/ EDUSP, 1981, 3. v., p. 147.

SODRÉ, Nelson Werneck. *Orientação do pensamento brasileiro*. Rio de Janeiro, Vecchi, 1942, pp. 153-66.

SOUZA, Antonio Pereira. *Tensões do tempo: a saga do cacau na ficção de Jorge Amado*. Ilhéus, UESC/EDITUS.

Antonio Sérgio Alfredo Guimarães é professor titular do departamento de sociologia da Universidade de São Paulo.

cronologia

São Jorge dos Ilhéus faz referências ao desenvolvimento do cacau no sul da Bahia, desde o plantio das primeiras mudas, no século XIX, até a crise de 1929, que enfraqueceu os coronéis. A maior parte do enredo, no entanto, se passa entre a Revolução de 1930 e o início da Segunda Guerra Mundial. O narrador afirma que Luís Carlos Prestes está escondido, planejando um levante revolucionário no país (Prestes chegou da União Soviética em 1935). São citados ainda o presidente Washington Luís e o governador da Bahia Vital Scares. E em certa passagem, membros da Ação Integralista, fundada em 1932, tentam convencer os fazendeiros do cacau da "genialidade" de Hitler e Mussolini.

1912-1919

Jorge Amado nasce em 10 de agosto de 1912, em Itabuna, Bahia. Em 1914, seus pais transferem-se para Ilhéus, onde ele estuda as primeiras letras. Entre 1914 e 1918, trava-se na Europa a Primeira Guerra Mundial. Em 1917, eclode na Rússia a revolução que levaria os comunistas, liderados por Lênin, ao poder.

1920-1925

A Semana de Arte Moderna, em 1922, reúne em São Paulo artistas como Heitor Villa-Lobos, Tarsila do Amaral, Mário e Oswald de Andrade. No mesmo ano, Benito Mussolini é chamado a formar governo na Itália. Na Bahia, em 1923, Jorge Amado escreve uma redação escolar intitulada "O mar"; impressionado, seu professor, o padre Luiz Gonzaga Cabral, passa a lhe emprestar livros de autores portugueses e também de Jonathan Swift, Charles Dickens e Walter Scott. Em 1925, Jorge Amado foge do colégio interno Antônio Vieira, em Salvador, e percorre o sertão baiano rumo à casa do avô paterno, em Sergipe, onde passa "dois meses de maravilhosa vagabundagem".

1926-1930

Em 1926, o Congresso Regionalista, encabeçado por Gilberto Freyre, condena o modernismo paulista por "imitar inovações estrangeiras". Em 1927, ainda aluno do Ginásio Ipiranga, em Salvador, Jorge Amado começa a trabalhar como repórter policial para o *Diário da Bahia* e *O Imparcial* e publica em *A Luva*, revista de Salvador, o texto "Poema ou prosa". Em 1928, José Américo de Almeida lança *A bagaceira*, marco da ficção regionalista do Nordeste, um livro no qual, segundo Jorge Amado, se "falava da realidade rural como ninguém fizera antes". Jorge Amado integra a Academia dos Rebeldes, grupo a favor de "uma arte moderna sem ser modernista". A quebra da bolsa de valores de Nova York, em 1929, catalisa o declínio do ciclo do café no Brasil. Ainda em 1929, Jorge Amado, sob o pseudônimo Y. Karl, publica em *O Jornal* a novela *Lenita*, escrita em parceria com

Edson Carneiro e Dias da Costa. O Brasil vê chegar ao fim a política do café com leite, que alternava na presidência da República políticos de São Paulo e Minas Gerais: a Revolução de 1930 destitui Washington Luís e nomeia Getúlio Vargas presidente.

1931-1935

Em 1932, desata-se em São Paulo a Revolução Constitucionalista. Em 1933, Adolf Hitler assume o poder na Alemanha, e Franklin Delano Roosevelt torna-se presidente dos Estados Unidos da América, cargo para o qual seria reeleito em 1936, 1940 e 1944. Ainda em 1933, Jorge Amado se casa com Matilde Garcia Rosa. Em 1934, Getúlio Vargas é eleito por voto indireto presidente da República. De 1931 a 1935, Jorge Amado frequenta a Faculdade Nacional de Direito, no Rio de Janeiro; formado, nunca exercerá a advocacia. Amado identifica-se com o Movimento de 30, do qual faziam parte José Américo de Almeida, Rachel de Queiroz e Graciliano Ramos, entre outros escritores preocupados com questões sociais e com a valorização de particularidades regionais. Em 1933, Gilberto Freyre publica *Casa-grande & senzala*, que marca profundamente a visão de mundo de Jorge Amado. O romancista baiano publica seus primeiros livros: *O país do Carnaval* (1931), *Cacau* (1933) e *Suor* (1934). Em 1935 nasce sua filha Eulália Dalila.

1936-1940

Em 1936, militares rebelam-se contra o governo republicano espanhol e dão início, sob o comando de Francisco Franco, a uma guerra civil que se alongará até 1939. Jorge Amado enfrenta problemas por sua filiação ao Partido Comunista Brasileiro. São dessa época seus livros *Jubiabá* (1935), *Mar morto* (1936) e *Capitães da Areia* (1937). É preso em 1936, acusado de ter participado, um ano antes, da Intentona Comunista, e novamente em 1937, após a instalação do Estado Novo. Em Salvador, seus livros são queimados em praça pública. Em setembro de 1939, as tropas alemãs invadem a Polônia e tem início a Segunda Guerra Mundial. Em 1940, Paris é ocupada pelo exército alemão. No mesmo ano, Winston Churchill torna-se primeiro-ministro da Grã-Bretanha.

1941-1945

Em 1941, em pleno Estado Novo, Jorge Amado viaja à Argentina e ao Uruguai, onde pesquisa a vida de Luís Carlos Prestes, para escrever a biografia publicada em Buenos Aires, em 1942, sob o título *A vida de Luís Carlos Prestes*, rebatizada mais tarde *O cavaleiro da esperança*. De volta ao Brasil, é preso pela terceira vez e enviado a Salvador, sob vigilância. Em junho de 1941, os alemães invadem a União Soviética. Em dezembro, os japoneses bombardeiam a base norte-americana de Pearl Harbor, e os Estados Unidos declaram guerra aos países do Eixo. Em 1942, o Brasil entra na Segunda Guerra Mundial, ao lado dos aliados. Jorge Amado colabora na *Folha da*

Manhã, de São Paulo, torna-se chefe de redação do diário *Hoje*, do PCB, e secretário do Instituto Cultural Brasil-União Soviética. No final desse mesmo ano, volta a colaborar em *O Imparcial*, assinando a coluna "Hora da Guerra", e em 1943 publica, após seis anos de proibição de suas obras, *Terras do sem-fim*. Em 1944, Jorge Amado lança *São Jorge dos Ilhéus*. Separa-se de Matilde Garcia Rosa. Chegam ao fim, em 1945, a Segunda Guerra Mundial e o Estado Novo, com a deposição de Getúlio Vargas. Nesse mesmo ano, Jorge Amado casa-se com a paulistana Zélia Gattai, é eleito deputado federal pelo PCB e publica o guia *Bahia de Todos-os-Santos*. *Terras do sem-fim* é publicado pela editora de Alfred A. Knopf, em Nova York, selando o início de uma amizade com a família Knopf que projetaria sua obra no mundo todo.

1946-1950

Em 1946, Jorge Amado publica *Seara vermelha*. Como deputado, propõe leis que asseguram a liberdade de culto religioso e fortalecem os direitos autorais. Em 1947, seu mandato de deputado é cassado, pouco depois de o PCB ser posto na ilegalidade. No mesmo ano, nasce no Rio de Janeiro João Jorge, o primeiro filho com Zélia Gattai. Em 1948, devido à perseguição política, Jorge Amado exila-se, sozinho, voluntariamente em Paris. Sua casa no Rio de Janeiro é invadida pela polícia, que apreende livros, fotos e documentos.

Zélia e João Jorge partem para a Europa, a fim de se juntar ao escritor. Em 1950, morre no Rio de Janeiro a filha mais velha de Jorge Amado, Eulália Dalila. No mesmo ano, Amado e sua família são expulsos da França por causa de sua militância política e passam a residir no castelo da União dos Escritores, na Tchecoslováquia. Viajam pela União Soviética e pela Europa Central, estreitando laços com os regimes socialistas.

1951-1955

Em 1951, Getúlio Vargas volta à presidência, desta vez por eleições diretas. No mesmo ano, Jorge Amado recebe o prêmio Stálin, em Moscou. Nasce sua filha Paloma, em Praga. Em 1952, Jorge Amado volta ao Brasil, fixando-se no Rio de Janeiro. O escritor e seus livros são proibidos de entrar nos Estados Unidos durante o período do macarthismo. Em 1954, Getúlio Vargas se suicida. No mesmo ano, Jorge Amado é eleito presidente da Associação Brasileira de Escritores e publica *Os subterrâneos da liberdade*. Afasta-se da militância comunista.

1956-1960

Em 1956, Juscelino Kubitschek assume a presidência da República. Em fevereiro, Nikita Khruchióv denuncia Stálin no 20º Congresso do Partido Comunista da União Soviética. Jorge Amado se desliga do PCB. Em 1957, a União Soviética lança ao espaço o primeiro satélite artificial, o *Sputnik*. Surge, na música popular, a Bossa Nova, com João Gilberto, Nara Leão, Antonio Carlos Jobim e Vinicius de Moraes. A publicação de *Gabriela, cravo e canela*, em 1958, rende vários prêmios ao escritor. O romance inaugura uma nova fase na obra de Jorge Amado, pautada pela discussão da mestiçagem e do sincretismo. Em 1959, começa a Guerra do Vietnã. Jorge Amado recebe o título de obá Arolu no Axé Opô Afonjá. Embora fosse um "materialista convicto", admirava o candomblé, que considerava uma religião "alegre e sem pecado". Em 1960, inaugura-se a nova capital federal, Brasília.

1961-1965

Em 1961, Jânio Quadros assume a presidência do Brasil, mas renuncia em agosto, sendo sucedido por João Goulart. Yuri Gagarin realiza na nave espacial *Vostok* o primeiro voo orbital tripulado em torno da Terra. Jorge Amado vende os direitos de filmagem de *Gabriela, cravo e canela* para a Metro-Goldwyn-Mayer, o que lhe permite construir a casa do Rio Vermelho, em Salvador, onde residirá com a família de 1963 até sua morte. Ainda em 1961, é eleito para a cadeira 23 da Academia Brasileira de Letras. No mesmo ano, publica *Os velhos marinheiros*, composto da novela *A morte e a morte de Quincas Berro Dágua* e do romance *O capitão-de-longo-curso*. Em 1963, o presidente dos Estados Unidos, John Kennedy, é assassinado. O Cinema Novo retrata a realidade nordestina em filmes como *Vidas secas* (1963), de Nelson Pereira dos Santos, e *Deus e o diabo na terra do sol* (1964), de Glauber Rocha. Em 1964, João Goulart é destituído por um golpe e Humberto Castelo Branco assume a presidência da República, dando início a uma ditadura militar que irá durar duas décadas. No mesmo ano, Jorge Amado publica *Os pastores da noite*.

1966-1970

Em 1968, o Ato Institucional nº 5 restringe as liberdades civis e a vida política. Em Paris, estudantes e jovens operários levantam-se nas ruas sob o lema "É proibido proibir!". Na Bahia, floresce, na música popular, o tropicalismo, encabeçado por Caetano Veloso, Gilberto Gil, Torquato Neto e Tom Zé. Em 1966, Jorge Amado publica *Dona Flor e seus dois maridos* e, em 1969, *Tenda dos Milagres*. Nesse último ano, o astronauta norte-americano Neil Armstrong torna-se o primeiro homem a pisar na Lua.

1971-1975

Em 1971, Jorge Amado é convidado a acompanhar um curso sobre sua obra na Universidade da Pensilvânia, nos Estados Unidos. Em 1972, publica *Tereza Batista cansada de guerra* e é homenageado pela Escola de Samba Lins Imperial, de São Paulo, que desfila com o tema "Bahia de Jorge Amado". Em 1973, a rápida subida do preço do petróleo abala a economia mundial. Em 1975, *Gabriela, cravo e canela* inspira novela da TV Globo, com Sônia Braga no papel principal, e estreia o filme *Os pastores da noite*, dirigido por Marcel Camus.

1976-1980

Em 1977, Jorge Amado recebe o título de sócio benemérito do Afoxé Filhos de Gandhy, em Salvador. Nesse mesmo ano, estreia o filme de Nelson Pereira dos Santos inspirado em *Tenda dos Milagres*. Em 1978, o presidente Ernesto Geisel anula o AI-5 e reinstaura o *habeas corpus*. Em 1979, o presidente João Baptista Figueiredo anistia os presos e exilados políticos e restabelece o pluripartidarismo. Ainda em 1979, estreia o longa-metragem *Dona Flor e seus dois maridos*, dirigido por Bruno Barreto. São dessa época os livros *Tieta do Agreste* (1977), *Farda, fardão, camisola de dormir* (1979) e *O gato malhado e a andorinha Sinhá* (1976), escrito em 1948, em Paris, como um presente para o filho.

1981-1985

A partir de 1983, Jorge Amado e Zélia Gattai passam a morar uma parte do ano em Paris e outra no Brasil — o outono parisiense é a estação do ano preferida por Jorge Amado, e, na Bahia, ele não consegue mais encontrar a tranquilidade de que necessita para escrever. Cresce no Brasil o movimento das Diretas Já. Em 1984, Jorge Amado publica *Tocaia Grande*. Em 1985, Tancredo Neves é eleito presidente do Brasil, por votação indireta, mas morre artes de tomar posse. Assume a presidência José Sarney.

1986-1990

Em 1987, é inaugurada em Salvador a Fundação Casa de Jorge Amado, marcando o início de uma grande reforma do Pelourinho. Em 1988, a Escola de Samba Vai-Vai é campeã do Carnaval, em São Paulo, com o enredo "Amado Jorge: A história de uma raça brasileira". No mesmo ano, é promulgada nova Constituição brasileira. Jorge Amado publica *O sumiço da santa*. Em 1989, cai o Muro de Berlim.

1991-1995

Em 1992, Fernando Collor de Mello, o primeiro presidente eleito por voto direto depois de 1964, renuncia ao cargo durante um processo de *impeachment*. Itamar Franco assume a presidência. No mesmo ano, dissolve-se a União Soviética. Jorge Amado preside o 14º Festival Cultural de Asylah, no Marrocos, intitulado "Mestiçagem, o exemplo do Brasil", e participa do Fórum Mundial das Artes, em Veneza. Em 1992, lança dois livros: *Navegação de cabotagem* e *A descoberta da América pelos turcos*. Em 1994, depois de vencer as Copas de 1958, 1962 e 1970, o Brasil é tetracampeão de futebol. Em 1995, Fernando Henrique Cardoso assume a presidência da República, para a qual seria reeleito em 1998. No mesmo ano, Jorge Amado recebe o prêmio Camões.

1996-2000

Em 1996, alguns anos depois de um enfarte e da perda da visão central, Jorge Amado sofre um edema pulmonar em Paris. Em 1998, é o convidado de honra do 18º Salão do Livro de Paris, cujo tema é o Brasil, e recebe o título de doutor *honoris causa* da Sorbonne Nouvelle e da Universidade Moderna de Lisboa. Em Salvador, termina a fase principal de restauração do Pelourinho, cujas praças e largos recebem nomes de personagens de Jorge Amado.

2001

Após sucessivas internações, Jorge Amado morre em 6 de agosto.

Jorge Amado, anos 1940

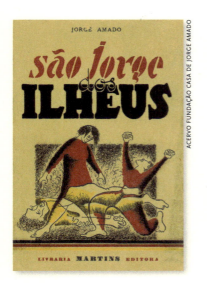

A primeira edição, publicada em 1944 pela Livraria Martins Editora, com capa de Clóvis Graciano

Ilustrações de Frank Schaeffer para o volume de *São Jorge dos Ilhéus* da coleção Obras Ilustradas de Jorge Amado, publicada pela Livraria Martins Editora

"Estou no cimo deste monte,
a cavalheiro da cidade.
....
Dentro da noite, Ilhéus rebrilha
qual grande bufalo fosforéo,
caído em rutila armadilha
como um tesouro venatorio.
....
Crio visões de lendas mauras:
Dentro da noite sussurante
pela canção das brandas auras,
Ilhéus recorda, neste instante,
um grande bufalo gigante
que, perseguido por centauras,
por ter os olhos de brilhante,
e ser mais rapido que as auras,
veio agachar-se, palpitante,
ao pé do morro, entre as centauras."
....
Dentro da noite, Ilhéus rebrilha
qual grande Bufalo de fogo".

Quando Sergio terminou de dizer o seu poema, Edison se levantou:

—Olhos de brilhante, companheiro...É isso mesmo...E as centauras já estão cansadas de dar comida ao bufalo, agora vão comer as suas carnes, vão lhe arrancar os olhos de brilhante...

Sergio perguntou:

—E não se pode fazer nada mais?

—Fizemos tudo para esclarecer os coroneis. Mas eles não querem acreditar na gente, dizem que somos piores que assassinos, metem a gente na cadeia.

Olhou a cidade, lá em baixo:

—Mas nem por isso a gente vae parar a luta. Vamos pra diante até liquidar essa corja imperialista...Vae ser duro, seu Sergio, mas não tem importancia. Pra isso é que a gente está aqui...

Riu seu riso modesto:

—Agora vae começar outro tempo, companheiro. Houve o dos conquistadores, agora é o x dos exportadores, depois será o dos libertadores...Vae começar...

Estavam na beira do morro. Viam a cidade lá embaixo, o "bufalo de fogo" com os olhos dos brilhantes do cacau. Tudo era silencio na hora da meia noite. Os dois homens iam juntos e juntos ouviram o ruido que o vento trazia. Um ruido de musica e de canto, um canto desafinado. Edison parou:

—O que é?

Sergio esclareceu:

—É o terno do Ypisilâne que se recolhe...Na frente, vae sempre Karbanks...

—Tão dando de beber ao bufalo, assim é mais facil de lhe arrancar os olhos...

Manuscrito de *São Jorge dos Ilhéus*

Altamirando Requião, Jorge Calmon,
Jorge Amado e Epaminondas
Berbert de Castro em conferência
em Salvador, 1943

O poeta Sosígenes Costa, 1960

Simone de Beauvoir, Jean-Paul Sartre e Jorge Amado, em fazenda de cacau no sul da Bahia, 1960

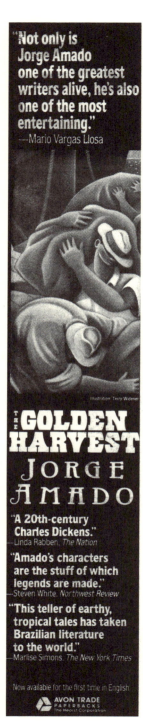

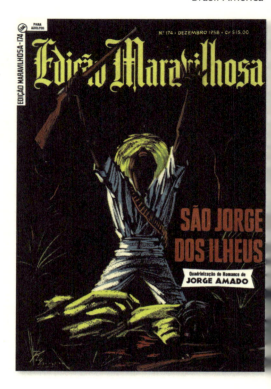

Adaptação para os quadrinhos publicada pela editora Brasil-América

Anúncio no *New York Times Book Review* na ocasião do lançamento da edição americana de *São Jorge dos Ilhéus*, 1992

No palacete dos Zudes estava sendo realizada uma "reunião escolhida". Haviam convidado gente íntima para aquela festa de aniversário.

Agora vamos ouvir uma música de macumba...

Sérgio Moura fôra convidado. Viera com certo receio. Não estava acostumado a essas festas de grã-finos.

O Coronel Maneca Dantas também fôra convidado. Sua amizade interessava muito a Carlos. Maneca Dantas sentia-se solitário e abandonado ali, naquele meio que não era o seu. Só conversou mesmo, certa hora, quando contou à mulher de um dos exportadores os barulhos do Sequeiro Grande. A moça quase desmaiou com os detalhes

Quando já estavam todos bastante bebidos foi que Carlos tocou a macumba. Parecia uma casa de loucos.

IMAGENS ACERVO FUNDAÇÃO CASA DE JORGE AMADO

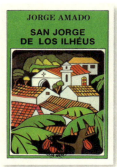

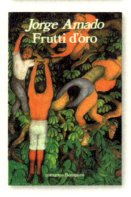
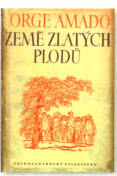

São Jorge dos Ilhéus mundo afora: capas alemã, búlgara, chinesa, colombiana, finlandesa, israelense, italiana, tcheca, uruguaia e russa